龙蛇演义1

梦入神机 著

一个武学神话诞生的绝悟历程
一条包抄当今商圈的成长血路

译林出版社

图书在版编目（CIP）数据

龙蛇演义．1 / 梦人神机著．—南京：译林出版社，2012.5
ISBN 978-7-5447-2521-7

Ⅰ．①龙… Ⅱ．①梦… Ⅲ．①长篇小说－中国－当代
Ⅳ．①I247.5

中国版本图书馆 CIP 数据核字（2011）第 254780 号

书　　名　**龙蛇演义 1**
作　　者　梦人神机
责任编辑　陆元昶
特约编辑　周冬辉　李仁成　包连荣
出版发行　凤凰出版传媒集团
　　　　　凤凰出版传媒股份有限公司
　　　　　译林出版社
集团地址　南京市湖南路 1 号 A 楼，邮编：210009
集团网址　http://www.ppm.cn
出版社地址　南京市湖南路 1 号 A 楼，邮编：210009
电子邮箱　yilin@yilin.com
出版社网址　http://www.yilin.com
经　　销　凤凰出版传媒股份有限公司
印　　刷　三河市华润印刷有限公司
开　　本　710×1000 毫米　1/16
印　　张　16.75
字　　数　290 千字
版　　次　2012 年 6 月第 1 版　2022 年 3 月第 2 次印刷
书　　号　ISBN 978-7-5447-2521-7
定　　价　32.00 元

目　录

1………………………………………… 1

王超也不说话，身体一闪，蹿上了宽大的办公桌，他的动作敏捷得惊人，连刘局长看了都心神一颤。王超落脚无声，随后腿法快速地变幻，沿着办公桌走了一圈，手掌翻成八卦掌的姿势。走完一圈后，王超腿一弯，踩在了办公桌四周的椅子靠背上。这些椅子都是靠背很高的藤椅，就算一个小孩子踩上去，椅子也会倒下，王超却走得又平又稳。在朱佳惊奇的目光中，王超又转完了一大圈，最后轻盈地跳了下来。

2………………………………………… 19

唐紫尘说话之间，又旋转了一下手臂，不知道使了什么劲，整个铅汞大球仿佛篮球一样，从石槽中跳了起来。随后，唐紫尘用手一弹，球继续跳起，落下来的时候，唐紫尘把劲转换到肩膀，用肩膀一掂，又把球掂到空中。随后，唐紫尘连连转换劲力掂球，或是手，或是足、肩、头、背、胯、腰、肘、膝，甚至竖起一根手指，让球在指头上旋转。王超连转动都很困难的铅汞大球，到了唐紫尘手里，竟然像篮球一样灵活。王超估摸着，这比篮球还大一圈的球就算是纯铁打造的，也有一两百斤，何况是比铁重差不多一倍的汞。

3………………………………………… 38

从最开始的“马步桩”“撩阴掌”“猴偷桃”“三体势”，到后来的“八卦掌”练法和打法，然后是形意五拳和十二形，最后是“龙蛇合击”，还有其中包含的太极拳架子。唐紫尘的身影在王超脑海中清晰地浮现出来。 渐渐的，王超沉浸在了拳术的奥妙之中，唐紫尘的每一句话，每一个动作，细细回忆起来，都大有深意。在回忆的过程中，他又发现了许多以前没有吃透的地方。王超猛地跳起来，腰腿发力，双臂一震，轻盈地跃上了水缸边沿。

4……………………………………………… 52

王超急忙改用鹰形，化手刀为爪，和对方的铁肘硬撞了一记，只觉得手心隐隐作痛。八极门中以肘当枪，分为搀肘、定肘、挤肘、挎肘，猛烈无比，不过王超早有防备，以鹰形来对敌。枪如蛇，鹰作抓，鹰爪正是用来对付枪扎的。不过赵星龙的肘简直练成了一块铁，力量极大，王超几番抓捉，都仿佛抓在一条滑溜的劲蟒上，不但溜手，还险些被震断手指。两人贴身缠斗了几个回合，都觉得占不到便宜，赵星龙也知道王超是劲敌，不由得兴奋起来，大叫一声："好！"

5……………………………………………… 72

八卦掌本来就是刀法演变来的，现在王超夺到了一口刀，用八卦掌功施展，如虎添翼，威力倍增。这一捅戳，任凭是谁都要死了。不过这是砍刀，刀尖不锋利，也没有开血槽，王超刀虽然戳了进去，但是猛地拔一下，居然只射出血箭，刀好像被压住，没有完全拔出来。生死的搏杀，令王超把自己平时练习的潜力完全发挥了出来。不得不说，这么激烈的搏杀， 王超也是头一次遇到，和平时对敌练手完全不同，什么招式和打法都连贯不上来，只有凭借灵活的身体，充沛的体力，躲闪的同时拣人脆弱的地方扎。就在王超准备再次拔刀的时候，剩下的几个人凶悍地扑了过来，砍向王超的手臂、肩膀及头部。

6……………………………………………… 92

在缓慢的抖动震荡中，王超渐渐听见了自己骨骼发出的有规律的嗡嗡声，配合血液潺潺流动的声音，竟然和天地间的雷音有几分相似。外面瓢泼大雨，炸雷一个接一个，王超仔细地听着，最后索性闭上眼睛，心中没有一丝杂念，只剩下天地之间的滚滚雷音和身体骨节震荡、血液流动配合的模拟雷音。后来，王超渐渐觉得，自己身体模拟的雷音竟然和天地间的雷音不分彼此，巧妙地融合在了一起。也不知道过了多久，雷声、雨声都停止了。王超睁开眼睛，走出石洼，红日东升，居然又是一个早晨！雨后的早晨，空气清新，山下的树木绿得仿佛要流淌出汁液来。

7……………………………………………… 111

王超两臂开展，肺部呼吸震荡，配合全身的骨节肌肉，身上竟然传出了好像虎啸一样的吼声。 这吼声深沉内敛，配合气势，就仿佛王超体内藏了一只凶猛无比的老虎！"形意形意，练其形，得其意。假中有真，真中有假，无虎也有虎。"这一招，既是虎形劈劲，又蕴含了炮拳的凌空劲。一法通，百法通，修炼了龙蛇合击，王超触类旁通，也渐渐能把另外的身形变化和几种拳劲都配合起来，运用到打斗中。

8………………………………………… 129

王超一跺脚，五指弯曲，成为虎爪的形状，身体弓起，猛地朝沙袋击去。深沉的虎吼声立刻在房间中震荡，大石头等人都感觉到身体凉飕飕的，好像房间里面凭空刮起一阵旋风。云从龙，风从虎。老虎在山中一声大吼，声音震荡山谷，立刻就会引起狂风大作，腥气扑面，威势极大。王超身法扑击如电，出拳如惊雷落地。十几个沙袋都中了王超的拳头，荡起老高，然后骤然裂开，里面的沙子全洒了出来。王超的拳头好像一把锋利的大斧在砍劈。

9………………………………………… 149

暗劲练到至柔后，可以通过细微的毛孔刺进内脏深处，而且表面不留下一点儿痕迹。宫城阪神的腰间留下指痕，那是因为王超的暗劲还不到家，没有到至柔的地步。要是暗劲练到极致柔和的地步，只要轻轻往敌人身上一挨，立刻就能将暗劲刺进敌人身体内任何一处。并且在刺入的一刻，敌人不会感觉到任何的疼痛，皮肤上没有一点儿伤痕。等到几天后内脏伤势开始恶化，人也没救了。就算能救治下来，人也废掉了一大半，这实在是一等一的暗算手段。

10……………………………………… 163

“好一记龙形跨步！”王超忍不住赞叹。这一手功夫是龙形中的蹦跳，看两人起跳的姿势，好像龙虾又好像鲤鱼跃龙门。龙本来就是综合了马的脸、鹿的角、蛇的身、鹰的爪、鱼的鳞片等构建出来的一个神话形象。在拳术里面，龙形也是很多动物的综合演变。王超赞叹的原因是这两人一跳而起的时候，隐隐约约地从海风里传来了深沉的呼吸长啸声，就仿佛是蛟龙出海，升天而上，显然是已经达到了武学大师的境界。

11……………………………………… 179

一连串又像牛吼，又像蛙鸣的声音从他的腹部、胸膛、全身上下各个关节处迸发出来，正是太极拳中秘传的练髓精要“钓蟾劲”。 陈艾阳打着打着，“牛蛙”和鸣的声音越来越大，震得树上几只麻雀都振翅飞起，跳来跳去。突然，他整个人轻盈蹦起，靠向了身边的一棵大树，手脚并用，整个人就好像一只猫，猛地蹿上了笔直的大树。这是太极拳中的一招“狸猫上树”。他三下两下蹿上树，骤然一个翻滚扑击，双手成圆，一伸一捉，准确地把一只刚刚要振翅腾飞的麻雀抓到了手心，轻轻握住，然后蹿下树来。整个动作快捷轻盈，令人惊叹。

12………………………………………… 200

“国术，以国强势，以势强术！势，以力胜人不如以智胜人，以智胜人不如以势胜人。所谓大势，一往无前，凛然所在，滚滚如海潮，不可阻挡。”王超望着面前奔涌不息的海浪，想起自己与叶玄的战斗，不由得感慨万千。这次战斗，令他对心和意的认识又进入到一个更加高深的层次。内家拳术到达高深境界，靠的就是心意结合，最后勃发劲力——心与意合，意与气合，气与力合。

13………………………………………… 216

王超点点头，一跃就垂直定到了院墙上，就仿佛一根木棍牢固地插进墙壁内，居然没有滑落下来。接着他猛地在墙壁上疾走，一连踏了八大步，才落到地上。他原来的脚上功夫并不能和无坚不摧的鹰爪劲相比，但是经过这几天陈艾阳的指点，他已经把腿脚上的暗劲练得刚柔并济，力贯脚趾的每个关节，所以他横站墙壁时能在两腿翻踢间灵活地变换力量，从而使脚趾抓紧又松开，松开又抓紧，既可以抠住墙壁，又可以平展挪移，如手一样灵活。他知道，他的腿功已经大成，不由得高兴起来。

14………………………………………… 233

程山鸣的双掌和王超的拳碰了个正着，空气震荡声如炮弹炸裂。程山鸣双手一碰、一甩，似乎被王超的马形炮炸开，但是他整个人并不停留，时而后退拧腰，时而侧身顶肩，肩膀好似一条枪，肩头正像枪尖，刺向王超的锁骨！与此同时，他的双手飞快地从肋下钻出来，灵活柔韧得如同两条钢丝藤鞭，缠搅横磕。他凶猛疾进，抢中宫，踏中线，和王超对抢上风，丝毫不甘示弱。他的八卦掌融合了八极形意的拳意，竟然是面面都能兼顾。

附录 ……………………………………… 253

1

在中国，最好赚的是什么钱？毫无疑问是政府公款。同样，最不好赚的钱也是公款。两者之间的区别也就是两个字：关系。

王超的那家网络公司从开张以来一直亏损，可以说，如果没有转机，大家三个月后就要散伙走人了。但是现在时来运转了，这也是关系的力量。

这个关系就是曹毅。他向王超透露，最近几个区政府的网站要换新版，还要新购一些设备，申请了一笔拨款下来，如果竞到这个标，除去回扣和送礼，最少能拿到四五十万。不过天下没有免费的午餐，曹毅在电话里说道："市公安局明天晚上要办一个大案子，捣毁一个黑社会团伙的贩毒窝点，不过市电视台的记者不知道从哪里听到这个消息，非要跟踪做现场采访。是一个很有背景的女记者，刘局长要我推荐一个人在现场保护好她，我觉得你比较合适。让她采访到第一手新闻的同时不能出安全问题，她的老子可是个大人物，跟她搞好关系，以后政府的生意你做不完！不过要是她出了问题，你就完蛋了！你干不干？"

关系往往也会成为双刃剑，挂断电话，王超沉思着："干还是不干？老曹啊老曹，你这样循循善诱，是不是对我有所图谋？不过我现在除了会一点儿拳术之外，也没有什么别的东西。光脚的不怕穿鞋的，有钱不赚不是我的作风，先看看情况再说。"王超决定按照曹毅说的去办。

第二天，曹毅又来电话了："你到底干不干？他们已经开始布置行动了。"

"我马上就来！"王超立刻打了一辆车，风驰电掣地赶到了市公安局。

车到了市公安局门口停下来，门口多出了几个站岗的，一副"闲人免进"的样子。王超一看，知道进不去，正准备给曹毅打电话，两个身穿迷彩服的人从大楼里面走了出来。"你就是王超？"他们看上去二十七八岁，身高都在一米八左右，结实精壮，走起路来沉稳无声，显得非常干练。

"我就是。"王超回答。

"刘局长叫我们接你进去，走吧！"两人确认眼前这个少年就是王超之后，脸上显露出了一丝惊讶。两个特警对望了一下，又默契地交换了一下眼神，立刻就收敛起了自己的表情。其中一名特警伸出手来，王超见对方表示友好，自然不能失礼，连忙伸出手。两人一握之下，王超突然觉得对方的手好像一把铁钳子，狠狠地夹住自己的手掌。

试探？王超手臂好像抖大杆一样轻微一抖。同时，他的拇指关节翻动，朝外一顶，正好顶住了这个特警的虎口。

这个特警只觉得自己手臂一弹，一股力量传递到腰部，随后膝盖处麻软了一下，身体不由自主地下蹲。幸亏他反应敏捷，一感觉不好，立刻正腰挺住了膝盖，才没有出丑。而此时，王超不动声色地抽回了手，露出一个似笑非笑的表情。

没有讨到好，两个特警又交换了一下眼神，“刘局长在里面分配任务，快点儿进去吧！”王超点点头，跟随他们来到一间宽敞的会议室。

王超一进来，众人的目光都投向了他。会议室人很多，上百道目光同时看过来，令他有些手足无措。不过王超现在历练得深沉自如，他含笑对着众人点了点头，随后把眼睛望向了唾沫横飞的刘局长。

刘局长在王超进来的时候，也停止了布置任务，他把手大幅度地摆动了一下，介绍道：“这位是省跆拳道协会的顶级教练王超，是曹先生推荐的。这次行动，由他协助我们保护电视台的记者采访。”

刘局长这么一说，全场有些哗然，尤其是美女记者朱佳和另外几个男记者。会场之中几个领导模样的人却把目光投向了王超身后的那两个特警。两个特警朝这几个领导微微点了点头，显然是传递刚才和王超试手的结果。

“难怪曹毅给我介绍这份工作，莫非是为我弄个身份，然后再去帮他？如果说我是一个刚刚毕业的高中生，就算再能打，也没有人相信的。”王超突然明白曹毅为什么叫自己去跆拳道馆了。

“天上不会掉馅饼。曹毅这人深得很，还是要小心，不要陷进去，免得到时候抽身都难。在外围利用关系弄几个钱花就够了。”

“好了，具体的任务都布置完了。”介绍过王超之后，刘局长看了看手表，“各个单位注意，车辆调配齐，一个小时后，在门前的广场集合，准时行动！”

话音刚落，所有的人都站了起来，依次走出会议室。

“刘局长，他就是来保护我们安全的？”等人都走了，朱佳问道。

朱佳看着王超，一脸怀疑。

“大记者，你是怕他完成不了任务？”刘局长用手指敲了敲会议室的桌面，随后对王超扬了扬眉毛，“她不相信你的身手，表演一下吧。”

“我的拳术只对敌，不表演。”王超说着，同时靠近了刘局长，用只有他们俩能听见的声音说，“我的拳术还没有练到暗劲的地步，打打人还可以，其他的可做不来。况且，我练拳的时候没有学过怎么表演，你不是故意拆我的台吧？”

“你怎么不早说？”刘局长也小声道，“不管怎么样，你好歹也要表演一下。朱佳的老爹是省委常委、省委副书记，她伯伯是这里的市委书记。你想想，巴结上了她有什么好处？”

“朱天良是她伯伯？”对本市的大人物，王超还是知道的。

“那可不！”刘局长鼻子里哼哼了两下，“否则这么大的行动，能让记者跟踪采访？本来就人手不够,哪还能分出警力来保护这些记者！不过，这是个重大新闻事件，如果朱佳跟踪采访成功，播出来就是大功一件，调进省电视台那是名正言顺。你帮这个忙，对大家都有好处。”

王超明白了，立刻把声音提高了许多，语气也一变，说：“虽然不表演，但是这里也没有外人，我就打一套拳吧。”

朱佳看见王超和刘局长嘀咕，脸上闪过一丝冷笑，心想：“这个刘局长不是抽调不出警力来，随便找个跆拳道练得好的学生来敷衍吧？跆拳道的踢法虽然好看，但实战还不如随便来一个武警。”朱佳也知道这次跟踪采访十分危险。看王超年纪轻轻，她心中很是不满，准备叫刘局长换人，但是王超说打一套拳，立刻引起了她的兴趣。

“那好，王……王师傅就表演一下吧。”朱佳道。

王超也不说话，身体一闪，蹿上了宽大的办公桌，他的动作敏捷得惊人，连刘局长看了都心神一颤。王超落脚无声，随后腿法快速地变幻，沿着办公桌走了一圈，手掌翻成八卦掌的姿势。走完一圈后，王超腿一弯，踩在了办公桌四周的椅子靠背上。这些椅子都是靠背很高的藤椅，就算一个小孩子踩上去，椅子也会倒下，王超却走得又平又稳。在朱佳惊奇的目光中，王超又转完了一大圈，最后轻盈地跳了下来。

“好！”朱佳大声叫好。

刘局长这才松了一口气：“去我的办公室休息一下，一个小时后出发。”

天渐渐黑了下来，市公安局前的广场上，二十多辆警车整装待发。这次行动自然是保密的，一切计划、细节，王超一概不知，只有听从安排，跟随朱佳上了一辆警车。

一个小时后，车辆开进了一条七弯八拐的小路，前面出现了一大排黑压压的厂房。

“开灯！一小队，二小队，狙击手，突击队！快！快！快！”刘局长的声音压得很低，但是众人听得清清楚楚。

一开灯，本来黑漆漆、静悄悄的厂房突然有了骚动，就好像突然惊醒的一窝老鼠，声音虽然相隔很远，但还是能听到。瞬时，二十多辆警车上跳下了数十条持枪的人影，个个都矫健敏捷，分成许多个小队，散落到了灯光照射不到的黑暗死角，然后飞快地朝厂房摸进。

王超也不说话，只是紧紧地跟在朱佳身边。一旁的刘局长看到朱佳竟然跟了上去，苦笑了一下，知道劝也没有用。但是毕竟不放心，他摆了摆手，身旁的两个特警也跟在了后面不远处。

这两个特警正是先前和王超试手的那两个，显然是身手最好的，战斗经验也丰富。有了双重保险，刘局长刚要松口气，对讲机里面就传来了嘈杂的声音。

“报告局长，突击队已经进入厂房，遭到火力抵抗，里面的人没有重型武器，只有手枪。请指示！”

“强行突破！”刘局长一点儿也不犹豫。

朱佳和其他记者进入厂房倒是很顺利，毕竟有先头部队开路，他们只要跟在后面就行了。

“观众朋友，我是……这里是对贩毒团伙的抓捕现场……现在，我们的公安武警战士和歹徒发生了激烈的枪战……”朱佳飞快地把事情介绍了一遍，然后把手一挥，摄像机对准了前面，几个人已经完全摸了进去。

厂房一间一间的，非常深，虽然外面车灯明亮，但是里面仍然漆黑一片。零星的枪声响起，随后几个突击小队成员手持冲锋枪，蹲伏在一截矮墙后面，对着厂房深处开火。

“火力压制，好强悍！”王超是第一次见识真正的枪战，那十几挺冲锋枪吐出的火舌真让人心惊肉跳。

“人散了，跟哪个？”看见大部队分散了，几个男记者傻了眼。

“往刚才开火的方向去！”朱佳猛地一跺脚，发了话。几人朝开火地点摸了过去。

这是一间宽阔的废弃车间，几束光线从外面射进来，王超看见几具血肉模糊的尸体或倒在地上，或匍匐在机器上，血流得到处都是。

就在这时，一声枪响，一个男记者惨叫着倒在地上。他的胳膊中了枪。

“卧倒！”后面进来的两个特警一听声音，立刻叫喊了一句，趴在地上，几个敏捷的翻滚，躲到了死角中，抬枪就朝里面射击。另外两个男记者也赶紧趴下了。王超的反应极为敏捷，他双手一抱一推，便把朱佳推倒在地，压在身下。

“你要干什么？还不快滚开！我知道怎么趴下！”朱佳也明白现在的情况，但是被一个男人压住，她是不能忍受的。

“还不快起来，走！里面的人已经被打死了，我们进去！”朱佳翻身就爬了起来，抢过一个男记者丢在地上的摄像机，然后从旁边摸进了里面的门。

又进了一重门，却是一间空荡的车间，一个桌子和十几条板凳放在中央，桌子上摆放着一些袋装的白色粉末。除此之外，还有三个特警趴在地上，发出若有若无的呻吟。这三个特警身上没有枪伤，但是也失去了战斗力，显然是被人袭击过。除此之外，还有十几具身穿各色衣服的尸体。他们一大半都只是中了枪，并没有断气，有的还在挣扎。

“毒品！”王超一看见桌子上的东西，脑中立刻浮现出电视画面。

哗啦一声，地上一个人突然跳了起来，王超把朱佳一下推倒，又看见这个人一只手提了两个黑色大皮箱，敏捷得像只猴子，撞开一扇窗户，跃了出去。

“快追……”一个特警发出了轻微的声音。

“我没事儿，快追！”朱佳猛地推了王超一把。

王超一看这人的身手，便知道是个高手，顿时有些兴奋。现在这屋里全都是已经失去战斗力的人，对朱佳构不成威胁，大部队随后就会赶过来。王超分析了一下形势，纵身跳起，施展出猴形蹦了出去。翻过断墙，王超如一条蟒蛇前蹿，身体连闪，步子飞快，几步就抄了上去。不出两分钟，已经离厂房很远了。那个提皮箱的黑影也出现在了王超的视线中。

玉米地已经到了尽头，前面就是山林，没有路了。就在这时，那个黑影突然停下脚步，放下皮箱，转过身来，身体张开，好像一只巨大的仙鹤，贴着地面掠了过来。这黑影扑过来的动势变换，拳头成鸟嘴，狠狠击向王超的咽喉。王超只感觉劲风扑面，喉结滚动，有一种窒息的感觉。

“高手！”见这黑影的身形和扑身而来的动势，王超立刻左手成鹰爪，护住自己的喉咙，一下便钳住了对方一击鹤啄喉骨的劲。但是对方五指一松，随后张开，王超只觉得劲力膨胀，竟然钳对方不住。对方手上的毛孔鼓胀，疙瘩隆起，好像戴了一双粗糙的铁砂手套。

“又是内家高手，这人的劲比我大，功夫也练得比我深。”刚刚交手，王超已经看出了对方的实力。

摸不到对方肌肉骨骼的动势，王超正要缩手，跃身开来游斗。但是对方却并没有收手，撑开王超的手之后，变鹤啄为翻抓，反钳住了王超的手臂，接连发劲。

“不好！”王超只感觉对方的劲从手臂上传到了腰，顿时腰一酸，腿发软，身体不由自主地向下蹲，这是被对方摸到了动势。王超大惊失色，血液上涌，双手五指并拢，敛手成刀，脚步连盘，屈膝蹚泥，猛地踩到了侧面。多亏他平时腿功好，下盘稳固，身体油滑，没有被对方一下放倒。

敌人见没有一下放倒王超，反被他转到侧面，用手刀扎腰，也是微微吃惊，便一转身发拳，和王超的手刀碰撞在一起。王超身体晃了一晃，手掌发麻，好像被仙人球刺了一下。

“暗劲！”王超这一惊可是非同小可，若是对方练成了暗劲，自己肯定不是对手。但是下一刻，王超觉得自己的手臂只是轻微麻痒，并没有失去战斗力，便知道对方很可能刚刚摸到暗劲的门径，并没能真正外放。因为暗劲级别的高手，每一拳的接触，被打的人就如强烈的电击和针刺一般，只一下的刺激就会神经萎缩，失去战斗能力。不过虽然对方没有真正练成暗劲，但王超可以肯定，对方功夫绝对在自己之上。于是王超小心翼翼，踏着八卦步法，绕圈子游斗。对方的拳法凶猛无比，时而贴身短打，时而长拳直通，都是正面进攻，抢中线，踏中宫，打得空气啪啪作响，好像海浪拍岸一样。三五个回合之后，王超也看清楚了对方的真面目。对方三十来岁，脸有点儿圆，身上的肌肉也不多，但是好像有无穷的精力。对方也在打量着王超，在发现王超居然是个少年的时候，不由得更加惊讶。

太极有推手，形意有搓手，八卦有绕手，咏春白鹤有盘手，另外还有抄手、缠手等等，都是讲究毛孔听劲，触摸动势放人。可谓是内家一脉，本质相通。王超遇到的这个对手，盘手练到家了，王超不但摸不到他的动势，反而差点儿被对方放倒。

“这次是真正遇到了高手！”王超感受到了强大的压力，越来越兴奋，他身形跳跃闪挪，施展到了极限。对方也是越打越猛，拳如暴风骤雨，几乎完全把王超笼罩住，逼得王超只能硬拼。

两人在玉米地中打了十几回合，王超已经跳了出来。幸亏场地宽阔，不然王超可能就被撂倒了。两人交手飞快，两分钟后，对方有些急，频频进攻，想把王超打死，然后跑路。但是王超不和他硬拼，只是稳守游斗。就在这时，身后的玉米地哗哗响了两下，朱佳钻了出来。

对方脸上露出了狞笑，接着一拳避开王超，反身朝朱佳扑去。不料朱佳却不慌张，抬起手，只听到一连串的枪响，对方的身体立刻像跳钢管舞般扭动起来。

"太可惜了！"王超闭上了眼睛，长长嘘了一口气，似乎要将胸中所有的闷气都吐出去一样。对方倒在了玉米地中，手掌还差一寸距离就抓到朱佳的脚尖，但是他已经没有了力气。

朱佳脸色惨白，胸脯剧烈地起伏着，过了好几分钟才镇定下来。王超只说了一句太可惜，就再也没有开口，他缓缓地睁开眼睛。对方的拳术十分高强，如果是正式的比武，自己一定不是他的对手。即使是刚才的打斗，不出十分钟，自己就会因为剧烈运动，体内气息沸腾，闭不住毛孔，最后也会泄气，支撑不下去。虽然朱佳前来也算是救了自己一次，但是毕竟对方是个难得的高手。自己练拳的两年来，经历了不少搏斗，却还没有像今天这么紧张刺激。虽然惊险，但毕竟过瘾，对手突然死在枪下，王超顿时感觉十分扫兴。

这时，朱佳发现了丢在玉米地里的皮箱，里面竟全是面值五百的欧元。

朱佳见过不少钱，但是也被这么多大面值的欧元刺激了一下，却看见王超对地上的钱看都不看一眼，反而帮助死去的对手合上眼睛，心底不由得对王超充满敬意。只是她没有想到，一是王超不认识欧元，二是他刚才这个动作也是在平息自己的情绪。

"咳咳……"朱佳用咳嗽掩饰了一下自己的不安，"我也是第一次用枪打人，以前只打过靶子。刚才你和他的交手，我也看见了。一个高手死在枪下，我也不愿意，我理解你的心情。"

"拳术高手，无论善恶，死在枪下是一种悲哀，当年八卦门宗师程廷华是这样，形意门宗师薛颠也是这样。"王超语气中流露出深深的悲凉。他总觉得，练拳的人要死也要死在拳下，不能死在枪下。

朱佳是第一次杀人，虽然知道不用负法律责任，但终究是心神激荡，也不由得被王超的情绪感染了。她上前拍了拍王超的肩膀，正打算劝慰一下，突然脚下一软："哎呀！"

王超连忙一把扶住："怎么了？"

"刚刚猛跑，不小心崴到了脚！"朱佳的俏脸上显露出一丝痛苦。

"那我来扶你回去。"

"可是，这些钱怎么办？"

"告诉警察，让他们来处理吧。"王超镇静地道。

王超扶起朱佳刚刚走了几步，就听前面传来了一阵窸窸窣窣的声音，随后，刘局长和几个特警出现在面前。刘局长看见王超和朱佳，不由得愣了一下，立刻关切地道："没事儿吧？"

"我没事儿，就是崴了一下脚。那边一个重犯中了枪，好像还提了不少赃款，你们去看看。”朱佳道。

“不错，我们刚才清点了一下人数，那个跑掉的叫林立军，他和他哥哥林立强都是新加坡陈氏集团在东南亚一带的主要人物。他是个搏击高手，这次是来打通内地的市场，当面交易毒品，签订合同，建立信任后通过账号打款。这个案子我们跟踪一年多了，毒品交易数目巨大，第一次交易就有上千万，并且全部是欧元交易。我们在厂里并没有查到赃款，显然是被这个林立军带走了，想不到你们拦住了他。这次我们都立了大功。”

就这样，王超既维护了和曹毅的关系，公司也拿到了政府的单子，还在市公安局的特大行动中帮了大忙。曹毅是他的贵人，但不是第一个贵人。

王超生命中的第一个贵人，是一个看起来比王超大不了多少的妙龄女子。

王超十六岁那年上高二。他身高一般，长相平凡，学习成绩中等，父母早已下岗，家庭条件也不是很好。王超家后面有一个公园，公园临着江，树林密集，林中有一条小路可以到达学校。有一天，当王超走过树林时，发现里面人影晃动。王超很好奇，努力朝树林里面看去。

原来，树林中活动的人是一个穿着一身白，扎着爽利马尾辫的女子。这女子二十多岁，动作慢悠悠的，好像打的是太极拳。不过王超看了一会儿，就发现了与众不同的地方。这女子全神贯注地盯着自己的手指，她总是先把手慢悠悠地伸出去，然后五个手指头像有准星般地一捏，随即便飞快地收回来。而且王超还发现，这女子打拳，脚下也在不停地走着圆圈，步子总是平擦着地面蹚出去，小心翼翼的样子，就好像是在泥水里面行走。

王超看得入了神，也不知道过了多久，那女子突然停止了动作，双手猛地提到眉心，随后缓慢下按到腹部，左脚轻轻朝地面一踩，吐了一口长气。王超清楚地看见，长长的一条白气从女子口里直射了出来，好像一支突然射出去的箭。

“出气能出成这样？”王超看到这样的情景，非常惊讶，自己试着全力吐了一口气。只可惜，吐出的气遇到冷空气，只在面前形成了一团白雾，随后就消散了。就在王超努力哈气的时候，女子走了过来，微微一笑，点了点头，算是打过招呼，随后便离开了。

第二天，王超起得更早，路过公园小路的时候，又看到了那个打拳的女子。王超这次走得更近了一些。虽然王超在观看，但是这女子丝毫不受影响，直到打完一套动作，最后提手，按腹，踩地，吐气。她吐出的气依旧变成细长的白线，笔直射出老远，如箭一般。打完拳之后，女子和昨天一样，对王超点了下头就走了。

接下来一连几天，王超都很早就起床，跑到公园里看女子打拳。他发现不管自己起得多早，这女子总是在那个地方。就这样过了一周，王超终于忍不住在女子要走的时候上前搭讪:“姐姐,你这练的是什么武功?”女子笑了笑：“我打的是国术。”

“国术？”王超也看过许多武侠小说，只知道什么“九阴白骨爪”“降龙十八掌”“蛤蟆功”之类的。“什么是国术？”王超问。

女子依旧笑笑：“只杀敌不表演的武术，就叫国术。”

王超听了，越发觉得厉害：“姐姐，你能教我吗？”

女子仔细地把王超从上打量到下，点点头：“我打拳你看了一周，还算有点儿毅力。你叫什么名字？”

“我叫王超，今年十六岁，高二学生。”王超自报姓名。

“我叫唐紫尘。”

王超觉得，唐紫尘皮肤光滑，没有任何瑕疵，好像玉石一样。

“你根基不好，看来以前从来没有练过，先教你蹲马步吧。”

“蹲马步？”王超说，“这个谁都会，还用教吗？”

“哦？那你站一下试试。”唐紫尘走了两步，示意王超蹲下。

王超立刻半蹲，双手平推出去，一动不动，蹲得四平八稳。

唐紫尘并不说话，只是微笑地看着。不一会儿，王超膝盖就开始发酸，又过了一会儿，两腿打起哆嗦来，腰也酸了，随后全身发热，额头上都出了汗。王超知道自己坚持不下去了，于是站了起来，揉了揉发酸的膝盖：“姐姐，是这样吗？”

唐紫尘摇了摇头:“你这样一动不动地蹲着,只会蹲得腰肌劳损。马步,马步，重要的是一个‘马’字，要蹲出匹马来。”

“蹲出匹马来？”王超听不明白。

“你看见过人骑马没有？”唐紫尘严肃起来，“人纵马奔腾，身体随着马一起一伏。马步，是先贤从骑马中领悟到的拳术根基，所以蹲着的时候也要蹲得一起一伏，凭空蹲出匹马来。”

“人纵马奔腾，那个起伏的劲是借助马的，所以出不了功夫。但是在平地上就不同了，你的起伏劲等于是把马融入了身体。你这样一动不动地蹲着，身体重心全放在膝盖上，蹲久了，膝盖肯定要出问题。”

“还有这个道理？”王超从来没有想过，一个简单的姿势，却蕴含了那么多的东西。

“你看我怎么蹲的。”唐紫尘说着，也扎了一个马步，只见她身体轻微地一起一伏，就好像波浪一样。

“来，你来蹲。”唐紫尘做了示范，让王超跟着学。

“蹲的时候，一定要劲先到脚掌。起的时候，脚趾要死死抠在地上，五个脚趾一抠，就牵动了小腿的骨头和肌肉，膝盖会自然挺起来。膝盖一挺，大腿一绷紧，提腰，收腹。这是起劲。伏下的劲正相反，你的脚趾都要松开。这样膝盖一松，大腿松，腰坐，腹鼓。就在这轻微的起伏之间，不停地转移重心，才能不使重心老落在一个地方，造成身体损伤。”王超越听越觉得有道理，连连点头，照着唐紫尘的话去做。

一开始，王超根本无法做到一起一伏，但是唐紫尘就在身边，每当王超的劲没有到位的时候，她就用脚一踢。王超被踢的地方仿佛针刺一样，肌肉受刺激，全身的劲一下就到位了。“起伏的幅度不要大，就是脚趾一抠一松的距离。你一起一伏，始终要把这个距离的劲蹲精确了。越精确越好！”唐紫尘教的时候十分严厉。

果然，学会了这一起一伏之后，王超蹲的时间由原来的五分钟延长到了二十多分钟。但是二十分钟之后，王超觉得头有些发晕，这一起一伏，就好像晕船一样，胃里面直翻腾。

“是不是感到头晕，觉得反胃？”唐紫尘好像知道王超的感觉。

王超连忙点头。

“不用蹲了，你起来吧。你的下身姿势都到位了，只不过头没有到位。蹲的时候头要凌空虚顶。”

“什么是凌空虚顶？”王超站起来，大口喘息了半天，才把反胃的感觉压了下去。

“这是八卦形意门拳经中的术语，也难以解释，你跟我来。”唐紫尘想了想，“到大堤上你就知道了！”

公园外是一条江，前几年新修的钢筋混凝土大堤隆起老高，登上大堤的水泥台阶有几十级，很陡。唐紫尘一把抓着王超，快步登上了大堤。王超刚才蹲马步蹲得膝盖酸得要命，现在又经过这么一折腾，膝盖酸得差点儿都站不起来了。

“登高望远，视野一开阔，心情就轻松，疲劳也就缓解了。这就是凌空虚顶。”唐紫尘对王超解释道，“纵马奔腾的时候，视野特别开阔，这样骑马也就不觉得累。同样的道理，人晕船的时候，只要站在甲板上，吹吹风，向远处望一望，也就不晕了。所以，蹲马步的时候，不但一起一伏的劲要到位，眼光也要开阔，有登高望远的意境在里面。这样的马步，才算正确了。这些都是生活中就有的道理，只是人们平时忽略了，是先贤们把它们总结起来，融进了武功之中。武功不是神话，它就在生活之中，只要用心，就能化腐朽为神奇。”

王超听着这些话，好像一下子明白了许多。他感觉到一扇自己从来不曾想过的大门正在向自己慢慢敞开。

“道理和姿势我都告诉你了，你先练习半个月吧。半个月之后，我在这里等你，看看你练的效果如何。”唐紫尘说完，转身下了大堤。

于是王超每天早晚都蹲马步，脚趾抠地，一起一伏，然后目光像登高望远那样看出去。他先前只能蹲上十多分钟，蹲了一两天之后，居然能坚持到三十分钟而且并不吃力。同时，王超感觉到自己的脚趾、小腿、腰腹都越来越灵活。每天晚上蹲过之后，睡得十分香甜，几乎一觉到天亮。

五六天以后，王超不仅早晚都定时蹲，而且在上课的时候，总是把臀部提起来，虚坐在位子上，就连写字的时候，身体也学唐紫尘那样如波浪一般微微起伏。幸亏王超平时成绩一般，都是坐在后面几排，而且动作很轻微，倒也没有老师来管他。再加上王超性格内向，读了一年多高中，班上的同学一大部分名字都叫不出来，也没有什么知心朋友。不过这样，他倒是落了个清净，每天都生活在自己的世界中。

一连这么持续了十天，王超居然能虚蹲上一节课。课间十分钟，王超就休息。一上课，就开始起伏虚蹲。这样一天下来，算上早晚自习，王超蹲的时间居然达到了十个小时。到了最后几天，王超就好像吸毒来了瘾一样，连走路的时候，都是先提脚抠五趾，然后身体起伏，一步步向前走。这样的姿势，已经有几分怪异了，在学校里面经常有人指指点点，可是王超浑然不觉。

时间过得飞快，一转眼就到了半个月之后。现在，学校前面一个齐脖子高的升旗台，王超不用助跑，一伏一起，猛一下就蹿上去了。到了和唐紫尘见面的日子，王超依旧是起了一个大早，天还没有亮就急急忙忙赶到了公园的老地方。唐紫尘早在那里等着了，依旧是白色的运动服，神情温和。看见王超跑过来，唐紫尘的眼睛似乎亮了一下：“想不到你半个月的时间就蹲出了这样的效果。看你走路的姿势，就知道你已经入迷了。”

王超听见这话，只是傻笑了一下：“今天尘姐要教我什么？”

“你是个务实的人。无论学什么东西，都要入迷，才能学出效果来。看来，你有资格学我的国术。”唐紫尘看着王超，仿佛发现了一块上好的璞玉。

“来，我们先谈谈吧。”唐紫尘在一张石凳上坐了下来，“你知道什么叫国术吗？”

王超摇了摇头。

“形意、太极、八卦、通背、螳螂、八极、戳脚、洪拳、铁线、劈挂、弹腿等许许多多的武功，统一的称呼叫国术。”唐紫尘说着，突然来了兴致，“来吧，我今天教你一招实用的。”

“你从后面来抓我。”唐紫尘对王超比画了姿势，叫王超从背后抓自己的肩膀。

王超见唐紫尘背对着自己，立刻依言朝唐紫尘的肩膀抓去。唐紫尘轻轻一回身，右手肘尖如枪，击向王超的胸膛。这是演招式，唐紫尘活动得很慢，王超倒是有时间反应，本能地双手向前一推，挡住了唐紫尘一肘。哪里知道，王超刚刚一接触到肘，唐紫尘的小臂就好像鞭子一样，向下一个弹甩，手掌直接撩向了王超的裆部。这一下又快又急，力量骤然变化，王超还没有反应过来，唐紫尘的手掌已经撩到了下阴。王超吓了一跳，只感觉到一股凉气从尾椎骨升到了后脑，全身都起了一层鸡皮疙瘩。

“转身，肘击，撩阴。”唐紫尘对力道的把握很有分寸，手掌一沾即收，并没有碰到裤子。

王超问：“尘姐，这一招叫什么？”

唐紫尘笑得灿烂：“这一招在八卦门中叫‘撩阴掌’，在形意门中叫‘转环崩拳’，在太极门中叫‘撇身捶’。”说着，唐紫尘又解释了一下这一招的要点。

“拳术都是从大枪术中演变来的。这一招看样子是简简单单的一转身，手臂撇甩出去，其实要打出两重劲来，肘击要像枪一扎，等别人挡的时候，手臂顺势下甩击裆。”

“古代的将军在战场上使枪，一枪扎去，人家一挡，枪头反弹，反而可以把敌人的兵器打落，因为枪杆子有弹性嘛。你打这一招的时候，要含着耍大枪的意思在里面。”

“你看着我怎么用劲。”

唐紫尘再次演练了一下，肘击后小臂下甩，衣服被带出了一声脆响，如鞭子在空中抽击。“最后撩阴的一下，手臂要甩出这个脆劲来，这才算练到了家，这也是通背门中的摔碑手劲。好了，这一招你回去练熟，等三天后，我再教你另外的。”唐紫尘教完之后就走了。

一连三天，王超都在仔细地琢磨着这记“撩阴掌”。但是，无论他怎么打，都无法像唐紫尘那样打出鞭子破空啪啪响的脆劲来。三天后，王超把这个疑问向唐紫尘说了。

唐紫尘听后，哈哈大笑：“你才刚刚起步，就想打出脆劲来，那还得了？武功有三重劲：明劲，暗劲和化劲。明劲的顶峰就是这个脆响，练出脆响，就等于是武林高手了。你现在的体力远远不行，万里长征才踏出第一步呢。不说这些，我今天教你另外一招。”

唐紫尘今天教的一招，是突然下蹲，左手抓裆，右手兜在胯后，手掌按住地面：“这一手抓裆蹲身是太极门中的杀招，也是八卦门中撩阴掌的一个变化，是形意十二形中的‘猴偷桃’。”

王超这几天学了两招，都是抓裆，招招狠毒，不禁充满疑惑：“这尘姐是什么人啊？”

“看好了！你一抓，如果人家后退护裆，你按着地面的手立刻抓沙扬起，撒向敌人的脸。当年太极大宗师杨露蝉‘左手蹲身抓雀，右手抓神沙使脸上’，不知道打败了多少高手。”

“抓雀，抓沙……”王超突然想到，“地下都是水泥，没有沙怎么办啊？”

“猴子蹲身，是尾巴竖起支撑在地面上。人没有尾巴，这只手是当尾巴来用的。动物的尾巴保持平衡，使用这招的时候，手也要保持身体的平衡。人蹲在地上，如果一抓裆没有抓到，人家用脚踢你，你手一撑就跳出去了。”

“猴子蹲身，用尾巴使力平衡，抓雀不成还可以顺手抓沙，就算没有沙抓，也可以防备别人的脚踢，这招真是阴险啊。”王超觉得，太极拳在他心目中的威严形象破灭了。

“打法不是表演，也不是练法。打法就是讲究一击必杀，攻击人体的脆弱部位。生死一搏，哪还讲究什么阴险不阴险？”唐紫尘站起身来，“好了，我今天就告诉你，武术有三种形式，一种是打法，一种是练法，还有一种是表演。你别看打太极拳的，慢悠悠的如行云流水，那都是表演，连练法都不是，真正的太极打法已经很少有人会了。”

“打法、练法和表演……还能这么划分？”王超觉得，这位姐姐的话，每次都能把自己带进一个全新的领域。

“太极拳看起来柔，讲究四两拨千斤，其实这只是表面。太极的打法是最为刚猛的，这个刚猛的劲，要从‘捶’字上去找。你看，这两个是太极的架子，‘搬拦捶’和‘撇身捶’。”唐紫尘做了两个动作，都是狠狠地一甩，整条手臂发出啪啪的脆响，好像把空气都抽爆了一样。“古代大将，使锤的都是猛将，你看李元霸，两把大锤打遍天下。太极前辈创拳的时候，借了小说的威风，自然要把最刚猛的劲命名为‘捶’。当年八卦名家程廷华说，‘八卦掌练时如推山，打人如抡鞭’。形意大师尚云祥说，‘练的时候用劲不用力，打的时候用力少用劲’。这都是在说打法和练法的区别。我这几天教你的撩阴掌和猴偷桃都是打法，是格斗的技巧，不能用来长体力、增力量的。”

“什么是用力？什么是用劲？”王超问。

“力是惯性，是骤然的爆发。”唐紫尘又做了一个手势，把手臂凭空甩得啪啪响，“用力的时候要快、猛、疾。”

“劲是肌肉绷紧，慢慢地移动。”说着，唐紫尘又比画了一下，好像在挤海绵里的水一样，“用劲的时候要慢、沉、稳。”

“快、猛、疾，慢、沉、稳……”王超用心地领会着六个字，体会着力和劲的区别。

唐紫尘比画完之后，坐下说道：“来吧，你把‘猴偷桃’练习三天。练熟了，我再教你新的东西。”

王超又暗暗练了三天，晚上躲到没有人的地方，把“撩阴掌”“猴偷桃”反复练习。尤其是“猴偷桃”，这一招蹲身时候的难度很大，腿部的肌肉拉得很痛。幸好王超站了半个月的马步，腰腿的肌肉以及脚掌、脚趾的力量和灵活性都大增。王超在练“猴偷桃”这个姿势的时候，蹲身蹲了几千次，终于熟练到了极点。三天之后，王超又在公园里见到了唐紫尘。

王超演练着“撩阴掌”“猴偷桃”这两招，唐紫尘连连点头：“不错，姿势很对，用劲和全身的重心也调整得不错，有潜力。来，我正式教你一个长体力的拳架子。”

“至于打法，一招鲜，吃遍天。在你练成之前，即使碰到什么事情，这两招也足够防身了。”唐紫尘说着，用脚在地面上画了一条直线，让王超两脚一前一后地站在线两边。王超站好之后，唐紫尘让他一手按在肋下，一手平伸出去，整个人好像端着一支枪，又好像托着刺刀一样。

“把身体分开的这条线就是中线，人的身体中线就是一条脊椎。脊椎的顶端在后脑，尾部就是尾椎骨。任何武功，如果不把功夫练到脊椎上去，就是一场空。你听好了，我现在要对你讲的，是所有武功的根基，不知道这个东西，就永远只在门槛上摸索。”王超见唐紫尘神情严肃庄重，也立刻竖起耳朵，聚精会神地听着，生怕漏掉一个字。

“说到武术，必定要说到一个关键的字，那就是‘气’。这个气，不是呼吸的气，也不是空气中的任何一种。人一运动，全身发热，发热厉害了，就要流汗，这股热就是气。所谓炼精化气，就是人的运动产生的这股热。但是，人的身上有无数个毛孔，一运动发热，气就从毛孔中散发出去了。”

“原来是这样，这就是气！”王超茅塞顿开，“气散发得剧烈了，人就流汗了。”

“对，就是这样。”唐紫尘赞许地点了点头，“人的毛孔，就好像竹篮的孔一样。用竹篮打水，无论怎么装，水都要流出去。同样的道理，人的身体，无论运动得多么剧烈，气都要从毛孔散发出去，变成一场空。”

“在运动中，保存住这股气不散发出去，这就是国术最基础、最精深的东西。这也是道家养生的法门。气是通过毛孔散发出去的，人要养气，就要在关键的时候闭住全身毛孔。”

“那怎样才能闭住全身毛孔呢？”王超急忙问。

“你看过动物发怒没有？特别是猫狗，当它们愤怒到了极点，全身的毛都会像刺猬一样竖起来。这是炸毛，也就是闭住了毛孔。人也是同样的，有的时候，人身上会起鸡皮疙瘩，汗毛炸起来，这也是闭住了毛孔。”唐紫尘解开了自己的发卡，让乌黑的秀发披了下来，摆了一个步子，“你看我真正的发劲。”

唐紫尘身后是一株胳膊粗的白蜡树，王超只见她一转身，一掌抽在了树干之上。唐紫尘披下的头发宛如遭到电击一样，陡然向上一竖，随后又落下。与此同时，咔嚓一声，那白蜡树干从掌击的地方断成两截，平飞了出去。唐紫尘又轻轻一踩，地面本来光滑的水泥地好像被压路机碾过一样，寸寸龟裂。

“这是暗劲，又叫做内劲，你现在离这样的境界还差很远。当年形意大师们练功的时候，提脚落地无声，轻轻一下，就能够踩碎一块大方砖。暗劲，必须要无声无息，举足轻重，这才叫暗。”唐紫尘重新扎好头发，“我刚刚向你说了‘气’，这暗劲就是气集中在一点爆发，你看我的手。”说罢，唐紫尘伸出手来，王超一看，唐紫尘的手上果然湿漉漉的，全部都是汗。

“所有的汗都从手心里打出来了。”唐紫尘看见王超惊讶的模样，解释道。

“尘姐，我刚刚看你只是摆了一个姿势，没有做强烈的运动，怎么一下出这么多汗？”王超觉得奇怪。

“打人，不但要用手打，心里也要急。人一急就上火，浑身冒的汗比剧烈运动还厉害得多。”唐紫尘继续说道，“拳经里面有口诀，叫‘遇敌好似火烧身’。人一急，全身都会立刻出汗，元气大量地奔泻出来。但是全身都出汗没有用，因为气不集中。所以程廷华说，打人的时候，要急在手上。就是全身发热的时候，要闭住毛孔，只松开手上的，把气集中到一点。”

“这也是拳经中‘意与气合’的道理，但是只让汗从手上出来，这就是‘气与力合’的道理了。”

“意与气合，气与力合……原来是这样……”王超连连点头，发现自己活了十六年，听到的道理还没有今天一早加起来的多。

“我现在叫你站的这个姿势，就是让你控制全身毛孔的。这是真正长体力、长功夫的。”唐紫尘又让王超摆好那个端枪托刺刀的姿势。

“我上次教你的马步，是练腰腿和脚趾力量的。我今天教你这个桩法，是通过锻炼脊椎来掌握自己全身毛孔的开合。你注意了，要用心感受我手指的地方。”唐紫尘用手点住了王超的后脑，随后一寸一寸，顺着脊椎骨的骨节向下移动轻推，每移动一寸骨节，王超都感觉到自己的脊椎骨一寸一寸地挺直。与此同时，脊椎骨的运动也带动了全身骨骼的移动和肌肉的伸缩。王超觉得全身发热，身体微微出汗。突然之间，唐紫尘的手点在了王超的尾椎骨上。王超身体的重心骤然下垂到了脊椎末端，好像被踩了尾巴的猫一样，全身汗毛竖起，皮肤上起了一层密密麻麻的鸡皮疙瘩，所有的汗和热气都仿佛被逼了回去。

“感受自己每一寸的脊椎骨，从头到身，然后到尾。头、身、尾，三势一体。这桩法叫三体势。动物的尾巴是保持平衡、控制身体的，凶猛的动物只要尾巴一竖，全身的毛就炸起来了。人的尾巴退化了，所以灵敏度不如动物。马步要凭空蹲出匹马来，三体势则是要凭空站出根尾巴来！站三体势，当重心落到尾椎的时候，要像动物一样，全身的汗毛炸起来。这样才能出效果，没有这个效果，就是站一百年，也是一场空。”

刚刚王超被唐紫尘一节节推脊到尾部，感觉开始的时候自己就好像是从热气蒸腾的浴室中晕晕乎乎地出来，随后被冷风一吹，整个人特别清醒。王超把这种感觉向唐紫尘一说，唐紫尘点点头：“不错，这跟洗热水澡是一个道理。人洗热水澡，在热水中泡久了，全身毛孔受热都张开了，全身的元气会顺着毛孔渐渐地散发出去，所以人洗热水澡时会浑身出汗。元气散发得过多了，人会不适应，体质差的人洗澡时间长了会头晕眼花，胸闷气短，这就是元气奔泻过多的缘故。这个时候，猛地一出浴室，被冷风一吹，人全身一个激灵，皮肤受冷空气刺激，鸡皮疙瘩一起，会精神一爽，头脑立刻清明，这就是毛孔受到刺激紧紧闭上，阻止了身体元气的流失。这个道理，前辈们早就想通了，还编出了口诀来，叫做‘炼精化气如洗澡，养气归丹冷风吹’。脊椎骨是人体的中线，所以通过活动脊椎，全身都能活动到。你全身发热，达到似出汗、微出汗之间，一定要将重心垂落到尾椎上。这和针灸一样，只不过针灸是用针刺，而三体势是用身体的重心来刺激。一个是内，一个是外。真正的高手，练的时候是不出汗的，只有打人的一刹那出汗。”

唐紫尘从衣袋里面拿出一张沉甸甸的金属卡片：“就这个三体势，道理我也讲透了，推脊椎骨节也帮你掌握了，你回去后自己推吧。等你寒假过后有了时间，再去省城的天星湖第十八栋找我。我最近有事儿，不能来教你了。拿着这个，你才能进去。”说着，唐紫尘把卡片递给了王超，“密码是 ××××××。等你站出效果来，我会另外教你新东西。如果这个三体势你站不出效果，就把卡扔了，不要来找我了。”

“尘姐，那什么才叫站出效果？”王超一听，急忙发问。

“等你太阳穴练得鼓起来，就可以来找我了。”

王超整日沉迷在唐紫尘教的“三体势”中，日夜都把全部的精力放在自己的一节节脊椎骨上，从头推到尾，然后再从尾摸索到头。开始的时候，有唐紫尘那天的引导，所以感觉还算顺利，但是落到了自己每天的练习中去，王超才感觉到很困难。

王超先是站了三四天，发觉重心总是落不到自己的尾椎上，自然也无法站得汗毛竖起来。脊椎不比手脚，很难控制，王超始终不得要领。但是他并不气馁，而是努力地回忆着那天唐紫尘教给他的每一个动作。王超是真正沉迷进去了，以至于每天上课的时候，老是弄得椅子吱吱作响。

“王超！你要死啦，天天上课做什么怪动作！”直到有一天，王超身后传来了怒气冲冲的骂声。王超回头一看，发现是一个大眼睛的女孩，她清秀的脸上隐隐蒙了一层怨气。

“哦，对不起，对不起。”王超立刻道歉。

那女孩见到王超道歉，怨气也消了：“快要期末考试了，这次考试可是我们市里的十校联考。你整天不学习，我作为班长兼学习委员，可要告诉你，你可不能拉我们班的后腿。”

“好，好……”这女孩说话有股高高在上的味道，令王超心里很不舒服。不过王超平时也习惯了，于是连连点头：身体不再动，只是在心里琢磨起唐紫尘所说的“意与气合”“气与力合”的道理。

“学习不能改变我的命运，但是尘姐教我的国术说不定能。”王超是个平凡的人，但是并不代表他心里就甘于平凡。其实，王超有着出人头地的强烈愿望。只不过，现实把这股愿望打压下去了。自从碰巧认识唐紫尘后，王超就知道自己抓住了一根绳索。唐紫尘为他打开的那道国术大门，其中的精彩程度，不知道要超过课本上的东西几千几万倍；另一方面，也是因为自己对学习实在提不起兴趣，而唐紫尘教的国术却能引起王超的共鸣。

渐渐临近期末，离放寒假只有十多天了。从王超开始跟唐紫尘学习国术，已经快有一个半月的时间。这一个半月来，王超的“马步桩”越来越熟练，一起一伏之间，王超感觉自己好像真的在纵马奔腾。而“撩阴掌”和“猴偷桃”两式打法，也练得只要自己的心意一动，就立刻手到眼到的地步。但是，只有那个看似简单的三体势，王超还是捉摸不透，不能每次都把自己的汗毛竖起来。

就在要放假的前十天，一个星期六的早晨。王超坐在家里，守着一个煤炉子烧开水，突然发现门口一只流浪猫轻盈地走到太阳底下，舒服地舒展着身体。王超心里一动，悄悄移了过去，突然狠狠地踩了一下流浪猫的尾巴。

只听流浪猫一声惨叫，整个身体缩成一团，尾巴一竖。王超清楚地看到，猫的整个脊椎骨弯成一张弓，刹那间如一条蛇伸缩。猫全身的毛仿佛刺猬一样根根竖起，它一跃而起，竟然蹦到了王超的脸上来。王超慌忙用手护脸，但是手臂上被抓了许多道血印子。王超连忙把猫甩了出去，他不但没有恼怒，反而十分喜悦，因为他刚刚看清楚了猫竖尾巴、动脊椎、竖毛的一刹那情况，结合自己这么多天的练习，王超好像一下顿悟了。

“我明白了！”王超立刻摆了一个三体势的姿势，他的脊椎骨宛如一条蛇，轻微地推下来，全身已经微微发热，有了一丝汗意。

王超身体的重心准确地落到了尾椎上，他感觉仿佛自己无形的尾巴竖了起来。尾椎神经一被刺激，王超立刻感觉到一股冷意沿着脊椎升到了后脑，然后头皮发麻，全身鸡皮疙瘩暴起，毛孔紧紧地闭上了。一下子掌握了要点，王超立刻反反复复地演练三体势，一连练了几十遍，只感觉到身体内的汗意热气总是在要从毛孔中出来的时候被逼了回去。这样一冲，一逼，令王超有一种错觉，自己的身体像吹了气的皮球一样胀起来。到最后，王超感觉到自己好像要被胀破了才停下来，学着唐紫尘一样，双手往上提到眉心，然后虚按下来，把全身的气都按进小腹内。手一按到腹部，王超立刻感觉到，自己好像在往满满的轮胎中打气，压也压不下去。王超小腹胀痛，腹部随后咕噜咕噜作响，猛地向上翻腾，一冲而出。王超不由自主地被冲开了嘴巴，一声长啸破口而出。这啸声正和烧开水时蒸汽冲出壶嘴的声音一样。与此同时，还有一部分热气沿着他的面部猛冲上脑袋，然后在太阳穴上停了下来。王超感觉到，自己的太阳穴好像鼓起来了。

“咦？好像没有明显鼓起，不过精神倒是很好。”王超照了照镜子，发现自己的太阳穴并没有像刚才感觉的那样明显鼓起，心中有些失望。“算了，一口吃不成个胖子，刚才有明显的感觉，说明我练对了。”王超努力使自己平静了下来。

总算是突破了瓶颈，直到放假，王超都沉浸在喜悦之中，每天的反复练习，当然也越练越有趣。

放假后的第一天，王超照了照镜子，感觉自己的太阳穴真的微微隆起了，而且精力饱满，任何时候都神采奕奕。这样的变化，使王超的心情出奇得好，充满自信，一扫以前的沉闷、内向和颓废。

“太阳穴已经鼓起来了，那过两天就去省城见尘姐，让她教我新东西。”王超在心中安排了一下寒假的计划，“这两天干些什么好呢？我功夫大进，太阳穴都鼓起来了，算是武林高手了，总得要找人试一下，不然岂不是锦衣夜行？”王超也看过一些民国时期的老小说，一般描述某某高手出场，都是“此人太阳穴高高鼓起，竟然有一寸来高”。

2

一天，吃过晚饭后，王超出去溜达，走着走着，来到了城南体育中心附近。这一带鱼龙混杂，到处都是电子游戏厅、台球厅，还有许多跆拳道训练馆、空手道训练馆、泰拳训练馆，却没有一家关于国术的武馆。

“全闷了！”

“开牌！”

起哄的声音吸引了王超，在不远处摆放在露天里的球桌旁边，五六个人正在玩牌，为首的是一个穿皮夹克的光头年轻男子，他的脖子上有一条刀疤，显得十分狰狞。王超知道，这个男子人称良哥，是个混混，手下有十几个小弟，经常在学校外面敲诈学生。

高一的时候，一次王超和一个女同学走得近了些，结果被他小弟看到，硬生生说王超调戏他女朋友，逼迫王超拿出钱来私了，后来见王超实在没钱，又狠狠地扇了王超几个耳光，踢了几脚，才算了事。当时王超忍气吞声，不敢反抗，现在看见良哥身边那个一边吸烟、一边玩着打火机的小弟，就是去年敲诈不成打自己的那个。王超顿时脸色一变，血都涌到了脸上。

“有仇不报非君子，老子今天要报仇，顺便捞一把。”王超心想，“这么多人，真打起来要怎么办？先撂倒几个，抓一把钱就走？”

盘算清楚了，王超深吸一口气，快步走了上去。一群人的心思都在牌上，百元大钞递来递去，丝毫没有察觉到王超的出现。

“光哥，该你闷了，我闷五十！”另外一个红头发的小混混对那个光哥敲了敲桌子。这个光哥，正是以前打了王超的那个混混。

这个时候，王超已经到了光哥背后，他突然出手，猛地抓住光哥的头发往后一扯。光哥没有防备，骤然遭遇到这样的毒手，发出了一声号叫。王超这一猛拉头发，带起光哥的身子拖到地面，连椅子都拖断了。

王超早就盘算好了，在抓头发的同时，他另一只手猛地朝桌子上抓了一大把，也不知道抓起了多少，只觉得手里鼓鼓的，往裤兜里一塞。这一下，牌桌上的所有混混都醒悟了过来，全部站了起来。王超飞起一脚，把桌子踢倒，随后在光哥脸上狠狠地踩了一脚，立刻如猴子般地跳出了两三米远。这一系列的动作，果然打了这群混混一个措手不及。

“小杂种，你找死！”

良哥最先反应过来，随后抄起一个板凳就砸了过来，一看打架经验就十分丰富。王超连忙躲了过去，良哥已经抢了上来，一脚踹向王超的小腹。良哥这一系列动作熟练无比，显然是经过了无数次打斗形成的条件反射。

王超以前从来没有打过架，显然经验差了点儿，被良哥一脚踹中。幸亏平时站的马步现在起到了效果，王超并没有被一脚踹倒，只是后退了两步，小腹也不痛。

“要是刚刚倒下了，那就完蛋了！不过这家伙的脚没有力量。”王超后退两步的时候，看见周围五六个混混已经抄起了凳子和台球棍。良哥不愧是经常打架的人物，见自己一脚居然没有把王超踢倒，微微一愣，又抡起拳头扑了上来。

王超急忙转身，把后背留给了良哥。良哥一拳打在王超的后背上，王超忍住了疼痛，猛地回身，使了“撩阴掌”。这一招“撩阴掌”的功夫，王超两个月里练了上万次，已经是熟练得不能再熟练了。

良哥虽然挡住了肘击，但是王超小臂一弹甩，正好撩在了良哥的裆部。良哥当时就蹲了下去，捂住裤裆在地下翻滚，失去了战斗力。王超拔腿就跑，因为还有六七个混混抄家伙围了上来。地下散落的钱，王超也顾不得去捡了。

体育中心很大，但是四面都有围墙，而出去的大门已经被两个小混混堵死了，王超知道，万一被其中一个拉住，自己肯定架不住人多，就要吃亏，于是立刻朝另一边的楼梯上跑。六七个人大声呼吼，也追了过来。

这一番打斗引起了骚乱，到处都是乱糟糟出来看热闹的人。王超腿快，体力好，跑了一会儿，那些人始终没有追上来。突然，尖锐的警笛声响起，警车开了进来，追赶王超的几个混混听见警车鸣叫，本能地停了下来，撒腿就逃。但是，跑出几步路之后，忽然有人醒悟过来："这可是别人先动手抢劫打人，不是平时我们打架斗殴，跑什么跑！"这一下叫出声来，混混们都不跑了，有的反而朝警车迎了过去。警车一停下，立刻下来了五六个全副武装的警察。打头的是一个膀大腰圆，个头一米八多的中年大汉，他一下来就吩咐道："打架斗殴的，全部带走，快点儿！阻止围观，快！"

冲下来的一帮警察动作非常迅速，一下就把混混全部铐了起来，包括被王超打翻的良哥和光哥。"你们这群家伙，在关键的时期惹麻烦，看我回去不好好收拾你们！"中年警察狠狠地踢了一个混混一脚，骂道。

王超也被一个混混指证，被冲上来的警察铐住，塞进了车里。

"蹲下，一排蹲好！老实点儿！"车开进了局子里面，警察们似乎个个都很恼火。

那个中年警察看了王超一眼，吩咐道："他还是学生，不是他们一伙，给他打开铐子。"

警察不但给王超打开铐子，还允许他在椅子上坐下来。

"刘队长！是他先动手打人，还抢我们的钱！"良哥现在已经从疼痛中稍微清醒了过来，忍住余痛，抗议起来。

其余的混混连忙起哄："刘队长，我们作证，是这小子先动手打人，还抢我们的钱，这是抢劫！"

"胡说！"刘队长猛地一拍桌子，"你们是什么人，我还不知道？一个学生，抢你们这么多人的钱？他先动手打人？你们都当我是傻子？"

这群混混的幕后老板，刘队长是知道的。不过现在，这些小杂鱼既然犯了事情，就算是幕后的陈老板，也只有丢他们出来做典型。刘队长显然火气很大，恼怒无比，说话杀气腾腾，一脸狰狞，吓得这些混混目瞪口呆。

这个时候，一个警察匆忙走了进来："刘队长，市电视台的朱记者来了。"刘队长揉了揉自己的太阳穴："幸亏我们这几天都盯得紧，要不然，敲诈殴打学生的事情让电视台拍了去，影响实在是太坏了。"

不一会儿，一个女记者和一个扛着摄像机的男摄影师走了进来。那个男摄影师一进来，就对蹲在角落里的混混们大拍特拍。王超认得，这美女记者就是市电视台的主播朱佳。朱佳先和刘队长交流了一会儿，然后对准了镜头："观众朋友们，晚上好。最近，市公安局大力整顿治安，给市民营造和谐宁静的生活环境……今天傍晚，市公安局南城分局在体育中心抓捕了一伙敲诈勒索中学生的流氓团伙……"

镜头对准了蹲在地上的良哥一群人。随后，朱佳又把话筒对准了王超："这位少年是本市的学生，在体育中心锻炼的时候，被敲诈勒索。这位同学，你对这件事情有什么看法？"

王超抽动了一下鼻子，愣了一下神，说道："感谢警察叔叔这么及时地赶到……"

王超偷看着朱佳的脸，脑中想着该怎么措辞表现一下，但是朱佳的话筒又转向了刘队长。刘队长轻微咳嗽一声："我们公安局大力整顿治安，对于违法乱纪、破坏社会和谐的现象和事件，予以坚决打击……最后，我们还会清查一些治安死角……"

刘队长义正词严地说了半天后，美女主播终于收了话筒，那个男摄影师也停止了拍摄，跟刘队长打了声招呼，一溜烟走了。

蹲在地上的良哥一群人差点儿气得吐血，但是他们又不敢大声抗议，这位刘队长的厉害和火爆脾气，他们都知道。这群人虽然不敢做声，却用怨毒的眼睛死死盯住王超。

"喂，陈老板吗？我刚刚扣起来了一群……"此时，刘队长摆摆手，示意王超不要说话。

"什么！这群王八蛋，老子给了他们一笔钱，叫他们最近老实安分一点儿，谁知道又惹出事情来，还上了电视台？好好好，刘队长，就麻烦你了，把他们弄进去关个一年半载，免得再给我添麻烦。"

王超自从练得太阳穴微微鼓起以后，听觉神经也变得特别敏锐，那手机里面的声音大部分都传进了他的耳朵。刘队长关了手机，随后对旁边的警察道："小李，小杨，把这群人统统关起来，明天再说。"审讯结束之后，一个警察在刘队长耳边说了几句，刘队长的脸色不经意间变了一下。

"你是哪个学校的？"刘队长问王超。

王超回答："我是市三中的，高二（3）班。"

刘队长点点头："你不要怕，做个记录就可以了，有人保释你。"

正当王超纳闷的时候，走进来一个中年人，年纪和刘队长差不多。他身材高大，精神饱满，王超不经意地看了一下他的太阳穴，居然是高高鼓起的。

"曹先生，你来了。"刘队长急忙迎了上去。

这位姓曹的先生和刘队长打了个招呼，目光落在王超的太阳穴上，眯起眼睛看了好一会儿："小兄弟，你身手不错嘛，打这么多混混，身上都没有带伤？"

王超本来已经放下心来，听见他这话，陡然一惊，顿时脊椎一动，重心落到了尾椎，浑身的汗毛也炸起来，屁股下的椅子发出咯吱咯吱的响声。曹先生看见自己一句话居然引起了王超这样的反应，对王超的好奇心更大了。其实，他在体育中心就目睹了全过程，觉得这个少年不太简单，而报警电话也是他打的。

"你不要紧张。"曹先生摆摆手，示意其他人先出去，"我不是在审讯，只是想和你谈谈，你练过功夫？"

王超镇定下来，心里想："这家伙是谁？究竟想干什么？"

"我看你的手上没有茧子，拳骨也不平，显然是没有锻炼过。不过看你刚才的反应，体力很好，应该是练的内家基本功夫吧，而且没有练多久，不然不会被人踢中腹部。"曹先生一面吸烟，一面慢悠悠地说话。

王超向他夹烟的手看去，果然他的拳头在轻轻握住的时候，骨头都是平的，基本上分辨不出窝窝来，而且拳骨上有一层灰褐色的硬皮。再看自己的手，拳头捏起时，拳骨暴起很高。

"嗯，我是练过一点点。没有多久，两个多月。"王超想想，承认也没有什么大不了的。

"哦？居然有练内家拳长功夫的！这么说，这小子是得了一点儿真传。"曹先生眼睛一亮，他果然没看错人。曹先生轻轻站了起来，心想：现在内家拳术十有八九都是架子把势，莫非让我碰到一个真传的？

"你跟谁学的？"曹先生似乎不经意地问。

王超一听，又警觉起来："一个老头儿，在公园散步认识的，只教了我一个站桩的方法和两招打法就不知道哪里去了。"

"原来是这样。"曹先生眼神中闪过一丝失望，笑道，"这样吧，我也是练拳的。同行碰同行，都是练家子，让我看看你练得怎么样了。"

"是要试试手吗？"王超见曹先生和颜悦色的，也不紧张了，两人的谈话倒是有了点儿气氛。

"我站着不动，你来打我吧。让我看看你的反应、速度和力量。"曹先生站在房间中间。

"好啊！"王超本来就是想找人打架，打了几个混混，虽然刺激，但是并没有过瘾，现在居然有人主动要他来试手，简直是"瞌睡来了，就有人送枕头"。

王超也站起来，走了两步，突然向前一蹦，猛地发力，一拳向曹先生胸膛打去。曹先生动弹了一下，右手猛地甩出，和王超的拳头碰了个正着。两人的拳头在空中相遇，发出了骨肉撞击的声音。

王超疼得禁不住爆了一句粗口，但这样剧烈的疼痛也激起了他的凶悍。王超脚步向前一踏，猛地拧腰，转身，背对着曹先生，贴身硬靠上去，随后使出了自己练过无数次的“撩阴掌”。

就在王超小臂如鞭，猛地弹甩击向曹先生的裆部之时，曹先生又是一甩拳，打在王超肘上。王超的肘弯顿时一麻，好像被打到了麻筋，那小臂的弹甩也自然没有甩出来。随后，王超的肘骨剧烈地疼痛起来。

收回手后，王超发现自己的拳头已经红肿，热辣辣地疼，仿佛被浇了一瓢辣椒油一样，别说再动手，就是抬一下都很困难。

王超捂着手臂：“我不是你的对手。”说着，转身就走。

“等等。”曹先生拿出名片叫道，“你可以随时来找我，这个是我的联系方式。”

王超从公安局出来，心里很沮丧。

“咦，王超？你来这里干什么？找人吗？”王超一边走路回家，一边心中思量着要到省城找唐紫尘苦练。突然之间，一个声音在身后响起。

王超回头一看，正是在学校坐在自己身后的那个女班长兼学习委员。

“我……我散步，溜达溜达。”王超当然不会说自己抢劫打架，被抓进公安局，刚刚放出来。

“晶晶，你来做什么？”就在王超准备敷衍两句走人的时候，公安局门口那个曹先生已经出来了，看见这个女孩，他的眉头舒展了一下。

听见曹先生喊出口，王超才想起来，这个女同学叫曹晶晶。

“爸爸，妈叫你回去。”曹晶晶看见曹先生出来，走上前去。

原来曹晶晶是他的女儿，王超心里想。因为不想在这里久留，王超快步拔腿跑了。

默默回到家后，王超一夜辗转反侧睡不着觉。第二天早上，天还没有亮，王超就早早爬了起来，用衣服包住了手臂，不让自己的父母看见，然后对父母说了一声：“我到省城大书店看看学习资料。”

王超心急火燎地搭上了到省城的最早一班车。两个小时之后，便到达了省城车站，随后四处打听，终于找到了天星湖小区。

王超走到大门口，拿出唐紫尘给他的金属卡片，在门口输了密码，四个保安立刻客客气气地让他进入了小区。

“第一栋，第二栋，第三栋……”王超走了半天，绕来绕去，终于找到了第十八栋，远远望见里面静悄悄的，只好大声叫了几声：“尘姐，尘姐！”

“我在你后面呢！”

唐紫尘带着他进了别墅。

客厅很大，很宽敞，地板光洁明亮，纯白色中有一圈圈紫金色的纹理。还有大真皮沙发，悬挂式液晶电视，以及一整面养有热带鱼的水晶玻璃墙壁，一切都显得富贵又大气。

王超一五一十地把事情说了出来。唐紫尘静静地听着，直到王超说完，才点了点头：“你能在两个月之内把三体势站出效果来，也很不错了，但是三体势只是用来出功夫、长体力的，并不是用来打斗的。那个曹先生显然是外门功夫练得不错，手硬，你才学会基本功，也没有什么实战经验，自然不是他的对手。”

“尘姐，什么是内家拳？什么是外家拳？两者有什么区别？”王超虚心发问道。

唐紫尘左手食指上戴了一枚金戒指，但是王超发现，这戒指不是一整块，而是一圈圈的金线缠绕上去的。“拳术没有内外之分，但人的功夫有内外之分。当年，孙禄堂与宋世荣两位形意大师论内外的时候就说明了，‘善于养气者为内，不善于养气者为外’。我估计那个曹先生只把筋骨皮练得不错了，至于暗劲却是个门外汉。不过你暗劲没有，筋骨皮更没有，肯定要比他差了。好了，先不说这些，以后我会慢慢解释给你听，先把你手臂上的淤血打散再说。淤血不散，久了就会残废了，你这些天练得不错，有天赋，我没有试错人。既然来了，我就把我会的全部传给你。”

唐紫尘慢条斯理地把缠绕在食指上的金线全部放了下来，然后拉直了。王超才发现，它原来是一根一尺多长、用来针灸的金针。

唐紫尘把金针拉直之后，手劲一抖，金针仿佛钻洞的泥鳅，猛地扎进王超的肘关节中。随着唐紫尘右手大拇指和中指搓动金针的尾部，这一尺来长的金针竟然钻进肉中七八分。

王超看得心惊肉跳，金针钻进去那么多，却一点儿都感觉不到疼痛，反而有清凉的舒服感在胳膊上游走。直到针扎进半个小时，唐紫尘才又一抖手劲，把针飞快地抽了出来，依旧缠绕在手指上作为戒指。而这时候，王超的胳膊好像恢复了一些知觉,但是紫黑色的淤血和肿块依旧没有消散。

唐紫尘收了金针之后，突然一抓，抬起王超受伤的胳膊，另一手在肘关节淤血肿块处揉来揉去。王超感觉唐紫尘的手掌中间好像有轻微的电流一样，每一次搓揉，都刺激得皮肤和肌肉中的神经一跳一跳。渐渐，湿漉漉的汗液从搓揉的地方流淌下来，王超知道那是手心暗劲带出的汗液。唐紫尘发出的暗劲从手心毛孔中冲出来，渗透进王超胳膊中的淤血，那紫黑色的肿块竟然慢慢淡了下去，到最后，王超整条胳膊和拳头都好像从水里面捞出来的，全是唐紫尘暗劲带出来的汗液。

“好了！再休息半天就没事儿了。”唐紫尘搓揉完之后，长长地嘘了一口气。这时候，王超胳膊、手上的肿块竟然全部消散了。

“尘姐，你手心流了这么多的汗……”王超喃喃地道。

“暗劲是很消耗体力的，如果武功没有到易髓的功夫，暗劲不能多发，否则心脏衰竭得很快，身体不出几年就会垮掉。”

“什么是易髓？”王超发问。

唐紫尘没有立刻做出回答。只是用手按了沙发扶手上的一个按钮，不一会儿，门口就出现一个佣人，她叫这佣人打了一大盆温水，拿了一条毛巾过来，唐紫尘洗了洗手，随后叫王超把胳膊也洗了一遍。

“这里没事儿了，不用把水端出去了。”唐紫尘吩咐了一句，等那佣人退出去之后，才对王超道，“来，你把水端出去，放到花园的草地上。”王超立刻端起那盆水，随着唐紫尘走出了别墅，来到屋前花园的草地上。

“从今天开始，我正式教你国术。”唐紫尘见王超站好了，神情一冷，王超只感觉她突然好像变了一个人，浑身上下有一股凛然的气息。这种感觉，王超只在动物园内看见扑食的老虎时见过，但是，远远没有唐紫尘这样强烈。

“我想，你非常好奇我的来历吧？”唐紫尘道。

王超点了点头，虽然想问，却有一种强烈的预感，好像如果自己问了之后，就会失去最为宝贵的东西。有些东西，还是永远蒙在鼓里比较好。

“幸亏你以前没有问，问了也许我就不教你了。”果然，唐紫尘道，“我所处的世界不是你所能想象的，也不是你所能接触到的。我这次来中国，只是偶尔兴起，先前教你东西，也是想看看你有没有资质。既然你练出了东西来，资质也还可以，那我就为我的武功找个传人，免得有一天断绝，自己觉得可惜。”

王超感到一阵心慌：“尘姐，难道你教了我东西之后就要离开吗？”

“不错，教了你东西之后，我就要走了。从今天开始，我教你什么，你就学什么。除了拳术方面的东西，你什么也不要问，不要多嘴。要是你多问一句，我会把教你的东西都收回去。”唐紫尘的目光飘向了远处。王超看见她这神情，也知道非同小可，连忙点了点头。

“好了，话我就说在前头。现在我告诉你拳术划分的境界吧。”唐紫尘道，“拳术有三重境界，三种练法，三步功夫。三重境界是炼精化气、炼气化神、炼神返虚。炼精化气的道理我已经告诉了你，至于炼气化神，你现在也隐约触摸到了。你原来的性格内向，胆小怕事，自从练拳之后，胆子也变得大了起来。拳术能使一个人的性格改变，胆小的人变得胆大，火暴的人变得内敛深沉，这就是炼气化神的境界了。至于炼神返虚……”

唐紫尘想了想，说道：“人生境界是一步步在生活中感悟到的，空口谈境界，很容易落得假、大、空，所以我不跟你谈境界了。拳术最终还是要落到实处，咱们谈练法和功夫。明劲、暗劲、化劲三种练法是怎么回事儿我已经告诉了你。至于三步功夫，是易骨、易筋、易髓，分别是锻炼骨骼、筋肉，还有骨髓。前面两步功夫都好锻炼，唯独骨髓最难锻炼到。拳术突破了前面两步练法，也不过就是武林高手，真正要以武通神，达到脱胎换骨的地步，非要有第三步易髓的功夫不可。骨髓是造血的，练到骨髓就等于全身大换血，有脱胎换骨的意思在里面。”

王超听得很认真，尽力理解着：“那怎么样才能把功夫练到骨髓呢？”

唐紫尘道：“用声音的震荡来锻炼。你要注意了，这个声音并不是嘴巴发出来的，也不是腹部的气转动，而是功夫练好之后，能随意地控制自己身体上的每一处骨骼、肌肉、皮肤，以及五脏六腑，让它们一同有规律地轻微颤动，所有颤动的声音汇聚起来，响成一片，好像天空中闷雷滚过。这就是‘虎豹雷音’。”

唐紫尘想了想，又对王超进一步解释道：“你读过《庖丁解牛》那篇文章没有？庖丁解牛的时候，用刀触牛的骨骼，所有的声音响成一片，汇聚成了好听的音乐，这里面的含义很深刻，有养生的道理。还有寺庙里面敲钟，钟响之后，余音不绝。那个余音，就是整个钟身在轻微颤动。闷雷过天，也是所有的空气在一同震动。来，把两只手都给我！”

王超伸出两只手，让唐紫尘抓住了自己的十指。唐紫尘一抓住王超的十指，王超全身立刻仿佛提线木偶，不自觉地颤动起来。开始，颤动的幅度很大，但是随着唐紫尘轻微地发劲，幅度越来越小。最后，王超站在那里，全身上下的所有骨骼都轻微地响成了一片，汇聚成和唐紫尘所说的虎豹雷音之声。抖了近半小时，唐紫尘突然松手，王超只感觉到自己的骨骼好像要散架一样，软绵绵的，一点儿力气都没有。

“我揠苗助长了。可是日子不多了，要尽快回去，也只有这样帮他试劲，不然东西教不全。”唐紫尘想。

王超长长地出了一口气：“尘姐，怎么刚才你一搭手，我就感觉自己控制不了身体了？”

“这就是太极拳推手中的上乘功夫，一搭手，就能摸清楚你每一节的骨头，瞬间破掉你的重心，让你失去平衡。人的骨节是一节节连着的，就像是许多杠杆，按这头，那头就会翘起来。功夫高了，按你的手，你的脚就会被牵引起来，自动跳出去。不是用我的力，而是用你的力弹你自己。这就是四两拨千斤的道理。”唐紫尘说着，又抓住王超的手按了一下，王超立刻觉得自己的腿不受控制地一弯，向后跳了出去，摔在草地上。

“我怎么自己跳了！”王超爬起来，拍了拍屁股，有点儿想不通。

“好了，刚才只是帮你试劲和讲道理，让你感受虎豹雷音是怎么颤动的。你现在的骨骼、筋络、肌肉都没有练结实，自己不能抖，也不可能抖出雷音来，强行抖会虚脱的。我刚才用的太极推手，那是对人的身体结构理解到了一定程度，对力有精确的把握才能使出来。”

“来，我现在教你基本的东西，一步步慢慢来吧！”唐紫尘道，“我先教你八卦掌！”

“八卦掌千变万化，但是落到实处，只有八个姿势，你看我演练。”唐紫尘拉开了架势，双腿屈膝，五指轻轻叉开成掌，缓缓地向前推、挤、按、揉。随着脚下的步法转动身体，唐紫尘的眼睛始终跟随着用劲的那只手，一上一下，飘忽不定，十分灵活。

“双换掌、单换掌、顺势掌、转身掌、回身掌、撩阴掌、摩身掌、揉身掌。这是八个基本的拳架子，你看我的腿法和步法！”

王超用心地看着，只见唐紫尘移步的时候，脚始终不抬起来，而是擦地而行。

“所有的国术都要练腿上的功夫。你看不倒翁，下身是一块铁，稳扎地面，上身飘忽闪动，永远不倒。练拳也是这样。我走的步子，叫‘蹚泥步’，就像在泥水里面走路，要轻，要稳，要小心翼翼，含住劲，不然稍微重了，泥水就溅到身上了。”

唐紫尘还是像那天在公园演练一样，练完八个架子后，双手上提到眉心，虚按到腹部，随后吐气如箭。王超跟着她慢慢地学，不到两个小时，就把八个基本的拳架子学会了。八卦掌的八个架子也是慢悠悠的，王超演练了一下，自我感觉姿势十分标准了，心里有几分得意。不料却被唐紫尘一声断喝：“你这练的是空架子，练一万年都是被人打的命，三体势白站了！”

王超愣住了。

“架子的姿势是不错，步子也走对了，但是为什么演架子的时候不活动脊椎？内家，内家，要含住气，不让气散出去才叫内家！”唐紫尘又做了一个推掌的姿势，手臂推出去，收回来的时候，只见她手臂上的汗毛猛地竖了起来。

“练的时候，步法要对，眼睛要对，脊椎更要对。你的马步、三体势都站到哪去了？收劲的时候要收出个三体势来！”唐紫尘十分严厉。

“原来是这样，要把桩法融到拳法中。站桩就好像给你了一个公式定理，拳术就是一个题目。拿这个公式解题，就是把桩法融合到拳术中去！”王超恍然大悟地点了点头，一五一十地练了起来。

他双掌缓慢地推出，运用步法转动身子。到最后，他越练越熟，每一出掌，用劲到位，全身发热，而收掌则是脊椎一落，全身汗毛炸开，鸡皮疙瘩隆起。全身的热量随着掌势，来回鼓荡，王超感觉自己的身体好像一个水罐子，里面的气像水一样荡来荡去。之前王超站三体势时也有这样的感觉，但那是劲力鼓荡，只是从颈项到小腹这截身体。而现在一热一冷的鼓荡，则是充塞到了手、脚，以及身体的每一个部位。王超一步步推掌，身体的热气始终散发不出去，练了一会儿，感觉仿佛自己的手、脚、身体都肿胀起来。不过王超知道，其实它们并没有真正胀起来，那是气刺激毛孔和神经产生的错觉。渐渐的，三体势落脊椎、闭毛孔的力量竟然不够了，浑身的气越积越厚，毛孔一下被冲开，王超的牙关也被冲开，不由自主地长啸一声，随后立刻汗如雨下，浑身都湿透了。

“感觉是有了，但还是没能养住气。三体势是轻微地动脊椎，产生的气不多，你还能含得住。现在八卦掌的架子活动到了全身每一个地方，所有的气都涌出来，你毛孔力量不够，自然关不住了。”唐紫尘看见王超好像从水里面捞出来的，不由得笑道，“你刚才练急了，过头了。要恰到好处，就在你感觉毛孔要闭不住的时候，立刻停下来，慢慢地走动，保持闭毛孔的状态，那气就会慢慢地沉到小腹、腰肾之间，有一部分会上升到太阳穴，这才会改造你的身体，增加你毛孔收缩的力量，从而保养身体。”

“形意拳的发力比八卦掌要刚猛许多，产生的气更多，你现在闭毛孔力量的不够，含不住，练了会伤身体。等过个十几天，你毛孔的力量锻炼够了，我再教你形意拳的发力方式。”

王超大口大口地喘着气：“我刚才是过头了。不过这拳法融进桩法中的道理我算是明白了，以后练的时候我会注意的。不过，尘姐你刚刚教我的撩阴掌和上次教的完全不一样。这次打得很飘逸，比上次的优美多了。”

唐紫尘道：“这次是练法，上次是打法。我来告诉你八卦掌练法和打法的区别。八卦练法如推磨，五指叉开移动，慢慢养气。打法完全不同，重在三个字——抽、戳、砍。抽是用弹劲和甩劲，抽下阴，抽脸。戳是五指并拢，成手刀，狠狠戳人的腰、眼睛、喉咙、太阳穴、肋骨。砍也是一样用手刀，砍人腰和脖子。一般人只看到八卦掌中的练法，认为这样慢悠悠地推磨，根本不能打人。其实这推磨根本不是用来打人的，而是养生、长体力的。打法，要打的时候才能看见，不过一般看见打法的人都死了。打法也是要训练的，但假如不配上练法保养，身体很快就会垮掉。晚上我再告诉你打法的技巧，训练你手掌和身体的硬度。”唐紫尘说起打法来，丝丝入扣，王超听得很认真。

“还有，腿功最重要。我教你的马步和蹚泥步要坚持练习，走路的时候蹚着走，不动的时候可以体会马步的意境。什么时候你的腿功练到这样的地步，也就差不多到家了。”说着，唐紫尘让王超闪开，自己围绕着放在草地上的脸盆转起圈子来。只见唐紫尘每一步脚从抬起到踏落地面，地面被唐紫尘的踏力震动，脸盆里面的水都荡起了波纹。唐紫尘越走越快，到最后，两腿晃动的速度让王超眼睛发花。脸盆里水的波纹也越来越大，最后，竟然旋转起来。深深的旋涡在脸盆中间出现，就好像一只无形的大手在搅动。终于，脸盆中的水被旋转得泼了出来，洒在草坪上。

“这是把暗劲练到一定火候以后，才能达到的境界。程廷华、尚云祥、傅剑秋、李存义、薛颠这些拳术大师都能够做到，并不是拳术中的通神境界。等我教你太极拳的时候，再告诉你什么是通神的化劲吧。”

唐紫尘不理会王超的惊讶：“走，你去屋里洗个澡，我叫人帮你买几套衣服。”

王超喃喃道：“怎么好意思麻烦尘姐……”

唐紫尘一摆手，好像是命令似的：“不用多说，你这个假期就待在我这里吧，一会儿你往家里打个电话，我能教你的时间已经不多了。”王超知道唐紫尘说一不二，也不推辞，乖乖洗澡去了。

洗完澡后，一个女佣送来了几套衣服，王超拣了一套白色的运动服穿上，照了照镜子，感觉整个人精神了许多。回到大厅后，唐紫尘正静静地坐在沙发上，看见王超过来，点点头示意王超坐下，打开墙壁上悬挂的大液晶电视。屏幕一闪，只见里面播放的是一个强壮高大、浑身都是肌肉的黑人壮汉在打沙袋。这个黑人就是家喻户晓的“拳王”泰森。屏幕上的录像是黑白的，显然是个很老的片子，但是很清晰。画面中的泰森很年轻，一下一下猛烈地捶击着沙袋，一脸执著，汗水从黝黑的额头流淌下来。

王超看了一会儿，发现泰森的右臂最为凶猛，每一下都能把很大的沙袋打得高高扬起。

唐紫尘关了电视，对王超道：“练拳，不但要勤，要沉迷进去，最重要的是要有感动。文人如果有感动，就能文思泉涌，写出动人的文章。拳术也是如此，有感动才能练出精彩的拳法。这也是形意中的‘意’字蕴含的奥秘。拳术要融入感情，它才能生动鲜活，才能出神入化，不然再怎么练，都不能达到最高境界，充其量也不过是个机器。”

吃过饭，休息一会儿后，唐紫尘带着王超来到别墅后面一间宽大的练功房内。王超一进这练功房，不禁十分惊讶，这里仿佛是古代某个门派的演武场。练功房中间的地面用黑白相间的石料砌成了一个巨大的太极阴阳鱼图案，外面是八卦图。运动室的一边，有一个半人高的石槽，石槽窝放着一个乌亮的比篮球还大的铁球。除此之外，运动室左边放的是一个兵器架，上面插有长枪、大刀、剑、棍四样兵器。而右边，是一排吊起的大沙袋。这些沙袋吊得很高，跳起来都不一定能够得到。沙袋下面有几口大水缸，水缸里面盛满了水。王超看明白了，练的时候，肯定是要跳到水缸上打击沙袋。

“来，你站到这个太极八卦图案中，我来教你八卦掌的打法和步子。”说着，唐紫尘把八卦掌中另外的变化，即八个拳架演变出来的六十四种打法、步伐，以及戳、抽、砍的手刀运劲，都耐心地一一讲给王超听。王超练过撩阴掌的打法，有过基础，所以这次并不吃力，加上有唐紫尘手把手地教，用了两大时间就学会了。

一连五天，王超都是在练功房中反复练习，白天练拳加养生，晚上练打法。实在累了，唐紫尘才会让他去休息，并且在休息之时，唐紫尘会用她那根金针在王超全身各个关节处扎几下，虽然王超每天只睡两个小时，但醒来之后并不疲劳。

“人进入深度睡眠只要几分钟，睡两个小时足以解除疲劳。”唐紫尘解释道。

王超在太极图中练了五天后，唐紫尘就让王超跳到水缸沿上，用八卦掌的打法打沙袋。王超每一次发劲，沙袋都被打得荡起来，然后回撞过来。十几个沙袋荡来荡去，王超根本无法躲闪，并且在躲闪的同时，还要时刻注意脚下的水缸沿。这简直太困难了。几天下来，王超不知道多少次跌进了水缸中，摔得浑身青肿，骨头都差点儿摔断了。不过每次唐紫尘都会用暗劲帮他搓揉消肿。王超又不分日夜地练了十天，每天都咬紧牙关，恨不得把命都搭进去。

王超在水缸沿上游走身形，打了十天的沙袋，不知道摔了多少跟头，终于可以勉强发劲，身形飘闪，转移重心，不被沙袋撞落到地面或者踩错步子掉进水缸了。不过，唐紫尘依旧没有要王超停下来的意思。王超也不多问，他相信唐紫尘自有安排。又练了三天，王超终于忍不住在休息时问道："尘姐，那个石槽里面放着的大铁球也是练功用的吗？"

唐紫尘看了王超一眼："那可不是铁球，你去试试就知道了。"

王超上前抱住那个球，猛地往上一提。哪知道无论他怎么用力，都只能勉强使铁球在石槽里慢慢旋转，根本无法抱起来。王超还发现了一个奇怪的现象，那个大铁球在石槽旋转的时候，里面好像有液体流动。

"这个球的外壁是一寸厚的铅，里面密封的全都是汞，比铁球不知道要重多少倍，你怎么抱得起来？"唐紫尘笑道，"道家熔铅汞以为丹，我是借道家的意境，铸了这个铅汞大球来练拳的。也罢，你现在能在水缸沿上转着打拳而不被沙包撞倒，可见八卦掌'游身'这个方面已经有点儿基础了。"唐紫尘话锋一转，说起了王超的功夫。

"什么，才算有点儿基础？"王超一听，不禁有点儿泄气。这些天，他在唐紫尘的监督下，可谓是不分日夜地苦练，尤其是最近几天，天天在水缸沿上面打沙袋，练八卦手刀中的抽、戳、砍三门打法，不知摔了多少跟头，半条命都丢掉了。要不是有唐紫尘，王超都不敢相信自己能坚持得下来。

"锻炼打法实在是太痛苦了。"王超突然明白为什么现代社会高手那么少，大多是花架子，那是因为八卦掌的练法窍门虽然难以掌握，但是修炼起来十分舒服，而打法纯粹就是活受罪。练了这么多天，王超的身法越来越灵活，步法也更稳、健、快，他以为自己就算不是高手也差不多了，所以被唐紫尘的话狠狠打击了一下。

"你身体的灵活性是增强了，如果和人打架，最起码能躲避人家的拳头了。但是你的力量远远不够，身体的硬度也不够，韧带不够柔，而且肌肉的弹力、爆发力都没有练出来。再碰到那个曹先生，你还是输。"唐紫尘一针见血地批评道。

"拳术的练法是古代道士或医生用来强身、养生的法门，你看华佗的五禽戏，用来锻炼身体是极好的，却不能用来打人。打法是战场上杀敌杀出来的格斗技巧，只有练法没有打法，就算身体养得再好，也不能快速杀敌。只有打法没有练法，身体很容易垮掉。即使你有很充足的营养来调养身体，也只能把身体的强度锻炼到极限，永远体会不到暗劲的奥妙。不过这种人也很可怕，杀起人来是一流的。你以后出去了，会碰到很多这样的人，千万不要因为对方不是内家就小瞧人家。要知道，力量到位之后，任何一下都足够把人打死。除非你练到化劲，那就没有什么好担心的了。八卦掌的打法是从刀术中演化来的，最重要是一个'戳'字。你看街头小混混打架，拿刀砍人，砍得头破血流都还有战斗力，但是用戳的，只一下人就死了。形意拳的打法也是枪术中变化来的，枪就是一个头，也是戳。包括后来战场上的刺刀，也是一个样。你要记住了。”

“砍人不如捅人，的确是这样。”王超点了点头，对唐紫尘所说的话深以为然。

“化劲到底是什么样子的？”王超很是好奇，希望唐紫尘能为自己演练一下。

“你看好了。”唐紫尘起身走到了铅汞大球前。她两手抱住球的两边，腰身一转，手臂发劲，整个大球宛如电扇叶子一样剧烈地旋转起来。球和石槽摩擦，发出刺耳的声音。

“铅和汞是古代道家炼丹的必备品，汞很重，却具有流动性，是一种神奇的物质，用来比喻人的骨髓最适合不过了。这个球，就等于一具人体，你要好好体会。”

唐紫尘说话之间，又旋转了一下手臂，不知道使了什么劲，整个铅汞大球仿佛篮球一样，从石槽中跳了起来。随后，唐紫尘用手一弹，球继续跳起，落下来的时候，唐紫尘把劲转换到肩膀，用肩膀一掂，又把球掂到空中。随后，唐紫尘连连转换劲力掂球，或是手，或是足、肩、头、背、胯、腰、肘、膝，甚至竖起一根手指，让球在指头上旋转。王超连转动都很困难的铅汞大球，到了唐紫尘手里，竟然像篮球一样灵活。王超估摸着，这比篮球还大一圈的球就算是纯铁打造的，也有一两百斤，何况是比铁重差不多一倍的汞。

唐紫尘最后手一送，大球落在石槽中，滴溜溜地旋转了许久才停稳。

“你八卦掌身法的灵活性虽然练出来了，但是掌力还不够，也没有体会到圆润的意境。从今以后，你除了每天上水缸打沙袋，还要用手掌搓动这个大球，什么时候能把它搓得跳起来，掌力就基本上可以了。”

接下来的日子，王超每天早上三点起来扎马步桩；然后用蹚泥的步法围绕整个天星湖小区转一圈；随后练习八卦掌，把三体势的桩法融到掌法中。直到傍晚，养足了精气神，王超就蹲在石槽面前搓铅汞大球，搓的时候，臂力、掌力、腰力、腿力，都在唐紫尘的指点下一一到位。最后一整晚，还要在水缸沿上变换步法抽、砍、戳沙袋。

唐紫尘武功高，眼光也锐利，思维更是快速，每一次指点，都能让王超有种茅塞顿开的感觉。

高二结束后，刚刚一放暑假，王超就又来到了唐紫尘这里。不过这次，唐紫尘的脸色很是凝重：“我能教你的时间，就这一个暑假。这个暑假一过，我就要走了。不过经过这几个月的苦练，你已经有了相当好的基础，该讲的我也跟你讲明白了，以后你就自己练习，能成长到什么程度，一切都要看你的机缘和自己的努力。”

王超知道自己不能多问，只好用力地点了点头。

“好，从今天开始，我来教你形意拳。”唐紫尘道。

“形意拳的姿势和拳架很简单，有五种发劲运力的方式和十二种身法。姿势虽然简单，道理却很深奥，也分为打法和练法两种。不过和八卦掌不同的是，八卦主要绕身，攻人侧面，戳对手的肋和腰；而形意拳则是抢人的中线，打胸膛和面部，猛进猛打，从中间突破，从而一举杀敌。”唐紫尘说完，演练了一下拳架子。

“看好了，五个拳架子，一是劈拳，运劲和八卦掌中的砍和抽相似，要像抡斧头劈柴；二是崩拳，运劲要像刺刀和枪一样扎出去、捅出去；三是钻拳，运劲的时候，拳头要有一股晃动的劲，像毒蛇突然蹿起咬人；四是炮拳，要有一股炸力，运劲的时候，全身骨节都要剧烈跳动，好像出膛的炮弹凌空下击；五是横拳，这是贴身拳，和回身掌一样，都是用一股甩劲，全身上下都甩。人只要一贴身，就要被你甩出去。这里面蕴含了摔跤的跤法。”唐紫尘把五种拳架子演练完毕，随后指点王超每一个拳架腰腿发力的方法，王超照例学着，觉得招式果然十分简单。

“劈拳属金，是从刀法中演变来的，八卦也是刀，你有了八卦掌的根基，练习倒是不难，唯独其余的四种拳法，你要琢磨着发劲。看我先演练一下。”说罢，唐紫尘轻轻一踏，站到了半人高的大水缸沿上，脚步轻轻一移，拳头收在肋下，虎口外翻，骤然一拳扎出。

整个沙袋被唐紫尘这拳猛然一捅，竟破了一个窟窿，里面的沙子瞬间流淌下来。沙袋的材料是很厚的双层帆布，被油浸过，刀都难以一下砍破，可见这一捅的威力之大。

“这是崩拳发劲，崩拳属木，如箭，如枪，如刺。”唐紫尘道，“再看我炮拳发劲！”说话之间，唐紫尘脚掌一垫，整个人好像高出了许多，一拳轰下，似凌空下击，重重轰击在沙袋上。沙袋好像装了炸药一样，一下炸开，沙子四面飞溅，王超连忙闭上眼睛，但是嘴巴还张着，吃进了不少沙子。

“钻拳属水，又叫翻浪劲。毒蛇要咬人的时候，脑袋一晃一晃，你一疏忽就被咬到了。所以练的时候，要练出这个晃劲来。”唐紫尘再次演练，骤然出拳，拳头如蛇入穴，王超还没有看清楚，唐紫尘的整条手臂已经插进了沙袋，拳头从沙袋另一边透了出来，竟然把沙袋钻了个通透，沙子却一点儿都没有流出。

“至于横拳，我已经告诉你了，就是掂那个球，全身上下都掂。横拳属土，是形意五拳中的母体，你自己要仔细体会那甩劲。”唐紫尘演练五种拳法之后，就让王超自己一步步地练习。

王超每天白天练形意五拳的架子，依旧是融进三体势，缓慢养生，晚上则是发劲猛打沙袋。不过这次打沙袋不是在水缸沿上，而是在平地上。白天演练拳架子的时候，王超就觉得形意拳术的发劲刚猛无比，每一拳出去，果然身体发出的气比练八卦掌时要大许多。要不是有先前八卦的基础，把毛孔闭合的力量练得强大了，王超根本闭不住。就这样不分日夜地练了半个月后，王超只感觉到小腹一鼓气的时候坚硬得跟铁块一样，尤其是重心转换，刺激到尾椎的时候，全身汗毛竖得笔直，起的鸡皮疙瘩好像一粒粒凸起的铁砂。而拳骨也慢慢开始平了，拳头上全部是打沙包打出来的茧子。与此同时，王超双腿的韧带也非常有劲，随便一抬，就能举过头顶。不过这腿功更多的还是得益于走了半年的水缸沿。王超腰腿的骨骼在摔打中也变得结实了。

半个月之后，唐紫尘又教了王超形意拳的十二种身法，分别是龙、虎、猴、马、鸡、鹞、燕、蛇、鼍、骀、鹰、熊。

“形意门就两套功夫，一套发劲，一套身法。在以后的打斗中，结合实战，各人有各人的领悟，然后自成一派。”唐紫尘又让王超练了一个月的十二形，把各种变化的姿势、转换的要点、力量的调节都讲透了。

王超学了这十二形之后，才感觉到拳术的变化渐渐复杂起来。不过唐紫尘倒是没有让王超继续练下去，到了一个月后便道：“十二形以后你自己去练习，去领悟。现在我教你太极拳！”

唐紫尘走到兵器架前，伸手抽出了一杆大枪。这杆枪很粗，很长，比人还高出两头：“长枪术在古代战场配合马的冲杀，能以一敌百。而拳术里面，无论是形意门、太极门，还是八极门，抖大枪都是最重要的一环。古代形意拳每位宗师都形成了自己的门派，看的就是最后的合击撒手锏。得了哪个合击，就是得了哪一脉的真传。当年尚云祥一脉的尚氏形意的撒手锏是熊鹰合击，我这一脉的拳术，就是龙蛇合击，龙是马，蛇是枪。古代的神话传说中，马是龙的化身。以马配枪，龙蛇并起，杀人如剪草。太极拳是天下最为简单的武学，只有两招，一是暗劲桩功夫，二是听别人的劲，借力打力。这个听，不是用耳朵听，是用毛孔听。至于什么玉女穿梭、揽雀尾之类的架子，都是杨露蝉拿来糊弄一班京城权贵的。”

唐紫尘道：“你现在看仔细了，我武功所有的精髓，都在这一式龙蛇合击之中了。”

唐紫尘端枪站立，枪把按在腰眼中，含而不露，整个姿势就好像站三体势。她的腰腿一起一伏，就好像身下多了一匹颠簸的烈马。这样的姿势，真是凭空站出了匹马来！不但如此，唐紫尘枪杆向前，如箭直射，也有些像发崩拳劲。但是，她的身体起落的时候，又好像凌空下击的炮拳劲。整个枪头微微地颤抖，如仰起脑袋的毒蛇，正在寻找攻击的机会，这正是钻拳劲的力量。这一式端枪，竟然同时包含了“三体势”“马步桩”以及崩拳的“箭劲”、炮拳的“凌空劲”和钻拳的“翻浪劲”。

王超目不转睛地看着唐紫尘这个端枪架子，心中感叹至极：这才是真正标准的拳架子。突然，唐紫尘整个人就势一纵，就好像驾驭着一匹烈马高速前进，瞬间刺出一枪。枪头划破空气，闪烁出一丝晶亮的银电光芒。

啪的一声，唐紫尘一枪击在了石槽中间的铅汞大球上。就在枪尖点到大球的一刹那，只见唐紫尘沉腰，抖臂，以枪尖画圆，猛地圈住了铅汞大球，然后向上一挑。大球被挑离了石槽，随后像黏在枪头上一样，随着唐紫尘的枪势旋转，铅汞大球便在枪尖上跳跃。最后，唐紫尘收枪一点，铅汞大球又落到了石槽中，滴溜溜旋转不停。这出枪，挑球，黏球，抖球的过程只有短短的几秒，但是已经把所有拳术的精髓完全演绎在里面了。

“运劲成圆，听球中汞水流动，把握重心，借力旋转黏字诀，这就是太极拳所有的精髓，并没有特定的招式在里面。”唐紫尘演练过这一式“龙蛇合击”后，眼睛瞟向了高处，“这一式龙蛇合击你看懂了多少？”

“看懂了七八成，基本上差不多了，还要琢磨琢磨！”王超沉静地道。

“唉，我本来只打算教你教到这里，但是今天兴致来了，就再演练一式枪术吧，跟我来！”唐紫尘提起枪，走出了练功室。王超跟着她来到了车库中。车库很大，中间停着一辆银色的跑车，地面是水磨石。开了灯之后，王超发现，车库墙壁上有一个明显的手掌印，而且墙壁上还有陈腐的血迹。

“看好了！”唐紫尘的声音打断了王超的思维，唐紫尘的枪如毒蛇一般钻入了银色汽车的底盘。枪杆压在地面，弯成了一道弧。唐紫尘沉腰一挑，汽车竟然被枪挑了起来，凌空翻滚了两圈，然后轻盈地落到地面，一点儿损伤都没有。

“京剧里有一出戏叫做《挑滑车》，演的是当年岳飞部将高宠攻击金兵营寨，金兵制造了铁车，从山坡上滑下来，却被高宠用枪一一挑飞。我的龙蛇合击若是练到上乘地步，也能做到。”

王超默默地点了点头。

“我拳术的精髓，已经都在这两式枪术中演绎尽了。你自己练习吧。”唐紫尘丢了枪，拍拍手，走了出去。王超把枪默默地捡了起来，跟在后面。

接下来的十几天，王超都在练功，他把更多的心思放到了唐紫尘那一式“龙蛇合击”之上，时常端枪站立，却没有一次能端出唐紫尘的韵味来。唐紫尘这些天也很少教王超别的东西了，只是偶尔校正他一些错误的运劲。暑假的最后几天，王超也准备要回去了，想起唐紫尘暑假后就要走了，心中十分惆怅。

“今天不要练了，你跟我出去走走。”这天傍晚，夕阳西下的时候，唐紫尘突然对王超说。

王超跟唐紫尘走出了别墅。两人来到了天星湖一处幽静的地方，远处的白鹤山前，太阳的余晖反射得湖水金粼滚荡。唐紫尘在湖岸边租了一艘小船：“上来吧，咱们划到湖中心去。”

王超点点头，上了船，唐紫尘轻轻拨动船桨，朝湖中心划去。

王超先打破沉寂：“尘姐，你说太极拳没有特定的招式，但是你一开始教的撩阴掌，又说是太极中的撇身捶，那是怎么回事儿？”

唐紫尘道：“当年杨露蝉在陈家沟学艺，陈家沟的武学并不是太极拳，而是‘炮捶’。炮是形意中的炮拳，捶也是一门刚猛无比的打法。后来杨露蝉和他师傅陈长兴练武的时候，见到了王宗岳。王宗岳是道家拳术中的大宗师，而太极拳是道家数代人研究出的精华。王宗岳道家拳传给了杨露蝉师徒两人，后来杨露蝉师徒两人将王宗岳的拳术融合进了陈家沟武学中，最后由杨露蝉发扬光大，形成了今天的一些太极架子。”

王超点点头：“原来是这样。”

唐紫尘突然脱掉了自己的鞋子，随后把裤脚也卷到膝盖上，两腿伸进水中晃荡。

“水性好的人，在水中踩水时能直起身子，把小腹都露到水面外，不过这就是极限了。但是拳术好的人，能把身子在水中一寸寸地提起来。每提高一寸，都是一个天大的进步。你看我的脚。”王超连忙朝水里看去，只见唐紫尘的脚趾如手指一样灵活，在水中划来划去，每一次划动，都能把水带起一个旋涡。

“用脚发出暗劲，踩水时能把身体提起来。各个脚趾的暗劲平衡了，就是化劲。王宗岳的拳劲是练到了化劲的，所以当年杨露蝉见王宗岳的时候，王宗岳踩水过大河，水只过膝，这就是拳术中的最高境界了。”唐紫尘突然一下离开了小船，整个人站立在水面上，果然，水只到她的膝盖。

“水到膝盖，这就是拳术中的极限，也是最高境界。再要提升，那就变成神话了。”唐紫尘对王超道。

此时，太阳已没，夜幕降临。唐紫尘提起自己的鞋子，一步步踩水朝远处走去：“我走了。你要保重，一定要记住，拳术练得再好也不能当饭吃。拳术的时代已经过去了，如果你碰到现代火器，千万不要逞强。你要心胸宽阔，要能宽容，但是不能受辱，这是练拳人的原则。我的房子留给你了，没有给你留钱，钱要你自己挣。房子里的佣人也辞退了，你暂时雇不起他们，以后自己打扫吧。我在你房间的抽屉里给你留下了一本书，那是我一生的拳术精华。基本的东西都教给你了，你自己领悟吧……”唐紫尘一步一步踏水而去，身影消失在夜幕之中。

3

王超失魂落魄地呆坐在小船上，仰望着天空的繁星，远山黝黑连绵，宛如巨兽匍匐，而另一面的城区却是灯火阑珊。也不知道过了多久，清凉的湖风让王超感觉到了一丝寒意，他才清醒过来，于是摇动双桨，朝湖边划去。

回到了别墅之中，到处都是静悄悄的。王超越发感觉到孤单，心潮起伏，他径直走到练功房中，坐在地上，闭上眼睛，把学到的东西都回忆了一遍。

从最开始的“马步桩”“撩阴掌”“猴偷桃”“三体势”，到后来的“八卦掌”练法和打法，然后是形意五拳和十二形，最后是“龙蛇合击”，还有其中包含的太极拳架子。唐紫尘的身影在王超脑海中清晰地浮现出来。渐渐的，王超沉浸在了拳术的奥妙之中，唐紫尘的每一句话，每一个动作，细细回忆起来，都大有深意。在回忆的过程中，他又发现了许多以前没有吃透的地方。王超猛地跳起来，腰腿发力，双臂一震，轻盈地跃上了水缸边沿。

王超左右开弓，身形转换，每一击都拍得沙袋荡起老高。水缸里面的水荡漾起一圈圈波纹。不过显然他还没有达到“举足轻重”的境界，水缸里面的水虽然有规律地震荡，但并没有形成旋涡。

最后，王超的手臂甩动之间，全身劲力鼓荡充盈，居然隐约打出了脆响。只是这脆响很轻微，要先做足运动才能打出来，远没有到唐紫尘随意而发的地步，响声也和唐紫尘发出的炸鞭炮的声音差得很远。

打完之后，王超跳到地上，又将五拳架子、十二形缓慢地演练了一遍，一招一式都用劲不用力，身形变换之间，全身鸡皮疙瘩如铁砂一般。

演练到最后，王超不由自主地站出龙蛇合击的架子，他双臂似乎端枪一般，脚步一起一伏，如崩拳、炮拳、钻拳，狠狠插进了石槽的铅汞大球下面。接着，他沉腰扭动，双臂发力，整个铅汞大球被他双臂抱住，猛烈旋转，竟然从石槽中跳了出来。眼看大球就要落地，他连忙一抱，一推。顿时，他感觉到大球内部汞水旋转流动的方向和劲力。他顺着这个劲一扭，一送，球轻盈地向上跳了一下，又滚进了石槽中。

“原来是这样！这就是听劲的道理，难怪尘姐一搭手就能破掉我的重心。”想明白之后，王超再次坐在地上，大口大口喘着粗气。外面天色已经大亮，日上中天，原来他已经练了一晚上。

猛烈的阳光照射下来，和昨天一样骄阳似火，唯一不同的是，唐紫尘走了。不过王超现在的心情也好了许多，他突然想起来，唐紫尘走的时候说她留了一本书，于是连忙跑到楼上，拉开自己房间的抽屉，里面是一本《国术实录》。

翻开书，里面都是毛笔小楷。王超略微地翻看了一下，前面一大半都是讲实战打法和杀人技巧，配合着一幅幅人体图画。人体各个部位的神经系统，骨节的联系，内脏的结构，怎么运用明劲和暗劲打击，怎样快速杀人，全部展现了出来。这些图比显微镜下的实体解剖还要精确，也不知道唐紫尘是怎么画出来的。后面一部分是太极拳中打法“捶”拳的一些架子，以及八极门中的定肘等技击和通背门中的翻臂劲，其余的拳术都不是整篇介绍，而是零零散散的。最后，字体陡然变得大了起来，原来，是唐紫尘用毛笔临摹了一篇王羲之的《兰亭序》。一个个字笔走龙蛇，都力透纸背,就连王超这个不懂书法的人都感觉到了字体之中蕴含着很深的意境。不过书到最后却还没有结尾，只写到“后之览者”，最后那一句“亦将有感于斯文”并没有写上去，好像是等待别人来接上。王超把书收好，准备以后细细研读，然后倒头就睡，第二天天还没亮他就起来了，收拾好东西回了家。

时间过得飞快，一转眼整个暑假过去了，学校已经开学。到了高三，学校里的气氛紧张了起来。不过这一切王超都不放在心上，到现在为止，他只对两件事情感兴趣：一是要和那个曹先生较量一下；二就是怎么赚钱，不然自己以后想住一下唐紫尘留下的房子都住不起。考虑了很多天，王超决定先完成自己第一个心愿。

这天晚上放学回家时，王超暗暗跟在曹晶晶后面，他准备先找到曹晶晶的家，然后在适当的时候，与那个曹先生打上一架。就在曹晶晶要进入一条巷子的时候，一辆面包车突然冲过来，眨眼停住，车上跳下来几个大汉，一拥而上，曹晶晶连叫都来不及，就被抓上了车。

“绑架？”王超一下反应了过来。

面包车“噌”地顺着另外一条小巷开走了，王超直等到这辆车快要消失在视线中，才猛地拔步，从另外一头的街道横插过去。王超的腿功虽然没有达到唐紫尘转水盆和踩水不过膝的境界，但是经过长时间的训练，爆发力惊人。尤其是体力，这都是练内家拳能养住气的缘故。

王超大步流星，甩开膀子，脚掌垫地发力，配合腰腿到位，每一步都是三四尺远。这正是八卦步法中的箭步。一会儿工夫，王超便冲过了一条街，那辆面包车已经驶上了环城路。也许是在市区的缘故，而车里的绑架犯也不想引起注意，所以车速只是一般，王超以箭步的速度完全能够跟上。直到车驶出了城区，速度才渐渐地快了起来，不过现在天色已经黑了下来，王超也不用做过多的掩饰，一下跳进路边的野地，免得被发现。在黑暗的笼罩下，王超死死地咬住那辆面包车，不让它消失在自己视线中。经过这样剧烈的运动，王超体内产生了大量的热气，要竭力冲破毛孔，但是王超的毛孔闭得死死的。王超现在毛孔闭合的力量逐渐强大了，也就是拳术内劲渐渐深厚起来。

不过这样追车毕竟是个辛苦活儿，大约追了十多公里后，王超和车的距离渐渐拉开了很多，车的尾灯几次都消失在了视线中，不过好在是一条大路，没有岔道，因此并没有跟丢。

一般拳术练到这个时候，就要停下来，施展各个拳架子，把气先沉降到小腹，然后慢慢活动到全身，用来养生，改造身体机能。要是到了极限，再练下去，毛孔一下闭不住气，立刻就会汗如雨下，人便会虚脱，严重的甚至会脱力休克过去。但是王超现在不能停下，只有咬紧牙关，苦苦地支撑。

王超也知道自己在玩火，普通人运动出汗，那是慢慢出的，还能有办法控制。练内家的人却不同，一旦到了极限，含的气全部涌出来，就好像是蓄满水的大堤突然决堤，危险至极。就在最为紧要的关头，面包车突然一个转弯，驶到了一条乡村小路上，然后在一栋两层楼房前停了下来。王超立刻停了下来，摆成“龙蛇合击”的姿势站了一个桩，一起一伏地活动着自己身体的每一个部位，直到过了半个小时，才慢慢把气平息了下去，接着小腹一松，全身也放松了下来，总算没有出汗。恢复之后，王超立刻蹑手蹑脚摸到了那栋楼房旁边。

面包车停在楼房前面，里面已经没人了。楼房四周也没有围墙，就是普通的民居。大门紧紧关闭着，只有楼上的一间房间亮着灯，里面隐隐约约传来几个男人的声音。

王超观察了一下四周的环境，突然发现楼房的背面有一根水管，直通到楼顶，连忙顺着水管悄悄爬了上去，几下就到了楼顶的平台上。平台上没有人，只有一扇门通到二楼。王超屏住呼吸，仔细听了一会儿，这才摸下了楼梯,然后一闪,迅速转到一个漆黑的死角中,盯住那个亮灯的房间。

这栋楼房装修简陋，而且好像不经常住人，角落里全是蜘蛛网，到处黑洞洞的。

“大哥，你说怎么办？抓了这小妞，要不要通知她老子曹毅过来？”王超隐约看见房间里面有五六个男子。

为首的是个光头大汉，穿着红背心，浑身上下肌肉隆起，正在把玩一把闪亮的匕首。而其余的男子都围绕在一个圆桌旁，圆桌中间放了许多瓶啤酒和几盘菜，旁边一台大电扇吹得人的头发一扬一扬。而曹晶晶被捆在角落里面的一张板凳上，嘴里被塞了布，两只眼睛满是惊恐。

不一会儿,外面传来了汽车引擎声。一个男子头伸到窗户外面看了看，“老大，是曹毅，他一个人开车来的，没有其他的人！”

“好，你下去搜他身，然后带他上来！”光头大汉冷冰冰地道。

“是哪位道上的兄弟,难道不晓得道上的规矩,凡事不祸及家人吗？”王超躲在黑暗的旮旯里，听见从楼下传来了曹毅的声音。一会儿，咚咚咚的脚步声越来越近，显然是曹毅被人带了上来。

“曹先生真是贵人多忘事,上个月您在北部湾海上,只身一个人上船,放倒我们老板十多个手下，还提走一批货，有勇有谋啊。我们老板听闻还有此人物，欣喜得不得了，好不容易才查到您的藏身之地，于是就派我们兄弟过来了。不过曹先生可是这里的地头蛇，我们兄弟只好出此下策，引蛇出洞。”光头大汉从房间里走了出来，正好迎住了被带上来的曹毅。

“原来你们是华南陈氏集团的人。说，你们到底想怎么样？”虽然女儿在别人手里，但是曹毅镇定自如，先是打量了一下四周，随后把目光停留在光头大汉的身上。

“第一，我们老板想知道曹先生您的真实身份。”光头大汉伸出了手，“第二，我们老板想请您加入我们，大家一起发财；第三，您提走那批货，究竟到了哪里？第四，您的身手非凡，一下撂倒我们十几个兄弟，我自然要为他们出气。咱们择日不如撞日，就地切磋一番怎么样？”

“好。那你先放了我女儿！”曹毅身体一动，拉开了一个拳击的架势。他答应得干脆，倒让那个光头大汉吃了一惊。

“既然如此，咱们还是打过之后再说吧。”光头大汉活动了一下肩膀，一步步走下楼梯，站在离曹毅三米远的地方。旁边的四个男子围成了一圈。此时，二楼关着曹晶晶的房间里就只剩下了一个长头发的男子看守。

“我叫陈武阳，曹先生记好了！”光头大汉把身上的背心一把扯掉，露出了油光发亮的古铜色健壮肌肉，一块一块仿佛蟒蛇缠绕在身上。尤其他身体各个关节处，明显有很厚的灰褐色老茧，一看就是练了许多年的高手。

曹毅却没有做什么多余的动作，陈武阳刚刚拉开架势，他突然抢身进来，一个侧踹，狠狠蹬向了对方的腰。

陈武阳用手臂一拦，脚步连续后退，在楼梯口停了下来，似乎手臂被踢得十分疼痛，赞了一声：“好腿力！”

曹毅却不说话，一下抢过来，配合腿法，以刺拳连击对方面门，攻势如狂风暴雨一般，猛烈至极。他的拳头隐隐约约有了破空的响声。陈武阳一时失去了先机，立刻落入被动挨打的境地，连忙把两条手臂竖起来，挡住面部和胸膛，左支右挡。两人手臂相交，都是硬碰硬，每一次对击，都发出巨大的碰撞之声。这样的打法十分粗犷野蛮。陈武阳已经被逼到了楼梯口，抬脚后退的时候，一下没有踩结实，踏到了楼梯的边角，身体立刻微微一滑，他连忙晃动了一下才稳住。曹毅哪里会放过这个机会，立刻收手，左腿发力，狠狠一铲，踢在了对方的小腿关节处。

陈武阳身体向下一矮，倒在了楼梯上，他的脚骨被曹毅铲断了。曹毅见打倒了对方，心里挂念着女儿，连忙抢身就上了楼梯。哪里知道陈武阳身体素质极好，人也彪悍，虽然被踢断了脚，却没有一下失去战斗力。就在曹毅从他身边跑上楼的时候，他整个人如野兽一样翻身爬起，一下抓住曹毅的脚后跟，往后猛拉。这一拉的力量十分之大，曹毅虽然有防备，但也受不了，连忙用手抓住楼梯扶手以保持身体的平衡，随后用脚猛往后踹。陈武阳却顺势又扯住曹毅的裤子猛地站了起来，从背后一把搂住曹毅，另一条手臂狠狠勒住他的脖子。

这是任何格斗术中都十分常见、又十分凶狠的一招，从后面用手勒脖子，使人窒息而死。曹毅一被勒住，脸色立刻涨成猪肝一样，不停地用手肘狠狠击打陈武阳的胸膛。陈武阳两眼鼓得如牛眼一般，嘴和鼻子里都流出血来，但是他的手丝毫不放松。

这样的打斗血腥真实，不像擂台上一招一式的散打那么简单。王超实战经验少，眼见这样真实血腥的格斗，觉得从中学到不少东西。

“杀了他！”另外四个观战的人立刻冲了上来。曹毅连忙狠命地用脚一蹬楼梯，带着陈武阳双双滚落下来。

“好了，我也该出手了！”王超也不再隐藏，猛地从旮旯里面站了起来，骤然发力弹起，一步就冲到门口，第二步直接跃进了关押曹晶晶的房间，再一步抢在那长发男子前趁势出拳。王超三步冲力，平掠地面，拳如炮弹一般凌空炸下。这一拳正是形意中的“凌空三步炮”。

这三步发力，他计算了很久，身体也调整到了最佳的状态，全身腰腿、脚掌、脊椎都有规律地发劲，如猛虎下山，一拳打出自己平生的最大力气。拳劲在空气中打出一声清脆的炸响。

长发男子本来也在注意楼下的打斗，却不敢擅离职守，没料到突然一个人冲了进来。他本能地举起双手格挡，只听见“砰”的一声，王超的拳直接撞开了他的手臂，击中胸膛。他整个人被打得凌空飞起，狠狠地撞到桌子上，顿时啤酒瓶炸裂开来，到处都是泡沫。

这个长发男子十分倒霉，翻倒的桌子撞倒了旁边的电扇，电扇壳一下弹开，旋转的叶片直接绞到了他的头发。男子的头发连带头皮被绞落，头伸进电扇内，已经没有了呼吸，也不知道是被王超一拳击毙的，还是被电扇绞死的。

曹晶晶看清楚了是王超，顿时十分激动，身体不停地扭动。王超连忙扯下了她口中的布，随后解脱了绳子。就在这时，楼梯口冲上来一个人，正是曹毅。此时，曹毅满身是血，不过似乎没受什么伤，那血显然是别人的。曹毅看见王超，愣了一下。

王超看着曹毅：“曹先生，你身手果然很好，上次差点儿把我的手给废了，今天我们正好重新比试一下！”

“曹先生，要不你先休息一下？”王超实在不愿意错过这个乘人之危的好机会。

王超话音刚落，曹毅突然出手，又是一记干净利落的甩拳，弹向了王超的面门。看他这一下出拳的速度，丝毫不像是消耗了大量体力的人。

王超已经不是大半年前的愣头青了，他脚步一滑，已经踩到了曹毅的侧面，一手并指如刀，朝对方的腰狠狠地戳。曹毅吓了一跳，连忙缩腰，收腹，转身，接着一腿甩来。

王超脚步向旁边一踏，又转到了曹毅的侧面，他身体微弓，屈膝，手刀再戳腰，依旧是快、狠、准。曹毅连连转身攻击，想正面应对，但是王超每一次都能抢到他的侧面。古拳谚语中说“八卦贼”，王超显然是把这个“贼”字演绎得淋漓尽致，他日夜踏水缸、打沙袋练得的功夫，现在终于施展出来了。

连着转踏了五步后，王超终于得手，一下戳在了曹毅的肋骨中间。曹毅顿时脸色苍白，转了转身体，一屁股坐在地上。

“王超，快住手！”曹晶晶感到莫名其妙，不知道为什么她父亲会和王超动起手来，明明都是来救自己的。

“爸，你怎么了？爸，你没事儿吧？”曹晶晶冲了过去，声音带了一丝哭腔。

“好小子！”曹毅大口喘息着，看着王超，竖起了大拇指，也不知道是发狠还是赞叹，“我这是第一次栽跟头。很好，很好。”

王超不愿意和曹毅多说话：“曹伯父，咱们的事情算扯平了。”

曹毅突然叹了一口气，挥挥手：“你把晶晶送回家，这一伙人来头不小，接下来的事情我得处理干净。”

王超看向曹晶晶。

曹晶晶看着曹毅，见曹毅点了点头，才和王超一前一后地下了楼梯。下楼梯的时候，王超看见那个陈武阳蜷缩在地面上，七窍流血，面目狰狞，连忙叫曹晶晶闭上眼睛。曹晶晶倒是很听话，乖乖闭上眼睛，拉住王超的袖子走了出去。地上还躺着另外四人，都没有死，在地上呻吟着。

“这个曹毅真狠，要不是他先和这么多人打了一场，我和他对拼，还不知道鹿死谁手。”王超边走边想。他带着曹晶晶走了四五里路，不经意一回头，发现一团火光在漆黑的夜里跳动着。王超仔细一看，那栋民居燃烧了起来。

杀人又放火，真绝！王超对曹毅竟有些佩服了。

虽然这是王超的第一次实战，但是打斗的机会并不多。一拳打飞那个长发男子，那是骤然偷袭，出其不意，并不是正面作战。而和曹毅最后的打斗，也是在对方筋疲力尽、体力消耗殆尽的情况下，用游身八卦掌转得他晕头转向才得胜的。“一共有明劲、暗劲、化劲三种练法，以我现在的水平，明劲都没有达到。打那个长头发的凌空三步炮虽然出了脆劲，但是要事先调整全身状态，然后远距离冲击发力，真正在场地上打斗起来，不说没有调整的时间，场地也不会那么空旷。况且，我发了这一记炮拳劲之后，感觉体力消耗得厉害，第二下就打不出来了。尘姐可是随随便便就能打出脆劲来。看来还远远不行。”

王超跳下床，迅速调整自己的脊椎，全身的汗毛竖了起来，然后比画了几下，觉得气息渐渐充盈起来。

砰的一声，王超一掌击在墙壁上，脊椎同时一松，重心转移，想把全身的元气随着汗液从手掌上冲出来，配合手掌本身的打击力量，一明一暗两重劲，达到一拳开碑裂石的程度。可惜王超失败了，就在他的手掌击在墙壁上的一刹那，他全身一松，汗液从所有毛孔中涌了出来，全身软绵绵的，似乎一点儿力气也没有。

王超一屁股坐在床上，回忆着刚才的情形："不想着元气外放还好，一想着外放，打的时候全身都散了，这不是找死吗？"练内劲的人，一旦运气，全身毛孔闭住，肌肤坚硬如铁，不但能够扛住击打，而且全身的水分热量都被锁住，一点儿不外泄，所以在打斗中体力充沛，劲力连绵悠长。毛孔闭合后，精神集中，周围环境有任何风吹草动都能随时反应，但是也有一个最大的弊端——一旦毛孔闭不住，泄了气，立刻如洪水宣泄，危险至极。

平时锻炼的时候，可以慢悠悠地打拳，练完后溜达溜达，把气再化进体内，这倒是能控制得住。但是在剧烈的打斗之中，可就没法顾及了。

更别说打斗的时候暗劲外放，那就等于点了一桶火药往外丢。炸别人的同时，自己也非常危险。"难怪传闻当年李小龙的明劲练到了巅峰，技击高明得一塌糊涂，但是在修炼暗劲的时候走火，因此暴死。"

"走火，走火，这个词用得真好啊！"王超在自己亲身试验过后，对前人的遣词造句深感佩服。王超翻了翻《国术实录》，果然，其中有一段关于明劲和暗劲的实战论：

"余五岁练拳，骨骼未定，因只站桩法养体。直过十年，始内外兼修。再十年，至化劲巅峰。其后三年，与道合真，行止坐卧，无不行拳，意念一动，均能扑杀人于三十六步之内。且枪炮不惧，先有感应，便自感已达炼神返虚之通神化境。至成书之日，毙人逾千。余能有此成就，实十年之桩法修养，先通暗劲之功。凡暗劲发劲，紧则肌肤鼓立一寸，如精铁黄豆；松则如羊脂凝水，软滑光润。暗劲若不大成，亦可先修明劲，内家拳发刚劲用力者众。初练以简为主，一架通，则百架通……"

"原来我的毛孔力量还是不够，要鼓立一寸。还是不要想着暗劲外放了，功到自然成，还是先把明劲练到巅峰再说。说以简为主，到底练哪一个架子比较好呢？"王超考虑了一下，凌空三步炮虽然能一下把人打飞，但需要的发劲距离太长了，实战作用不大。

想来想去，王超还是决定练崩拳。崩拳虽然有九种变化，像半步崩、退步崩、转环崩、连环崩、侧身崩等，但都是用腰力和腹部的力量做为主打，辅以小腿肌肉、关节，以及大腿肌肉发力，然后肩关节、手关节、脊椎同时配合。"尘姐讲过，当年郭云深在牢房里练拳，手脚都戴着几十斤重的大枷。我是不是也可以在身上加点儿重量？”

王超花了几天时间，弄了许多石块，吊绑在身体各个发力点，全身的负重加到了六七十斤。开始的时候，他还怕练坏了肌肉，或者把劲练歪了，只是小心翼翼地提劲轻微活动。练了十多天后，掌握了各个部位发劲的要点，哪个部位需要用力，王超就增加重量。王超还对照着唐紫尘在《国术实录》中画出的人体各个部位的关节图学习，这样渐渐摸索，或增或减，就好像熟练的工人在改造一台自己非常熟悉的机器。

这样一连练了三个月，一天，王超脱去衣服，卸掉负重，发现自己各个关节发力时肌肉有明显的变化。尤其是肩膀和腿的关节，一发劲，关节窝明显凹陷下去，显然是关节的力量更加强大了。在这期间，王超依旧每天站桩，不过站桩的姿势变了，不再是三体势，而是摆“龙蛇合击”的架子来站。八卦掌王超也没有落下，依然天天演练。他每天都在半夜一点钟起来，用卷地蹚泥的步法行到省城，然后再走回来，正好是早上六点。这一来一去，都是闭住毛孔，用那天追赶面包车的姿势在路上狂奔，两腿如大犁翻地，狂风卷叶，气息在身体内鼓荡，等毛孔渐渐闭不住了，王超才停下来用桩法平息气息，把气化进双腿、腹腰及全身各处。

夏去秋来，秋去冬来，一年又过去了。在这期间，王超的生活还算平静。自从那天送曹晶晶回家之后，曹晶晶也注意到他，两人的话逐渐多了起来。

王超从曹晶晶口中得知，曹毅在那天的打斗中受了暗伤，住院住了一个多月，又调养了两个多月才恢复过来。听说那件事被定性为普通的失火案，王超才放下心来。

“我爸爸想见你，你跟我来我家吧。”放假前一天放学的时候，曹晶晶突然叫住王超。

两人坐上公共汽车，到了一个颇为豪华的小区内。

电梯到了二十八楼停下来，曹晶晶开了房门：“爸，王超来了！”曹晶晶大声喊道。

“到健身室来！”走廊另外一头传来了曹毅浑厚的声音。

王超走到了走廊尽头，一扇房门虚掩着，他推开了房门。突然，劲风扑面而来。王超也不躲闪，本能地转腰发力，弓身踏步，肩关节一扭，一个进步崩拳迎了上去。

两人的拳头相交，王超仿佛击在一块铁上面，曹毅也很惊讶，抽身后退，甩了甩手，好像有点儿不适，但是立刻又抢了上来。王超脚步后踏，一垫一踩，猛地跃了出去。这个身法正是形意拳十二形中的猴形变化，名字就叫“猴捅蜂窝”。猴子一下捅了马蜂窝，怕被蜇到，不要命地往后跃，这一跃的劲非常大。在跃的同时，王超心神一动，突然拉住门把手，用力一带，门砰地关上了，把刚刚要冲出来的曹毅关在了屋子里。

王超后跃关门，一下蹦出了四五尺远后又退了一步，看距离刚刚好，立刻以迅雷不及掩耳之势再次发劲，全身的关节扭动，发出轻微的脆响。他整个人擦地飞掠，借助冲力，一拳轰在房门上！

砰的一声，厚厚的木质房门被一拳轰飞，向房间里面撞击进去。

曹毅刚到门口，没有防备，被飞脱的房门狠狠撞击了一下，后退了几步，好不容易稳住了，两条红色的液体却从鼻孔里钻了出来。

“王超！你为什么打破我家的门？”曹晶晶的怒吼声从身后传来。

“是你爸先动手的！”王超一脸郁闷。

“晶晶，回房学习去。这事儿你别管！”

曹晶晶狠狠瞪了王超一眼，没奈何地跺着脚走了。

王超小心翼翼地道：“曹伯父，你没事儿吧？”

“你练得很好，居然进步得这么快！能和周围的环境配合，很有技击天赋，我以前小看你了。”曹毅拿毛巾擦了把脸，随后搓了两团卫生纸堵住鼻孔，坐到沙发上。

王超笑得很尴尬：“其实我还有事儿想求伯父帮忙。伯父路子广，不知能否给我指点迷津，以后有什么路可以走？”

曹毅点点头：“你这一身的功夫和天赋不要埋没了，我给你介绍个工作，今天叫你来就是跟你说这事儿的。这个工作既可以赚到钱，又可以实战，还能结识不少人物。至于你能否出人头地，就看自己的造化了。毕竟你救了晶晶一次，我也算还你一个人情，”曹毅捂了一下鼻子，“明天，明天我带你去省城。”

第二天到省城的一栋大楼前下了车，王超抬头看了看，发现这栋大楼最上面挂了个很大的牌子，上面写着“亚洲跆拳道联盟”。

“这里的跆拳道馆可不是一些普通教练随便租个体育室，发几个广告，招收学生骗几个学费和衣服钱。”曹毅边走边跟王超解释。

“这是国际跆拳道联盟在亚洲的正式协会的分部。在这里，有专门的晋级和训练场地，教练都是专业人士，如果学生练得好，还有机会参加由韩国各大公司赞助的许多比赛。光是晋级赛的奖金和出场费就够赚的了。”

“每年还有许许多多的表演赛，国外国内的都有。除了比赛之外，这里也是上流社会健身爱好者交流的一个平台。告诉你，最顶上的贵宾训练专区，就是为社会名流专门准备的。这已经不是个简单的技击场所了，而是融合了商业、锻炼、表演、交友、礼仪、文化为一体，成为上流社会沟通的一个庞大机构联盟！它的影响力之广，不是你能想象的。”

王超一面静静地听着，一面打量着四周。墙壁上悬挂的是毛笔写的条幅，有“礼义廉耻”“忍耐克己”“百折不屈”等警语，字体刚劲有力，给人一种向上的感觉。

商业运作、比赛、赞助、交流、表演……王超咀嚼着曹毅的话，似乎明白国术为什么会没落了。

“只杀敌，不表演……”王超念叨起初遇唐紫尘时她说的话。

“只杀敌，不表演，怎么吃饭？怎么赚钱？”曹毅好像听见了王超的话，转过身来。

“曹伯父带我到这里来，是给我介绍什么工作？”王超问道。

曹毅笑了笑，两人已经走进了电梯。“跆拳道分为十个带，最高等级的黑带又分为九个段位。这栋大楼里每一层的训练室都代表一个带子的晋级。来这里的学员训练一段时间后，都可以参加考核。”

“来这里训练，学费要多少？”

“学费很贵！有成年男性区、成年女性区、少儿区。每个区的收费都不同，而且，每个段位的收费也不同。不过，你要是确实成绩好，也能获得免费的资格甚至参加这个联盟组织的比赛。运气好的话，还能成为职业的跆拳道选手。出名以后还可以拍电影，赚钱更多。不过这毕竟是少数。”

“现在有钱人多了，注重休闲和健身。那些公务员、老板、经理等等，也都来这里。一半是休闲锻炼，学防身术；另一半是来交友，泡女人。毕竟来这里学习的都是有钱人，而且事先要学习礼仪，不像其他的什么交友俱乐部，虽然也是有钱人的圈子，但是没有礼仪这一项，就显得低俗！”

“我们中国是礼仪之邦，礼仪这个东西虽然是一块遮羞布，却是不能缺少的东西。没有遮羞布，赤裸裸的，上流人士就觉得没有情调。”曹毅说着，电梯已经停了。

一出来，王超就问：“你难道是要我学习跆拳道，然后比赛？”

“不不不。”曹毅摆摆手，“我介绍你来，是帮这里看场子。”

“看场子？”王超皱起眉头。

“你也知道踢馆吧？”曹毅道，“跆拳道为了商业运作，抛弃了许多杀伤性的技巧，全部是华丽的腿法表演。以至于在内行看来都是花架子，但是它偏偏又到处掀起热浪。有内行不服气的，也有人来找事儿的，如果那些教练不是对手，就很影响声誉；又不能叫警察，那样影响更坏。所以要有技击高手坐镇，随时应付来踢馆的。”

两人走了一会儿，迎面走来一个身穿道服的年轻人。这人二十多岁，身材匀称，步子十分沉稳，一看就是腿法精湛。

“曹先生，我们李会长等您好久了。”这人好像对曹毅十分熟悉，随后看了王超一眼，皱了一下眉头，“这就是您要介绍的人吗？”他有些不屑。

“李风，带我去见李会长，她自有安排。”曹毅似笑非笑。

“曹先生进来吧！”冰冷的女声传了出来，“李风，你去通知黑带区的各个教练。”

“好！”李风斜了王超一眼，转身走了。曹毅和王超推门进了办公室。宽大的办公桌后面，端坐着一个穿道服的漂亮女人。这个女人一眼看上去仿佛一座冰山。

“这就是李会长。”曹毅向王超介绍，接着转向冰山女人，“人，我已经带到了。我还有很多事儿要处理，得先走了。”说着就转身离去，把王超留在了里面。

曹毅走后，冰山女会长从桌子后面走了出来，面无表情地直视王超：“你好，我是国际跆拳道联盟亚洲协会中国S省分会的会长，李万姬。”说罢，走到王超面前，伸出手来。

王超连忙也伸出手：“我叫王超。”

突然，李万姬的脚一动，猛地提起来，直接蹬向王超的下巴！这一下又猛又快，根本不给人反应的时间，而且脚法诡异，整条腿就好像从裤管里面钻出来的毒蛇。

幸好王超有八卦掌作为根基，八卦掌讲究的就是一个“贼”字，听风辨声，机灵无比，这可是上千次摔跤摔出来的。更何况，王超现在内劲渐渐深厚，毛孔也很敏锐，虽然没有达到暗劲外放的地步，但是这大半年练崩拳劲，又研读唐紫尘留下来的《国术实录》，渐渐地摸清了自己身体肌肉神经骨骼的结构。在和李万姬握手之时，王超就感觉到了她虎口间的肌肉猛地跳动了一下，便立刻知道了李万姬的腿即将发力。因为神经牵动肌肉，腿若要发劲，一定要通过大脑神经反射，才能踢出一腿。

“若不是这么多天修炼崩拳，掌握了听劲的基本要诀，这一下只怕很难躲过去！”王超依旧是“猴捅蜂窝”的猴形身法，身体跃出了房间，不差毫厘地躲过了李万姬这一脚。不得不说，这招王超在曹毅家里使顺手了，他跃出来的时候，几乎是条件反射，一把带上了门，然后又是一记凌空三步炮，一拳打在门上。只是这扇门还不如曹毅家的结实，并不是实木的。门板被王超一拳震得四分五裂，但没有直飞出去。

李万姬一脚蹬空，还没有反应过来，就听一声惊天动地的巨响，木头碎片纷纷飞了进来。李万姬尖叫了一声，连忙一腿扫出，把几块木板踢飞。

“李会长，怎么样，我合格了吗？我这人一旦被偷袭，反应很激烈。打坏了门，十分抱歉。”

“好！曹先生介绍的人，果然不差！”李万姬的脸上竟露出了一丝笑容，回到办公桌前，按了一个按钮。一会儿，外面便来了两个身穿工作服的男子。“把这里打扫一下，叫人来重新装一扇门。”那两个男子惊讶地看着一地的木头碎片，却没有说什么，立刻干起活来。

“来的时候，曹先生已经说了是来干什么。不知我可否问一句，月薪是多少？”王超直奔主题。

“对不起，王先生，现在还没有办法确定。不过我可以告诉你，你已经通过了第一道考核。你也知道，我这里有很多教练，都是搏击高手，他们并不会服气。你要通过他们那一关，大家心服口服，我才能正式聘请你成为我们道馆的顶级教练。我们尊重强者，如果王先生能拿得出真功夫，我们也一定会让你满意的。”

李万姬走出了办公室：“王先生，请跟我来，我们的教练都在贵宾区的搏击室等着你。”说罢，李万姬带路，穿过一条走廊，眼前豁然开朗，巨大的空旷场地出现在王超面前。这是一个有几百平方米的训练场，地面用黑白两色的地毯铺成，中间很大一块地方围了起来，四周有许多漂亮的沙发和茶几，显然是为观看搏击的人准备的。场地中央站了一排身穿雪白道服，腰系黑色带子的男女，大约有十多个。

场地外面的沙发上，零零散散坐着几个男女，一见李万姬和王超进来，都饶有兴趣地打量着。

“王先生，请换道服。”李万姬提醒道。

“不用。”王超甩开步子，走进了场地。

见王超不换道服就走了上来，一排跆拳道黑带教练议论纷纷，对王超更是多了几分怒气和鄙夷。那个在李万姬办公室外见到的李风最先走了出来。

“跆拳道黑带四段，李风。请多多指教。”李风上场就站好了姿势。

“李风，你怎么连最基本的礼仪都忘了？心浮气躁，怎么还能技击！”李万姬也走进了场地，严厉地小声道，“你虚心一点儿，王先生身体很灵活，擅长游斗，力量也很大。你要贴身缠上去，用摔法或许能取胜。”

“知道了，会长！”李风听后，变得沉稳起来，随后朝王超郑重地道，“请多多指教！”

李万姬走到那排黑带教练面前，低声交代了几句，然后走出了场地。

“李会长，这个年轻人是什么人？今天怎么安排这么多黑带教练和他比试？”一个身材略显发福的中年男子看着李万姬发问，眼光不时地朝李万姬高耸的胸部滑过。

“吴董事长！”李万姬打了个招呼，“这是曹毅曹先生推荐的人，来应聘我们道馆的顶级教练，我们现在正进行考核！”虽然很讨厌这个吴董事长色迷迷的眼光，李万姬却并没有表现出什么来。吴董事长是全省有名的大房地产商，旗下的中和房地产集团几乎垄断了全省三分之一的房地产市场。

“老曹介绍的人？”吴董事长微微有些惊讶。

“这小伙子是老曹介绍来的？这么年轻，应聘道馆的顶级教练？”坐在沙发上另一头的一个女人也听见了，发出惊讶的疑问。

“张总。”李万姬向这个女人点了点头，礼貌地打了招呼。这个女人叫张彤，是法国一家国际顶级化妆品集团在中国华南地区五省分公司的总裁。

“这个年轻人倒还挺沉稳的。”张彤对王超似乎有些感兴趣。

场地上，李风已经和王超打斗了起来。

李风上前就是一记漂亮的前踢直踹，击向王超的腹部。他的道服带风，发出啪啪的声音。

王超也不躲闪，沉腰扎马，小腹一收一挺，一口气从嘴里飙出，同时出拳，一下和李风的腿碰了个正着。

两人拳脚相交，李风眉头一皱，急忙收脚，在地毯上揉了揉，显然是有些吃痛。王超并不放手，欺身上来，脚步擦地而行，地毯上出现了两条长长的印子。

李风刚刚收腿，就感觉到地毯震动，随后眼睛一花，王超已经贴近了面前。

“好机会！”李风虽然没有料到王超这么快，但是事先有李万姬的指点，知道对付王超要用摔法，于是连忙张开双臂，身体前撞，一扭，一绞，一缠，已经抱住了王超的身体，随后脚下一拐，一绊，踢住王超的小腿关节，向下就摔。

这是跆拳道中的快摔，能连续把人摔翻在地，在搏击中是十分厉害的招式。王超一冲上来，本意是用一记炮拳把李风打飞，却没有料到李风稍微一躲闪，让过了一拳，还顺势抱住了自己。

王超身体一偏，顺势宛如一条蛇缠绕在李风的身上。李风一摔，没有把王超摔出去，正准备再摔。但是王超重新控制住了自己的重心，并使重心垂落尾椎，随后全身发劲。

两人的手臂交缠在一起，就在李风再次发力的一刹那，王超毛孔敏锐地感觉到了对方的运劲、动势及重心所在方位，身体自然而然地跳步，一个牵引，李风的身体立刻前倾。王超顺利地控制了对方的重心，突然转身，翻臂穿掌，从对方肋下穿过，腿一蹲，腰转，肩动，脊椎一弓一弹，正是一记“回身掌”的发劲。

李风被王超摔了出去，整个人腾空飞起，然后坠落到两三米外的地面，摔在地上。

4

“打法果然是打法，不打不得法。”王超刚刚将李风漂亮地摔了出去，自己也感觉受益匪浅。

在和李万姬握手的时候，他只是通过对方虎口肌肉的弹动，得知对方要腿部发力，但是刚刚和李风的搏斗，他却是通过两臂的交缠，用毛孔的听劲准确地掌握了对方骨骼和肌肉的发动，以及重心所在，最后发劲借势把人摔出去。

难道这就是太极拳劲？王超回忆起唐紫尘的话来：“太极拳是天下最为简单的武学，只有两招，一是暗劲桩功夫，二是听别人的劲，借力打力。”

“这太极拳劲真好使，用毛孔去感觉，全身上下都是眼睛。”王超心里想着。

“这回身掌变化中蕴含着摔跤的技巧。尘姐说，程廷华老先生年轻的时候是学摔跤的，后来才投了董海川门下学习八卦拳，最后自成一派，把掌法融进了跤法。看来打斗本是一体，要融会贯通才能大成。”一股强烈的战斗欲望在王超心中升腾了起来。

“哪一个再来？”王超对着剩余的黑带教练道。早有一个比李风低一级的黑带教练上来，把李风搀扶了出去。

“黑带六段，刘文军。请多指教！”一个沉稳的中年男子走了上来，无论是身形、气势，都比刚才的李风强悍许多。

李风的黑带四段需要年龄在 21 岁以上才有资格参加考核，这六段，却需要年龄在 30 岁以上。听起来似乎只是年龄上的差距。事实上，无论是经验还是技巧，都有着天壤之别。

“好！”王超话刚出口，刘文军突然正面冲了过来，整个人凌空跳起，双腿猛烈地连踢向王超的头部。这是跆拳道中顶级的踢术——双腿跳跃连踢。王超立刻觉得劲风扑面，眼睛刺痛，呼吸都有点儿困难。

不过因为对方跳跃的力度很大，发力的过程最少也要两秒，所以王超能很轻易地躲过去。王超向后闪避的时候，刘文军刚好落地，随后又一抬腿，宛如大斧落地，狠狠地朝王超脑袋上劈了下去。刘文军的发劲转换十分连贯，始终保持进攻的姿态，没有半点儿停留，显示出了扎实的功底和充沛的体力，让王超一时之间也无法找出破绽来。

要是刘文军能一直保持这样的速度和力量，那王超的确没有机会。不过，一旦他体力稍有不济，露出破绽，战斗也就结束了。果然，大约三四分钟后，刘文军踢腿的速度和力量都明显地减弱了，显然是体力消耗过多。但是能连续进攻这么久，黑带六段的实力已经显露了出来。不过刘文军踢法虽然猛，却没有变化和后手，全凭一股锐气支撑，锐气一泄，也就渐渐没了威力。就在刘文军再次猛踢的时候，王超身一侧，脚步斜踏，让了过去。刘文军收腿再踢，王超一步抢了进来，左腿一弓，膝盖前顶，别进了他的双腿，步法如弯弓射箭。这是形意拳打法中最为经典的招式，一腿别进对方双腿，然后身体前拱，一个跨步，肩身用力，如老熊撞树，敌人立刻就会摔出去。刘文军被王超抢进中线，一推，一撞，整个人飞了出去，摔在地毯上。

“好！”张彤首先放下红酒杯，鼓起掌来。

刘文军是道馆内最高级的教练，也是唯一一个跆拳道黑带六段，技击的功夫和经验都是一流。他这一落败，其余的教练也不敢上前了。

“年轻人，你叫什么名字，今年多大了？”张彤走到场地中间对王超柔声发问。

王超看了张彤一眼，站定身子，礼貌地点了点头，只说出了自己的名字。拳术养气，炼气化神，能改变人的气质。这也是两位武学大师宋世荣和孙禄堂论内家和外家区别时总结出的道理。善于养气者为内，不善于养气者为外。虽然王超现在的功夫还浅，但气质的确正逐渐在拳术修炼中发生变化。

张彤对王超越发欣赏。

“李会长，考核通过了吗？”王超转过身来向走上前的李万姬发问。

李万姬叫人把刘文军扶了出去，随后对剩下的黑带教练发问道：“大家认为如何？”

谁都没有异议。

“好，我现在代表国际跆拳道联盟亚洲协会中国S省分会正式聘请你为我们道馆的特级教练。请跟我来，在正式聘用合同上签字。”李万姬一本正经地道。

王超再次对张彤点点头，算是告别。

“等等。年轻人，签过合同之后，能否一起吃个便饭？”张彤优雅地伸出手来，对王超道。

“那自然是求之不得。”

王超跟随李万姬来到了另外一间办公室，李万姬拿出了一份合同递给他。王超拿起合同，一条条仔细地读下去，他的主要工作是和来访者交流，维护道馆的声誉。他不需要每天都来道馆，但必须随叫随到，不准超过两小时。另外，若和来访者的交流中损毁了道馆的声誉，那么合同立刻终止，还要赔偿道馆经济损失，具体数目由道馆决定。王超明白，这一条的意思就是：如果来了踢馆的，自己没有打赢，那么不但拿不到工资，还要赔偿名誉损失费。王超看完这一条，发现接下来的内容才是自己最关心的：每月月薪四万五千元，不安排食宿。

王超很满意，拿起笔来，签下了自己的名字。

“一式两份，这是你的一份，拿好。”李万姬也在合同上签了字，盖上公章，然后把其中一份交给了王超，随后又从抽屉里面拿出一个教练证，“合同从明天开始正式生效，你就正式上班了。记得上班的时候带上这个证件。”

王超接过文件出了办公室，刚刚出了大楼，一辆火红色的精巧跑车就开到了自己面前，随后，车窗自动滑下，露出了张彤的面孔。

“你的身手这么好，跟谁学的？”王超上了车，张彤边发动车子边饶有兴趣地问。

“这个嘛……”王超笑了笑，并不想回答。

张彤是个精明的女人，一看便明白了，于是换了另外一个话题：“关于功夫，我也懂得一些。我有几个保镖，也是练这个的，不知道你学的是哪一种？”

王超道：“我学的是国术。”

“什么叫做国术？”张彤一脸疑惑。

“只杀敌、不表演的拳术，就是国术。”王超照着唐紫尘的语气说了出来，觉得很有震慑力。

自从在跆拳道馆和李风以及刘文军打过两场之后，王超对于自己的拳术又有了新一层的认识和领悟，特别是对于太极拳劲中的毛孔听劲的技巧，更是在实战之中获得了许多经验。

一年前的他，不过是个性格内向、一文不名的普通高中生，但一年后的他，却已经是拳术小成的高手，并且能以拳谋生了。这一切，都是他以前不敢想象的。之所以有这样的成就，王超知道，都是得益于唐紫尘。可惜的是，她已经杳无踪迹。王超每每回忆起那个傍晚，唐紫尘站立水上的情景，都觉得宛如一场梦境。只有在竭力探索拳术的过程中，他才觉得那一幕是真实的。但是，他的拳术每精进一分，对唐紫尘的思念就增加一分。到了最后，甚至有一种冲动，就是寻遍天涯海角，也要找到她来叙说自己的思念。但是他知道，这一切都是不现实的，先前从唐紫尘的话语中，就隐隐约约知道她来自国外，并且做的事情是十分危险而又神秘的。不说王超现在还没有能出国的金钱和实力，就是有了，茫茫人海，又从何寻起？王超也曾经想查一下天星湖小区的买房信息，从中找出点儿蛛丝马迹，但是天星湖小区全部都是非富即贵的大人物居住，资料根本不公开，没有其他的办法。现在王超唯一能做的，就是潜心练拳，来抵消自己的思念。

在几次实战中尝到了甜头，王超迫切地想再多些实战来使自己的拳术提高。可是在签了合同以后的十天里，都没有碰到一个踢馆的。不过王超每天都去道馆转上几圈，有时也和其余的黑带教练切磋一下。只可惜这些教练根本不是他的对手，自从对太极听劲领悟之后，每每一和这些教练搭手，几个回合之后，对方就被王超摸到重心，顺势摔了出去。不过这样的试手，倒也让王超对人体的各部位神经和肌肉骨骼的联系领悟得更加透彻了。

几天过后，道馆的教练对王超都怕了，看见他来了就找借口闪开。虽然格斗场的地面很软，有地毯铺着，但是被摔一下终究不是件愉快的事情，况且王超的摔人并不是普通摔跤绊倒，而是用回身掌的劲，全身发力，被摔出去的人往往都是腾空飞起，然后重重摔落。这在外人看来很精彩，但是被摔的人可就苦不堪言了。不过那个李风倒是不见了，好像辞职走了，没有再在道馆里出现过。

因为没得打了，十几天后，王超也不去道馆了，而是住进了唐紫尘的别墅中，每天就练练拳，另外找一些国术资料阅读，增长见闻。

"儒以文乱法，侠以武犯禁。乱世多侠客，太平世界，侠客就成了暴民。杀人制敌的拳术在乱世一定兴盛，在治世就一定要沉寂。这是颠扑不破的真理。"

王超读了一些国术资料后，了解了许多前辈高手，也领悟了其中的一些道理。他手里拿着一本《八卦拳学》，正在细细地研读，当读到其中的“阳火阴符势”一章的时候，对于其中八卦掌的练法，结合自己的经验和体会，王超深以为然。八卦掌每出一掌，都要有两重劲，一是明劲，谓之阳火；一是暗劲，谓之阴符。明劲要六阳俱全，也就是手、足、腰、腿、脊椎、头，全部都要配合到；而暗劲，要六阴俱全，即心、意、气、神、五脏、经络也要配合。这本《八卦拳学》是民国武学最高成就者孙禄堂老先生的著作，其中多是用道家的术语来解释拳术，言辞深奥，并且没有具体的练法，只有有一定基础并且懂术语的人，反复研读，结合自己的体会，才能有所领悟。

“果然是‘道无经不传，经无师不通’。”王超读了这本《八卦拳学》后，又读了孙禄堂的《形意叙真》以及其他大师的一些著作，心中感叹。道理或学问没有书是流传不下来的，但是光有书，没有师傅的指点，也是知其然而不知其所以然，根本没有用处。正是有了唐紫尘先前的指教，王超才能看明白那些书中所说的一些道理和经验。

读完书以后，王超觉得自己的拳术似乎又有精进，于是走到别墅后的练功房中，先跳到水缸沿上打了一套八卦掌，果然觉得比平时顺畅了许多。他的步子在缸沿上转得又平又稳，掌影翻飞，如狂风扫叶般大开大合，竟然多了几分形意拳的猛进猛打。

“要是我在这些水缸沿上涂上一层油，然后上去打，会不会滑倒？”打着打着，王超突然想出了一个更加锻炼自己的办法，于是立刻跑到厨房，拿了一桶油，倒出来，用抹布仔细地涂抹在这些水缸的缸沿上。之后，王超脱了鞋子，赤着脚小心翼翼地踩了上去。果然，涂了油的缸沿很滑溜，才一踩上去，王超就觉得身形不稳，脚底直打滑，轻微一移动，立刻砰的一声滑落下来。还好他的腿功有了一定的根基，掉下来的时候凌空一翻，稳稳落在地上。

王超不但不沮丧，反而满心欢喜，又跳了上去。他这次用劲到脚趾，死死地抠住缸沿，而且大小腿肌肉绷紧，小心到了极点。不得不说，王超平时锻炼的腿功此刻真正派上了用场，在慢慢行走的过程中，他居然掌握了平衡，步子转换之间逐渐平稳。一连走了两天，王超摔倒的次数越来越少了。他逐渐在涂满油的缸沿上越走越快，和不涂油时没有什么两样。

能不能在这上面再打沙袋？王超又想挑战更高的难度。他一掌把沙袋打得老高，但是自己也被反震的力道震得脚步一滑，连忙转换脚步保持平衡，身体却撞上了另外的沙袋。终于，王超被一个沙袋猛地撞下了水缸。这样的练拳方式，比以前简直要困难百倍。不过，现在的王超内劲已经小有所成，体力充沛，对身体的把握和以前也不可同日而语，接连的摔跤并没对他的身体造成什么损害。

又过了半个月，王超除了每天吃饭、休息，剩下的时间都在水缸上练拳。除了八卦掌之外，他还练习形意以及龙蛇合击。渐渐的，王超眼观六路，耳听八方，跤摔得越来越少了，反应也越来越敏捷。在调整劲力、保持平衡的过程中，更是不自觉地用上了十二形的各种身法。到了最后，王超感觉自己身体各个部位的关节、肌肉的劲似乎都拧成了一股，全身上下有一种通透的感觉。

这是把劲理顺、练透了才有的现象，已经是接近明劲中的上乘功夫了。在寒假的最后几天，王超已经在涂满油的水缸沿上练了近一个月。现在，无论是做什么动作，也不会摔下来。每次落地，王超都觉得舒服无比，他随意一发力，清脆的响声就会传出来。

这天，王超正准备回家时，手机响了，里面是李万姬冷冰冰的声音：“快到道馆来！”

王超来到道馆的时候，整个道馆的气氛有些不对劲，人员也有些杂乱，往常只有身穿道服的学员，现在却多了一些杂色衣服的人。看模样，那群人都比较年轻，好像是一些大学生，有的胸口还戴着某某大学的校徽。

无论是跆拳道馆的学员，还是那些大学生，都脸色兴奋，一副看好戏的表情，都往电梯口拥挤。

“怎么回事儿？有人来踢馆吗？”王超问道。

“是啊。”一个工作人员回答，“这回和以往不同，以往都是别处学散打的、空手道的、武术的，来也是先打招呼，说是交流交流。但这次不同，来的是一个大学生，好像是我们的学员在大学里面闹出了矛盾，结果引得人家打上门来。刚才你是没有看见，那个学生好厉害，一进来就撂倒了两个教练……”

“走吧。”李万姬带着他进了上次那间搏击室。这个时候，搏击室外面已经围了一大群的学员和学生，门口站着几个教练不准人冲进去。不过搏击室是敞开的，不用进去也能看清楚里面的情形。

王超走了进去，发现搏击室中央站着一个男孩，看起来和王超年龄相仿，眉清目秀。他穿着一条洗得发白的牛仔裤，上衣脱了，光着膀子，露出匀称结实的肌肉。

“你们说的那个教练怎么还没有来？看来跆拳道馆不过如此，今天你们再拿不出人来和我这位兄弟对抗，以后就不要到我们大学办什么跆拳道社团，免得丢人现眼！”里面传来了一个得意扬扬的声音。王超一看，场地边缘还站了几个男生，个个都很高大，显然是鼓动这个少年一起来踢馆的。

在另外一边，王超居然还看见了张彤。张彤依旧穿着一身道服，端了小半杯红酒，看见王超进来，她点了点头，算是打个招呼，脸上闪过一丝兴奋。

“王教练，一切都看你的了。”李万姬拍了拍王超的肩膀。

“你就是那个教练？”男孩似乎有些惊讶，从上到下打量了王超一遍。

“嗯。”王超微笑着点了点头，“你是来比试交流的吧？我是这里的特级教练。”

“哦？”少年用疑惑的声音发问，“你叫什么名字？”

“我叫王超，你呢？”王超也打量着他。

“我叫赵星龙。”少年道。

“动手吧。”王超点点头。

赵星龙摇了摇头：“我不想再弄出人命来，你还是带防具吧。”

再弄出人命来？王超眉头一皱，心中暗想：难道他以前弄出过人命？想着，王超也不多说废话了，身体突然前进了一步，逼向了赵星龙。

赵星龙看见王超逼了上来，脸色一变，小声嘀咕道：“不要怪我。”骤然之间，赵星龙全身猛一发劲，身体发出轻微的咔嚓声，全身鸡皮疙瘩隆起，汗毛直竖，眼神锐利无比，好像盯住猎物的豹子一般。王超立刻感觉到了一股非常危险的信息：碰到高手了！他练的居然也是内家功夫，而且看这架势，好像经历过许多战斗。大学里面还有这样的高手？

王超这一步其实只是试探，却一下试出了对方的功夫。

赵星龙脚步向前一踏，身体横撞，仿佛一座山撞了过来，速度又快又猛，地面被他的发劲震得一荡。贴身靠！王超一看，便觉得不妙，这一招式唐紫尘在《国术实录》中也提到过，是国术中最为刚猛暴烈的“八极拳”中经典的招式。

八极分为大架和小架，大架是打法，小架是练法桩功。只练大架虽然也能出功夫，很能打，但是不能练出内劲来。肘击是八极的主要招数，也是枪术演化来的，以臂当枪，扎到人非死即残。而且八极拳术练到高层境界，也有洗髓之法，那就是“哼”“哈”二音。洗髓之法能控制全身的骨节肌肉，有规律地震荡出“哼”“哈”两种声音来，和虎豹雷音有异曲同工之妙。

关于八极拳的历史，王超在最近读的书中也知道了许多，当年回族人吴钟根据《古兰经》的经义，融合大枪术，创立了这一门拳学。不过看这赵星龙显然没有到“哼”“哈”二音的洗髓境界，否则的话，王超也不用打了。

对方一记“贴身靠”撞了过来，全身如铁，手臂上一条条肌肉弹起，如树藤绞缠，刚劲有力。他的肘在前面，关节上有一层厚厚的老茧，显然是铜臂铁肘，势不可当。

王超没有摸清对方的虚实，也不轻易去接，侧身一步让过，一下便抢到了赵星龙的左侧。王超这些天已经把全身的劲都练透了，身形的起、落、翻、钻，每一下发劲都能随心所欲。一抢到左侧之后，王超手臂如刀，猛地朝对方肋下就戳。

就在这时，赵星龙身体又一转，手臂抡了一个圆圈，以不可思议的角度反缠过来，正好撞向了王超的手刀。

王超急忙改用鹰形，化手刀为爪，和对方的铁肘硬撞了一记，只觉得手心隐隐作痛。八极门中以肘当枪，分为搀肘、定肘、挤肘、挎肘，猛烈无比，不过王超早有防备，以鹰形来对敌。枪如蛇，鹰作抓，鹰爪正是用来对付枪扎的。不过赵星龙的肘简直练成了一块铁，力量极大，王超几番抓捉，都仿佛抓在一条滑溜的劲蟒上，不但溜手，还险些被震断手指。两人贴身缠斗了几个回合，都觉得占不到便宜，赵星龙也知道王超是劲敌，不由得兴奋起来，大叫一声：“好！”

赵星龙骤然转身，连连用“贴身靠”撞上来，好像大枪翻钻，上下不离王超的喉、胸、腹、肋、腰等要害部位。

对方如此猛烈，王超却也不怕，脚步穿花般地旋转，踏出了八卦步法，每次都抢到赵星龙的侧面，用鹰爪抓拍他的腰肋。两人肘掌交接，啪啪作响，看的人不禁心惊肉跳。

要不是这十几天把劲练透了，还真不是这赵星龙的对手！王超也是战意渐酣，越打越快，对方毛孔鼓起，自己在和他手臂相交的时候，居然难以摸到重心和动势。

“躺下！”突然，赵星龙大吼一声，抓住机会，猛地一翻身，头朝下，弓身冲腰，一拳捣出，整个拳头好像长大了很多，竟然一下捅到了王超的腹部。

通背发劲！王超已经来不及施展别的，把平时最为得心应手的一招使了出来——龙蛇合击！王超腰一沉，腹部宛如蛇一样向后收缩，双手直挑，一下搭在赵星龙的拳头上，随后脚步一掂，失去了重心，所有的力量都搭在对方的臂膀上，这正是龙蛇合击中的“蟒翻身”。

赵星龙大吃一惊，万万没有想到对方会使这样的怪招，手臂一沉，被王超整个身体的重量搭了上去。赵星龙忙缩手臂，但王超整个身体似乎打蛇随棍上，缠了过来。赵星龙急退，王超借势抢到了他的身前，一手猛插进了他的底裆下。赵星龙连忙双手护裆，王超一穿身，整条手臂插了进去，肩膀顶在他护住裆部的双手，整个人好似挑担一样猛起身，把赵星龙整个人挑了起来。赵星龙失去平衡，大惊失色，王超趁机身体一转，一记回身掌，把赵星龙摔出了搏击场地，重重落在地上。场内鸦雀无声。过了好一会儿，赵星龙才站起来，叹了口气，准备走。

“等等，你们打得都不错。我做东，请你们两人吃个饭。”张彤挡住了赵星龙。王超这时也走了上来：“胜败乃兵家常事，你的功夫很好，我们不打不相识，正好张总做东，一起吃个饭吧。”

到了酒店，赵星龙还有些尴尬和拘谨，王超却很自然：“赵兄弟，我看你身手这样好，又练八极又练通背，以前好像实战过？”

张彤也饶有兴趣地在一旁帮腔。赵星龙喝了两杯，话渐渐多了起来：“我从小练八极拳，这是我爷爷传下来的。后来到沿海打工，被一个老板看上。因为想多赚钱，打上了黑市拳。后来，打死了另外一个老板的拳手，那个老板放话说要废了我，幸好我挣了些钱，沿海不敢待了，就回来读书，圆一圆大学梦。不过现在钱用得差不多了，这次是你们跆拳道馆的人来我们学校挑衅，我看不过眼，出手教训了一下，后来被散打社的一帮同学看中，说出钱叫我来踢馆，杀一杀你们的威风，我就来了。”

“原来是这样。”王超频频点头。

吃过饭后，王超从衣服兜里取出一张卡，塞到赵星龙手里。

“你这是做什么？”赵星龙连忙推辞。

“你不要推辞，你听我说，”王超真诚地道，“练拳的人要想安身立命是非常困难的，一旦混得不好，多数要亡命天涯。这卡里面的几万块钱是我自己积攒下来的，如今的国术实在是没落了。你练得不错，应该好好读书，静下心来，才能把拳术提高，一时的胜败并不算什么，以后我们俩随时切磋。”似乎被王超打动，赵星龙接过了卡。

王超望着赵星龙离去，回忆起刚才的打斗经过，觉得这赵星龙实在是厉害，自己若不是这些天苦练，步法、力量、身法、掌法都提升了一个档次，肯定不是他的对手。而且赵星龙的实战经验很丰富，最后那一下，显然使用的是通背拳的劲力，刚猛迅疾，现在想起来王超还有点儿后怕。多亏龙蛇合击一式的精妙，用蛇形缠身，龙形挑胯，最后用回身掌甩劲才得以险胜。但是赵星龙被摔了那么一下居然还能爬起来，显然并没有失去战斗力。论力量和功夫的纯度，王超自觉和赵星龙的八极铁肘比起来，自己的劲力好像还差了一些。而且对方的内劲也练到了肌肤隆起如铁砂的地步，一翻一鼓之间，让王超无法掌握他的重心和动势。以前打的都只是擅长搏击的强手，如曹先生、李风、刘文军这些人，曹先生还要稍微厉害一点儿，一直有隐藏实力，不过恐怕也没有赵星龙厉害。和这样的高手实战，实在是可遇不可求，打过一场后，受益颇多啊。王超回过神来，见张彤正目不转睛地盯着自己，禁不住问："怎么？张总在想些什么？"

张彤优雅地一笑，把目光从王超身上收回，说道："我只是奇怪，你这么年轻，言谈举止却这样老成。"

王超明白张彤的意思："其实也没什么，是我最近读书养气，看老一辈拳术名家的经历，每每感叹习武的艰难。拳术打得再好，也常穷困潦倒。赵星龙功夫练得不错，要是为生活所迫丢掉拳术，那就太可惜了。我现在反正有点儿闲钱，能帮一把是一把，和跆拳道比起来，拳术实在没落得太厉害了。而且老一辈的拳术大师都有这样的风范，'学拳也要学人'，我觉得也是很有必要的。"

"有这样的想法，就已经很老成了。"张彤笑了笑，"你刚才和赵星龙的比试，我也看到了，打得很精彩。"

"险胜而已。如果是生死格斗的黑市拳，那还不知道谁赢谁输。"王超实话实说，"他练的时间比我长，而且实战经验丰富，所以我以后还想和他多切磋。"

"等你再次找他切磋的时候，说不定他又进步了。"张彤看得出来王超说的是实在话，并非谦虚，"我手下也有几个厉害的保镖，他们都是练家子，不知道你有没有兴趣和他们比试一下？"

有实战，王超自然不会拒绝，一口就答应下来。

车子行驶了半个小时后，在一栋十分豪华的商业大厦前停了下来，这里是整个S省省城最为繁华的商业街。张彤的车一停在大厦前面，立刻出来三个一脸冷酷相的男子。

"走吧！"张彤对同时下车的王超笑了笑，跟身后的保镖一同走进了商业大厦的电梯。

王超刚刚打量过这三个男子，他发现这三人的手和曹毅的一样，都是拳骨平展，布满老茧，不过和曹毅不同的是，这三个人的眼神很冷酷，好像感情被淡化了一样，而且浑身上下流露出一股不让人亲近的气息。王超提高了警惕。

"他们都是退役的雇佣兵，受过严格的训练，精通杀人技巧和间谍手段。你敢不敢和他们比试？"

"雇佣兵？"王超一愣，"《国术实录》里有些地方提到了训练雇佣兵杀人的技巧，好像和尘姐也有些关联的……”

王超极力回忆着唐紫尘在《国术实录》中提到的训练雇佣兵杀人的手段，但是因为其中提到的太少，始终没有想出个所以然。唐紫尘只是在介绍打法时提到雇佣兵运用的技击手段多是不顾自身安危，杀敌为上，往往与目标同归于尽都在所不惜，只求完成任务。同归于尽的打法最为恐怖不过，就算是比他们身手高出许多的搏击高手，碰上肉搏拼命，也难以取得胜利，往往被对方杀死。

王超也明白武功再好也怕不要命的。不过，这张彤到底是什么人，怎么会有雇佣兵做保镖？虽然知道张彤是个非常有钱的商界女强人，但是她居然有这么强悍的保镖，还是出乎了王超的意料。

“我这个人没有什么别的爱好，从小喜欢武术，不过学的是舞剑。只可惜后来荒废了，没有舞出什么名堂来。”张彤带王超来到自己的办公室，见王超对摆放在室内的剑感兴趣，笑了笑，“虽然我很多年没有练了，但是剑术十三势还是多少懂一点儿。我听说枪术里面也有十三枪，和剑理相通。你是练拳的，自然懂枪。好了，不说这些。今天我兴致不错，就在这里，你和我的保镖打上一场，怎么样？”说罢，张彤走到红木办公桌后面，向一同进来的两个保镖使了个眼色。

顿时，两个保镖一左一右地站在了办公桌旁边。与此同时，刚刚在大厦门口帮张彤停车的保镖也从门口走了进来，看见张彤的眼色，立刻停下了脚步，把办公室的门关上，面无表情地看着王超。王超一被这个保镖盯住，浑身不自觉地起了一层鸡皮疙瘩，感觉自己好像是被凶猛的野兽盯住的猎物。

那个保镖突然动了，敏捷地扑了上来。王超一个错步滑了出去，顺势就是一掌戳肋。这是惯用的八卦掌手刀，屡试不爽。哪知道这个保镖好像机器人，似乎被戳的不是自己，一转身，也不躲闪，身体直挺挺地迎上来，一拳带着风声，准确地轰向了王超的喉骨。保镖动手凌厉，速度极快，力量也大，脸上一点儿表情都没有，是名副其实的杀人机器。

王超立刻明白，就算自己一下戳中对方的腰肋，肯定也要被对方击碎喉骨，他心里一凛，把手一收，退后一步，反掌成爪，准确地提到喉咙的位置，迎住了保镖的拳头，猛地一抠，一抓，一捏。这一式鹰爪捉拳，乃是形意十二形中的变化，王超最近劲力通透，使用起来非常顺手，一下就抓住了保镖轰击过来的拳头，五指顺势抠出，在对方的拳头上抠出了五道血印。

若是王超能够练到暗劲的地步，这一下，对方的五指只怕连筋骨都能被抠出来。不过保镖虽然受伤，但是丝毫不为所动，猛地扬起膝盖，飞快地朝王超裆部猛击而来。在王超躲闪开的一刹那，保镖又身体贴进，两腿叉开，一手抱胸，一手朝着王超脖子就勒。

这一系列的攻击，身上空门大露，破绽很多。王超计算着，随便简简单单的一拳一肘就能将其击中，但是这样一来，自己也难免被对方绞杀。王超连忙后退，步法旋转，但是这保镖好像有无穷的精力，无论是王超旋转到哪一面，他都能够跟得上，猛扑过来，用两败俱伤的打法纠缠，次次都是拼命。

打了一会儿，王超觉得苦不堪言，比和赵星龙比武要困难多了。虽然这个保镖没有赵星龙那么强悍的铁肘，也没有练成内劲，但是赵星龙在危险的时候还会防御，而这个保镖完全就当性命和身体不是自己的。纠缠之间，王超的手臂再次和保镖相碰，这次他没有施展什么攻击手段，只是在搭手时快速地摸到了保镖的动势和重心，突然发劲牵引，猛烈一甩。保镖高大的身体立刻被甩到几步开外，落在地上。王超刚刚松了一口气，谁知这保镖一落地，立刻一个翻挺又站了起来，身形丝毫不停顿，又扑了上来。

王超看见对方这么难缠，心中赞叹，迎了上去，略一交手，又把对方摔了出去。一连摔了三四次，每次这保镖都是立刻蹦起来。这时，张彤轻轻咳嗽了一下，桌子旁边又一个保镖闪电般地扑了上来，两个人一起围攻王超。

王超的步子转得又急又快，东踩一下，西踏一脚，带动身体闪转飘忽。拳经中的“起、落、翻、钻”四字诀的动作做得好像教科书一样经典。

两个保镖的围攻的确让王超的压力大增，要是普通的搏击高手倒还罢了，偏偏这两个保镖是雇佣兵出身，动作狠辣到位，体力也好得惊人，而且完全没有自身保护意识，十分恐怖。

一个人王超还能在搭手之间，施展出太极听劲，以四两拨千斤之法，找到机会把人摔出去。但是现在两人一起上，刚刚摸到一个人的动势，另外一个人就用凌厉的招式从另一面攻过来，令王超顾此失彼，到了最后，只有连连躲闪，毫无还手之力。

这架打得窝囊！王超很是郁闷。不过在打斗中，王超也逐渐弄清楚了自己的软肋：一是力量不够，对普通人还可以，但是对专门受过体能训练、能够忍受剧烈疼痛的人，还做不到一击毙命或是一击致昏；二是听劲还没有练到家，掌握敌人的动势后，破掉敌人重心的速度还不够快。唐紫尘是一搭手，不用暗劲，瞬间就能知道对方重心所在，做出本能的牵引。这样的听劲配合四两拨千斤，才是真正的太极劲，不经过大脑的思考，完全是本能反应，所以才能达到“敌不动，我不动；敌一动，我先动”的地步，这也是太极推手中上乘的功夫——“无意而动”。而王超的太极劲还需要先摸到对方的动势，然后根据对人体结构的掌握，把握到对方重心，最后经过大脑意念的反应做出牵引。这是有意而动，速度慢了许多。这两者的区别，在搏击过程中也许就是一两秒的延迟。但是就这一两秒的延迟，足够使人毙命。

三人在宽阔的办公室中央打得难解难分。两个保镖虽然厉害，但是王超的步法轻快，身形滑溜，总是在千钧一发之际闪过他们必杀的攻击。大约十几分钟以后，三人的体力都开始不支了，尤其是两个保镖，虽然受过残酷的特殊训练，但是跟随王超这样转来转去，还是未免有些晕头转向。豆大的汗珠出现在额头上，黑西装都湿透了，但是他们的眼神依旧十分冷酷，脸上的表情也没有变。汗水从他们的眼睛上流过，眨都不眨一下，只等待最佳时机，给王超致命一击。而王超虽然没有流汗，但也是气息沸腾。这十几分钟的打斗实在是太激烈了，王超几乎用尽了全身的力气闪避腾挪，全身气息自然鼓荡起来。如果气一泄，人就会脱力了。

王超长出了一口气，觉得身上没有那么鼓胀了，但是气息一出，随之而来的是轻微的疲劳。他努力使自己的气息平复下来，提起精神。王超突然在闪腾之间，抓住一个保镖汗水流过眼睛一刹那的时间，脚步前踏，腰腹和脊椎同甩，出拳如箭，直击对方的肩窝。

那个保镖虽然被汗水迷了一下眼，但是丝毫不惧，同时一下刺拳，击向了王超的腹部。两人同时击中目标，骨折声传来。那个保镖的肩窝挨了一记进步崩拳，似乎已经碎裂了，身体朝后倒，随后猛烈地翻滚了几圈，又站了起来，只是一条手臂软软地垂了下来，显然是不能再用劲了。而王超挨了一下，只觉得小腹剧痛，肠子似乎都被击断了。这剧烈的疼痛使得他全身气息一散，身上密密麻麻出了一层细细的汗珠，巨大的脱力感传遍全身。

幸亏这个家伙的体力消耗得厉害了，拳头的力量没有刚刚的一半重，不然我的肠子肯定断了。王超正是看见两个保镖体力消耗得厉害，才敢冒险对拼。就在这时，另外一个保镖猛地从后面扑了上来，左手勒住王超脖子，右手箍住胸膛，同时膝盖扬起，从后面猛顶王超裆部。王超遭遇这样的杀招，并不慌乱，他左手护在臀下，宛如一条尾巴，挡住了保镖的膝，脊椎如一条蛇退入洞穴，猛烈地扭动了一下，重心刹那落到尾椎，全身汗毛又立刻炸起，刚才被打散的气息又凝聚了起来。

那个保镖一箍住王超，王超已经触摸到这保镖的动势，比他快了一瞬，脚步一绊，蹲身发劲，身体猛烈地后退，自然和那个保镖向前的劲相斥。王超突然改了劲，向前一冲，一甩，借了对方全力冲击的劲。顿时，这个保镖好像一个稻草人，从王超背后凌空飞起，直直撞向那个断手的保镖。那个断手的保镖也极为强悍，被王超崩拳击碎了骨头，只几个翻滚就爬了起来，扭动了一下“身”体，又冲过来，却没有料到自己的同伴突然被摔出，正好迎面飞过来。砰的一声，两人撞击在一起，断手保镖被砸倒在地，发出一声闷哼，随后又接连翻滚，爬了起来。

就在这时，王超迅猛地冲了上来，他急忙出拳。两人一搭手，王超又是一个牵引一甩，将他甩了出去。刚刚被摔飞的保镖这时也爬了起来，但是也被王超抢上来，又被摔了出去。就这样鹰起兔落，爬起又摔倒，摔倒又爬起，一连四五下之后，这两个保镖终于静静地躺在地上，彻底脱力，不能再起来了。

这时，王超也浑身湿透，衣服破烂，喘着粗气，站在原地一动不动，连抬指头的力气都没有了。

“好！好！好！”张彤连连赞叹，对另外一个保镖道，“把他们两个带出去，找财务支上一笔钱，好好休养。”没有动手的保镖点了点头，扶着他们俩出了办公室。

“怎么样？”张彤等王超休息了一会儿才发问。

“厉害，实在是厉害！我险些交待在这里了。”王超好一会儿才平静下来，回忆起刚才的打斗，心有余悸。

“听说他们还是组织中的二流战士，离一流还差得很远，而且之前并没有服用兴奋剂。”张彤给王超泡了一杯人参乌龙茶。

“兴奋剂……”温热的茶水入了喉咙，王超恢复了一些活力。

“对，兴奋剂，要是服用了兴奋剂，他们的实力还能提高一倍。不过这样对身体的损害很大。”张彤点点头。

“我看了你几场打斗，都是身体一抖，人就甩了出去，这好像是太极拳中的功夫。我虽然没有练过拳，但是也知道，太极拳练到后来，要用人来试劲。是不是这样？”张彤问道。

王超点点头：“拳术开始还可以打沙袋，打木人桩，抖大枪。但是练到最后，都是针对人体，是要用人来试劲，才能在比武中得心应手。当年杨露蝉的孙子辈杨澄甫练太极推手，是以六元大洋一月的高价雇 些大汉，在人的身上反复试劲。”

张彤道：“当年我学剑的时候，师傅告诉我，到最后也要拿人来试剑。武当山的道士练剑，是跳上树刺猴子。你觉得刚才这两个人桩怎么样？”

“刚才这两个？”王超一听，心中一动，“这些雇佣兵身手极好，正是试劲练功的好对手。”

“既然这样，那你以后一周来一次，拿他们试劲练功怎么样？”张彤笑盈盈地对王超道。

王超皱了皱眉头。

“你是不是想问我为什么提供给你这样的方便？”张彤心思灵巧，一下就猜到了王超心中的疑虑，伸出两个手指头，“第一，你的身手和气度都很令我欣赏；第二，我将来会遇到一些麻烦，希望到时你能帮我。就这么简单。”

“什么麻烦？”王超问道。

“什么麻烦我也不知道。不过你也是聪明人，知道像我这样的人，总是有些不安心的事儿。不过你也不要担心，我如果要你帮忙，肯定会把事情先告诉你，你能帮就帮，不能帮也没关系，我不强求。如果是特别困难的事情，你帮是人情，不帮也是本分。”

“好。”王超点点头。

几个月后，王超的力量越来越大，对劲的运用也越发巧妙。终于，他能够自如地把铅汞大球从石槽中旋转出来，抱在双臂之间揉、挤、按、团。不过想要像唐紫尘那样用肩、胯、腰、头、足掂球，王超知道自己还差得远。

天气渐渐炎热起来，在张彤别墅的锻炼室里，王超正和张彤的三个保镖打得难解难分。

王超沉腰扎马，前脚虚晃一下，随后向前一拱，脚尖如箭，一下抢进了一个保镖的中线。那个保镖急忙双拳连续打来，同时飞脚踢向王超的裆部。王超膝盖轻微一拨，立刻把这个保镖的脚抵住；随后双臂连翻，宛如蛇缠，搭上了保镖的双臂；同时五指如钩，抠住了对方的肩膀。保镖的臂膀又是一翻，身体前进，王超直接靠了进去，一牵，一引，一发劲，这个保镖凌空飞起，摔在了四五米远的地方。打翻这个保镖后，他并不停留，侧身横步，身体一蹲，一缩，一坐，整个接近一米八的身体蹲成了接近一米，乍一看好像身体凭空缩小了一样。这是形意十二形中猴形的起手势“猴蹲身”。猴子一旦受惊，便立刻一蹲，身体缩成一个球，骤然团身起跳，极为敏捷。王超这一蹲也是如此，跳起的同时在空中转身，双膝并拢，膝盖骨宛如两块石头，狠狠撞向了从后面攻过来的另外一个保镖的胸膛。这是猴形变化的第二势“猴挂印”，膝盖骨就是两块大印，要挂到敌人的胸膛上，中者十有九死。这个保镖的双臂向前一抬，和王超的膝盖硬碰了一记，两人的骨骼相撞，发出砰砰的撞击声。

王超落地，又如猴子一样蹲身下抓。那保镖见王超的身形变化快得超乎想象，根本无法闪避，更何况他也没有闪避的习惯，便立刻抬起脚，不顾自己的裆部，踢向王超的面门。不过王超并没有抓他的裆部，而是一下戳到了他的大腿内侧一根神经。顿时，保镖踢出的腿不由自主地停顿了一下，让王超抓到机会，一个“龙升天”，身体前钻，把这个保镖甩了出去。就在这时，王超脑后风声骤起，第三个保镖的脚尖几乎已经踢到了王超的后脑勺。王超处变不惊，一个“铁板桥”，身如长虹卧水，对方的脚尖从面门上踢了过去。接着王超双手一拍地面，身体横转了一个圈后，坐在地上，倏地脚跟擦着地面蹬了出去，正踹中第三个保镖的脚跟。这是蛇形中的“溜地掌”，人坐在地上，脚跟擦地，脚掌向前蹬，好像人出掌向前击，所以明明是腿，却叫做“溜地掌”。最后一个保镖被踹中之后立身不稳，也倒在了地上。王超手掌又一撑，借力跳了起来。

“停，一个个来！”张彤发出了命令。

三个保镖爬起来后，一个一个朝王超发起了攻击。这可就好对付多了，王超就只是一近身，身体好像蜻蜓点水，或是肩打，或是胯打，或是身打，或是臀打，仿佛全身都是拳头。只要王超一贴身，保镖就会立刻失去平衡，不到两个回合就被摔出去。

“你的拳法又精进了。”张彤最终令保镖停了下来。这几个月的反复摔人练习，王超的确已经掌握了劲力转换的要诀。熟能生巧，巧而生变，王超的太极拳劲也渐渐触摸到了“无意而动”的上乘境界的边缘。

从张彤别墅出来之后，王超突然想起赵星龙：“我不如去看看这家伙，顺便检验一下拳术。”换上一身运动服后，王超坐车来到了城东的大学城。

“请问这位同学，你认识赵星龙吗？”王超一连问了十几个学生。

“你要找赵星龙？”就在王超不知道怎么办的时候，一个清脆的声音从身后响起。他回头一看，是一个女学生。

“这位同学，你知道赵星龙在哪里？”王超露出一个温和的微笑。

“你要找他吗？”这女生打量着王超，“周六他一般在后山的树林里面，我也正巧要去那边看书，给你带个路吧。”

女生带路，朝学校后山的小路走去。到了半山腰，一片高大的樟树林出现在面前，这女生朝里面看了一会儿：“喏，赵星龙就在里面。”说罢，转身朝远处一个凉亭走去。

赵星龙穿了一件红色的背心，正在练拳，用肘击、膝击、肩击、背靠，撞得粗大的樟树树冠胡乱摇晃。一块块老树皮被击了下来，碎屑翻飞。就在王超一踏进树林的时候，赵星龙警惕地望了过来，接着露出了一个十分诚恳的笑容。

"先别放松，咱俩试试手！"王超走向赵星龙。

"好！"赵星龙也跃跃欲试，看见王超站定了架势，便陡然发劲，一个"贴身靠"撞了上来。这次王超没有躲避，他屈膝斜身，两臂一提，一撇，在空中画了一条抛物线，准确地搭在赵星龙肩膀上。这是形意五行拳中的横拳劲，和八卦回身掌、太极甩劲有异曲同工之妙。赵星龙一被搭上，立刻觉得自己重心不稳，脚步好像喝醉酒似的开始歪踩。他心中一凛，急忙蹲腰沉马，等稳住了身体，立刻弯肘成枪，扎王超的胸膛。王超微微后退，赵星龙倏地一下，另一条手臂疾捅面门。王超脚步硬蹚而出，双臂再翻，如布裹物，又搭上了赵星龙的一击通背拳劲。赵星龙一拳不着力，打了个空，随后被王超这一横搭，手臂向下沉的同时，身体又前冲，连马步都稳不住。王超横劲如梁，搭着就转。

不好！赵星龙正要调整劲力，王超已经提身靠了进来。赵星龙只感觉双肋一凉，被王超的双臂插了进去。王超仿佛转铅汞大球一般，双臂插肋，控制了赵星龙整个身体，接着身体一摆，脚步又是一记硬蹚。

赵星龙双脚离地，身体撞向了五步开外的大樟树。幸亏赵星龙反应快，在要撞树的一刹那，猛地出拳，一拳轰在树干上，借力弹开，落在地面歪斜了两下，才稳住了身体。

怎么可能？赵星龙不服，又扑了上来。王超又是一搭，一甩，他再次被甩了出去。连试了几次，赵星龙终于甘拜下风，显得很沮丧。

"这只是听劲技巧，我用得熟练了一些，不是真功夫。"王超道，"你没有练过太极拳劲，不知道其中的道理，所以很容易吃亏。等你知道了，就会发现这其实只是小把戏而已。我今天没什么事情，找你聊聊天。"

"聊什么？"

"你在沿海打过黑拳，那里的情况是什么样子？有些什么厉害人物？"王超来了兴趣。

"哦，这个啊。"赵星龙找了一个干净的地方坐了下来，随后打开了话匣子。

"我是在广东那一带打的。潮州、汕头那一带的人，又好斗，又好赌。很多老板发了大财，寻求刺激，就四处找打手压钱赌拳。那一带，几乎每个城镇都有地下拳场，每周都有拳赛赌博。一场上来，几百万赌金是家常便饭，有的甚至压了上千万。那里鱼龙混杂，海路上的，走私的，包括东南亚一带的老板都去赌。而且赌拳的规模也不同，如果是几个有名的高手干架了，许多老板一起赌，资金上亿都有。我听说最大的一次，是华南陈氏集团和港台两地华兴商会的一次赌拳，两方几百个老板一起压，连房产、店铺都赌上了，资金上了二十亿。那场是两地的两个顶尖高手比拼，最后钱全部让陈氏集团赢走了。”

“哦，什么高手？你和他们打过没有？”王超一听，有些好奇。

赵星龙摇了摇头：“我在那一带只是二三流的拳手，老板也不过是一个搞走私的小富豪。”

“有些什么高手？拳术到了什么地步？”王超又问。

“听说那次大赌也是几十年罕见的，我没有亲眼见到。不过听他们说，是在公海上比的。是华兴商会的顶尖拳师张光明和陈氏集团的陈艾阳。不过张光明最后挨了陈艾阳一记暗劲虎形，当场吐血，不到半个小时就死了。”

“暗劲？”王超心中一凛，“还有什么高手没有？”

“顶尖的拳师有香港裕兴集团的马红骏，这人三十五岁左右，精通形意、查拳、弹腿、劈挂、戳脚、咏春。手底下功夫极硬，也练到了暗劲伤人的地步。还有台湾川联集团的刘嘉俊，和我一样是练八极、通背，也精通形意，不过比我要厉害十倍。其余的如广东三虎张威、徐震、戴军，也是顶尖高手。不过这一带公认的第一高手还是陈氏集团的陈艾阳，他练的是太极拳劲，另外精通十多种内外功夫，出神入化。听说白瓷茶碗一到他手里就可以捏成面粉一样。挨上他一记暗劲的人，从来没有活下来的。”

“这么多高手？”王超暗暗心惊。

“那还不止，这些只是几个冒尖的，其余的一流拳师还有很多。不过我也就知道沿海和南洋一带的，至于国内的，我也不怎么了解。”

“我还差得远。”王超摇了摇头，看看天色，“走，咱们一起吃个晚饭，聊个痛快。”

赵星龙也爽快地站起身来：“好！”

两人走出学校，找了一家干净的饭馆，到二楼雅间，点了几个菜，又叫了几瓶冰啤。赵星龙喝了两瓶啤酒后，话多了起来。两人谈兴正浓，楼下突然喧哗了起来。

“你们想干什么？再不走，我要报警了！”

王超听声音好像有点儿熟悉，走到楼梯口一看，楼下多了一群小青年，有的打着赤膊，肩膀上刺青纹龙，有的染了一头黄毛，都围着一个饭桌。饭桌上坐着四个女孩子和两个男生，刚才发出声音的正是帮王超带路的女生。

赵星龙噔噔噔地下了楼："姚晓雪，这是怎么回事儿？"他看向之前给王超带路的女生。

"赵星龙！"那个女生眼睛一亮，仿佛看见了救星。她急急地讲了一下事情的经过,大概是这几个小混混想占姚晓雪她们几个女生的便宜不成，就恼羞成怒，故意找碴儿。

王超也下楼来，和赵星龙一起，三下五除二就把一群混混打得呼爹喊娘，接着领着姚晓雪他们出了饭馆。姚晓雪说什么都要请王超和赵星龙喝点儿什么以表示感谢，八人来到大学城旁边一个咖啡厅，一番相互介绍后，大家也都熟悉起来。

姚晓雪和赵星龙是同院不同系的同学，另外三个女生则是隔壁大学的学生，学的是工商管理，另外两个男生是计算机系的。眼看大三快要完结了，大四都是找门路实习，但是姚晓雪他们不愿意给别人打工，于是几个人在一起边吃饭边商量自己创业，不想却在饭馆里招惹上了流氓。

"幸亏你们帮我们解了围，不然的话，指不定要吃什么亏呢。"两个男生身板单薄，都戴了一副高度数的眼镜。不说一群流氓，就算来一个，他们都不一定对付得了。

"是啊，这次多谢你们两个了。"那三个女生也是感激不尽的样子。

王超笑了笑，把话题转移到姚晓雪他们怎么创业上来。

"我们准备暑假的时候租个门面，开家网络公司，先为企业策划网络广告，帮公司制作网页。由我们两个做技术，姚晓雪她们四个拉业务。其实规模不用大，先脚踏实地，积攒点儿实践经验就好。"两个男生好像对计算机网络方面十分在行，谈论起来滔滔不绝。

"就是现在资金还差一点儿。昨天我们去看了一个门面，地理位置好，但是那个门面的转让费比较贵，而且租金是季付的。"姚晓雪大吐苦水。

"你们还差多少钱？"王超心中一动，问道。

"连装修、布置场地、买电脑等等，还差四万多呢。"一个男生道，"其实我们在学校的时候，也帮几个公司做过网页和广告策划，认识一些熟人，现在要是自己开起来，拉生意倒不成问题。"

"哦，你们有过经验？我倒是有点儿余钱，一起合作也不错嘛。"王超看向这几个大学生。

几个人眼睛一亮，立刻滔滔不绝地说了起来，姚晓雪还从皮包里面掏出一叠打印好的纸来，上面密密麻麻得写满了一些公司的名称以及许多人的名字。

"我们做过半年的调查，单单是我们 S 省就有一万多家规模不小的公司没有网站，而且其中有大半都想建立自己的网站，在网络上推销自己的产品。现在网络经营的模式已经发展起来，互联网的时代早已到来……”

姚晓雪一说起来，极具感染力，还时不时以丰富的调查实践作证，听得赵星龙和王超一愣一愣。

“我还有十万左右的现金，不如和他们合作看一看？有跆拳道馆的工作在，那别墅到年底的物业管理费也够了，生活也不愁。”王超考虑了一下，觉得自己一直在跆拳道馆混下去也不是个办法。

“那好，你这一番话说得我都动心了，我把你们剩下的资金缺口补上，算入个伙。”等姚晓雪停下来，王超心里也落实下来。

“真的？”姚晓雪和其他人都很激动。

“当然是真的。不过我想知道入伙之后怎么分成呢？”王超装得十分老练。

“嗯，这是个大问题，亲兄弟也要明算账。”姚晓雪又从包里拿出纸和笔，写写画画，一会儿就拟定出几个条款。

“公司成立后，就按照最初投入的创业资金的比例来划分股份。我们六个人，每人都凑了五千元，现在一共有三万，你出五万，一共八万元。你有百分之六十二点五的股份，其余股份我们六人平分，每人六点二五。还有几个条款，是对应的工商税务和法人代表登记。你看一看，这个就算合同的雏形，如果觉得没有问题，我就去打印下来，然后一人一份签字。合同还不完善，有效期三个月。三个月后，根据经营状况，我们再开个会，重新拟定一个完整的合同。怎么样？”姚晓雪显得非常干练。

过了一周时间，又是一个双休日，王超来到省城，发现他入伙的公司已经开始挂牌营业了，有个响亮的名字，叫“天星网络技术有限公司”。

姚晓雪还印好了烫金名片，上面印了公司的各项业务和电话。王超作为大股东，成了法人代表及董事长。其他人名片上也分别印的是技术部总经理、营销部总经理等等。

“这是商业手段，要大气。”姚晓雪对王超这样解释。公司开张后，接了几桩小生意，虽然算起来收支仍旧是不能平衡，每天亏本，但是能开张就不错。不过姚晓雪却整天一筹莫展，想拉笔大生意来做，让公司真正运转起来。

“你在跆拳道馆认识的人多，可以帮忙注意一下。毕竟你是董事长，公司开不下去，你可是要亏大头。”姚晓雪对王超道。王超点头答应了。

不过他依旧是每天练拳，和赵星龙试手，到张彤家和保镖对练。只是，自从把全身劲力拧成一股后，王超的太极听劲也运用得极为灵巧，力量大增，但始终没有明显的进步，太阳穴并没有像唐紫尘描述的那样鼓起一寸高。

六月，王超参加了高考，结果可想而知。

天星网络有限公司的生意依旧保持小亏损的状态。如果没有曹毅，就关张了。

5

一段时间里，王超经常想起给朱佳当保镖时和咏春白鹤拳高手林立军打斗的情形："当时形势一面倒，自己险些抵挡不住他的攻势，这人的确厉害。赵星龙说，沿海一带的高手多得很，显然不是假话，我现在还真是井底之蛙。不过那个陈氏集团，我不是第一次听说了，到底是个什么来路？"

曹毅兑现了诺言，在电话中他对王超说："听说你这次任务完成得很出色，那件事儿就包我身上了，一会儿见面详谈。"

两人在咖啡厅见面后，王超立刻给自己公司的几个女生打了电话，叫她们立刻赶过来。

双方见面相互介绍以后，曹毅说起了具体的情况："这次三个区政府的网络工程改换招标，你们可以参加竞标。今天下午，市公安局召开庆功大会，庆祝这次破获千万以上的贩毒大案。到时很多领导会在场，你们也一起去。吃饭的时候，王超你要和朱佳多接触，最好能和她伯伯朱天良说上几句话，网络工程竞标到手应该没有问题。"

"原来是这样。"王超明白了。拉上朱佳，扯出市委书记朱天良，等于是狐假虎威，给区里一些领导看一下，然后假装无意说起竞标的事情，中标自然是不在话下。

"好了，庆功会下午三点半在神农酒店二十八楼召开。到时候你邀朱佳一起去。这次朱佳的跟踪拍摄多亏你的保护，她是不会拒绝的。事情成不成，就看你们的公关能力了。"说罢，曹毅出了咖啡厅，坐上车走了。

王超坐在咖啡厅里，感觉头大起来。他本来就不善交际，虽然后来得了唐紫尘的拳术传授，人变得自信起来，但是在内心深处，他还是不喜欢跟人打交道。如果有可能，王超只希望永远沉浸在拳术中。

“董事长，这可关系到我们公司的生死存亡，就全靠你了。”姚晓雪和三个女生直盯着王超。

“什么全靠我？”王超虎着脸，“待会儿还要靠你们去公关。你们应付那些头头脑脑，自己小心，被揩了油可不要怪我。”

王超无奈地拿出手机，刚刚要拨打，铃声突然响了起来，居然是朱佳打来的。

“我是朱佳，今天市公安局在神农酒店开庆功宴，上次的事情挺感谢你的，所以……我想请你一起来参加……”

王超自然是满口答应。

“你现在在哪里？我去接你。”朱佳又问。

“我在长寿路的咖啡厅。”

朱佳不一会儿就来到了咖啡厅，看见王超旁边坐了四个女生，不由得愣了一下。

“这是我公司的几位经理，这次来是投标三个区的网络工程的。”王超连忙介绍。

“你的公司？”朱佳疑惑地又看了看四个女生。

姚晓雪立刻和朱佳打起招呼来，不一会儿便聊得热火朝天。姚晓雪和朱佳聊天的时候，王超根本插不上嘴，就静静地坐着，闭目养神。

好不容易挨到三点钟，六人奔向了市里的神农大酒店。一到酒店门口，他们就被门口的服务员拦住了，说是市领导召开会议，闲人免进。朱佳上前说了两句，拿出自己的证件，服务员立刻就放行了。一行人上了二十八楼，中间是个很大的会议室，右边有一排包房，装修得金碧辉煌。这时，会议室里已经有很多人了，大半都是官员。这些官员看见朱佳进来，眼睛立刻一亮，纷纷上前打招呼，同时也注意到了和朱佳一起进来的王超、姚晓雪等人。曹毅和公安局的一些领导也出现在了会场之中，现场很是嘈杂，这让王超十分不习惯。

“朱书记来了。”不知道谁说了一句，会场又是一阵骚动。王超朝着骚动的源头看了过去，立刻看见一个中年男子在一群人的陪同下，走了进来。这就是C市的市委书记、朱佳的伯伯朱天良了。朱天良一进来，点头微笑了一下，在场的官员都静了下来，好像被一股无形的力量掐住了脖子。

“佳佳，我刚从北京回到省里，给你打电话你怎么一直不接？”陪同朱天良一起进来的官员之中，有一位二十五六岁的年轻人。这年轻人一看到朱佳，立刻眼睛一亮，三步并作两步地走了过来。

"赵均，请你以后不要老是打电话骚扰我，我现在工作很忙的。还有，注意一下你的称呼，这是公共场合。"朱佳似乎对这个年轻人很不感冒。

赵均好像对朱佳的冷言冷语习惯了一样，并不在意，接着他看见了和朱佳站在一起的王超，疑惑地问道："这位是？"

"这是我朋友。"不知为什么，朱佳的语气听起来竟然有些暧昧。

"什么？"赵均的嘴角明显抽搐了一下，但是立刻就平静下来。

"佳佳，听说你昨天到底去采访了？一个记者胳膊上还中了枪？真是胡闹！"就在这时，一个浑厚的声音打断了微妙的场面，原来是朱天良走了过来，对朱佳发话了。

朱天良到哪里都是目光的焦点，他一过来，市里面头头脑脑也都朝这边望了过来。

"朱伯伯。"看见朱天良，赵均也压制住了情绪，"我也听说昨天佳佳遇到了危险，今天急忙赶过来了。"

"伯伯，我这不是没事儿嘛。不用担心。"朱佳对朱天良的责备根本不当回事儿。

朱天良露出一丝无奈的笑容，随后把目光转向了王超："年轻人，我听刘局长说了，昨天全靠你保护佳佳，还击毙了一名主犯，不错不错。现在的年轻人真是越来越出类拔萃了。"朱天良的语气很柔和，让人觉得如坐春风。

"朱书记过奖了。"王超微笑欠身。

"好好干！前途无量嘛！"朱天良拍了拍王超的肩膀，然后走到了会场前面。

接下来，先是开了一场表彰大会，然后便是庆功宴。不过朱天良并没有多喝酒，进入包厢后，与众人说了一会儿话，交代了一句"大家继续喝，今天我还有工作，就不做陪了"，就在市委一帮头脑的陪同下走了。书记一走，现场的气氛顿时热烈了起来。王超老是被朱佳拉着当挡箭牌，那个赵均只是在别的酒席上和一些官员交谈，并没有再上来纠缠。

"这个赵均是什么人？"席间，王超问朱佳。

朱佳鼻子里面哼了一下："赵省长的二儿子，前年从国外留学回来，花花大少一个。"

"哦。"王超点了点头。

这下轮到朱佳奇怪了："你不问其他的吗？比如他为什么缠着我，我为什么拉你当挡箭牌。"

王超道："你不说肯定有你的道理，我们是朋友，帮你也是应该的。"

“你这个人倒是很有意思！”朱佳最后皱眉头提醒了一句，“赵均这个人心胸比较狭窄，你以后要注意点儿。我可能给你添麻烦了。”

“不要紧的。”

酒会快结束了，王超惦记着生意的事情，抽空看了一下姚晓雪她们，却发现这四个女生正和一帮官员聊得火热。

“怎么样？”

“没问题了，这次三个区的网络工程款是八十万，现在正在招标，我说你是我们的老板，这些人当场就拍板了。”姚晓雪被王超拉了出来，醉眼迷离，脸上泛着红晕，显然是喝了不少酒。

拉到了政府生意之后，天星网络公司终于走上了正轨。

因为王超在庆功会上和市委书记表现得关系密切，所以工程很顺利，政府居然预付了三十万的工程款。

接下来，姚晓雪又在人才市场招聘了一些技术人员，按照政府的意思写好了网络计划书，交上去审批后，立刻开始了改造工程。这项工程说来浩大，其实就是把老式的服务器以及其他的硬件设备更换一下，网页重新制作，一般的技术人员足够用了。

前前后后不到两个月的时间，工程完毕。这时，政府的余款也打到了账户上，网络工程款一共有八十万，除出一些必要的回扣，招聘人员花费的资金和税款，公司净赚五十万左右。除此之外，公司还和三个区政府签订了五年的网络维修合同，每年的维修费用是三十万。

接下来全省要建设城镇乡村网络，拨款几千万。这可是个巨大的工程，姚晓雪和王超拿到钱后，立刻开了一个会，除了重新划分股份，就是商量这个大工程的相关事宜。王超的股份由原来的百分之六十二点五提高到百分之八十八。这次净赚的五十万，王超拿出二十万分红后，剩下的三十万作为启动资金，扩大经营，招兵买马。姚晓雪又从别的网络公司高价挖来了几个人脉丰富的业务员。这样一直到了十月份，公司的生意也飞快地发展起来，每个月不但没有亏损，反而净赚不少。

这样挖人家墙脚，自然会惹来不少麻烦。幸亏王超事先就有准备，成立了保安部，由赵星龙带着几个学校散打社团的学生，好几回都把别人请来滋事的流氓打进了医院。这样一来二去，天星网络公司的名头已经打得很响了。随后，姚晓雪把公司的业务扩大，除了做网页、维修网络，还做起了硬件的生意。

与此同时，姚晓雪和三个女生还发挥自己的公关特长，利用王超的关系和朱佳打得火热，拉到了C市另外十几家机关单位的生意。不得不说，只要有人脉，做政府机关的生意就是赚钱。到了十二月份，王超的天星公司已经有了接近一百家的固定大客户，并且这些客户大部分都是C市的机关单位，还有张彤介绍的一部分S省客户。这时，公司每个月的纯利润已经突破了二十万，资产总额也累积到了两百万。

生意越来越红火，姚晓雪等人把门面换到省城最大的电脑城，在那里盘下一间两百多平方米的大场地和一间仓库，装修成了现代办公室的模样。这六个大学生一扫窘迫，俨然已经跨入了精英人士的行列。这时，王超也已经毕业了，高考的成绩不用说，自然是一塌糊涂。而曹晶晶发挥出色，考去了北京上大学。

一天晚上，王超从跆拳道馆出来，才发现外面下雪了。他照例步行回家，走进了一条幽深的巷子。这条巷子有一百多米长，也没有路灯。不过王超喜欢这份宁静，晚上回家，他常常不走大路，宁愿穿过这条巷子多走几步，感受安静的气氛，尤其在这样的雪夜里。

王超迈入巷子刚走了十几步，突然听见身后传来窸窸窣窣的声音。回头一看，只见外面大路上昏黄的路灯映着雪光，巷口出现了十几条人影。这十几条人影个个都手提一样东西，时不时一反光，王超看得真切，竟然是约莫两尺长的砍刀。与此同时，前面也传来了声音，王超朝前一看，巷子的另一头也出现了十几条人影，一样是手提砍刀。

这些人离王超还有七八步的时候，都停了下来，同时打出一团白乎乎的东西。这些东西一出手，王超就闻到了一股刺鼻的气味。

"石灰！"

王超的反应非常敏捷，一闻到刺鼻的气味，就知道不好，立刻闭上眼睛，同时双手抓住自己的肩膀，用了个金蝉脱壳的身法，把衣服向上一扯，包住了头。接着，他的身体直挺挺地卧倒在地面，随后飞快滚动，在雪地上把身上的石灰粉滚掉了很多。滚了几圈后，王超的身体碰到了巷子内侧的墙壁。他整个人仿佛猴子一样团身蹦起五尺来高，手掌向上一抓，立刻抓到了一条晾衣服的竹竿。竹竿两三米长，很有弹性，尾粗头细，正如一杆大枪。

王超二话不说，一手把竹竿提在手中，另一手把沾有石灰粉的衣服甩了出去，随后双手握竿子，腰腿起伏，好像跨了一匹奔马。他以竹竿当枪，手臂一抖，整条竹竿好像蹿出的毒蛇，借助冲势，一下刺中了最先冲过来的那个人的咽喉。轻微的喉骨破裂之声响起，被刺中的人脚步一软，胸腔里面发出咕咕的声音，歪斜着倒了下去。他的喉骨被点碎了。

王超自学拳来，抖了两年大杆子，力量非常大，而且扎得非常精确。虽然没有达到点死玻璃上的苍蝇而玻璃不碎的境界，但是这么近的距离扎人咽喉，那肯定是百发百中。生死关头，命悬一线，王超也顾不了那么多了，于是一狠心肠，杀意翻腾，和一头炸了毛的野兽没有两样，任何风吹草动都能清晰地传进他的耳朵里。

王超的竹竿再点，闪电般地扎出三下，三个人的眼珠子被扎掉，葡萄似的挂在脸上，血流满面。这时候，王超的眼睛已经适应了巷子里面的微弱的雪光，看清楚了眼前冲过来的是些什么人。王超一瞬间扎倒了四个人，自己手都有些发麻，也看到了这些人的神态有些畏惧，整体后退了两三步，但是下一刻仍旧冲了上来。这显然不是一见血腥场面就腿肚转筋，恨不得爹娘多生出两条腿来的小混混。这样清一色的砍刀队，敢杀敢拼，简直可以与旧社会上海滩的斧头帮媲美了。

王超虽然倚仗着自己身手敏捷，躲脱了第一波撒石灰的攻击，并且点倒了四个人。但是前面还有十几个人，后面巷口也有十几个人追了上来，只要两方一合，足以把他乱刀分尸！

“啊！”王超身上气息膨胀，身体疾冲，竹竿抖成了一条直线，人也随这条线朝着前面十几个人猛烈地扎去。他权衡形势，当下的局面，要把这些人全部打倒是非常不现实的。要是场地开阔，一马平川，并且手上不是竹竿，而是家里面的那杆大枪，王超有信心一挑三十，但是现在只能拼命杀出一条血路，跑出巷子。只要上了大路，那海阔天空，以他的腿功，没有人能追得上。

竹竿的性能毕竟比不上大枪，一连放倒了三个人后，终于被人抓住，狠狠几刀就被砍成了竹刷子。就在竹竿断裂的一刹那，剩下的八九把刀好像剁肉般朝王超身上招呼过来。与此同时，后面十几人也冲了上来，离他只有十几步路程。

竹竿子被砍成了几节，王超立刻双手分开，如虎入狼群般地乱打，专门朝人脸上招呼。那竹竿被砍破，成了许多竹针刷子，一刷在人脸上，立刻钉进了眼睛鼻子。顿时又有两个大个子被打倒在地，面孔被竹刷刷破，血肉模糊。与此同时，王超步法连闪，身体油滑，躲避刀砍，想竭力闯过去。突然，地上被打中的一个家伙一把抓住了王超的脚。

王超被这一抓，立刻步法散乱，身形一滞，另外两把刀从后面照肩膀头砍了下来。王超见势不妙，把手上两截竹竿向后一搭，挡住了两把刀的砍削，但是因为用劲匆忙，竹竿也被砍掉在地上。王超现在完全赤手空拳了，他猛地一脚踢在拉住自己的那人脸上。那人出了声闷响，口鼻都淌出鲜血，把雪地染得通红。

一下踢死这人，脚挣脱了，前面又有一道刀光兜头砍了下来。王超应变极快，一个“老熊撞树”切入了中宫，右手一个擒拿，把对方的手腕扳住，夺了一口砍刀下来，同时用肩打之力把这个大汉撞得飞了起来。但是就因为这一耽搁，后面的刀又砍了上来，闪亮的刀锋在王超背后留下了一道一尺来长的血痕。王超只感觉到被砍中的地方一凉，随后就是热辣辣的疼痛，热乎乎的液体流淌了下来。

被一刀砍中身体，受到疼痛的刺激，王超全身的毛孔一下闭不住，气息一泄，不得不重新嘘出一口气，再度调整。就在这时，另外三口刀又砍了过来，丝毫不给王超喘息的机会。

王超一见血，立刻激发起了心中一股狠劲，他脚步斜踏，身体滑动，闪过了这三刀，随后以刀为手，朝一个大汉腰部一戳。血箭射出，那大汉被一刀穿腰，全身力气立刻松懈，好像抽了筋一样地软下去了。

八卦掌本来就是刀法演变来的，现在王超夺到了一口刀，用八卦掌功施展，如虎添翼，威力倍增。这一捅戳，任凭是谁都要死了。不过这是砍刀，刀尖不锋利，也没有开血槽，王超刀虽然戳了进去，但是猛地拔一下，居然只射出血箭，刀好像被压住，没有完全拔出来。生死的搏杀，令王超把自己平时练习的潜力完全发挥了出来。不得不说，这么激烈的搏杀，王超也是头一次遇到，和平时对敌练手完全不同，什么招式和打法都连贯不上来，只有凭借灵活的身体，充沛的体力，躲闪的同时拣人脆弱的地方扎。就在王超准备再次拔刀的时候，剩下的几个人凶悍地扑了过来，砍向王超的手臂、肩膀及头部。

王超顾不得再用力拔刀，立刻双手一放，猛地跃了出去。他又看见地面上的一把刀，于是一脚踢起，抓在手中。这时候，堵在后面的还剩下三个人，那边虽然有一二十个赶上来，但是还在十几米开外。

“不行，那边的人一冲上来，我铁定要被乱刀砍死在这儿！”王超握刀的手有些酸麻，而且刚刚跳跃的时候，脚步也有些发软，踩在雪地上的步子已经不像之前那样平稳，而是好像踩在棉花上一样轻飘虚浮。

“这是体力消耗过大的缘故，不能久战了。刚才中刀，我已经泄气了。”但是眼前还有三个人好像一堵不可逾越的墙壁。三人同时砍了过来，王超把心一横，挺身而上，身体一扭，硬扛了三刀！三条又深又长的血口出现在他肩膀、手臂上。王超反臂一抹，刀光闪电般地在两个人脖子上划过，两人的喉咙被划开，血如泉涌。

面对王超硬扛刀的气势，最后一个终于有些畏惧，一连后退了几步，让开了挡在前面的路。王超眼睛一亮，重新振作起精神，夺路狂奔。此时，后面那二十多个砍刀手已经赶了上来，只差一步就可以把王超重新围起来砍杀。

看着王超一路狂奔出了巷子，这群人没有追赶。

王超一口气奔了出来，也没有选择路线，就是乱跑。也不知道跑了多久，他双腿发软，体力消耗得厉害，这才停了下来。他只觉得两条手臂抬都抬不起来了，血水染红了衣服。看见后面并没有追兵上来，王超稍微松了一口气，但是他只剩下了一点儿力气，如果还不止血的话，不出几里路就要倒下。现在这个样子，也不能坐出租车。王超摸了摸身上，还好手机还在，王超寻思了一会儿，拨通了张彤的电话。

"我被几十个人堵在巷子里面砍，杀了十几个跑了出来，身上中了刀，跑不动了！"电话一通，王超立刻说明了自己的情况。

"什么，被人砍？你现在在哪里？"张彤吃了一惊。

"大兴老路。"王超看了看四周的标志。

"好，你等等，我马上去接你！"

一辆火红色的跑车很快出现在王超的视线之中，"你怎么成这样了？快上车！"看见满身是血的王超，张彤大吃一惊。王超现在头晕眼花，全身发软，恨不得立刻躺在地上睡一觉。这是失血过多造成的，他自己也知道，要是一倒下去，很可能就永远起不来了。王超总共被人砍了四刀，分别在后背、两条手臂、肩膀，条条刀痕翻卷着，又长又深。

"好！"王超声音嘶哑，强自支撑，坐上了张彤的车。车里面很温暖，和外面冰冷的雪地是两个截然不同的世界。王超本来紧张的神经一下松弛了下来，产生了一种死里逃生的庆幸。

张彤见王超上了车，立刻猛踩油门。

"还支撑得住吗？"张彤一面开车，一面担心地问。

"没有问题。"王超长长地嘘出一口气，吐出了四个字，已经筋疲力尽了。车子飞速行驶，不一会儿便在一家大型医院的门口停了下来。

医院门口早就等着张彤的三个保镖和一个戴金丝眼镜的中年男子。王超认得，这个男子是张彤公司的大律师周先生。除这四个人之外，旁边还有几个身穿白衣的护士和医生正推着医疗车等候在那里。

一见车开了过来，这群人急忙围了上来。那几个护士在保镖的指挥下，把车里面的王超抬了出来，放上医疗车，立刻往急诊室推。

“张彤好大的势力，这么一会儿工夫，就把什么都安排好了。今天是又欠她一个人情了，以后不知道什么时候才能还上。”王超心想。

进了急诊室以后，几个医生开始忙碌，又是打麻药，又是消毒清洗、缝合伤口，又是输血、用药。几个人忙了几个小时，最后把王超送进一间高级病房，安排了一个护士彻夜守在外面。

第二天天色大亮，王超从睡梦中醒了过来，只觉得自己的伤口隐隐作痛，尤其是后背，连挪动身体都觉得困难。

“看来这伤势比我想象的还要重，这些人是想让我终生残废？”王超无缘无故被人堵在巷子里面砍杀，自然想知道是谁主使的。“我是得罪了哪一方神佛，这么看得起我？居然出动有组织、有纪律的砍刀队。这次的事情相当危险，若是不把这个人查出来，解决掉，以后的日子太不好过！”王超脑袋中一一排查和自己结过梁子的人物。

“跆拳道馆的李风？这个年轻人没有这么大的能耐。听李万姬说，他好像是回韩国训练去了。或者陈氏集团的人？应该也不会，陈武阳是曹毅干掉的，那个林立军是公安局围剿的，怎么都算不到我头上来。”王超想着想着，一个面孔一闪而过，镜头定格在半年前的酒会上，那个赵省长的二公子赵均。

“莫非是他？因为朱佳拿我当挡箭牌？好家伙，事情都过去半年了才动手，想必是这半年暗中调查我的身份，怕我的来头大了不好收手。谋而后动，倒是有些隐忍。自己这半年因为生意上的缘故，有时和朱佳接触得频繁了一些，自然成了有心人的眼中钉。”

“朱佳啊朱佳，我对你没有过非分之想，还是一样弄出了事情。”王超心中想了一下，“至于是不是赵均，还是要确认一下。朱佳是他那个圈子里面的人物，我得好好问一问。”王超喊了护士进来，叫她把电话拿到自己面前。

“喂！朱佳吗？我是王超，我现在在医院……这事情一下也说不清楚，不过可能和你有关，要不你来一下？”王超放下电话之后，长长地嘘了一口气，心想：要是确定是那个赵均干的，事情倒要仔细计划一下。

王超刚放下电话，门就被推开，张彤提了一个大的保温瓶走了进来：“好些没有？你背上那一刀，医生说差一点儿就伤到脊椎了。要是损害严重，上半身瘫痪，一辈子就躺在床上了。”张彤在床边一张椅子上坐了下来，打开保温瓶，把热乎乎的菜和汤摆在了桌子上。

“现在好多了，医生总是喜欢夸大其词，然后叫你多出钱。”王超坐了起来，轻微晃动了一下身体和手臂，觉得不像刚刚醒来时那么疼痛了。

“那也是。”张彤笑了笑，随后抽出一双筷子，递给王超，“这是我叫人专门做的药膳，还有乌鸡人参汤，对身体恢复很有帮助。”

王超觉得肚子有些饿了，点点头，拿起筷子先尝了一下：“嗯，味道不错。”随后，他把桌子上三个菜和一碗汤吃得干干净净。张彤看着王超吃完以后，又叫护士进来，把碗碟和保温瓶收拾出去。

“对了，把筷子留下来。”张彤突然对护士道。

等护士出去之后，张彤把筷子洗了洗，自己拿了一根，递给王超一根。

“什么意思？”王超疑惑不解。

“一个练拳的人，要是躺在床上久久不活动，血脉就会僵化，不出几天，功夫就会退步得厉害。你只是背上伤得重，手臂上没有什么大伤。我来帮你练功。”张彤笑意盈盈。

“帮我练功？”王超看了看自己手上拿着的筷子，张彤已经在他床边坐了下来，突然手一抖，筷子仿佛毒龙出洞，疾点王超的手腕！

“好快！”王超一惊，只觉得张彤这一筷子如高手击剑，又疾又准。他立刻手握筷子上挑格挡，却没有料到张彤的筷子和他的一交缠，突然向上一崩，手腕抖动，筷子好像在水里翻搅。王超的筷子被这一绞，居然有些把握不住。

“好家伙！”王超赞叹了一句，五指紧握，这才把筷子抓稳，没有掉落地面。但是因为这一下的工夫，被张彤接连点了上来，刺中手腕。

“我早就告诉过你我会剑术。”张彤笑了笑，“剑术十三势，有抽、带、格、击、刺、点、崩、搅、洗、压、劈等。我刚刚用的就是崩、挑、搅。你没有练过剑，一下试手，自然挡不了。”

王超也知道张彤会剑术，但以为她只玩玩花样击剑什么的，想不到她的剑术还大有来头。“难怪你喜欢看人练武，原来自己也是个真正的练家子。”王超回忆起和张彤结识的过程。

“我不是练家子，我只会击剑，没有练过拳术。真正打起架来，除非有剑在手，否则是打不过人的。女人嘛，天生就不会和人拼命。”张彤摇了摇头，“我师傅当年传我的时候，只是为了把剑术留个种，不让它绝代了。”

“谁说女人天生不行？”王超脑袋里面一下闪过唐紫尘的影子，“来，咱们再试一试，让我看看你的剑术到底有什么精妙的地方。”

张彤笑了笑：“你的手腕不要被我刺肿了。”说罢，筷子又刺了过去。

“剑就等于是小枪，都是用刺扎来杀人，可以相互借鉴。”王超连忙抵挡，筷子连翻，当做枪来使用，这下他有了防备，竟然抵挡住了张彤的攻势。

两人你挑我刺，反应都非常敏捷，不过到底是王超体力好，战了一会儿，张彤有些气喘，手腕慢了一下，但是王超已经沉迷进去了，筷子骤然扎出，如潜龙升天，一下打落了张彤的筷子。张彤惊叫一声，身体不由自主地后退，躲避点刺。

就在这时，一阵急促的脚步声响了起来，门一下被推开了，一个声音传了进来："王超，你怎么受伤了？怎么伤的？以你的功夫，还会受伤？"进来的是朱佳。

"这位是C市电视台的主播朱佳，我朋友。"王超介绍道，"这位是我在跆拳道馆认识的朋友，张彤。"

"张彤？你就是张彤？"朱佳一惊，"省电视台的财经节目报道过你很多次。"

"你好你好，我可是你们的VIP贵宾会员，每一个星期都要去做一次美容的。"朱佳出于一个记者的敏感，好像对张彤的身份很感兴趣。

"哦！我们分公司最近在巴黎时装艺术展览会上展出了一套最新的春装搭配，正适合职业女性。你要不要去试试？"

两个女人好像完全忘记了王超的存在，一聊起来，什么时装、香水、面膜、皮肤保养、护理、发型设计，没完没了。一连聊了十几分钟，王超听得直想睡觉，不由得长长地打了一个哈欠。这才惊动了热聊的两个女人，都回过神来，随后默契地相视一笑。

"到底怎么回事儿？"等张彤出去以后，朱佳又问王超。

王超把事情说了一遍，随后说道："事情就是这样，我推断是赵均主使的，所以说很可能和你有关。你和赵均是一个圈子里面的人物，你说说，他的人品还有其他的一些方面如何？我现在不得不防。"

"该死！"朱佳听后，愤怒地一跺脚，"肯定是这家伙！这家伙不是什么好人，听说在国外留学的时候就和国外的黑势力打得火热，回国以后也想学国外那一套。我听说，这家伙在北京为了追一个女人，指使人把她男朋友打成了残废。"

"原来是这样。"王超听后点了点头，"我是被你当挡箭牌使了，你说现在该怎么办？自古民不和官斗，我是一介草民，即使被人砍了脑袋，也是杀人如草不闻声。"

"我看过很多武侠小说里面都有同门友谊，你练的不是八卦掌吗？我有一个干爷爷，也是练八卦掌的，现住在北京。他的面子很大，是老一辈的人物，要是你和他认识，以后保证那个赵均不敢动你一根汗毛！"朱佳想了一会儿，突然兴奋地道。

“八卦掌高手，老一辈的？”王超一听，差点儿蹦了起来。他现在正苦于没有真正的高手交流切磋，练功已经进入了瓶颈，一直没有进步。突然间瞌睡来了就遇到枕头，这是大好的事情。

“太好了，现在就带我去北京！”王超有些迫不及待了。

“你把伤养好了再说！我这些天还有节目要制作，明年要调到央视去了，现正在做准备。这样，等半个月之后，你的伤养得差不多了，我们一起去北京，我带你去见那位爷爷。”朱佳笑着道。

王超明白这事情急不得，自己伤还没有养好，急着去找人试手，功力的发挥要大打折扣。

“好吧，我就等半个月了。”

接下来的半个月里，王超过得非常舒服。张彤每天都会送来可口的饭菜和药膳汤，两人吃过饭之后，依旧用筷子当剑，相互刺击。这使得王超的手腕和手指越来越灵活，两人互拼了半个月，王超也渐渐学会了张彤的剑术十三势，想着把剑术融进拳术中，以自己的指头当剑。他每天都绞尽脑汁，连睡觉手都在不自觉地比画。渐渐的，王超把八卦、形意、太极三门功夫融为一体。张彤的剑术就好像一条纽带，把这三家的武学融合在了一起。

不过王超并不觉得惊讶。张彤说过，她的剑术是李景林一派的，民国时期中央国术馆李景林的剑术，本来就是一干国术高手朝夕相处，揣摩试手，集武术之大成的精华。李景林曾和“天下第一手”孙禄堂、杨露蝉的孙子杨澄甫、八极宗师李书文都分别切磋过，剑术里面本来就有这些前辈的武学。张彤只是得了剑势，也没有深入地练习。但是就是几个简单的剑势，落到了王超这样的有心人手里，作用不亚于开启宝藏的钥匙。

王超以手指当剑，运用起崩挑两势，弯曲弹动，竟然发出了轻微带动空气的脆响。王超不自觉地用手指弹了一下放在桌子上装满水的白瓷杯。咔嚓一声，整个白瓷杯陡然炸裂，里面的水溅开，弄得王超满身都是。

得知自己明劲的功夫练到了手指上，又看见自己一弹指之力居然能打裂瓷杯，王超心中一喜，但是下一刻就觉得手指疼痛，连忙一看，发现指甲上有老大一块淤血。显然是刚才弹的那一下虽然裂了杯子，但是反震之力还是使手指受了伤。

“看来我外门的筋骨皮还没有练到家啊，距离铜皮铁骨还差了好大一截。这也是没有办法的事情，我才练了两年，虽然行止坐卧都在行拳意，走拳神，一天练习的时间比一般人要多出两三倍，但也只当得人家马马虎虎五六年的功夫。”王超想着。

经过半个月的修养，王超的身体已经完全康复了，而且滋养得白白净净，只是手臂、肩膀和背上都留下了狰狞的疤痕，一条条拖下来，就好像蜈蚣一般。本来张彤建议他做植皮手术，但是王超坚决不用，他知道如果自己内家功夫到了暗劲程度，皮毛皆立，内劲外放，疤痕完全可以恢复成正常的皮肤。王超活动了一下自己的身体，在病房里面绕着圈子走了几下，发现自己的腿果然没有以前那样灵活了。显然是这些天很少练习，功夫退步了。

练功也是逆水行舟，不进则退啊！王超很是感慨，知道“一天不练手脚慢，两天不练丢一半”的道理。正当王超用龙蛇合击的姿势站桩，活动脊椎，伸展身体的时候，朱佳进来了：“哎呀，你的气色很好嘛，怎么样？完全恢复了？”

王超点点头：“脊椎的灵活性还是差了一些，不过我只要练上两三天就可以恢复了，倒也没有什么大碍。我今天可以出院走了，你北京的行程安排好了吗？”

“安排好了，我给李爷爷打了电话，说有一个练八卦掌的同门，他好像有点儿兴趣的样子。不过你可要好好表现，不要让李爷爷以为你练的是花架子。”

“花架子……”王超想起自己用砍刀施展八卦功夫抹人脖子的情景，心想，“果然这是杀敌的好拳术！”

“走吧，去换件衣服，今天下午三点的机票，到北京就是晚上了。”朱佳扬了扬自己的包。

“这么快？等等，我给张总打个电话，然后回家拿几件换洗的衣服。”王超立刻打了张彤的手机。手机那头，张彤好像在交代任务，听见王超要出院，立刻道：“你出院就是了，手续我叫人来办理。”王超这才放心，到天星湖别墅拿了几件换洗的衣服。

两人上了飞机，一路上，王超一直在想朱佳口中的那个八卦门老前辈。

夜幕降临之时，飞机已经在首都机场降落。

下了飞机之后，朱佳没打车，也没有车来接，而是搭上了地铁。王超觉得有些奇怪。看见王超奇怪的眼光，朱佳笑了笑：“李爷爷还保持着老辈人的传统，不喜欢太奢侈了，我们打车过去，他会不喜欢的。”

“哦！”王超吃了一惊，心中升起了对这位老前辈的一些敬意。

地铁上，王超了解到这位老前辈曾经在某重要部门当过警卫员。现在在北京安度晚年。一会儿，两人到了目的地。没走多远，便来到了一座大院，门口持枪站岗的卫士一排排，很有气势。

“这里面住的大多是老一辈退养的人。”朱佳说着，打了一个电话。

一盏茶的工夫，门口走过来一个老人。王超眼睛一亮，老人的步子很稳健，似乎很慢，又似乎很快。老人很远便看见了王超和朱佳，挥了挥手，笔直地走了过来。王超和朱佳也迎了上去，双方距离十几步，王超已经看清楚了这老人的相貌。

老人头发胡子花白，但梳得一丝不乱，脸上虽然皱纹密布，却没有一般老年人的眼袋，他身穿一件很普通的灰色衣服，脚下踏着千层底布鞋。

“李爷爷！”朱佳亲热地叫了一声。王超也同样叫了一声，对于这样一位老人，应该保持应有的敬意和礼貌。

“佳佳，这位就是你说的那个年轻人？”老人把目光看向了王超。

王超心中一凛，快步上前：“前辈，我无礼了！”说罢，双手伸出，搭向了老人的手。老人看见王超的步法和动作，眼睛一亮：“好！好纯的拳架子！”话音刚落，老人也把手搭了上去，和王超碰在一起。王超陡然感觉老人的毛孔一紧一松，其中仿佛蕴藏有千万锋利的钢针，一起一伏，含而不发。王超便立刻明白，这个老人的拳术已经到了暗劲以上的境界，是不是化劲虽然还不得而知，但是已经远远超过自己了。

“前辈高明，我输了。”王超老老实实地道。

刚才王超用的是过去武林之中最为典型的搭手礼节。旧时的武林，两个人要试功夫，不用打，一搭手便知道对方功夫的深浅。真正要比武，那就是撕破了脸皮，见生死的搏击了。旧时的拳术名家只要相互一搭手，心里都有了底，不会贸然出手。但是这样也使得外界传闻，说中国武术“只动口，不动手”。其实如果非要动手分高下，那就是下乘拳术了。中国的拳术一旦比试起来，并不是分高下，而是分生死。

“你练了几年了？”老人松开了手，微微点头。

“前年十二月开始站马步，到现在已经有两年零半个月。”王超道。

“两年？”老人惊讶道，“你师傅是谁？”

“我师傅的拳术能使水不过膝，但是只教了我一年就走了，我也不知道她去了哪里，后来都是我自己练的。”

“水不过膝……这是化劲的巅峰啊！”老人愣了一下，“想不到现在居然还有把功夫练到这样境界的人！莫非我老了？”老人好像很知道武林中的规矩，并没有继续追问下去。

“年轻人，你练得不错，才两年就练成了明劲。虽然你师傅是个高人，但也要徒弟努力而且有天赋才能练出来。”

王超摇了摇头：“我现在还差得很，和人推手总是做不到‘无意而动，自然勃发’。”

“自然勃发……”老人重复着，又重新地打量了一下王超，“你想知道原因吗？”

“当然想知道。”王超站直了身子。

“拳经中有言：‘筋骨要松，皮毛要攻，节节贯串，虚灵在中。’”老人道，“你的汗毛能炸起来，毛孔也鼓立似铁，养气的功夫已经有了火候。但这也只是做到了‘皮毛要攻’这一步，对敌的时候，你的筋骨并没有彻底松开。练拳的，总要有个阴阳动静，像铅包着汞一样，内松外紧，自由开合。阳火阴符养成，临场杀敌的时候才能自然勃发，无意而动，比别人永远快一步。”

“大软大松……”王超听见老人说“筋骨要松，皮毛要攻”，突然想起一年前唐紫尘讲述太极拳动势的时候，就说过这样一句话，现在和老者的话一结合，简直如拨云见日，心头一片空明。

王超右手按肋，左手平升，摆了个龙蛇合击的姿势。接着暗暗催动尾椎，攻起皮毛，然后把自己整个身体分成内外两层，暗暗松弛下来。但是明白是一回事儿，做起来又是另外一回事儿，王超一紧毛皮发劲的时候，全身肌肉也随之绷紧，总是做不到内外划分阴阳。

“不错，就是大软大松。年轻人，你还要多磨炼，和人试手。太极中的推手、八卦中的绕手都是两人互缠，最少都要一年才能让手跟上身体。咦，你这是什么姿势？站的是什么桩法？好像是形意门的合击之术。”老人一见王超喃喃自语，知道他已经领悟，便立刻出言提醒，但是随后看了王超的桩法，不禁十分惊讶。

“这是龙蛇合击的桩法，我师傅讲龙即为马，蛇便是枪。马枪合一，能在冷兵器战场上为王为尊。”王超并不隐瞒。

“原来如此，看来你师傅是上过战场的人。历代拳术高手，只要上战场而不死的，肯定会成为一代宗师。能创出这样标准的合形架子，已经可以开宗立派，以自己的名字为形意门另起一脉了。”老人感慨道。

王超熟读国术历史，明白老人所说的话。形意门、太极门、八卦门的各位宗师，形成自己独特的风格后，都能发一脉分支。如尚云祥的形意拳，就叫做尚氏形意，另外还有车毅斋的车氏形意，郭云深的郭氏形意，程廷华的程派八卦掌等等。

“不知您练成了化劲没有？刚刚和您一搭手，就觉得您手腕暗劲勃发，似乎钢针潜伏。我还没有练到暗劲的境界，不知道这是哪个层次的功夫，师傅和我试手的时候，也没有施展暗劲。”王超急忙问道。

“唉！现在老了。我一生武学的巅峰时期，武功的确入了化劲，全身毛孔无一不能喷劲如针。但是现在不行了，也只能做到打人急在手上，全身已经急不来了。”老人神色一黯。

“怎么，难道练成了化劲，老了以后，也会跟外门功夫一样身手退步？”王超皱了一下眉头。

“年轻人，拳术不是神话，修为再高的宗师也敌不过时间的流逝和岁月的侵袭。岁月不饶人，人不服老不行。我现在九十多岁了，内三合中心与意合、意与气合还能做到，但是气与力合已经通达不到全身了，有些地方运劲不到了。”说罢，老人又是一个进步闪腾进来，以掌为刀，削向王超的咽喉。老人步法精湛，动起手来敏捷得如扑击羚羊的豹子，走的正是正宗的八卦步，用的也是正宗的八卦门手刀。只不过老人并不踩侧边，而是猛进猛打，抢中线，踏中宫，把贼溜的八卦打法使得雄赳赳，气昂昂。

“好！”王超忍不住大声喝彩。八卦、形意、太极的道理是相通的，不但这三家，连同所有的内家拳术，最终的东西和最基本的道理也是一样，不一样的只是对敌时候的打法和理念。虽然打法不同，但是练到最后，依旧能相互融合。八卦也能正面强攻，形意也能绕身侧攻，太极也能刚猛暴烈，一击毙人。

“既然是八卦门的前辈，那我也用八卦掌对抗！”王超心念一动，在老人动手的同时，只感觉对方的气息扑面而来。受得气息牵引，王超脚步自然地斜踏了出去，这一下，竟然比原来快上了几分。

王超这一斜步，瞬间就抢到了老人的侧面。此时，王超浑身的毛孔鼓立，静听，就好像人处在暴风雨中的礁石之上，听着四处咆哮的风暴，哪一团强，哪一团弱，都能做到心中有数。风暴就等于是老人全身的劲，哪里强，就说明老人的劲运到了什么地方；哪里弱，也就意味着老人的劲没有达到那个地方。王超突然进入了一种玄妙的境界中，眼睛只看着自己的手，感觉对方哪里的劲弱小，就往哪里扎。

“年轻人，好样的。庖丁解牛的时候，并不看全牛，只感觉牛筋骨连结的地方。这跟拳术一样，不用看全人，只听劲力薄弱的环节。”

王超抢到侧面之后，出掌扎击，位置正是对方劲力薄弱之处。他这一击宛如羚羊挂角，浑然天成，不经雕琢，显然是有些无意而动的意思了。老人也踏步转身，竟然后发先至，比王超快了一步，依旧抢到了正面，手掌和王超一碰，立刻纠缠而上，穿腰，插肋，进胯。王超和老人手掌相撞的时候，也跟老人一样，手臂穿插，缠腰进胯。这是八卦门中的回身掌的摔法。两人同使回身掌，一碰就黏，贴在一起成了摔跤的模样。王超毕竟功夫差了很多，两人同用回身掌绞缠发劲的刹那，他立感不支，全身腾起，脚步离地，被放飞了出去。扑通一声，王超被甩出了五六米远，滚在地上，随后手掌兜在尾椎，好像尾巴撑地，一个猴蹦跃了起来。

“你们……”旁边的朱佳看得目瞪口呆。在她的眼里，这一老一少简直莫名其妙。两人见面，连名字都没有问，就谈得火热，打了起来。

“你练的果然是正宗八卦门功夫。步法很稳当，一般人没有六七年的功夫，练不出这样稳健的下盘来。”老人虽然没有用全力，但是刚刚在甩王超出去的时候，见到他很快就团身蹦了起来，心中已经有了底。

“好了好了，王超，你怎么一见面就动手？”朱佳用责怪的语气对王超道。

“哈哈……”老人发出了爽朗的笑声，“你果然带了一个好学的年轻人来找我，我好多年没有见过练八卦掌练得这么纯的年轻人了。好了，不用试手了，咱们进去谈吧。”

王超默默地点点头，思绪飞转，梳理着刚才一番试手的收获：“这位老人武功果然高强，刚刚甩我出去的那一下就可以看出来，他用劲的巧妙远在我之上。何况他年纪大了，体力衰竭，远远不如壮年时候的巅峰状态。”

一个潜心练武的人，一生中巅峰时期是二十岁到六十岁这四十年时间，一过了六十岁，无论你是什么人，必然要因为年纪的影响而变得手脚不灵活，身体的各个器官也开始衰竭。老人到了九十岁的高龄，还这样能打，可见当年的功夫练到了极点。

“我之前苦于不能和真正的高手交流。眼前的这个老人曾经做过中南海的警卫员，而且是在战场上厮杀过的人，战斗经验肯定丰富，我还得向他请教一些对付围攻的办法。免得又被人堵砍，弄得自己措手不及。”王超心想。

“刚刚的试手已经试出了你的功夫，练得不错。不过我还想看看你练一套完整的八卦掌，不知可行不可行？”老人说话很客气，丝毫不以前辈自居。

“当然可以。”王超起身走到宽阔的客厅中央，拉开架势，缓慢地演练起来，从双换掌、单换掌，一直演练到摩身掌、揉身掌，其中手势的推、挤、按、揉，身法的旋转、踏步，毫不停滞，打得行云流水般。一套八卦掌练完，王超双手上提到眉心，按到腹部收了下来，吐气开声，气息在胸腔回荡，最后冲出喉咙，发出十分清脆的长吟。

“还请前辈指点。”

老人眯着眼睛出了一会儿神，才感慨道：“你的师傅是个了不得的人物，拳架这么周正，丝毫不漏，我看不出有丝毫不合拳理的地方。你已经领悟到了八卦拳的精髓，只是现在功夫还不够精纯而已，想必是时间太短的缘故。对于练法，我已经不能指点你什么了。”

“那怎么样才能由明劲练到暗劲？”王超问道。

“这个不能着急，需要时间积累，功到自然成。由明劲过渡到暗劲，是拳术一个质的飞跃。有的人练拳，终其一生都摸索不到门径。暗劲是心与意合、意与气合、气与力合的结果，心和意是暗劲力量的源头，所以练暗劲要先练意志和明心。”老人一边说话，一边思索着。

“我知道内三合的道理，暗劲我也知道是怎么一回事儿。但具体怎么样练意志和明心，我希望能从您的经验中得到一丝启发。”王超虚心求教。

“我的经验……”老人又眯起眼睛，好像陷入了回忆，也不知道他的思绪飘到了哪里，“我也不知道怎么才能跟你说清楚，可能是人真的老了，言语表达不清。等我休息一晚上，每天早上我的脑子会转得比较快。你就在我这里住下吧，免得我灵光乍现，想出东西来，你却不在，拖久了又会忘记。”

“那好。”王超应了一声，在老人的安排下，到另外一个房间休息去了。

第二天一大早，王超便到外面的树林中练了一趟拳。他回到大院，发现李老爷子已经起来了。

“你跟我来。”李老爷子带着王超来到了自己的书房里面，打开一个柜子，从里面取出了一个澄黄锃亮的大唢呐，唢呐把上系着一根红绸带。“练拳，最重要的是要有感动。有感动才有力量，才能练意，明心。才能真正的内三合。你现在缺乏的，就是能使你成长的感动。我的拳术，是在当年长征路上大成的。我不能教你什么东西，但是我能让你分享我的感动，你能从中得到多少，就看你自己了。”

李老爷子鼓起气息，试了两下，唢呐发出嘹亮的声音。王超不说话，只是静静地看着老爷子。老爷子的胸脯突然一鼓，衣服里面好像缠绕了很多蟒蛇一样，那分明是气息运到了极点的情形。一首嘹亮的曲子吹了出来，声音从唢呐中传出，每一声调子的气喷吐出来，都拉出了一条笔直的箭。老人的衣服受劲力的鼓荡，啪啪作响。王超注意着老人身上气息的动势，听着嘹亮的唢呐声，思绪渐渐澎湃起来，到了最后，他索性闭上了眼睛，脑海之中依旧清晰地勾画出了老人吹唢呐的每一缕气息。良久，等最后一个音符消失在空气中，王超清醒了过来，却看见老人疲惫地靠在桌子上，对他摆了摆手："我的拳术和感动，都在这一曲《十送红军》中演绎尽了。你走吧。"

王超道："你的感动，你的拳术，我都知道了。的确是无敌的力量。"说罢，他就走了。

王超从大院里一步一步走了出来，外面阳光明媚，枝头麻雀跳来跳去。看了看刺目的阳光，他这才知道时间已经过去了两三个小时。

"明劲中无意而动，自然勃发的终极境界便是'筋骨要松，皮毛要攻'。外紧内松，然而这只是身体上要做到的。"

"暗劲内三合则与心和意关联。我以前虽然知道人的心一急，全身就出汗，比体力运动发出的劲还要巨大得多，但是怎么样把这股力量运用到实战中去，把心和意的力量完全发挥出来，运用自如，却是一道不可跨越的鸿沟。这条鸿沟也是程廷华前辈所说的'打人要急在手上'的具体意境。"王超在心里思索着，这条鸿沟一旦逾越了，武艺就成了道艺，也就真正得到了国术的精髓。

他回忆着这一天一夜所听到的，所感受到的，虽然没和李老爷子进行具体的探讨，也没有真正地和这位身经百战的老人交手，得到实战经验，但是他仍旧觉得不虚此行。因为他苦苦思索的一切问题，都在这一天一夜之中得到了印证和解释。

"心灵明净如赤子，意志坚强似钢铁……这便是内三合中的奥妙。拳术贴近人生的奥妙，不懂人生，就不能真正明白内劲。心不纯，意不坚，也不能运用内劲。心……意……心和意……心意六合，难怪形意拳的前身就叫做心意六合拳术。我这两年来日夜苦练，拳术的进步却越来越缓慢，都是心不纯的缘故，接触了五色迷离的生活，也不知不觉被影响了，再这样下去，终究会慢慢堕落，终生不能领悟到更高的层次上去。看来是要静下来，纯净自己的心灵，锻炼自己的意志了。"王超想起最近这一年，自己开公司，接触各种人物，受名利诱惑，心和意都已经不如当年和唐紫尘在一起时那么纯洁明净。这对于武功还没有大成的他来说，无疑是慢性毒药。幸亏他经过这一天一夜，分享到了老一辈当年的感动。李老爷子的最后一曲，不但把一生的拳术都化为动势表达在了身形上，更重要的是，吹散了他心中慢慢笼罩的迷雾。把感动的心和意，化到了对武艺的追求之中，终于令他豁然开朗。

此时，他对于自己筋骨和皮毛的松软动静以及外三合的配合奥妙、内三合心和意的明净坚定都有了很深的领悟。不过领悟是领悟，功夫要上身，还要经过许许多多的磨炼。王超的领悟只是找到了一条通向巅峰的道路，而追求拳术的道路上赤子般纯真的心灵和坚强如钢铁的意志，也不是一朝一夕能够拥有的。

“唉，当初尘姐之所以没有对我说明这一层道理，是因为我刚刚起步，还没有到如今这个层次，怎么讲都是对牛弹琴。不过，说不定也是对我的考验。”王超看着自己的影子，心中涌起了万千感慨。也不知道过了多久，手机响了起来。

王超深深吸了一口气，胸腔一鼓、一收，猛地吐了出来，长长的气箭从口中飙出，一闪即逝，好像要把一切不纯的东西吐出去。王超觉得浑身上下清爽无比，神智清晰通明。他接了电话，里面传来了朱佳的声音：“你站在门口那么久，是要做什么？这么快就和老爷子谈好了？我刚刚到这里，就看见你一直待在那，傻了呀你？”王超循着声音看了过去，发现在另一条大路的树荫下面，停着一辆豪华的宝马车。车窗打开了，显露出了朱佳的面孔，她朝这边招手。王超走了过去，发现开车的是另一个女孩，穿着一套高雅的冬装，显得很有气质。

“王超，快上车，我们约了人一起吃饭。你也一起来吧。”

“佳佳，他是什么人？”那个千金大小姐看了眼外面的王超，疑惑地问。

“他是我朋友，还是李老爷子练功夫的同门。李老爷子是他的师叔，这次他是来见老爷子的。”朱佳信口胡吹起来。

“哦。”千金大小姐一听，精神振作了一些。

“我家里面突然有点儿急事儿，要回去了。朱佳，你自己在北京先玩几天吧。”王超张口谢绝，他虽然知道这次朱佳带自己去吃饭，肯定邀请了一些公子小姐，对自己以后的发展也有不少好处，但他现在提不起一点儿兴趣。

对朱佳这么招呼了一声，王超露出一个微笑，转身走了。朱佳万万没想到王超会拒绝，脸刷地一下通红，那个千金大小姐也是愣了半天神。好一会儿，朱佳才从尴尬中恢复过来，轻哼了一声，说道：“不去算了，咱们走！”

“佳佳，这个是不是你男朋友？你们闹矛盾了？”千金大小姐疑惑地道。

6

王超当天晚上便回到了自己家里，给父母交代了两句，说自己要出去旅游，随后到跆拳道馆对李万姬说自己要出去修行一段时间，这份工作就交给赵星龙暂时来代替。李万姬也没有过多为难，很爽快地答应了。王超又把公司一些事情都交代清楚后，在家里静养了几天。一场突如其来的寒流降临，就在大雪降临的一个早晨，他徒步踏上了向西南方向去的道路。

王超要徒步追溯上个世纪那条振奋人心的路线，在一步步的行走中，踏遍山川河流，翻雪山，过草地，追寻过去那些令人感动的足迹，去掉自己心意中的杂念。

大雪断断续续地下着，一连三天，到处都是白茫茫一片。天上冷风呼啸，刀子一般刮得脸生疼。这样的天气，不说乡村小路，就是城市里面的大路，行人车辆都少得出奇。而此时王超深一脚、浅一脚地走在山林间的小路上，每一步都发出咯吱咯吱的响声。他已经走了三天，沿着湘水来到了韶山。这一路上大雪时停时下，天气严寒，王超艰难跋涉，每天都是天不亮就起床，走到晚上，再到小旅馆或者就近的农民家里过夜。在艰难的跋涉中，他的鞋子被雪水浸透，等到天黑的时候，他的两只脚已经冻得麻木，鞋也走坏了。还好他在两年的练拳生活中，把功夫都练到了脚趾，可以闭住毛孔，不叫寒气侵人，否则早就冻坏下肢。

雪下得大，风刮得猛，他的伞也被吹坏了，雪落到头上化开，流淌到脖子里面，全身都是冰冷的，就算他的体质比一般人强壮得多也受不了。天黑的时候，王超有些头昏眼花，显然寒气冻伤了身体。到了晚上，王超好不容易才找到一户农家，只有一个留守的老人，家里的人都出去打工了，热心的老人给他烧了生姜红糖茶喝，驱除了他身上的寒意。

王超还在这户农家看见了一顶竹织的大斗笠，一件用棕树毛编织成的蓑衣，一双草鞋，立刻买了下来穿上。第二天走在外面，竟然不怕寒风和大雪的侵袭。只是草鞋虽然结实，却抵挡不住寒风。于是他只有每走一步都活动脚趾，力求不让冰雪把脚趾冻坏。三天来，最受罪的就是王超的脚。

好不容易爬到了一个山顶，王超望了望四周，树干光秃秃一片，都积上了冰凌，到处都是萧索的寒冬惨景。王超已经在上午瞻仰了伟人故里，现在登上附近一座最高的山顶，迎着北风，蓑衣被吹得啪啪作响。王超心中豪情万丈，在山顶上站了好一会儿，才从山的另外一面走了下去，一步一步继续向着西南方向前行。

一个多月后，王超终于走到了湘黔交界地带。此时，大雪融化，寒冬过去，暖春来临。一路上，融化的雪水流淌在地面上，到处都泥泞不堪。

开始的时候，王超还不适应，但是过了一个多月，他渐渐习惯了每天的行走和思索。身上的衣服也不知道换了多少套，每隔几天，他都会在沿途的城镇买上一套衣服，把旧的换下来。反正他随身带了一张几十万的卡，倒也不缺钱用。只是那斗笠、蓑衣和草鞋始终没有更换过。

一路艰难的跋涉，他多半走的都是山间小路，或者是无人的乡村小径，很少和人交流，一路的寂静和沉默使王超渐渐忘记了尘世的喧嚣，心灵放飞于天地之间。在一步步的行走中，王超配合拳意拳形一起一伏，忘记了所有的一切，只剩下了许多拳术的精要和动作。

云贵一带多是山峦，王超不走大路，自然要浪费很多工夫。况且他每到一地，都要瞻仰当年那些前辈的革命历程，这样行程缓慢，到春暖花开的三四月份，才走到遵义。

五月初，王超过赤水，进入了四川。这几个月，他的身体经过风霜磨炼，原来略白的皮肤已经成了灰褐色。他一路风餐露宿，身体不但没有垮下去，反而越来越强健，脚步越来越有力。在默默地行走中，有的时候王超闭上眼睛，甚至可以听见自己血管之中血液潺潺流动的声音。那是血液在心脏的作用下，在全身各处不停地循环。王超也不知道是不是这些天的默行，无意中达到了功夫细致入微、深入五脏六腑的地步。他也并不去管，他的身体已经完全配合上了拳术的每一个精要，心灵也完全沉浸到上个世纪令无数人感动的精神中去了。

四川的道路比贵州还要险峻，常常都是盘山路。天气渐渐热了起来，可是王超并没有感觉到，他只感觉自己的身体和心灵好像一块粗糙的璞玉，每一步的行走就仿佛一次打磨雕刻、驱除杂质的过程。这近半年的行走，王超开始的时候感觉有些艰难和困苦，后来，竟然越来越舒服，忘记了尘世的喧嚣之后，心灵的放飞好像使他整个人都轻松了许多。他想起了拳经中一些前辈的经验：“练拳要越练越舒服才算对了，若是觉得苦，便是错了。”他知道自己练对了。

山越来越陡，路越来越险。六月中旬，王超沿着大渡河蜿蜒而上，经过的城镇也渐渐起了变化。偶尔可以看到穿着汉族服装的藏人。终于在这天，高耸入云的连绵大山出现在了王超的眼前，完全阻隔了前行的道路，这便是雪山了。王超看着那些高大不可逾越的雪山，心中知道，前面的旅程比自己走过的道路要艰险十倍、百倍。他的万里长征才刚刚开始。

王超进入了茫茫的山林之中，现在是六月，山中潮湿闷热，又是雨季，雨水落下来，把地面的枯枝败叶和泥土泡成了腥臭腐烂的黑色泥浆。

王超常常可以看见一条条蛇，有的脑袋扁平，有的三角形，身体常常是深绿、乌黑或者黑白相间，一看就知道有剧毒。为了防止自己被蛇咬到，王超每一步都是小心翼翼，全身的毛孔鼓起，竖立的汗毛就好像一根根探测器，敏锐地观察着五六步之内的一切动静。

他依旧是戴着斗笠，披着蓑衣，穿着草鞋，只是手上多了一根用来探路的竹棍。原来的草鞋、蓑衣和斗笠早在半年的行走中坏掉了，这是王超在一个镇上又买到的。从第一天开始，王超就对这斗笠、蓑衣、草鞋的套装有了一种深厚的感情。因为穿上它们行走在路上，丝毫感觉不到现代的烟尘气息，这让他的心灵特别纯净。

经过一天一夜的行走，第二天早晨，王超终于到了半山腰一大片突出的岩石上。此时举目四望，只见来路的远处，城镇河流全成了缩小的画卷，在轻雾之中，令人感觉亦真亦幻。

太阳渐渐升高了，王超脱下衣服铺在石头上，随后在暖洋洋的气息中睡着了。这是半山腰，离山顶还很远。越到山顶，气温越低，要通过去，就算以王超现在的体能，也是九死一生，他不得不养好精力。

王超醒来时天已黑了，凉风吹来，身体发寒。王超穿上衣服，吃了点儿干粮，活动一下身体，顿时觉得精力充沛。轰隆一声，天空之中传来了沉闷的雷声，一道道闪电乱舞，宛如银蛇。

王超赶紧找了一个干爽的石洼坐了下来，这石洼很小、很浅，只能容纳一两个人，但避雨足够。雷声滚滚，大雨瓢泼而下。轰地一声，又是一个炸雷，震得地动山摇。炸雷过后便是余音，在天地之间环绕。

王超听着雷音，想起了练髓的虎豹雷音，于是他不自觉地活动着身体每一块肌肉和骨骼。在两年前，唐紫尘曾经专门配合他试过劲，他记忆犹新。只是他当年功夫并没有练到可以活动每一处骨骼肌肉的地步。但是现在已经没有什么困难了。王超知道，自己在这半年的行走中，功夫逐渐到了入微的境界。在缓慢的抖动震荡中，王超渐渐听见了自己骨骼发出的有规律的嗡嗡声，配合血液潺潺流动的声音，竟然和天地间的雷音有几分相似。外面瓢泼大雨，炸雷一个接一个，王超仔细地听着，最后索性闭上眼睛，心中没有一丝杂念，只剩下天地之间的滚滚雷音和身体骨节震荡、血液流动配合的模拟雷音。后来，王超渐渐觉得，自己身体模拟的雷音竟然和天地间的雷音不分彼此，巧妙地融合在了一起。也不知道过了多久，雷声、雨声都停止了。王超睁开眼睛，走出石洼，红日东升，居然又是一个早晨！雨后的早晨，空气清新，山下的树木绿得仿佛要流淌出汁液来。

“阴阳交融而成雷，雷出山中，万物萌发。”王超突然有了新的领悟，“心灵明净如赤子，意志坚强如钢铁。筋骨松软如棉，皮毛攻起如铁。这一内一外，一阴一阳，昨天正好配合，内外接引。如那天雷一般，引出了自己身体的雷音，玄妙神秘而又实实在在。”他活动了一下自己的身体，迎着朝阳一招一式地演练。王超感到自己的身体似乎比昨天多了一些空灵和沉稳，用劲时如陨石坠地，招大力沉。他甩击手臂，踢腿弹身，都发出清脆的炸响，势如破竹一般。

“我的明劲已经达到了巅峰。”王超知道，自己这半年来的苦修，几乎是脱离了人世喧嚣，心灵得以净化，意志又在上个世纪那种精神的感动之下，凝练得如钢铁一般坚定。这一切水到渠成，就在昨日天地雷音的接引下，初步把筋骨练通，这也就是拳经中的“节节贯串”。

“若是没有半年的心灵修养，也不会在自然之中和雷音交接。在喧嚣的尘世中，每日面对杂乱无章的人际交往和生活的波折，要到这一地步，也不知道要多久。假如心灵蒙上的尘埃越来越多，杂念繁乱嘈杂，心不纯、不明、不净，永远都不会感悟。”安静地站了一会儿，王超披上蓑衣，戴上斗笠，又踏上了前进的道路。

四川的山高耸入云，云雾雨水都只在半山腰，再往上去就是终年不化的积雪。走了半天，王超终于进入了高山无人区。山路陡峭，他不得不手脚并用往上攀爬。堆覆在岩石上厚厚的冰雪被王超抓在手里，冰冷的感觉渗入骨髓。在还没有到达山顶的时候，王超的手就已经麻木了。幸亏他有在严寒雪地里行走的经验，而且身体强健，步子稳当，一路上倒没有出现什么危险。只是山高风大，风中居然卷起雪花，他不得不把蓑衣斗笠脱了下来，免得被风吹下山崖。

白茫茫的雪路没有丝毫的杂色，也看不到来时的路。摘下蓑衣后，王超感到寒冷无比，肌肉都快僵了。天色渐黑，王超已经认不清路，只能停下来，免得一脚踩空，跌进万丈深渊。他找到了一个可以躲避大风的洼地，用蓑衣把自己裹成一团，又吃了些东西，喝了几口雪水，闭目养神。

黑夜漫长，等待是一种更大的折磨。望着漆黑的天空，听着呼啸的风声，王超甚至产生了绝望：天到底会不会亮？自己能不能活着走出这座雪山？

经过两天一夜的生死较量，王超终于成功地翻越了这座雪山。雪山绵延，周围有一些旅游景点。不过王超并没有过去，而是沿着无人的小路，走到了附近的城镇中。这一趟翻山，无数次在生死边缘徘徊。王超细细地感受着自己绝望的心情，吸取着经验教训。

休息几天，养好身体之后，王超再次出发。有了前面的经验，一座座的雪山都被王超踩在了脚下。每踏过一座雪山，王超都感觉到自己的心意空明坚定了许多。直到最后，王超甚至认为，这世界上再没有任何东西能动摇自己的意志和心灵。

到了九月，王超终于走出了四川，来到了川藏交界的大草地。

草地的路虽然不如雪山艰险，但是更难走。一路望去，到处都是沼泽泥潭。人走在泥泞的路上，常常是泥水淹没了裤管，每一步都要小心翼翼地踩下去。王超用棍子时不时地戳着地面，免得陷进沼泽中。踏在草地上，脚底软绵绵的，东摇西晃，就像在走钢丝。在草地上，草鞋也没有用，到了最后，王超索性赤着脚。这里天气多变，时而大雨倾盆，时而冰雹突降，时而又烈日当头。一望无际的草地，连个躲的地方都没有。

王超面容坚毅，一步一步有规律地迈动步子。他的衣服早已破烂，西一片、东一片地挂在身上。破烂的衣服之间，显露出如精铁树干一般的身体。进入草地的第五天，王超已经断粮断水，感受到了当年红军的窘迫。不过他的意志没有半点儿动摇。雨水落下来，他就仰起头接雨水喝。饿了，他就抓起野菜，生吃下去。一个多星期之后，草甸子上的泥潭、沼泽逐渐减少，草地更加茂密起来，白云深处，是一座座更加巍峨的大山。虽然过了草地，但是前面依旧是大山，并没有城镇。王超终于支持不住，有些气喘了。

“这气喘不知道是不是高原反应。”王超在一块大石头上坐了下来，石头又大又方，青色中夹杂着白色，周围也散落着同样的石头。太阳狠狠地照射下来，王超觉得有些头晕眼花，想躺下去睡觉。就在这个时候，远处传来了一个少女的清脆歌声，王超打起精神，循着歌声看去，一群牛羊拥着一个放牧的藏族少女走来。少女的歌声是用藏语唱的，王超听不懂，但是调子很熟悉。

“北京的金山上光芒照四方，毛主席就是那金色的太阳。多么温暖多么慈祥，把我们农奴的心儿照亮……”

听着这歌声，一股莫名的感动顿时充塞了王超的身体，他也放开喉咙，用汉语跟随少女唱了起来。少女听见歌声，赶着羊群过来，看见王超落魄的样子，便从随身的皮囊中取出酥油茶，递给了他。

王超喉结滚动，大口大口地吞咽着。喝下之后，他的精神好了很多。

藏族少女微笑着看着他，又唱了起来。王超听着歌声，心灵好像飞到了遥远的九天之上。他身体一颤，站立起来，左手握拳，沉腰坠肘，一拳捣出。他全身的肌肉好像蟒蛇一样蹿动，许久没有剃的头发好像被电击一样炸了起来。这一发劲，全身气息沸腾，都朝拳头上奔腾而去。就在所有的气息凝聚到拳头毛孔的时候，王超手上一松，就好像是突然决口的大堤，劲力奔涌而出，击打在石头上。

砰的一声，石屑纷飞，坚硬的岩石被王超打出了深深的凹窝，凹窝内出现了许多小针孔一样的孔洞，还有许多湿漉漉的汗液，而王超的拳头却丝毫没有受伤。

松柔开合，心与意合，意与气合，气与力合！暗劲勃发，喷劲如针！暗劲，终于练成了！

因为语言不通，王超也没有同这个藏族少女多交流。在对方惊讶的眼神中，他通过打手势问清了方向。最后，少女又送了他一皮袋酥油茶和一包青稞面，然后看着他的身影一步步走远。看着那块被打坏的岩石，少女拜了下去，喃喃地念着："玛哈嘎啦！玛哈嘎啦！"

玛哈嘎啦是藏传佛教中的金刚护法神。王超并不知道自己偶然领悟到暗劲的奥妙，表演了一手功夫，被人当做是神灵。又经过三天的行走后，他到了拉萨。简单休息后，便沿着那条凝聚了国人智慧和力量的"天路"行走。这条"天路"正是青藏铁路，从青海到西藏，是架设在世界屋脊上的一个奇迹。铁路上的每一根轨道，守护在铁路小站周围的战士，以及维修检查的工人，都令他涌起感动。

一个月后，王超到了青海西宁，不过他并没有做过多的停留，一路北上，进甘肃，入陕西，到河北，再进入北京，行程万里。王超又去见了李老爷子。此时已经接近年底，北京大雪纷飞，比南方的雪更为壮观。

王超的到来，令老爷子大吃了一惊。因为他从那饱经沧桑、洞彻世事的眼神中看得出王超翻天覆地的变化。王超见到老爷子，也没有说话，只是给他练了一趟八卦掌。王超步子轻灵，宛如在冰面滑行。然而，在最后收功的时候，王超一连闪了八步，轻盈无声，宛如羽毛落地。大院的水泥地面被他踩出了八个明显的脚印，正对应着八卦方位。王超赤着脚，水泥地出现的每一个脚印内都湿漉漉地印出了他脚板的纹理。

"唉！"老爷子看完之后，没有褒贬，只是长叹一声，"我时日不多了，八卦门的武功有你这一支，倒也没有绝代，我可以放心了。"

王超长长地出了一口气，闭上眼睛休息了一段时间，才出口道："我也只能踏出八步暗劲，这已经是极限了，并且暗劲只能运到手腿两处，做不到全身各处混元一体，处处都喷劲如针。”

李老爷子道：“全身各处都喷劲如针，那是化劲。你能练到手脚两处，已经很不错了。明劲是用筋骨打人，暗劲则是用心打人，两者的威力不可同日而语。暗劲不发则已，一发必要中，否则反耗自己的心力体能。”王超点点头，深明其中的道理。

暗劲是心力勃发的爆发力，人着急或者是生气到极点，常常一瞬间就浑身是汗，手脚都动弹不得。这都是因为心力骤然爆发到极点，体能消耗过大。以王超现在的功夫，运明劲可以打出百拳不喘息，然而一运暗劲，三五下就会疲劳。所以暗劲威力虽大，却不能轻发，在技击格斗中尤其要注意。得到老爷子的肯定后，王超便离开了。等从北京徒步走到S省时，又到了春暖花开的阳春三月。

王超现在全身皮肤黝黑，精干如铁，没有一点儿赘肉。不过他浑身上下锋芒暗藏，双眼温和，时不时地迸发出异样的神采，气质比一年前更加内敛了。在看过父母后，王超又回到了唐紫尘的别墅中。别墅一年无人打扫，早已灰尘密布，好在他在离家之前就交足了物管费，水电倒是都没有停掉。等上上下下打扫干净后，别墅又焕然一新。默默修养了三四天后，王超感觉到自己容光焕发，体能恢复到了巅峰，才开始联系熟人。

“小子，你这一年多上哪去了？”首先是曹毅，王超也不做过多的解释，随口应付几句，接着又和张彤联系。张彤听说王超回来，也吃了一惊，表示要和王超见个面。

王超又打电话给姚晓雪和赵星龙，问了一下公司的情况。生意果然如意料中的那样顺利，搭上了政府的车，想亏钱都难。去年，天星网络中标了全省的乡村城镇网络建设。一千五百万的大工程，除去回扣和乱七八糟的送礼，净赚八百多万。又拉上了省里的很多生意，现在已经是身价几千万的大公司了。公司的业务也飞速发展，硬件、软件、技术、网络架设等等，在电脑城盘下了整整一楼的门面，装修得富丽堂皇，整个公司的员工已经有上百人。现在，姚晓雪等人都是省里面的明星式人物，今年还被提名为S省的十大杰出青年。

“五年以后，天星网络一定要在美国纳斯达克上市！”这是姚晓雪喊出的口号。

跆拳道馆还是一如往昔。王超来到顶层，见到了李万姬。李万姬看到王超，先是一愣，随后露出了佩服的神情。等了一会儿，张彤、曹毅、赵星龙都到了。

赵星龙看见了王超，顿时技痒，两人来到搏击场地试了一下手。这回王超真的是技高一筹，轻微一搭手，就将赵星龙弹了出去。再搭，再弹。一连被甩了四五回，赵星龙终于神情沮丧地放弃了。

“这小子，到底还是让他练出来了。看来是时候了。”曹毅在外面看得清楚，眼中闪过一丝不易察觉的精光。

几个人寒暄一番，正准备去吃饭叙旧的时候，突然一个声音传了进来。“曹先生，张总，你们有饭局，怎么不叫上我呢？”一个戴金丝眼镜的斯文男子走了进来，正是省长的二公子赵均。赵均身后还跟着一个三十岁上下，穿着唐装，踏着千层底布鞋，似笑非笑的男子。这个男子一进来，就开始打量王超。

“原来是赵总。赵总最近不是到广东发展了吗？怎么有空回省里来？”曹毅招呼了一句。

“回来看看，回来看看。”赵均深沉了许多，“主要是张师傅听说我们省出了个高手，特地拉我来看看。”

“我来介绍一下，这位是南方武术界人称‘广东三虎’之一的张威师傅。”一介绍完毕，赵均便走到王超面前，伸出手来和王超握了一下，随后用细不可闻的声音说道，“王师傅，你真是好手段，我出动那么多人都没能放倒你。”

“真是你干的？”王超想起一年前自己遭遇的砍刀队，眼中闪过一丝寒光，脸上却丝毫没有表情。

“好说，好说。”赵均依旧是轻声嘀咕，“我只是仰慕王师傅的功夫，想让他们来试试而已，王师傅果然了得。不过我听说王师傅也伤得不轻，真是不好意思，早就想要道歉，哪里知道王师傅居然一年不见踪影。这次我好不容易得到消息，听说你从外面回来，就马上上门来道歉了。”

“嘿嘿……”王超干笑了两下。

“不不不！你不要怀恨在心。”赵均见王超眼神不好，连忙抽出了手，摆了摆，“王师傅，冤家宜解不宜结，我这次是诚心来化干戈为玉帛的。王师傅的公司……那个天星网络这一年能做成许多生意，其中可有我不少功劳哦！要不是我暗中照顾，你公司的几位女经理拉拢那些官员，可能要付出点儿其他的代价。”

“嗯？”王超眼睛微眯，觉得赵均这个人不简单，“你想要干什么？”

“很简单。我现在的事业需要很多身手高强的人来帮忙，你一年前通过了我的考验，有资格和我合作。我们联手起来，以后的路，要钱有钱，要势有势。现在我手上正好有一个五六千万的生意，正等着你的公司来和我合作呢。”赵均微笑道。

“要是我不答应呢？”王超不动声色地道。

“很遗憾地告诉你，你现在的势力还不足以和我抗衡。要是不答应，你的公司会在一年内土崩瓦解，而你也很可能会再次遭遇一年前的事情。”赵均很自信地道。

“哈哈，哈哈……”王超突然笑了起来，“赵二公子，你的提议不错，只可惜，你的势力再大，却忘了八个字。”

“哪八个字？”赵均皱起了眉头。

“近在咫尺，人尽敌国。”王超微笑，“你说你现在离我这么近，如果我要杀你，就算你再有势力，好像也没有用处吧？”

“你！”赵均不由自主地眼睛上瞟，王超那副皮笑肉不笑的面孔竟然出奇的狰狞。他大吃一惊，就要后退，哪里知道，王超的手闪电般地伸了过来，仿佛铁钳子一样，死死捏住他的手，让他怎么抽都抽不掉。

“开个玩笑而已，玩笑而已。”王超脸色一变，显露出微笑，“赵公子一年前跟我开了个玩笑，我今天是投桃报李，想不到却吓到了公子，实在是抱歉。”

“哼！”刚才赵均感受到了恐怖的杀意，因而失态。意识到了这一点后，他很是恼火，把声音压得好像蚊子哼哼，“不知道你父母现在身体怎么样了？”这明显是赤裸裸的威胁。

王超脸色不变：“他们很好。不过人生百年，草木一春，哪里有不出问题的。不过我倒是懂得‘凡事留一线，日后好相见’的道理。把林冲逼上梁山的高衙内可是个纨绔子弟，赵公子志向远大，不会没有养出枭雄气度吧？”

“好，好，好。”这番话说得赵均心里动了一下，“我自然不能做高衙内，不过你比林冲要厉害多了。你说凡事留一线，日后好相见，可我的理念是‘打蛇不死，蛇必伤人。斩草不除根，春风吹又生’。”

“说老实话，刚刚我听见你这几句对答，就知道你日后大有前途。以前我只不过当你是一个稍微能打一点儿却不入流的小子，居然还想接近朱佳，灭了就灭了，和捏死一只蚂蚁没有什么两样，但我没有想到惹上了一条要化龙的蛇。我们现在已经结下了梁子，你对我始终是个威胁，要是日后让你得势，我的日子难免会有麻烦。我现在是骑虎难下，要么我们成为朋友，要么现在就把你解决掉。不过现在我性命掌握在你手里，主动权在你。你教我，我该怎么办？” 赵均被王超握住了手，虽然一时失态，但随后就冷静了下来，“现在就听你一句话了，要么你现在打死我，然后被警察打死，要么你投靠我，咱们合作。这两条路，选择吧。”赵均一镇定下来，立刻想把主动权掌握在自己手里。

“这么说，赵公子是在逼我杀你了？你自寻死路，我也没有办法！光脚的不怕穿鞋的，我烂命一条，换你省长公子的性命，那是赚大了！”王超不为所动，手上猛一发劲，赵均只觉得钻心一痛。

“慢着！”赵均连忙叫道，“其实还有一个办法。你先不要动手！”

“什么办法？”王超沉声道。

“你现在也略有一点儿家业，黑道上解决纠纷的方案，就是不论对错，上擂台一决生死。我们俩之间的纠纷，也依照这个规矩来吧。”

“哦。难怪你带了个拳师过来。”王超立刻明白了，“你的意思是说，我和那个张威现在打上一场，如果我赢了，咱们的账就一笔勾销？”

“不不不……”赵均嘴角勾起，“不是现在。这是私下比武，算不得数。解决纠纷要有轰动效果，再说，我可不想错过一次大的赌局。”

“一个月后，我的亿科公司将和你的天星公司在广东潮州解决纠纷。到时候，我会邀请各个道上的大佬，开盘口下注。陈艾阳大师、马红骏大师、薛连信大师以及朱洪智大师都会到场作证，不会黑了你的。咱们之间的赌金每人一亿，你意下如何？”

“一亿？”王超哼了一下。

“我知道你的天星网络满算起来也就五千万。这样，你的两只手，一只两千五百万！”

“我现在这么值钱了吗？”王超冷笑道。

“你在这跆拳道馆坐镇一年多，已经小有名气。再说，我现在小命掌握在你手里，也只有做出让步。”赵均无奈地耸了耸肩膀。

“好，我同意！”王超道。

“果然有胆。我十天后会把合同送过来，赌拳的合同虽然在国内没有法律效力，在黑道上却是个凭据。”赵均说着，慢慢抽回了自己的手，松了一口气。

“这位是张威大师，你们认识认识吧！”赵均转过身，对张威一挑眉。

张威点点头，走了过来，两人同时伸出了手。两人一搭手，在场的曹毅、张彤等人都觉得地面一颤，好像发生了地震。随后，搏击场地厚厚的地毯在两人脚下开裂，发出了撕扯的声音。原来，两人搭手用劲，脚下用力，好像锋利的剪子，撕裂了厚厚的地毯。两人一搭即收，并没有做过多的较量。

“赵老板，走吧。”张威面无表情地对赵均说道。赵均扶了一下自己的金丝眼睛，冷笑一声，两人飞快地下楼去了。

刚刚和张威一搭手，王超就觉得手腕刺痛，对方暗劲勃发，隐隐透射出来，显然是武学修为到了上乘境界的高手。但是对方的暗劲吞吐远远没有李老爷子那么灵活。

李老爷子的暗劲是一起一伏，就好像毒蛇吐信，伸缩自如。而张威的暗劲则是一股脑全部喷发出来，不留余地，显然是对心力和劲的控制都没有到炉火纯青、出神入化的地步。两人搭手，暗劲一碰，都吃了不小的亏。

王超全身被刺激，毛孔张开，泄了气。张威的状态不得而知，但是想想也好不到哪里去，要不然也不会急着离开。

“要是和这人比武，那真的是生死较量。”既然双方都练成了暗劲，只要挨一下，立刻就是筋断骨折、内脏破碎的结局，绝对没有留手的可能。

王超想不到自己刚刚练成暗劲就碰到了大高手，而且这还是一场豪赌，自己万万输不起。就算是没有赵均的威胁，和这样的大拳师较量也是一次可遇不可求的机会，他说什么都不能放过。王超深深地吸了一口气，拿毛巾擦干了身上的汗液，转身问曹毅：“曹先生，凭你的关系，能帮我弄到张威的资料吗？”

这时，曹毅也大概明白了赵均和王超的谈话，脸上显露出一丝微笑，“到底是怎么回事儿，赵均对你说了些什么？”

“一亿资金的赌拳解决纠纷。如果我输了，不但要倾家荡产，还要赔上两只手。”王超把大概情况说了一下。

“赵均是要光明正大地把你置于死地，偏偏你还不能拒绝。”张彤皱眉道，“赵均的亿科集团我也知道，是最近两年成立的，总部在广东，明里是经营房产、运输、娱乐业、制药、电子等等，其实暗里做的是走私、经营地下赌场的勾当，和黑道牵扯不清。不过他具体的资料我倒是不怎么清楚，这样，三天时间，我可以帮你调查得清清楚楚。”

王超点点头：“谢谢你。”

曹毅朝王超勾了勾指头：“咱们有时间单独谈谈？”

一座幽静的茶楼中，王超和曹毅相对而坐。

“老实说，沿海一带用赌拳来解决纠纷，这的确是很早以来就有的规矩。广东三虎的资料我们早就调查清楚了，海内外有名的拳师我们都有详细的资料：出生年月，具体事迹，师傅是谁，练过什么拳……都清清楚楚。”

“你背后是个什么组织？”王超脱口问道。

“年轻人，这个不是你应该问的。”曹毅笑了笑，“不过我可以向你透露一点儿。我们的势力不仅遍布中国，国外很多地方也有我们的根据地。

你感兴趣的话，我们组织可以吸纳你。”

“吸纳我？”王超疑惑道，“要我做什么？我有什么价值？”

“你能打就是价值，我要你在沿海打出名头来，成为拳术名家。我们会全力支持你，使你逐渐成为沿海武术界德高望重的人物，这个计划也许是十年，也许是二十年，也许是三十年。到时候，需要你笼络拳术家，向组织靠拢。”曹毅冷冷地道，“用武侠小说的话来说，就是扶植你当武林盟主。”

“武林盟主？”王超万万没有想到曹毅有这么大的口气。

“当然了，你只是我们其中的一个人选而已。”曹毅微微一笑，“像你这样的人选还有很多,不过我们不会让你知道的,因为我自己也不知道。”

“你若是不答应也可以，不过以你自己的势力，就算这次赌拳赢了，以后的日子也不会好过。”曹毅接着说，“现在最有影响力的拳术大师有两位，一个叫薛连信，是薛颠的传人；另一个是朱洪智，他是民国时期中央国术馆教务长朱国富的传人。不过这两位现在已经老了，只有影响力，不能打了。现在最能打的是陈艾阳等一批新秀。你要把他们一一打败，树立威望。到时候我们会支持你广收门徒，左右沿海的武术界！”

“我们需要扶持一个代言人，而你是我提名的候选人。给你两天时间，好好考虑一下吧。”曹毅说完最后这句话，起身走了。

“我还是个弱者，无论身份势力，和赵均这样的纨绔子弟相比，根本不值一提。和曹毅背后的组织更不能比，人家稍微动一下手指头，就可以捏死我。”对于现在的形势，王超心里明镜似的。

经过一年多的跋涉修行，他早已经磨掉了不必要的冲动。

“先借势得势，渡过眼前的难关，再慢慢摆脱控制吧。”虽然王超知道自己一旦加入了曹毅口中的组织，以后就身不由己了，但是这也未尝不是一个机遇。

第二天，曹毅就接到了王超的电话：“我已经想好了，不用考虑了。你怎么安排？”

曹毅早就预料到了这个结果，因为他知道王超别无选择。

“好，你到我家来，我开车送你去一个地方！”曹毅放下电话后，皱起了眉头，“这个王超，身世虽然清白，但是一身功夫是谁教的到现在也没有查清楚，而且他那栋别墅的来历也有点儿奇怪。”曹毅也曾经动用过一些手段查过那幢别墅的来历，但是只查到是欧洲一家知名企业名下的房产。任凭曹毅的手段通天，也没有办法去欧洲查人家的企业。“算了，我观察他有三年了，也没有什么特殊的身份。”

半个小时后，王超坐上了曹毅的车。曹毅的车一路出城，大约开了三四个小时，拐进一个山区，在一个类似工厂的地方停了下来。

“是老曹啊，你不是说晚上到吗，怎么这么快就来了？”一进办公室，王超就看到一个身材剽悍的中年人站了起来。

“老周，你的那些人训练的怎么样了啊？”曹毅和这位中年人似乎很熟悉，并没过多的客套。

“都是些年轻的高手，有的是从部队里出来的。他们都在训练场，不知道你带来的这位高手能不能镇得住他们。”老周打了个哈哈，随后就领着他们往训练场走去。

走进训练场，巨大的吼声传了过来。王超发现这个训练场有两三个篮球场那么大，地面都是绿色的训练毯，左边是单杠、双杠、平衡木等一些锻炼器械。最引人注目的是放在训练场右边的一块钢板，钢板后面好像是弹簧，上方是一个测力器。

五个身穿背心的年轻人正猛烈地挥拳击打，旁边还有十几个人坐在地上观看。这五个年轻人的拳头好像暴雨一般不停歇，打得钢板发出剧烈的震荡声。巨大的钢板一弹一弹，上面测力器的数字也在飞快地变换着。十几秒后，这五个年轻人停了下来。

“啧啧啧！榔头，你的力量和速度退步了。半分钟才打出二十拳，最高力量600多磅，最低才300多磅。”

“哼！老子来这里半个月了，还没有找到能打的对手。力量发挥得不彻底，自然有点儿退化了。”

这些彪悍的年轻人哄笑着，突然间察觉到了门口有人，立刻寂静下来，凌厉的目光刺向了王超、曹毅两人。

“你看怎么样，这群人？”曹毅小声地问王超。

“很能打！”王超道。

“这些人以后就是你的手下。你今天得给他们来个下马威，不然以后的工作很难开展。”

“我的手下？怕是来控制我的吧……”王超心里想着。

周教练拍拍手：“来，我给你们介绍一下，这位是组织上派过来的曹教练，以后就由他来接手你们，有什么任务他会吩咐你们去做。”

听到这个消息后，下面一片哗然：“不知道这位曹教练有什么能耐能接手我们呢？”

曹毅冷冷一笑：“我知道你们会不服气，所以自然要让你们心服口服。王超，你上来。”王超几步走了上来。

“哈哈，就凭这个小子？”“不知道毛长齐了没有？”这些人一片哄笑。

王超现在的形象的确不怎么出彩，身体也不强悍，肌肉也不凸现。

“我也是个爽快人，知道要你们服气，不拿出点儿真本事来是不行的。不说废话，你们谁先上？只要你们其中任何一个能打赢他，我就听你们的调动！”曹毅说话也很痛快，不拖泥带水，“不过我丑话说在前面，拳脚无眼，有什么伤残也是你们自找的。”

“榔头，你去吧。轻一点儿，不要把小朋友打伤了。”那个带头的大汉说。

众人后退，拉开了一个大圈子。那个榔头走了出来，在离王超三米远的地方站住了。

王超刚刚看过他打钢板，很有力量，速度也快，看他的拳头老皮一块一块，显然是经过严酷的训练。

“动手吧！让我看看你的武术怎么样，不知道套路好看不好看，姿势优美不优美？”榔头丝毫没有把王超放在眼里，他抱着双臂，一副自信满满的样子。

经过一年的长征，王超已经洗去了心灵的浮躁和波动，不会轻视任何一个对手，也不会被任何言语激怒，失去理性。王超点了点头，说道：“那我要动手了，你要小心。既然动手，生死勿论。”话音一落，他后脚一蹬，前脚一蹭，双腿如抱月开弓，弹身掠起，如离弦的箭一般，眨眼间便抢出两米多远，离榔头只有一步距离了。榔头以箭步出拳，抢中线，踏中宫，硬打硬撼。王超在距离一步时发劲，右拳直扎榔头的胸膛。他手臂带动空气，发出啪的一声脆响，仿佛鞭子在空中抽击。

王超这一拳无论从动作的敏捷性和力量的威势上，还是由此配合打出的脆响上，都足够使人不战而怯！榔头做梦也没有想到，王超这样一个体型并不健硕的人，骤然爆发的力量却如同山崩海啸，无可阻挡。以榔头多次格斗的经验，知道这一拳不能硬挡，只有暂避锋芒。于是心神一动，脚步连忙后退。榔头的确是经过严格训练的人，反应比常人要快得多，脚步连贯有力，身体刹那间就后移了一米，恰好躲过了王超这来势猛烈的一拳。同时，他借一退的力量，顺势出腿撩起。粗壮的腿带起风声，直奔王超的胸膛和下巴。

王超一拳不中，伸长的手臂顺势下磕，好像锤子磕木板一般，正好磕到了榔头上踢的脚。在榔头后退的时候，王超就用毛孔“听”到了他肌肉的反应，知道下一步他肯定要出腿，于是手臂顺理成章地下磕，一下磕中了对方的踝骨。榔头腿一麻，力量顿时泄了。不过他训练有素，立刻收腿，再次后退。王超却不放松，接连发招。他脚步一垫，整个人骤然好像长高了很多，接着手臂抡起，好像一把大斧狠狠朝对方脑门追劈而下。他这招使得是虎形劈拳劲。形意拳里面，虎形和劈拳都是一体。劈拳劲拉开双臂，扩展肺部，又大又长，宛如大斧开山。而虎形也是一样，大势讲究凌空扑击，猛虎下山，大吼一声，群山回荡，风起云涌。

王超现在练成了暗劲，体力充沛，力量庞大，打起拳来更是势不可当，一扫以前的八卦贼溜。榔头不知道王超使了什么身法，明明脚不离地，身体却好像长高了很多，如持斧天神追劈而来，不由心神溃散，气势上完全被压倒了。慌忙之中，榔头的双臂向上一抬，护住脑袋，准备和王超这一记劈劲硬拼，然后再伺机反扑。但是王超这一记虎形劈劲配合全身，招大力沉，再压上全身的重量和冲势，虽然没有用暗劲，却也有接近千磅的重量。一劈之下，榔头立刻感觉到手臂剧痛，骨折的声音传来。榔头粗壮的双臂已然被生生劈骨折了。

"榔头，榔头！快，快，喷冷冻液！"被一记劈拳劲劈断了手臂骨的榔头此时一屁股坐在地上，痛得面孔扭曲，满头大汗，已经失去了动手的能力。不过他终究是意志坚强的战士，咬紧牙关，哼都没有哼一声。

王超滑身退后，并不说话。四周的人也听到了明显的骨折声，立刻一拥而上，有几个把王超包围了起来，有几个连忙上去查看榔头的手臂，一个人迅速从角落的柜子内拿出了一个灭火器一样的东西。一打开这东西，立刻从口子里面喷出白雾，王超隔老远都感觉到了凉意。白雾一喷在榔头的手臂上，榔头的脸色立刻好了很多，似乎是止住了疼痛。王超被四五个人团团围住，脸并未变色。

刚刚和榔头动手，已然试出了这些人的水平，和张彤的保镖相差不多，但和赵星龙比还有一点儿差距。打五个这样的人，在以前或许有难度，但是对练成了暗劲的王超来说，也就是几拳几脚的事情。不过王超相信，只要有周教练他们在，这些人不敢乱来。

从动手开始仅仅三个回合，王超就以刚猛无俦的打法解决了战斗，这让站在门口的周教练无比惊讶。王超的动作一气呵成，尤其是他的拳掌破空，每一击都震得空气啪啪作响，威猛的动作配合声音，简直令人触目惊心。

和周教练一样想不通的还有其余观战的人，他们都是同样的心理："人怎么会有这样大的爆发力？"周教练知道，这里面的人，几乎都把身体练成了钢筋铁骨，单掌开砖头、碎酒瓶、踢断木桩都不成问题，抗打击能力比普通人要强悍很多倍。可以说，就算拿铁棍子去敲他们的手臂，都不见得能敲断他们的骨头。

“把榔头送去医疗室！”带头的那个人喷了止痛冷冻液之后，指挥两个人把榔头送了出去，随后见到场中的境况，大吼道：“这是比试，榔头技不如人，输了就输了，你们要干什么？”那五个人好像也觉得不妥，对王超狠狠地瞪了几眼，散开了。

“既然你是高手，那我来和你比试比试！你要是赢了，以后我们都听你的！”带头的大汉走了上来，神色凝重，一下拉开了架势，“我叫孙磊，兄弟们都叫我大石头。来吧！”

“我叫王超。”王超觉得这群人的性格倒还是很直爽，于是摆了摆手，身体松散。

“怎么，你不愿意跟我打？”大石头疑惑道。

王超摇了摇头，走到了那一排弹性钢板面前，抬头看了看上面的测力器。这些人都看向了他，不明白他要干什么。王超摆了个姿势，全身骨节肌肉轻微颤动，发出的声音好像天空中闷雷滚过，余音不绝。骤然间，他脚步猛地前踏，身上的衣服一阵起伏，拳头破空捣出，击打在钢板上。

好像大锤猛烈地敲钟，被打中的钢板发出了巨大的声音，音波在整个训练室内潮涌，震得在场所有人的耳朵都嗡嗡作响。测力器上面的数字疯狂变换，显示出了四位数。钢板在弹簧弹力的作用下猛烈伸缩，好像要被弹出来一样。钢板正中央一块湿漉漉的水渍形成了一个明显的拳印。大石头第一个跑上去观看，他摸了摸那个拳印，发现拳印就好像是印章印上去的一样。

“我的暗劲能发不能收，动起手来，自己都控制不住。咱们以后都是一条战线的人，我不能对你们出手。”王超并不想和他们结下梁子。

“好厉害！”众人围了上来，看了看测力器上的四位数字以及钢印一般的拳印，大石头竖起了大拇指，“这是硬功夫，榔头输得不冤枉。你能留手，我记在心里了。”

“好了，王超以后就是你们的队长了。”周教练用颇含深意的眼光看了看王超，随后招呼道，“今天晚上大家喝喝酒，熟悉熟悉！”

晚上，曹毅把一个档案袋交给王超，里面是张威的资料：张威，三十二岁，广东汕头人，自小学习散打，十五岁被咏春拳高手梁重收为弟子，苦练十年后出道赌拳，曾经横扫越南河内地下拳场，徒手击毙泰拳手十二名，一举扬名，和另外两位拳师徐震、戴军并称“广东三虎”。成名之后，张威多次参与东南亚地下赌拳，未尝一败。自三十岁后，退隐拳坛。张威赌拳时，先后依附香港曾氏集团和越南阮氏红河集团。退隐之后，自己开办盛德公司，经营体育用品，但在最近两年，因为经营不善落入困境。在去年五月，得到亿科集团的融资，才有了起色。张威所学武艺虽然以咏春为主，但他好学多才，资质上佳，兼练弹腿、劈挂、大小洪拳、迷踪、摔跤、拳击、泰拳等等，也曾经向台湾形意大师薛连信请教过形意，得到过薛连信的指点。广东三虎虽然名声并列，但不是同门师兄弟。徐震是广东天乐集团最大的股东，戴军则是澳门葡晶集团的董事。

“张威明显是被赵均收买了！”王超摇了摇头，“很明显是赵均要利用张威来进入东南亚的武术界和黑拳市场。”

“不错，不过亿科集团并不是赵均一个人的。赵均只是其中一个股东，一共有三个股东，他们都是有背景的人！”曹毅点点头。

“好了，王超，你的公司现在也是资金上千万。接下来，组织会给你更多的方便，我也会调拨一批专门的人员去你公司任职，还要申请专门的资金，让你的公司发展壮大，以便于掩饰你的身份。孙磊，你们现在对外的身份，就是天星网络的员工！”曹毅依旧是冷冰冰的，不容人反对。

王超心里咯噔一下，曹毅这么说，等于是直接插手了他的公司。

“今后组织上会帮你扩大公司的规模，不过股权你得拿出百分之五十来交给组织。你现在的资金大概是五千万，组织插手后，以后经营五百亿都不成问题。你自己想想，你能赚多少？以后公司做大了，人事权、资金调动权也有你的一部分。”曹毅早就预料到了王超的心思，“你的生意之所以这么顺利，都是我在暗中周旋，当然，赵均也帮了一部分忙。他搞的那个赌拳，就是准备吞掉你的公司，就算你赌拳赢了，没有组织上的支持，公司也会被他吃掉，我相信你能明白这一点。”

“我明白。”

“好了，这些都是未来的计划，先不多谈。”曹毅打开电视机，上面出现了格斗的视频。

“这是张威和人搏斗的部分视频资料，你先观看。只有知己知彼，才能百战百胜。等赵均的合同过来后，你们再起身去广东，以天星网络公司的身份进入地下赌拳组织，先打出名气和威风来。这是我的一个秘密联系人，你们到了广东之后就找他，他会帮你们安排进入赌拳市场的。”说着，曹毅给了王超一张纸条，上面有电话号码。

“这个人只是我当年认识的一个黑道人物，并不是我们组织的人，你千万不要暴露身份。”曹毅叮嘱道。

“好了，你们就在这里研究，有事情第一时间和我说。”曹毅说完就出去了。

王超深深地吸了一口气，眼睛盯着电视。

王超一看，便知道张威的对手用的是八极中的肘术，而张威却是拳出螺旋，肩膀处衣服起伏很大，显然是连运关节寸劲。交手几个回合后，张威突发猛招，一下把那男子铲翻在地。那男子好像并没有受伤，猴子一样蹲身平蹦，从张威裆下滑了过去，转到了张威的背面。接着一拳骤然捣出，正中张威的后背。但是张威并没有被击倒，而是后背轻微一挺，迎上了对方的拳头，随后那个男子的手腕立刻垂了下来，脸上显现出痛苦狰狞的神情。张威立刻抓住机会，翻身猛捶，臂膀砸在男子的脸上。男子倒在擂台上，血流一地，抽搐不止。

张威居然把暗劲练到了后背！王超一下就看出了门道，心里升起强烈的战斗欲望。

一段段视频看下去，王超最终确定：张威的暗劲比自己练得高明一些，不但气贯双手，而且通达到了后背。视频一共有三十多场，其中几乎有十几场，张威都是故意露出自己背部的破绽，让对手击打上去，结果反被暗劲震伤，趁机一举结束对手的性命。三十场视频中，没有留下活口。不过这也没有什么，一般的国术高手全身上下都练得敏捷非常，比武的时候就好像追击猎物的豹子，敌人哪里出现破绽，全身的劲就立刻如影随形地扎过去。尤其是暗劲，穿透力极强，心力勃发，毛孔喷劲，一接触到别人身体，就立刻打进人体内部，破坏筋骨和五脏六腑，很难求治。

外家高手搏击的时候，能随意地运动自己身体各个部位的肌肉、骨头，而内家高手则更进一步，能随意开合全身毛孔。暗劲一击，就是局部放开毛孔，一刹那宣泄劲力。控制肌肉韧带容易，控制毛孔很难。王超到现在为止也只能控制两只手掌到肘关节处、两条腿到膝关节处部位的皮毛。其余的部位，他也只能在战斗中闭合起来，不能随意松开。用经脉的理论来说，就是王超只打通了手脚的经脉，气还达不到另外的地方。人的手脚最灵活，控制力最强，而人的脊椎是一条中线，最初的紧皮毛就是从练脊椎开始。暗劲练到了手脚，下一步就是练到脊椎处。

“我下一步也要将暗劲练到后背了。只是张威这些视频是退隐以前的，事情已经过了好些年，他有没有另外的进步？如果他能将暗劲练到前胸、头部，那就很难对付了。”一个人若是将暗劲练到全身，然后更进一步，进入化劲，那个时候，就算身体遭遇突然袭击，暗劲也会立刻自然勃发，反击敌人的劲力。

当年孙禄堂老先生教徒弟时，鼓励徒弟偷袭。有一天，一个徒弟趁他睡觉，突然用木棍击打他的头部，哪里知道木棍刚刚加身，立刻被暗劲震裂。对于化劲，王宗岳曾经用两句话来形容：“一羽不能加，蝇虫不能落。”化劲高手，就算是一只苍蝇无意落到了身上，也立刻会敏锐地感觉到，从而自然勃发暗劲，震死苍蝇。

“我离‘蝇虫不能落’的境界还差十万八千里。不过我料张威也不可能练到这样的境界，要不然那天搭手时我就败了。”王超把武学的上乘境界想象了一下，为自己制定了一个临时的训练计划。“不管张威怎么样，我先弄清楚自己的体能极限。”

“我说王超，看你的身体也并不强壮，为什么有这么大的力量？”训练室中，大石头孙磊和一群人都站在旁边，看着王超用手臂拍击弹性钢板。每拍一下，都有凌空爆响，测力器上的指针都指到了一千一百多磅。这也就是说，王超每一下的力量都上了千斤。王超能连续击打三分钟，大概九十拳左右。但暗劲只能发出十下，就开始两眼冒金星，体力透支了。“我的身体极限已经被开发出来了，下面要做的，只有通过虎豹雷音来震荡骨髓，慢慢改变自己的体质，才能更进一步。”

王超停下来，对孙磊道：“这也很简单，就是将全身的力量都拧成一股。我看你们打拳，只用上了手臂和腿的力量，最后配合了腹肌和腰力，但是没有发挥出脊椎的力量和心力。你们的身体素质比我强，若是懂得了发力的技巧，锻炼之后，发出的力量肯定比我还大。”

功夫最初只是一个开发身体潜能的过程，人的潜能是有差别的，现在王超的潜能已经开发到了极限。不过古代的先贤早就找到了解决资质造成的差异的方法，那就是“虎豹雷音”。虎豹雷音能锻炼骨髓，骨髓能造血，是身体的根本。在锻炼骨髓后，人的身体素质也会逐渐增强。就算是一个瘦弱的人，练到最后，也会强壮如虎。虎豹雷音对技巧的要求非常高，骨节的运动和肌肉的牵扯都有先后顺序。往往细微之处错了，长久练下去，不但不能增强体能，反而会损伤身体。王超开始由唐紫尘手把手地帮忙试劲，教他抖骨骼肌肉，几乎学了半年才勉强掌握抖法，真正开始修炼，是在长征路上无意听到山中的雷音，配合身体，领悟成功之后的事儿了。

王超专心训练了十天左右，期间，在曹毅的安排下，天星网络轻松地向银行申请了一亿贷款。终于，赵均的一个律师拿了一份合同来到天星网络公司。“两条手臂做抵押的条款去掉。我拿出一亿资金来赌。”王超看了看合同，立刻提出了自己的条件。

律师立刻拨了一通电话，通话结束才点点头，“既然您能拿出一个亿来，那最好不过了。我们现在就来修改合同。”王超看了修改后的合同，签了名字。

"下个月5号，希望王总能准时出现在潮州，到合同约定的地点同我们见面。"律师办完一切后，叮嘱一句就走了。

王超按计划行事。大石头这边一共有24个人，和王超商量后，立刻分头行动了。当天晚上，王超便坐上了去广东的火车。

7

第二天早上七点，王超到了广州火车站。他一身灰色的西装，穿着烂皮鞋，加上随身带的帆布大包，就像个农民工。王超拿出电话本，掏出一部破手机，拨通了电话。

"你去二沙岛广东体育馆门口等我。中午我会过来。"对方说了这么一句就挂了。

"这家伙果然喜欢故作神秘。"王超心想，他已从曹毅口中知道这个人叫鲁成文，外号"文哥"，是专门联系黑拳格斗的一个小头目。

跟文哥通了电话后，王超又接到了身上的微型卫星通话器的信号。这个通话器就好像一个扣子，被别在衣角内。

"龙蛇，龙蛇，我是大石头。我们已经到了广州，你在哪里？"王超拨弄了一下通讯器，里面传来孙磊的声音。

"我现在要去二沙岛体育馆。"

王超提着大包，站在体育馆门口东张西望。不一会儿，从旁边过来两个男子，突然冲过来，抓住了王超的包就要跑。王超飞起一脚踢在一个男人的膝盖上，那个男子立刻倒了下去，抱起腿呻吟。王超身体移动，一爪探出，抓住另外那个男子的头发往下一扯，这个男子扑通一声跌倒在地上，双手抱头。

"不要打了！我们是文哥派来的，刚才只是试下你的身手。"两个男子见王超还要动手，立刻叫了起来。

两个男子好半天才爬起来，狠狠地看了王超几眼，接着走在前边带路。

王超也不说话，跟在后面。几个人坐上公交车，来到了市区边缘。下车走了一会儿，三人来到一个好像修车厂的地方，这里满地都是油污，不少身穿油腻工作服、手拿大钳子、眼神彪悍的修车工用凶狠的眼神打量着进来的王超。

"这些人根本不是什么修车工，谁见过脸上有刀疤、手臂上带刺青的修车工？"王超一看就知道这些人是打手。穿过油腻的车间，一座空旷的水泥地厂房出现了。厂房里吊了一些大沙袋，几个打着赤膊、皮肤黝黑发亮的男子正在练腿法踢击。正前面放了一张太师椅，旁边放了一把大茶壶以及一把蒲扇，椅子上坐着的是一个四十多岁的中年男人。这个男人左脸上有一颗黑痣，黑痣上还长了长长的毛，乍一看上去有些恶心。

“这就是鲁成文了。”王超看着他的相貌，倒是和照片很相符。

鲁成文一见王超进来，两只三角眼就不停地朝他打量。那几个踢沙包的男子也停了下来，眼中充满了挑衅。

“你叫什么名字？是高大楼叫你来的？”鲁成文上下打量了王超一下，又向旁边那两个男子使了一下眼色，那两个男子点了点头，表示已经试探过王超。

王超随便杜撰了一个化名，然后说自己是从小练拳的，后来认识了高大楼（也就是曹毅），听说这边打拳能赚钱，就过来了。因为事先有计划，所以鲁成文东问一句，西问一句，王超也没有露出破绽。

“好了，到我这里混饭吃，我自然不会亏待你。先签合同吧！”鲁成文一挥手，旁边一个人从后面找出一份合同。

王超看了看合同，上面就几个条款，一是因为比赛造成的伤害经纪人概不负责；二是比赛所得的百分之五十要给经纪人；三是五年内不准离开。其余的几个条款也是又黑又霸道，其中还隐隐限制了人身自由。

“看了就按手印！”

“这个……能赚多少钱？”王超问道。

“你放心，一场几千上万没问题，只要你能打赢！”鲁成文脸上的黑痣一动一动。

“好吧！”王超按了手印。

“很好！”鲁成文见王超按了手印，对旁边一个踢沙袋的男子哼了一声，“蛇头，上来试试他的身手。”那个叫蛇头的男子嘴角拢起一丝残酷的冷笑，摸了摸自己油光发亮的肩膀，歪歪脖子，捏捏拳头，发出一连串的骨节响声。

鲁成文话音一落，蛇头突然发动，狼一样地扑到了王超身边。他一拳击向王超下巴，另一拳护住自己，同时膝盖朝王超裆部顶了过去。王超闪电般地出爪，一个鹰捉，准确地擒住了蛇头的拳，同时右手肘关节往下一顿，正宛如一杆枪，扎在了蛇头的膝盖上。咔嚓一声，骨肉破裂的声音传来，蛇头膝盖和王超肘关节对击，毫无悬念地被打碎了。

“啊！”蛇头一声惨叫。王超使出鹰爪抓拳，动用了暗劲，又一下抓碎了蛇头的拳头。王超并不饶人，右手一抡，用单掌开碑的劈拳劲砸在对方的脑门上。一声闷响，蛇头脑门被劈中，倒了下去，耳朵、鼻子、嘴巴都流出血来，抽搐了两下就断气了。

王超的虎形劈拳，不用暗劲，光是明劲的力量就有一千多斤，挨了他一下，就等于挨了一记大斧头。带王超进来的两个男子在鲁成文的示意下，立刻在车间角落抽出一条大编织袋，把死去的蛇头朝里面一塞，拉紧口袋扛了出去。剩下的几个拳手变换了表情，看王超的目光里有嫉妒、畏惧和惊恐。但是对于蛇头的死，他们没有表露出丝毫的怜惜，更没有人出来为同伴报仇。

"好，出手够狠。"鲁成文点点头。

"高大哥告诉我，来这里，只要是打架，就不能留手。不把别人打死，我就会被打死。"王超的回答没有丝毫破绽。

"不错不错，高大楼说的是真理。"听见这句话，鲁成文的脸色缓和了许多,随后哈哈大笑起来,看王超的眼光也变了,就好像王超是株摇钱树。

"你坐了一晚上的车也累了。老黑，先带他去吃个饭，然后安排他到住处休息。"鲁成文拍了拍王超的肩膀，"小伙子，好好打。五年之内，我保证你赚个几百万没有问题。"

这个修车厂的旁边居然还有食堂。王超拿着大盘子抢了一个位置，一个人坐着吃饭，旁边那些彪悍的修车工居然没有一个敢过来的，显然是刚才他打死蛇头的消息传得很快。王超也不和这群人搭讪，吃过饭后，在老黑的带领下，来到了厂房旁边的一排小房子中。

晚上就被安排了一场格斗，王超多少有些惊讶。根据组织上提供的资料，一般的新人进入地下拳坛，都要一周多的时间才能被安排比赛。地下拳坛组织非常严密，每次安排拳赛都是小心翼翼。那些组织者一般都是港澳台地区的黑道。当然，也有广东、福建、浙江、江苏、海南、山东这些地方的某些势力集团。

"怎么，今天晚上就打？有没有对手的资料？"王超问老黑。

"今天是解决我们兴大集团和天信集团搬家公司之间的纠纷。本来是应该蛇头上的，可惜被你打死了。对手的情况我们没有调查到，你上去好好打就是了。这次赢了的话，你的钱包立刻就会鼓起来。"老黑笑道。

"纠纷，什么纠纷？"王超边走边问。

"天信一直和我们抢生意，冲突好几次了，双方都死了三四人。上面的吴大少传下话来，叫我们安分一点儿，不要把事情闹大，叫人安排了一场赌拳解决纠纷。"

"吴大少……"王超一听就知道了，老黑口中说的吴大少名叫吴颖达，和赵均一样不是省油的灯。

吴颖达、赵均，还有一个王小磊，这三人都是亿科集团的股东。广东福建两省的势力集团几乎都要看他们三人的脸色。而这两省的所有地下拳赛，无论大小，亿科集团都要收取保护费。其中大型的赌拳，更是由他们直接组织的。

一辆面包车停在厂房外，在四五个大汉的簇拥下，王超上了车。车越开越远，路灯闪烁，一阵乱拐后，在一栋高大的楼房边停了下来。楼房门口停了许多车，还有三三两两身穿制服、手提电棒的人在巡逻，他们一看见车，就连忙迎了上来。

“我们是吴总的人，文哥来了没有？”老黑好像是鲁成文的心腹。

“来了，你跟我来。”一个保安看看老黑，拿起对讲机说了些什么，随后一招手，叫人让开了道路，带王超他们进去了。楼房好像是一个乡村的电影院扩建成的，走过一条长长的走廊，出现了一个近千平方米的大厅，四周都是观众席，中间用水泥搭建了一个大擂台，擂台边围上了绳子。王超看了看四周，几乎是座无虚席，有男有女。有大老板带着小蜜过来的，有城市的白领精英。王超甚至在其中看到了几个身穿武警服装的人，显然他们也是格斗的狂热爱好者。四周的观众席虽然坐满了，看台最前面摆有烟酒、瓜果、饮料、点心的一排黄金位置却是空着的。

“显然那是留给重要人物的，不知道是什么人？”王超心中想。

“不好了，天信居然请了徐震的徒弟秦茂蛟过来，这下事情难办了。”鲁成文脸色很不好看地走了过来。

“广东三虎”之一的徐震比张威大出十岁左右。徐震的通背拳号称一绝，早在年轻的时候就打出了“小臂圣”的称号，两条臂膀练得坚如钢铁，柔软如藤条。徐震现在是广东天乐集团的大股东，资产过亿，这也是得益于他在出道的时候就发展了很多人脉。徐震弟子过百，其中最为杰出、得到他手教的有十几个。这十几个弟子现在也打出了名头，秦茂蛟正是其中一个。

“这可怎么办，这可怎么办？”鲁成文显然有些着急，他对王超可没什么信心。

此时，王超看见前面通道上走过来一群人，其中的两个一下就吸引住了王超的目光。男的是一个二十五六岁的年轻人，身高一米八左右，全身骨节肌肉匀称，显然是功夫练得非常好。不过最吸引他目光的却是那个穿着休闲运动装的女孩。

“那个女的是什么人？”王超问。

“那个是陈氏集团太极大师陈艾阳的妹妹陈彬。陈氏集团和徐震的天乐集团在生意上有合作……算了，我跟你说这些干什么……”鲁成文看着王超，好像他已经是一个死人了。

“老文，你们的拳手来了没有？这次有陈氏集团压赌，赌注很大，已经过百万了。”一个组织者看见了鲁成文，扬了扬头。

“你，上台去。”鲁成文指着王超。

“这是你们的拳手？生面孔啊。”组织者看着王超，有些轻蔑。

王超被带上了擂台，他看着四周的观众，觉得那一双双的眼睛，好像是闻到血腥味的狼的眼睛。擂台上只有王超一个人，没办法，名头大的高手总是后出场的。一个年轻人在下面的黄金位置上坐了下来，很殷勤地和陈彬说话，对站在擂台上的王超看都不看一眼。

“你现在又不是缺钱，来打什么黑拳？”陈彬低头吸着饮料。

“没办法，这次天信出了一百万请我来。再说，不实战，哪里来的进步？”秦茂蛟殷勤地笑道。

“这算什么实战？这个规模，哪里有高手？要不，你去挑战张威吧，听说张威最近又出山了。”陈彬言语依旧不咸不淡的。

“将来我不但要挑战张威，还要挑战你哥陈大师。”秦茂蛟满脸通红。两人的对话清晰地传进了王超的耳朵里。

“挑战我哥？擂台上这位你都不知道能不能应付得来呢。”陈彬把目光转向了王超。

“哼！”秦茂蛟发出了嗤笑。同时，急促的电铃响了起来。在场的观众都兴奋起来，无数粗重的呼吸王超听得清清楚楚。秦茂蛟站了起来，走上了擂台，和王超面对面。

在秦茂蛟几步走上来的瞬间，王超仔细观察，已经看出了一点儿门道。

“他的身法像猿猴，练的又是通背拳，那肯定是最为古老的白猿通背了。”相传通背拳是鬼谷子在云蒙山中，看见通背白猿猴跳跃技击，从而模仿创造出来的一种拳术。事实究竟如何，因为年代久远，早已经不可考证。但中国所有的武功，无一不是人通过观察自然、模仿各种动物领悟的。通背拳经过无数代人的努力发展，已经形成了许许多多的流派，有白猿通背、五行通背、劈挂通背等等，这些拳种各有特点和长处。白猿通背的特点就是打斗的时候身体特别灵活，而且发力之时迅猛如雷。

身法灵活的人，最不好打。王超虽然练成了暗劲，能在钢板上留下拳印，但力量大的人，比武也不见得就赢。暗劲虽然凶猛，也要打中人才有用。

台下的哄叫声王超自然是充耳不闻，但是那个陈彬老是全身上下地打量他，令他有些异样的感觉。高手对于高手非常敏感，常常是一个眼神就能察觉出来。

“开始！”组织人发话的同时一声锣响。

秦茂蛟在锣响的一刹那便动手了。对于王超，他并不怎么放在眼里。秦茂蛟闪电般踏出一步，长臂好像枪一样扎向王超的面门。他穿的是比较宽松的衣服，袖子抖动，发出一连串啪啪的响声，好像波浪拍击船舷一样，显然是通背的功夫练到了家。

“速度果然快，比赵星龙更强。他和被朱佳打死的咏春白鹤高手林立军不相上下，甚至还要强。”

只看秦茂蛟这一击的来势，好像大江东去，一涌而来，劲风扑面，几乎打断了自己的呼吸。王超知道徐震这个弟子的明劲已经练透，达到拳经中节节贯串的地步，和自己现在的明劲差不多。

“只是，看他的样子，性格高傲，棱角还没磨平，肯定不能控制心意。暗劲勃发之时，心要急，要毒，而皮毛却要松开，发劲处皮肤要轻盈松软。这样两头控制，要有很好的心境和坚强的意志。心和意没有经过磨炼的人，就算体能再强大，也不能发出暗劲。”

王超左手单臂如梁，横架一挡，立刻格在秦茂蛟的小臂上，一下就将这凶猛无比的一拳荡开。两人手臂相击，发出巨大声响。秦茂蛟现在已经有二十六岁，从十五岁就开始练拳，虽然一直因为心意高傲，不能进入暗劲境界，但是早已经把明劲练至巅峰，每一拳、一脚都有千斤之力。王超得秘传的虎豹雷音改善体质，虽然只有三年拳龄，但同样也将明劲练至巅峰。

“哪里来的高手？我的通背铁臂和师傅比起来，都已经有了他的八成火候，怎么这家伙的臂膀也这么硬？横拳劲！这家伙是个形意高手。”秦茂蛟一碰之下，手臂疼痛，立刻警觉，身形向后弹起。

“形意门讲究硬打硬进，抢中线，踏中宫，我还是倚仗身法灵活，先避锋芒，消耗他的体力，再找破绽，雷霆一击。”秦茂蛟到底是出身名门的高手，一旦察觉对手点子硬，立刻收起轻视的心思，利用猿形身法灵活地闪避开来，再图进取。

“横拳出手似铁梁，横中有直横中藏。”王超的拳劲一发，两条手臂甩击，正好像两条钢鞭抽打。这一下王超并没有发出暗劲。内家高手的毛孔感觉敏锐无比，一有风吹草动就闪，应变机灵。尤其像秦茂蛟这种练白猿通背的高手，身体好像猿猴一样，快捷得不可思议。王超知道自己的暗劲并没有练到收放自如的地步，很有可能一发出就被对方避开，白白消耗体力。

两人第一个回合的碰撞不分上下。秦茂蛟以猿形跳开，脚步一移，居然到了王超的背面，又是一记通背劲打向王超的脊椎。以他的拳力，如果打实了，别说是脊椎骨，就是一根木桩都要被打断。

“好！”场外一些识货的观众大声喝彩。

“他的猿形出神入化了！再给他五年时间，如果能磨掉心中的傲气，中正平稳，练成暗劲，也的确有资格挑战我哥。”看到秦茂蛟的身法，台下的陈彬停止了喝饮料。

“那个年轻人也是个形意高手，只可惜呆板了一些，抵挡不住变化莫测的身法。”陈彬心中得出了这样的结论。

这时，王超突然抬步横踏，走出了八卦方位，让秦茂蛟一拳击了空。同时，他一下抢到了对手的侧面，形体垫起，整个身子如雄鹰展翅扑击，又如老虎跳山涧，威猛无比。王超把鹰形、虎形这两种身法完美地结合在了一起。他身体扑击的同时，两臂一震，左右穿裹下劈，从下到上，把秦茂蛟整个人都笼罩在拳势之内。

王超两臂开展，肺部呼吸震荡，配合全身的骨节肌肉，身上竟然传出了好像虎啸一样的吼声。这吼声深沉内敛，配合气势，就仿佛王超体内藏了一只凶猛无比的老虎！“形意形意，练其形，得其意。假中有真，真中有假，无虎也有虎。”这一招，既是虎形劈劲，又蕴含了炮拳的凌空劲。一法通，百法通，修炼了龙蛇合击，王超触类旁通，也渐渐能把另外的身形变化和几种拳劲都配合起来，运用到打斗中。

秦茂蛟一拳击出，只觉得对方人影一闪，诡异地抢到了自己身体的侧面，随后头顶上一黑，耳朵边听到了虎吼。秦茂蛟的劲虽然强，但是心灵不如王超那样坚定。而且王超事先知道他的底细，他却对王超的情况一点儿都不清楚。就这两点，足够使他丢掉性命了。

秦茂蛟横臂抵挡，身体再度后跃。但是他心里一乱，已经失去了先机，终于让王超抓住机会，又和他手臂硬碰了一记。这一下，王超暗劲勃发，秦茂蛟的手臂顿时刺痛，宛如万针攒射一般。强烈的刺激使他再也闭不住气，全身毛孔张开，微微出汗，体力开始流失。王超自然不会给对方翻盘的机会，两手一分，抢进了秦茂蛟的中线，一击虎形暗劲拍在他的胸口。沉闷的吼声从秦茂蛟嘴里发了出来，伴随着胸骨碎裂，内脏破碎，奏出了死亡的音符。王超一击而中后，后退了两步，只见秦茂蛟脸色红润，脚步好像喝醉酒一样东倒西歪，手臂想抬起来却没有力气。秦茂蛟扑通一声，跌倒在水泥擂台上，大口大口的血液从嘴里喷涌而出。

“暗劲虎形！”台下的陈彬看得清清楚楚，王超的打法实在猛烈，就算是她哥哥——太极大师陈艾阳，只怕也难以抵挡。

“怎么可能？”在台下短暂的寂静中，陈彬一下捏破了手中的饮料罐。饮料溅得她身上到处都是，但她仍两只眼睛死死地盯住王超。

“本次赌拳，兴大集团获胜，负责人请到后台领取奖金。压赢了的观众，也请去后台领取。”过了好半天，组织者才回过神来，宣布了赌拳的结果。那个鲁成文早已经看得目瞪口呆，等组织人宣布结果后，也回过神来，低声吩咐道：“快，快，快，把那小子带下来，快点儿离开这里。”

王超默默地蹲下身去，帮秦茂蛟合上了眼睛。“可能有那么一天，我也会死在这样的擂台上。”就在组织人宣布赌拳结果的同时，下面乱哄哄地冲上来四五个身穿黑西装的彪悍男子，用怨毒的眼神看着王超。

“这里有规矩，不准发生纠纷，有事情出去以后自己解决。”组织者好像对这样的事情看得多了，脸上变得冷冰冰的。擂台上被打死，按照规矩，其他人是不准报复寻仇的。与此同时，会场门口进来了一大批手持电棍、盾牌的保安。

“快点儿走，下面的事情我们来善后就可以了。”就在这时，鲁成文带领着几个手下也冲上了擂台，团团围住王超。秦茂蛟的身份非同小可，虽然是在擂台上打死的，接下来麻烦却是不少。现在鲁成文的眼里，王超已经成了一棵摇钱树，说什么都要保证他的安全。

“怎么，白老板，你们天信不服？”鲁成文一脸的幸灾乐祸，看着从擂台下面走上来的一个衣冠楚楚的中年男人。这人就是天信公司的大老板白勇。天信公司和兴大集团都是半黑半白的公司，为了抢生意争斗也不是一次两次了。

“这次因为吴颖达吴大少爷发话了，不准大砍大杀，用赌拳的方式解决纠纷，于是白勇花了一百万，请到徐震的徒弟秦茂蛟。他本以为事情十拿九稳，为此，还下了三百万的赌注。谁知道，不知从哪里冒出来一个不知名的高手把秦茂蛟打死了。这下可真是雪上加霜，不但以后兴大集团的生意抢夺不成，还赔了一大笔钱。更重要的是，秦茂蛟的师傅可是徐震。他的徒弟被人打死了，还不知道要怎么交代。”鲁成文对白勇现在的处境非常清楚。

“文赖皮，你不要得意得太早了。还有这位高手，以后走路可要小心一点儿，免得摔跤。”这个场子算是吴颖达的，规矩森严。白勇就算有天大的胆子，也不敢在这里闹事儿。

“把尸体带上，我们走。”白勇发出狠话后，也不停留，立刻就走。

“我们也快走，有什么事情回去再说。”鲁成文知道白勇睚眦必报，为人阴狠。拖延得久了，自己可能在回去的路上就要被砍杀。出了这个拳场以后的纠纷，吴颖达可就不管了。

“慢着。”就在王超下擂台要走的时候，一个女人发话了。鲁成文一看，只见陈彬坐在那里，扬起了一只手。

“陈小姐。”一看是陈彬发话了，鲁成文的脸上硬生生地挤出笑容来，“您有什么事情？您也明白，我们急着赶回去。白勇这个人心狠手黑……”

“好了，你们退出去，我有话要和他说。”陈彬眉头一皱，自然地流露出一股凌厉的气势来。

“这……”鲁成文可不敢得罪她。新加坡陈氏集团在东南亚几乎是黑道的霸主。况且，在私人方面，太极大师陈艾阳和吴颖达的关系非常好，和他这位妹妹也经常来往。更厉害的是，陈艾阳的这个妹妹也是个太极拳高手。无论是哪一方面，鲁成文都不敢和陈彬对抗，甚至连嘴都不能顶。

“我们出去。你这次发达了，和陈小姐谈完了立刻出来，回去就给你算钱。”鲁成文对王超使了个眼色，和一干人退了出去。

“你的拳术居然练到了暗劲，也算是一方高手了。为什么会沦落到打黑拳挣钱的地步？”陈彬盯着王超的眼睛看了一会儿，才开口说话。王超知道陈彬是陈艾阳的妹妹，也对这个女人很有兴趣。陈氏集团也正是组织上要调查的对象，况且他也看得出来，陈彬的太阳穴有隆起的痕迹，这分明是内家功夫练到上乘才有的现象。

“拳不能当饭吃。”王超意思含糊地回答了一句。

“你说的对。你是内地过来的吧？内地还是有一些高手的。”陈彬点了点头，“不过你知不知道，你今天惹下了天大的麻烦，命保不保得住都成问题，以后还想有打拳挣钱的机会吗？”

“我知道这个人的身份不一般，可是动起手来，一旦留手我就会死，这也是没有办法的事儿。”

“这里说话不方便，你跟我来。”陈彬说着，站起身来。

“陈小姐，您有什么吩咐？”一个负责人赶紧走了过来。

“有休息室没有？”

“有，我这就带您过去。”负责人在前面领路。不一会儿，就带着陈彬来到了二楼一个安静的休息室中。

“你们守在门口。”休息室中间放着大真皮沙发，装潢很豪华。

“坐吧。”陈彬指了指旁边的沙发，随后慢条斯理地拿起桌上的玻璃杯倒了杯清水，然后递了过来。王超连忙道谢，用手去接。突然，陈彬脸上闪过一丝调笑。等王超把杯子接到手上，转移重心的一刹那，她的食指和中指并拢如剑，戳向王超的手腕。这一下又快又疾，而且事先没有一点儿发动的征兆，王超的毛孔甚至也没有听到她的任何动势。

好快！王超甚至连思考都来不及，手腕晃了晃，拇指和食指捏住玻璃杯，中指擦着杯外壁边缘弹出。

王超中指屈伸弹起，发出了砸碎蚕豆般的轻微爆裂声。他在被砍伤的那段日子里，和张彤用筷子做剑相互刺击，学会了“剑仙”李景林的剑术。在那些日子里，王超不但根据十三势剑术贯通了太极、形意、八卦三门的拳术奥妙，还把剑诀拳术上的功夫练到了十根手指上。他弹出的中指带着爆响和陈彬的两指对撞在一起，陈彬立刻手臂内屈，飞快地收了回去。

陈彬对王超越来越好奇，她的脊椎骨轻轻地正了一下，带动手臂用劲，骤然反弹回来。她的手臂就好像一杆极富弹性的枪，拐了个弯，反弹的力量更大。她拳头虚握，好像一只空心的锤。手臂反弹过来，轻盈地划破空气，带出了脆响。

这是太极捶劲！王超一下就认出来了。因为他最早跟唐紫尘学武时，就学过撇身捶。《国术实录》里面唐紫尘记载有太极捶法，但是王超只是了解了一下，并没有去练。功夫在于纯，在于精，并不在多。八卦和形意这两门功夫，王超都自认为还没到达出神入化的地步。形意十二形，他现在也只擅长龙、蛇、虎、马、鹰、猴，其余的鸡、燕、熊等形都只是练得较为纯熟而已。食多不烂，这个道理他还是晓得的。

陈彬这一下轻灵中蕴藏凶猛，阴阳内涵，十分不好抵挡。王超再也顾不得手上的水杯了，长臂骤伸，以横拳劲格挡。

玻璃杯在地面上碰得粉碎。在发出响声的同时，两人手臂已经碰撞在一起。王超身体一仰，脚趾狠狠地抠住了地面，才稳住了身形。而陈彬坐的沙发咯吱乱响，向后移动了几公分。两人手臂一碰，都察觉出对方是劲敌，不过他们都没有发出暗劲。因为暗劲一发，就不是切磋，而是生死搏击了。一个碰撞后，陈彬也从沙发上站了起来，两只手搭推上来。王超的臀部微离沙发，半蹲抵挡。两人手臂交缠，成了比试推手的模样。陈彬连连发劲，手臂上的汗毛炸了又伏，伏了又炸。王超全身筋骨松柔，皮毛紧绷。

两人推了三个回合，都没有摸到对方的动势。陈彬把手一收，表示不来了。王超也很配合地收了手。

“你的拳术很不错，不在广东三虎之下，难怪秦茂蛟不是你的对手。不过拳术再好，也怕火器。你今天惹下了麻烦，以后还是小心一点儿。如果你实在混不下去了，可以打这个电话。黑拳黑拳，首先是一个‘黑’字，然后才是拳。任凭你拳术再好，也怕这个黑字。”

陈彬拿出一张名片，递给了王超。很显然，陈彬是起了招揽的意思。不过，陈氏集团是大公司，对外讲究一个面子，陈彬也不会立刻就对王超玩礼贤下士的手段。

“还是先让他尝点儿苦头，才会死心塌地地来投靠。”陈彬心里打的是这个算盘。看着陈彬走出去的身影，王超笑了笑，把金属名片收进口袋。这可是一个和陈氏集团接触的好机会，他自然不能错过。组织上叫他先了解沿海黑势力的一些具体情况，本来他以为还要经过很多天才能知道一些具体的情况，但事情远远要比他想象的顺利得多。

“这地下格斗发展得太快了，发展一快，必定有纰漏，一有纰漏，很容易就混进来了。不过这也难怪，那些有背景的人插手这个暴力市场，一手遮天，各方面都没有顾忌，发展不快才怪。就算被曝光，强压都能压下来。”

王超来广州只是一个小插曲，为的是熟悉情况。等到了下个月五号，他还有跟赵均的一场大赌。那时候，他将以天星公司董事长的身份参加，比现在这个黑拳手的身份要尊贵多了。现在叫打黑拳，而和张威，那叫比武。一个黑拳，一个比武，虽然同样是打，地位、级别却是天上地下。王超知道，一旦和张威的比武比赢了，以“能打败广东三虎”的事迹，肯定会在东南亚武术界引起不小的震动。有了这个资本，组织上会立刻加大力度支持自己，把自己放在明处，和那些人抗衡。如果比输了，他自然性命不保。

现在组织说是王超的一棵救命稻草也不为过，至于以后的情况，还很难说。“唉！卷入了这场是非，以后的日子不会安宁了。”

在回来的路上，王超就考虑了以后的计划，本来他只是准备小打小闹一下，先了解一下情况，谁知道一下子打死了一条大鱼。回来之后，王超看见鲁成文给他现金，就知道这家伙已经不怀好意了。在和大石头打电话的时候，王超拉开窗户的窗帘，发现楼下多了十几个人，似乎都有武器，这一切意思都很明显了。

“人无伤虎意，虎有吞人心。这怪不了我。”王超瞬间下了决心。

“喂，大石头吗？你们来接应我出去，不过要小心，这些人手里肯定有家伙！”

“好嘞！有家伙不怕，就怕他们没有家伙！我们可是受过训练的！再说这地方是郊区工厂，不是市区，正好过把瘾！”

“好！我来说一说这里的环境。”王超知道，郊区尤其乱，常常有很多砍刀队对杀，就算死了人，也不会有人自找麻烦报警，枪击事件也时有发生。三十分钟后，外面突然有些骚动，并且声音越来越大，同时响着密集的枪声，就好像放鞭炮一样。王超知道，大石头他们开始行动了。

“妈的，天信的人这就打上门来了！”

“怎么这么快？不可能！”

“是徐震的人，天信没有这么强的实力！”

“快！他们火力很猛，打进厂子来了。关门关门！关内院的铁门，隐蔽好！”鲁成文不知道什么时候带领一群人冲进了内院，他手上拿着一把手枪，高声尖叫着指挥。大院是厂内独立的，铁门猛地一拉，关上了。

“你们几个，跟我上楼。”一看关上了铁门，鲁成文就带领几个带手枪的手下朝楼上冲来，显然是他们以为徐震的人来报复，所以想把王超抓住再谈判。

“大石头，快点儿！”王超连忙道。

就听见通话器里面传来大石头的声音：“斧头，轰开大门！”话音刚落，轰隆一声，大铁门被炸得飞了起来，两边的围墙一大半都轰塌了，楼房剧烈地摇晃着。大铁门砸在院子中间，吓得所有的人抱住脑袋趴在地上，鲁成文也不例外，躲在楼梯角落里面不敢出来。

爆炸一停，硝烟弥漫中，几条黑影首先滚了进来，接着一跃而起，匍匐在烂砖头堆中，架起手中的冲锋枪，一顿乱扫。王超看见他们个个全副武装，和特种兵没有什么两样。

“我投降，我投降！”鲁成文发出尖叫。面对这样一群好像地狱中冲出来的魔神，没有人能保持镇定。

“把枪扔掉，走到院子中间来！”大石头孙磊的声音好像催命的死神。鲁成文和几个躲在楼梯口的手下连忙丢了枪，连滚带爬地跑了出来，举起双手，直挺挺地站立在院子中央。王超看到大局已定，一步步走下楼来。听见脚步声，鲁成文连忙回头，顿时又高声叫起来。

“是他！就是他打死了秦茂蛟，和我们不相干啊！你要抓抓他啊，不要对我们下手！”

“是啊是啊，就是他，就是这小子，我们准备明天就给你们送来啊！”

“快抓住他，别让他跑了！他的功夫很高！”

“放了我们吧……”几个人鬼哭狼嚎起来。欺软怕硬，这是黑社会的一贯作风，所以只有比他们更狠，才能镇得住他们。王超走到了院子中央，大石头连忙跑了过去，两人交换了一下眼神。

“你们没事儿吧？”

“要是这都会出事儿，我们上吊算了。”大石头一脸轻松。

“你们的动静是不是弄得太大了？又用枪又用炮的，外面打死了多少人？怎么善后？”王超皱起眉头问道。

“你放心，这一带是郊区，不要紧。”大石头道，“外面没有死多少人，都躲起来了。死的就是院子里的几个，伤亡不超过二十！”

“你……你……”鲁成文听见对话，用手指着王超，全身都在颤抖，“你到底是什么人？”

王超并不理会，只对大石头问道：“这几个人怎么办？”

“一群人渣，既然公安局不处理他们，我们就代劳一下。”大石头狠狠地哼了一声，“善后的事情让我们来。”

王超点点头，朝外面走去，随后就听见几声枪响。

第二天，王超和大石头他们碰头，一见面，王超就询问昨天晚上后来的处理情况。

“你放心，我们办事儿绝对稳当。事后，我们布置了一下现场，弄得跟黑帮火拼差不多，还故意留下了另外的线索。就算有心人要查起来，也会查到外国偷渡过来的小股雇佣兵头上去。现在有势力的黑帮拼杀，都是花钱请越南、柬埔寨、印尼、菲律宾一些地方的小股雇佣兵偷渡过来。”大石头很有把握地说。

“黑势力还请雇佣兵来拼杀？那真是先进多了。”王超对黑势力火拼的理解,也就停留在上世纪九十年代双方拉一帮人马在大街上对杀的层次。这时，门被推开了，进来一个人。王超认出这个人是斧头。昨天放炮轰开大门的，正是他。斧头手里提着一个蛇皮口袋和一个笼子。蛇皮口袋里面有东西蜿蜒扭动，丝丝腥气传了出来。大石头经验丰富，一看就知道里面装的是几条蛇，而那个笼子里面是一只龇牙咧嘴的灰色大猫。这只猫比普通的猫体型足足大了一倍，两只眼睛翠绿翠绿的，爪子不时地抓着笼子，发出刺耳的声音。

“你要的东西我给你买回来了！”斧头一进来，把笼子和蛇皮口袋晃动了一下，对王超笑了笑，“不过你要这些蛇和猫干什么？难道要吃龙虎斗？”粤地有一种菜名叫龙虎斗，就是把蛇和猫一起炖了吃。

“不过你要好斗的猫，和性格凶猛的野蛇。我可是跑了很多地方才买到，热死我了。”斧头放下两样东西后，到卫生间洗了把脸，擦干身上的汗才出来。

“我怎么会吃龙虎斗？”王超啼笑皆非，“我是拿来练功的。还有一个月就要和张威比武了，正好利用这段时间把我的拳术练习一下，去杂存精。”几年前的视频中，张威的暗劲就练到了后背，现在肯定更厉害了。王超知道，以自己现在的水平，要战胜张威还没有四成的把握。况且张威现在也只有三十岁，体力正处在巅峰。对于这样的人，王超不得不小心慎重。这一次比武，是他一生中到现在为止最为关键的一次。

和秦茂蛟的比武中，王超打虎形劈劲时，无意中领悟到了拳术的真谛。他的明劲虽然练到了巅峰，但劲是劲，拳是拳，拳还有一个神、一个意在里面。在击毙秦茂蛟的一刹那，王超发出了一记虎形暗劲，不但外表的形使到了真髓，那猛虎下山的意境也被他领悟了。因此，那一记虎形，他打出了老虎的声音，肠子的蠕动、肺部的呼吸、心脏的跳动，以及拳脚的风声在一刹那全配合上了。但是王超后来又演练了几下，都没有达到当时的效果，依旧是有形而无神。他这才知道，擂台上的一击，那是生死搏杀激发出的潜力。

王超为了使自己的拳术更进一步，每一招都能打出神韵来，也只好借鉴前辈的事迹，仔细观察动物，以便有更多的领悟。

王超打开蛇皮口袋，里面骤然一弹，闪电般地伸出来一个蛇头。这是一条鸭蛋粗、长两米左右的蛇。扁扁的三角脑袋和猩红信子都显示出它的攻击性，这不是厂子里面养的，而是在野外靠自己捕食生存的。

王超早有准备，一把捏住了蛇的七寸，提了起来。蛇剧烈地扭动着，一圈一圈地绞缠在王超的手臂上。蛇缠身讲究的是一个“绞”字，热带地区的丛林巨蟒，常常能把野马、野牛绞死。蛇形里面，也讲究手腕内裹缠丝。王超用心感受着蛇缠绕自己手臂的劲，以及它全身鳞片的推动。他把毛孔的听劲运用到动物身上，与此同时，打开了关着大猫的笼子。那只大猫脊椎一弓，轻盈中带着凶猛，一下就扑了出来。

关上房间门后，大石头和斧头都退到了边缘，中间空出一块场地来。王超把蛇甩在地上，那蛇一落地，就蹿过来咬人，却被王超用脚踢到了场中央。吃了亏后，那蛇把身体盘起来，脑袋晃动，不再蹿上来，只是眼睛死死地盯住前面，而那只大猫也被王超抓住，朝场地中央的蛇丢去。蛇感觉有东西扑了过来，一下蹿了过去，猫也感觉到了危险，在空中乱抓。

猫一落地，两种动物就对峙起来。王超目不转睛，仔细观察着两种动物的姿势和身法。猫形就是虎形，蛇自然是蛇形，里面还蕴含着龙形。要把两形练出神髓来，必须要劈劲伴随虎吼，手臂内裹缠丝，晃动钻击伴随蛇吐信的咝咝的声音。这才是由武艺进入了道艺。

屋子中央，蛇身盘起，狰狞的三角脑袋高高扬起，全身的鳞片发出轻微的摩擦声，蛇头忽然飙射出去，扑咬猫的要害。而猫则是全身的毛都炸了起来，它脊椎弓起，四肢发力，弹跳起来，轻盈得好像一片羽毛。它发出咆哮的声音，不停地朝蛇发起猛烈攻击。

猫每一次弹起扑抓，都转换方位。就好像八卦掌的步法，四面游走，抢占侧面。但是它一抢到侧面后，却是猛烈跳起，雷霆一击。八卦的走法和形意的打法，竟然在猫身上体现了出来。王超最初领悟三体势的站法，就是因为踩了一下猫的尾巴，观察它炸毛。现在王超重新观察，配合自己所学的虎形，有了更深一层的理解。在注意观察猫的同时，他把更多的精力放在了蛇的身上。在王超的眼里，这条蛇全身的骨节好像变成了自己的筋骨，而鳞片就成了自己的皮毛。蛇每一下的发力，正好和蛇形的各种发力吻合。外家主练筋骨肌肉，而内家除了筋骨以外，更重要的是练皮毛。

“原来是这样！炼气化神不但要改变人的气质和性格，更重要的是，拳法的气质也要发生改变！只有拳的气质发生了改变，才算得上是真正地将气转化为神。形神兼备才是真正的形意。” 王超以前的拳法虽然姿势很标准，但是只得其形，未得其神。理论上来说，只是个空壳。虽然他的劲练透了，也到了暗劲的地步，但是劲的运用和对武学动作形体奥妙的理解还是不同的。所以郭云深要把动作的境界和劲的层次分开，分别单独论述。传闻当年黄飞鸿打虎鹤双形时，全身劲力鼓荡，自然勃发出虎吼和鹤鸣。王超以前还不相信，以为是吹牛。但是现在看来，真是有那么回事儿。

宗师就是宗师。王超心中涌起了对前辈们的佩服。他完全沉迷到了拳术的神意之中，一连许多天都足不出户。每天早上起来，王超都让蛇和猫斗上一场，自己在旁边仔细地观看。

这一蛇一猫都野性十足，十分好斗，每一次争斗互有胜负。不过王超非常警觉，总是在最关键的时候上前阻止，避免两个动物受伤致死。蛇猫相争，一般都在半个小时以内，斗一阵后，如果双双都没有受伤，体力都下降得厉害，就会在原地对峙，最后都放松敌意散开，各不相干。但是第二天，只要稍微一撩拨，两只动物又会争斗起来。王超每天观看半个小时，随后一整天，包括晚上睡觉都琢磨两只动物的发力。渐渐的，两只动物的形体好像融进了王超的脑海之中。

王超练虎形的时候，那只猫扑击跳跃的动作就自动地在脑海中出现了，让他感觉自己好像变成了那只猫。他跳跃腾挪的时候，轻灵沉稳，掠地而过，发力扑击的时候，如雷霆滚落，闪电劈击。而他打蛇形钻拳的时候，又好像自己变成了一条蛇，全身的筋骨鳞片带动身体发力，拳头好像一个蛇头，四面摇晃刺击，和真正的毒蛇没有什么区别。他的手臂也似蛇，发力自然内裹，缠丝，有翻绞的力量，又有螺旋劲的钻力。虎形劈拳劲和蛇形钻拳劲这两种身法配合发力，王超全身心地把自己的动作融进了蛇猫的神意之中。

后来，王超虎形劈拳的每一个动作都出现了轻微的响声，这声音就好像山林的深处，一只猛虎在吼叫。而他打蛇形钻拳，手臂缠绕内翻，拳头晃动的时候，呼吸、心跳等一切声音配合，真正发出了惟妙惟肖的蛇的声音。王超并不是刻意模仿，而是在打的时候，动作身形与呼吸皮毛完全配合上，自然而然地发出了声音。终于在半个月后，王超将虎蛇两形和劈拳、钻拳练得神形兼备，达到了拳经中所说的“声随手出”的境界。只是其余的拳劲和身形，他还是处在只有形而无神的拳匠地步。

经过半个月的领悟和练习，王超终于把前胸后背以及两腰练得皮毛敏感起来。

“真是神乎其神！”大石头和斧头由衷赞叹着。

“我记得几年前看见过一个退休的老人打拳，他打的时候乱蹦乱跳乱抓，还发出动物园猴子一样龇牙咧嘴的声音，很是滑稽。我当时以为他在玩杂耍，没有多注意。不过现在想起来，倒是挺神奇的。”大石头回忆道。

“那是猴拳高手，居然让你说成是玩杂耍……”王超心中有点儿不好受，不过想想倒也是事实。武功里面，动作最为难看就是猴形拳术，如果练到神形兼备的地步，打起架来就真如一头敏捷的大猿猴，四面乱蹦，出手无章法，以抓脸、抠眼为主。猴形的杀伤力巨大，一般的练家子根本不是对手，就连身形不灵活的暗劲高手也难以抵挡。但是，这样的情形在外人看来好像泼妇打架，很不雅观。

王超这半个月闭门修炼，外面却是满城风雨。就在秦茂蛟被打死的第三天，徐震得到消息，立刻从香港回了广州，而陈彬也拨通了她哥哥陈艾阳的电话。

“哥，广州出现了一个形意高手，还精通剑术。他打死了秦茂蛟，我和他试了一下手，点子很硬！”

“什么？广东的暗劲高手？还打死了秦茂蛟？”陈彬的手机里传出一个男子声音。

“一年前我在台湾见过秦茂蛟，那时候他刚刚练成白猿通背。这人练功刻苦，资质也很好，是个难得的武术人才，想不到却被打死了。”电话里面的声音带着可惜。

“哥，你什么时候来广东？听说张威出山了，下个月五号要和内地的一位高手比武，还请了你做见证？”陈彬问道。

“我过几天就来。你碰到的那个高手多大年纪了？形意拳的高手，还会剑术？”陈艾阳沉吟着。

“年纪不大，二十出头。打扮得很土气，好像是第一次赌拳，现在一家小公司里面。不过他的言谈举止却很老练，我猜测这个人的身份很不简单。”陈彬把自己的想法说了出来，“哥，电话里面说不清楚。你还是过来，我和你当面谈。对了，你快点儿过来，也许从秦茂蛟的尸体上能看出点儿什么。现在，秦茂蛟的尸体已经送到了徐震那里。”

三天后，也就是王超正在全神贯注观察蛇猫相争的时候，广州市靠近珠江旁边一栋豪华的私人别墅大厅中央，摆放着一副冷冻棺材。棺材中正是秦茂蛟的尸体。大厅外面站着一大排身穿黑西装、神情肃穆的男子。而大厅内，一个戴着金丝眼镜，头发微白，身高一米八左右，气度非凡的男人正伤心地看着棺材中的人。这个男人正是广东三虎之一，外号“小臂圣”的徐震。

徐震后面是几个年轻人，有男也有女，显然是他的弟子。这些人脸上都明显地表现出伤心和愤怒，现场一片安静。像徐震这样的人，收的徒弟一大部分是达官显贵、富商巨贾的子女。徐震的弟子在黑白两道都吃得开，谁知道却阴沟里翻船，被一个小黑帮公司的拳手打死。发生这样的事，令所有的人都很震惊。更何况，秦茂蛟是徐震所有弟子中最有天分的一个，才二十六岁就将拳术的劲练透，到达明劲的巅峰。而且秦茂蛟也非常刻苦，为了把白猿通背的身法练到“身随手出”的地步，专门观察了猴子一年。虽然没能练成，却已经到了只隔一层纸的地步，只要他再磨炼一下，就能够到达暗劲的层次，成为拳术大师。

练武的人，最讲究传人。尤其是出了名的拳师，更是看重自己的衣钵传人。这其中有一个很重要的原因，那就是当自己老了以后，体力退化，手脚不灵便，万一遇到高手挑战，可以叫徒弟代劳比武。如果没有一个出色的徒弟，碰到这样的情况，那一世英明就会付之东流。练武的人，不管你以前有多大的名气，只要比武失败一次，就会一辈子抬不起头来，比死还难受。对于成名的武术家来说，名声甚至比自己的生命还要重要得多。出色弟子都是师傅手把手地教出来的，有的感情比父子还要深。

徐震本来在香港谈一笔很重要的生意，一听到这个消息，立刻赶了回来。他现在已经四十多岁了，虽然对于练武的人来说，四十多岁还处于巅峰的年龄，但是再过几年，人到了五六十，就开始走下坡路了。徐震迫切地想培养一个出色的弟子，在自己老了以后能为自己撑住名声。秦茂蛟正是他弟子之中最好的一个人选，可惜死了，这使得他下半辈子的依靠全都没有了。虽然他家产过亿，但是武术界的名声是打出来的，花多少钱都买不回来。

"陈师傅，你看我徒弟身上的伤势，是形意拳的虎形劈劲。胸骨全部被打碎，暗劲渗透五脏六腑。陈小姐是亲眼目睹比武经过的，到底是怎么一回事儿？请为我讲清楚好吗？"虽然极度悲愤，但是多年的修养，还是令徐震彬彬有礼。

在场除了徐震的徒弟以外，还有一男一女。女的是陈彬，男的正是名震东南亚武术界的第一高手陈艾阳。武术界曾有传闻，说陈艾阳的太极拳暗劲已经到了"收发由心，全身各处都能长出拳头来打人"的地步。这句话的意思就是，陈艾阳已经将暗劲练到了全身。

陈艾阳曾经拜访台湾的老一辈武术宗师薛连信。薛连信见过陈艾阳后，放出话来："不出二十年，你的太极拳将会登峰造极，体会到当年杨露蝉的意境。"这是何等高的评价！也侧面反映了陈艾阳的确是一个了不得的武学大师和天才人物。

薛连信是民国时候天津国术馆馆长薛颠的传人，一身形意功夫在几十年前就出神入化，武功到达化劲。而且他的弟子很多，现在活跃着的很多高手都得到过此老的指点，如香港裕兴集团的马红骏，台湾川联集团的刘嘉俊等等。

薛连信不但武功好，人品、武德也很受人尊敬。所以薛连信的话非常令人信服，加上陈艾阳和人比武从来没有输过，而且在他的暗劲下，没有人能够全身而退。就连纵横了越南武术界十年之久的八极拳大师张光明也死在了陈艾阳的拳下。

张光明那时候也是四十多岁，武功正处在巅峰，他精修八极拳，已经在用"哼哈"二音练髓，功夫到达了暗劲巅峰。那次比武，真正使陈艾阳奠定了"第一高手"的地位。值得一提的是，陈艾阳打死张光明用的却不是太极拳的功夫，而是形意门中的暗劲虎形。事后，武术界的资深人士都纷纷议论，认为陈艾阳很有可能成为第二个孙禄堂，是个三百年一出的大高手。

"好一记虎形劈劲！这一拳的劲力，已经到了拳与神合的地步，深得拳法的精髓。我妹妹说那人是一个二十刚出头的年轻人，真是不可思议。小秦的身法我是知道的，一般的暗劲高手也难得占到他的便宜，相持久了，更要败北，可见这人的身法步伐也是一流。内地的高手我不清楚，不过这样出色的人物总还是有些名气的。”陈艾阳略微上前，伸出食指和中指，在秦茂蛟的胸口摸索了一下，便作出了判断。

陈艾阳的名头虽然大，却是一个身穿白衣的年轻人，显得十分儒雅。他身高一米七左右，乍一看上去，倒像个做学问的。

徐震的一些弟子都用崇敬的目光看着陈艾阳，尽管有的弟子年纪比他还大，但面对着这个年轻的太极大师，就好像是面对老前辈一样。

“这个人是三天前进入兴大打拳的，和我徒弟是第一场拳赛。唉！我这个徒弟也太傲了，钱非要自己挣，我的他都不要。”徐震叹了口气。

“那人的情况你查了没有？”陈艾阳问道。

“没有。当天晚上，兴大的那个修车厂被一群雇佣兵攻破，鲁成文等人全部被炸死，那人也神秘失踪。可笑，吴大少还以为是我报复，花钱请人干的。而且道上的人也都说是我干的，我徐震是敢作不敢当的人吗？”

“雇佣兵……哪方面的雇佣兵？”

“看现场留下来的一些东西，应该是越南那边过来的。不过我不想和吴大少闹僵，毕竟他是官道上的人物。所以我请你过来，调解一下，也顺便查查那群雇佣兵到底是什么人，以及打死我徒弟的那人到底是死还是活。如果死了那还好说，如果没有死，杀徒的仇，我不可能不报。”

“你我都是朋友，这个忙我一定要帮的。”陈艾阳点点头，“我过几天去潮州，吴颖达、王小磊、赵均他们在潮州安排了一场比武，叫我过去做见证。”

8

距离王超和张威的比武不到十天时间，亿科集团的总部大楼里面，三个衙内也在开会。

“我说阿均，你干吗要费这么大的力气？那个天星网络不过是个小公司，资产几千万，蚂蚁一样。何必要这么郑重其事？”说话的是吴颖达。

“不，天星网络没有什么，但是那个王超很不简单，而且他和朱佳的关系不一般，还有那个张彤，也不是一般人物。那个王超，小小年纪，身手这么好，师父是谁？还有天星湖小区的那栋别墅是谁送的？这都是一个谜。”

“说不定这小子捡到什么武林秘籍，自己练出来的功夫呢？”

“那不可能。没有师傅手把手地教，什么秘籍都没有用。”张威插话道。就在这时，一个男子拿着一叠材料进来了。

“赵总，吴总，王总，天星湖小区别墅的产权查到了。”

“什么？快拿来给我看看！”赵均一听，顿时起身，拿起材料就看。

“什么人这么神秘？”吴颖达凑了过来，两人一看，顿时都吃了一惊。

经过半年的调查，当这份详细的资料摆在面前的时候，三人都面面相觑，感觉到震惊。资料上写的产权人姓名是一个国外的名字，叫唐金·史密斯。令他们惊讶的倒不是这个名字，而是这个名字带出的一连串关系。这个唐金·史密斯本身虽是名不见经传的人物，但是经过调查，他却和英国一家大型集团公司有着密切的关系，而这个大型集团公司是一个巨无霸组织旗下的一员。

国外有名的企业家，以及黑势力，如黑手党、山口组，甚至许许多多的国家政府和这个组织比起来，都显得很弱小。这个组织是由欧洲许多国家的无数家族、企业、黑势力、白势力等交织起来的一个巨大同盟。

赵均他们虽然在沿海两省一手遮天，亿科集团在国内也很有影响力，但是和这个庞大无比的欧洲组织比起来，那还差得很远。查到这里，他们的资料也查不下去了。

“本来以为是小虾米，却牵扯出了一头大鲸鱼！”赵均看着送来的资料，无比头疼。“怎么可能？区区一个穷学生，怎么会和欧洲的神秘组织扯上关系，有没有搞错？”王小磊看过调查资料后，惊讶得差点儿跳了起来。

“也不排除这个可能！王超可能是他们培养的间谍。”吴颖达是这三人里面最深沉的一个，很快就冷静下来，“你们知道吗？最近广州发生了一件大事儿，徐震的徒弟秦茂蛟在我的一个场子里面被打死了，那个拳手是兴大集团的。当天晚上，兴大集团的修车厂就被一伙雇佣兵炸了。我本来以为是徐震干的，但是前几天陈艾阳过来说徐震并没有干这事儿，还希望我帮助调查那个拳手。我感到奇怪，立刻调来了那个场子当晚的录像。你们看，这就是当场拍摄下来的。”吴颖达按了一下铃，随后进来的保镖递过一张照片。

“王超！就是这小子！”赵均一眼就认出了照片上的王超。

“真的是他？那就不稀奇了，一切也说得通了。他就是间谍，背后有无比巨大的势力支持着，不然哪能在我的眼皮底下无声无息地动用雇佣兵？”吴颖达立刻就作出了判断。

“赵老弟啊，看来你惹上了一个了不得的人物啊！”王小磊看着赵均，无奈地摊开双手，“你们S省真是卧虎藏龙，随便一个穷学生就是世界第一大组织的间谍。”

王超已经住进了潮州市的一个据点里面。他完全没有想到，自己居然被赵均他们猜测成大有背景的间谍。

比武的时间越来越近，王超全身心地投入到了拳术之中。他的虎形、蛇形已经练到了“声随手出”的地步，而且两腰和胸部的皮毛也逐渐变得敏感，就要达到通透暗劲的地步。为了在比武的时候把暗劲通到腰和背，工超日夜苦练着。

王超一跺脚，五指弯曲，成为虎爪的形状，身体弓起，猛地朝沙袋击去。深沉的虎吼声立刻在房间中震荡，大石头等人都感觉到身体凉飕飕的，好像房间里面凭空刮起一阵旋风。云从龙，风从虎。老虎在山中一声大吼，声音震荡山谷，立刻就会引起狂风大作，腥气扑面，威势极大。王超身法扑击如电，出拳如惊雷落地。十几个沙袋都中了王超的拳头，荡起老高，然后骤然裂开，里面的沙子全洒了出来。王超的拳头好像一把锋利的大斧在砍劈。

“我以前暗劲只能发出八下，现在居然能发十二下，说明我的体力长了。而且明劲的威力也加强了很多，速度、敏捷度都有提高！”一瞬间劈裂十二个大沙袋后，王超在沙子落下来之前就退到了门口。他的呼吸很重，但是身上汗毛炸起，并没有流出汗来。显然还能控制皮毛，体力消耗得刚刚好。

比武的日子终于到了。

虽然没有能在比武之前将暗劲真正通透到两腰和前胸后背，但是王超对自己现在的状态依旧很满意。以前他出全身力气，打出的明劲力量是一千一百多磅，但是现在他以虎形劈拳凶猛一击，力量竟然突破极限，达到一千五百多磅，而且耐力更强。尤其是用虎形扑击的时候，连续扑跃，竟然每次都可以蹦出五米多远。大石头一米九的个头，王超在他面前一跃，就可以用脚底板擦着他的头发梢跳过去。

民国孙禄堂在他的著作《形意叙真》里面记载，郭云深打虎形，一跃立刻跃出三丈以外。宋元时候，一丈有三米。郭云深打虎形，一下蹦出九米开外，这已经等于一头老虎了。老虎跳过山涧的时候，一跃也是十米左右。王超虽然和前辈的功力相比还有很大的距离，但也练得神形兼备。

“难怪尘姐在《国术实录》中记载她可以随时扑杀人于三十六步之

内。”普通人两步一米，三十六步就是十多米，可见唐紫尘的武功已经到了化劲的巅峰，十多米的距离，一扑就到。

“张威是纵横拳坛的前辈，深通搏击之法。到时动起手来，我得小心，不能轻易勃发暗劲，只用明劲身法对敌。”

“星龙，你到汕头外砂机场了？很好，那一亿转到另外的账号上，换成支票。明天你就在我身边，看我和张威比武！”当天中午，赵星龙便抵达了汕头外砂机场，然后乘车赶到潮州，晚上的时候和王超在一家酒店见面了。

毕竟大石头他们是秘密行动，而现在王超身边正缺少个帮手。作为天星公司保安部的经理，赵星龙自然是最佳人选。和赵星龙一起过来的，还有张彤的那三个保镖。除此之外，姚晓雪也过来了。

“张总把他们调拨给了我，说是给你增添点儿威势，免得没有人手可以用。至于姚总过来，那是因为我对财务账目不熟悉，免得到时候搞错了。”赵星龙解释道。

姚晓雪附和道：“这次你比武的事情也是公司的事情。银行贷款的利息虽然比较低，但到底不是一笔小数目。等你赢了之后，我马上还给银行。一切的账目程序你们都不怎么清楚，我亲自出马会好点儿。”的确，在财务方面，王超和赵星龙都属于白痴级的人物。

姚晓雪打开了放在桌上的银白色密码箱，里面装的都是支票。看着这一沓支票，王超感慨万千。在三年前，他还是个一文不名的高中生，武术小成之后，依旧是穷困潦倒。但是现在面对一亿的支票，他心中反而没有什么感觉。

第二天一早，几个男子来到，给王超递上了一份烫金请柬。“赵均的消息好灵通。”王超心中想道。

“王总，我们赵总听说您住在这里，还请您移步过去一趟。”几个送请柬的男子很客气地道。酒店外面停了三辆豪华轿车，王超点点头，和赵星龙、姚晓雪上了中间的车，另外三个保镖一个坐前面的车，两个坐后面的车，显得训练有素，这让几个人都有些惊讶。车一直开出了潮州，竟然是朝汕头开去。“怎么回事儿？不是在潮州吗？”赵星龙问道。

“我们赵总为了把场面弄得更盛大，请了陈氏集团的豪华游轮过来。王总和张师傅的比武定到了游轮上，游轮由汕头港出发，绕过南澳岛。”一个男子回答道。

“过了南澳，再向前开，就接近台湾了啊。”姚晓雪皱起眉头。

“没事儿，客随主便。”王超扬起手止住了姚晓雪的话头。

三辆车一路畅行无阻，很快便到了汕头海边的港口。下了车，就见一群人站在海边，有十几艘快艇等在那边。王超和姚晓雪等人坐上了快艇，马达骤然发动，宛如离弦的箭，冲破碧波，飙射出去。在无边无际的海上大约开了一个多小时，前面出现了一艘豪华游轮。这艘游轮非常大，最高层的甲板上还停放着几架直升机。

这才是真正的有钱人。看见这样的情形，王超不由得感叹，自己的那个小公司相对来说，还真不算什么。快艇接近了游轮，上面立刻放下可伸缩的铝合金大梯子，平平稳稳地铺了下来，就连姚晓雪这样的女孩子，抓住扶手后，都十分稳当。登上了甲板后，眼前豁然开朗。足足有几个篮球场大的甲板上，撑起很多休闲的太阳伞，伞下坐着一些看似身份不一般的人。甲板边缘站着的都是黑西装大汉，身穿旗袍的小姐端着各种饮料酒水服务着。甲板尽头的一大块却是空着的，用木材搭建了一座坚实的擂台，擂台上面挂着大红绸子扎成的红花。王超一上来，赵均一伙人就迎了上来。

“王总终于来了。”赵均显得十分热情。

王超回应了一句，在两人握手之时，打量了一下周围的人。除了赵均以外，他只认识一个人，那就是陈氏集团的大小姐陈彬。王超正要说话，旁边的姚晓雪却问了起来：“赵总，这里靠近台湾海峡，比武不方便吧？”

“不，姚小姐。这是一次盛大的武术交流会，是在海峡两岸自由搏击会上通过认证的，能促进海峡两岸的交流。你看那边，台湾武术宗师薛连信老先生和其他几个前辈也过来做见证了。”王超看去，那边坐着几个老者，还有几个中年人，都是高手。最吸引他目光的是和薛连信坐在一起的白衣年轻人，那正是陈艾阳。陈彬也看见了王超。她看了看王超身后的保镖和旁边的美女姚晓雪，以及提密码箱的赵星龙，先是愣了一下，似乎不相信一个农民工模样的人突然转变成这样，接着立刻走了过来。和王超打招呼握手的时候，陈彬突然压低声音：“居然是你！你居然扮猪吃老虎！”

“徐震也来了，你打死了他的徒弟，他不会善罢甘休的。你自己小心一点儿吧。”陈彬接着说道。

王超听见陈彬的话，眼睛也随着她示意的方向看了过去，发现东面太阳伞下坐着一个戴金丝眼镜的中年男子。那人正死死地盯住自己，目光好像毒蛇，只是隐而不发，让人感觉受到巨大的威胁。王超连忙收回了目光，长嘘一口气。高手的感觉十分敏锐，特别是武功练到暗劲后，毛孔尤其灵敏。就算是别人不动手，只用带有敌意的目光看，也会立刻感觉到。就算王超不看徐震，但对方的目光还是好像刺在他的皮肤上，令他感觉到十分不舒服。

“这样下去，比武的时候我很可能被搅乱心神。心神一散，和张威这样的高手比武，我肯定会死于非命！”王超一下明白了徐震的恶毒用意，于是立刻稳住心神，使自己对徐震目光的刺激不那么敏感，同时对陈彬产生了一丝感激。

“要是我在比武中进入状态，在全身皮毛最敏感的时候，突然被徐震的目光分了神，那就是有败无胜的局面了。”但是现在陈彬提醒了，王超心中有了准备，对方的目光刺激也就没有什么用了。

“多谢。”王超对陈彬点点头。

“没什么，我只是希望比武公平而已。”陈彬嫣然一笑，转身离开。

“王总，这次比武可是我精心安排的，你感觉满意吗？东南亚一带的拳师、台湾的武术名家、香港澳门两地的名家都有过来。尤其是薛连信老先生在场，公平无比，你现在可以放心了。”看见陈彬走了，赵均走了上来。

“王总，你虽然功夫高强，却是第一次接触沿海武术界。来，我给你介绍介绍。”赵均很是热情，显示出东道主的大方来。

“赵总，不用了。”王超拒绝道，“合同上所说的一亿资金的支票我已经带来了。按照规矩，在打之前我还要和张威师傅在生死文书上按个手印。事不宜迟，现在就开始吧。”

王超之所以拒绝，是因为在场高手很多，有不少还是武术名家，若真的让赵均一一介绍下去，自己就会分神。

“那好，现在就开始吧。”赵均眉头一皱，他没料到王超会这样干脆利落。王超也不说话，任凭赵均安排。两人走到了擂台前面的一张大桌子边上，大桌子上放着毛笔、砚台、一张大宣纸，还有一盒打开的印泥。宣纸上写着八个大字：“公平较量，生死勿论。”王超提起笔，在上面签上了自己的姓名，随后按了红红的手印。

这时，张威也从船舱内走了出来。他一身黑色的布衣，穿着布鞋，神情冰冷，也走到台前签了字，画了押。就在这时候，一个身穿宽松练功服的男子走了过来，大声喊着：“见证人签字。”刚刚一喊完，那边的陈艾阳首先站了起来。王超也不看陈艾阳，只说了一句：“我去换衣服，请带路。”说完，转身就朝船舱走了过去。

“小陈，这年轻人不简单。”薛连信走到台前拿起毛笔，看着王超走进船舱的背影，对陈艾阳道。

“是不简单。”陈艾阳点点头，“看身形步法，他和张威的功夫应该相差不多，而且他心神冷静，不受外界干扰。看来，这次比武必然有一个要死在这里，可惜了。”

等两人回到位置上的时候，王超已经换了一身衣服出来了。他穿的是一件唐装，脚上是平底鞋，好像燕子抄水，一跃就上了擂台。张威也走上了擂台。擂台是三寸厚的杉木板打造成的，用了许多粗大的铁钉密密麻麻地固定住，十分坚固平稳。

"开始！"刹那间，耳畔只有海涛声和呼呼的风声，在场的所有人都屏住了呼吸。

此时，好像是从很远的天边传来了仙鹤的鸣叫。张威脖子一竖，头一昂，两手微微张开，右腿一抬，左腿一垫，整个人凌空飞起似的掠过来。在扑过来的瞬间，他两手啄成鹤嘴，手臂内缠，螺旋劲风鼓荡，扑面而至。他好像一只巨大的仙鹤，一手鹤啄在自己喉咙处，引而不发，可攻可守；另一手鹤啄发劲，直插王超的右眼。这是咏春拳中的白鹤形。张威一发劲，全身鼓荡，吐气喷声，自然而然地形成了仙鹤的引颈长鸣。他也已经把咏春白鹤拳练到了"声随手出"的层次，看来他"广东三虎"的称号不是徒有虚名。王超踏步后退，身体前弓，背部隆起，身体勃发出虎吼，同时举起手臂，如大斧开山，沿着自己身体的右侧撇甩出去，砍向张威的鹤啄拳的鹤嘴上。

而张威的招式并没有使到老，还留有余劲，在王超虎形劈拳砍上来的同时，他化啄为拳，五指猛然捏紧，骨节啪啪作响。凭着这股捏拳的爆炸劲，张威的拳头一瞬间变得坚硬如铁，和王超的劈拳碰撞在一起。肌肉拍击和骨节脆响的声音连成一片，坚固的杉木擂台剧烈摇晃起来。白鹤啄只是虚势，真正的杀招是五指爆捏，化啄为拳时的威势！可见张威的拳术运劲已经到了纤细入微的地步。两人对击了一拳后，王超一连后踏三步，下力贯双腿，气沉到底。他一步比一步沉重，到了第三步，咔嚓一响，脚下厚实的杉木板竟被踩裂。

张威也脚步连移，微微张开双臂，身体在擂台上后滑，好像仙鹤一样轻灵，瞬间就退到擂台边，单脚猛地一踩，同样震破了一块木板。借着这一蹬之力，他的身体又扑了过来。两人硬拼一拳，都感觉到对方的拳头好像大斧头，千斤大力的对撞使得手臂疼痛非常，谁都没有占到便宜。于是二人借势后退，各自暗暗活动了一下拳头手臂。张威首先以鹤形蹬腿又扑击过来。王超突然转换身形，两条手臂藏在腰间，随后扭腰一甩，手臂随腰力甩出，接着内缠兜裹，如两条出动的毒蛇骤然蹿起，咬向张威的拳头。

"蛇手洞中藏，神仙也难防。"腰两侧就如两个洞，王超把手臂屈在其中，以腰力爆发，辅助甩手，整体发劲，这正是蛇形打法的精髓。蛇出动时，会爆发出一声发劲的脆响，脆响过后，就是明显的呲呲声。陈艾阳索性闭上了眼睛，他的耳朵一上一下地抖动着，在他的脑海中显现出了蛇与鹤扑击相争的情形。王超以虎形转化为蛇形，变化之快、出手之狠、威势之猛烈，都令在场的许多拳术高手叹为观止。

“难怪我徒弟会死在他手上！”坐在东面的徐震看见王超出拳发劲，心中的震惊越发强烈，“内地果然是卧虎藏龙。他年纪轻轻，拳术造诣就到了这样的境界，不知道他师傅是谁？”

面对王超的化虎为蛇，张威心中一凛，双拳自然上下抖动，手肘关节发出尖锐的摩擦声，好像仙鹤急促鸣叫。肘关节的抖动带动了手腕的颤抖，他的拳头捏成一股，一阵乱击，就好像啄木鸟在使劲地啄树。王超的蛇形拳一击，一咬，身体翻滚对击，眨眼工夫已经对撞了三十四下。劲力传到两人腿部，每一次踩踏，地下的木板都咔嚓一声破裂。顷刻间，整座擂台轰然垮塌。一连串的声音响起，地面许多碎木板被踢得飞了起来，到处乱弹。

无论张威还是王超，在生死格斗中，都展现出了武术大师应有的风范。

王超开始以虎形对拼张威的咏春白鹤螺旋劲力，但经过第一回合的碰撞，他感觉到对方力量沉稳，手臂坚硬似钢，而且发劲之时，臂膀微拱如横架在河上的拱桥，这是咏春拳中经典的桥手，和人一搭手，手掌抓，前臂内折，往往只一个回合就能把敌人的手臂折断。

而王超的虎形劈劲是张开双臂，力劈华山。一发就如猛虎下山，连番攻击不停歇，讲究的是一气呵成地击毙敌人。张威是王超自出道以来，最难对付的一个敌人，王超可不认为自己的虎形连发就能一下把这个拳术大师毙于拳下。若是虎形攻势受阻，意气消退，接下来立刻就要受到张威的雷霆反击，落败身亡那是迟早的事儿。

于是，在第一个回合之后，他立刻化猛虎为毒蛇，两手深藏腰肾洞穴之中，左右扑击，刚柔并济，伴随呲呲之声，如毒蛇吞钻扑咬，灵活敏捷中隐藏着毒辣暴烈的凶招。

张威对王超也是丝毫不敢掉以轻心，他虽然成名多年，但对于年轻人一向都非常重视。“拳怕少壮，欺老不欺少”的道理他自然明白。更何况，在一个多月前，他和王超搭了一下手。当时两人都施展出暗劲，张威便已经知道王超是个劲敌。无论如何，暗劲高手都值得重视。临战之前，张威也做好了准备工作。正如薛连信所说，这一场较量是龙争虎斗。至于最后鹿死谁手，谁都说不好。

擂台被踏裂之后，张威和王超一下退步分开，相隔了七八米。两个人的动作缓慢了下来，竭力调整呼吸，暗暗运劲轻颤，疏通手臂硬碰硬造成的麻木和淤塞的血脉。他们的拳头虽然比普通人坚硬很多倍，但到底不是真正的钢筋铁骨。经过多次凶猛碰撞，自然有些损伤和不适。

在后退时，两人的脚步都是擦地而行，地面上散落的木块都被蹚得四散飞起，瞬间又空出了几条通道。这擂台用的是巨大的钢钉，现在被踩散，很多钢钉锋利的钉头冒了出来，在阳光下闪烁着寒光。两人自然不敢踩踏跳跃，否则一个不对，被扎穿了脚，胜负立刻就会见出分晓。

两人一分开，张威立刻猛烈地呼吸了几口，脸上泛起红色，胸膛一鼓，一手兜在胯下，一手弯曲，两腿猛蹬，箭似的掠了过来。王超只觉得眼睛一花，对方就已经掠到了面前，桥手出拳擂向自己的胸膛。“好快！”王超来不及多想，两臂向胸前一个交叉，正好架住了张威的一拳。这是横拳劲中的“二架梁”，在太极拳打法中也有相同的招式，只要架叉住对方的拳头，随后全身运劲，逆时针一绞，立刻就可以把敌人的拳头和腕骨绞破。一架住张威拳头后，王超发力旋绞。张威大吼一声，兜在自己胯下的另外一条手臂贴着尾椎，沿背部中线猛烈地一提，好像马竖起尾巴一样。顿时，他的膝盖下蹲，两只手臂的肩关节向前一错，肩胛骨好像从肩窝中弹冲了出来，拳劲陡然增加！

王超只感觉到绞力非常困难，对方的拳头猛压冲击，好像一辆火车撞击。王超的脚步顿时有些虚浮，身体似乎都要被这一拳冲得凌空飞起。

“好大的拳劲！”王超没有时间发劲硬接，心神一动，筋骨松柔，左脚后错，身体小退一寸，以柔劲卸力。两人接触的刹那，张威发劲的动作都清晰地展现在王超的脑海中。这不是用眼睛去看的，而是用毛孔去听的。一瞬间，王超看见张威拇指紧扣掌心，另外四指在出拳的同时弹起，向前爆伸，就好像四根被弯曲的竹子骤然解除了束缚向外猛弹。他四指关节弹动的瞬间，发出炸蚕豆的响声，威势惊人。这一拳配合指功，张威的整条手臂和拳头又好像增长了很多，一下穿透了王超的手臂格挡，四指并拢如刀尖，直戳他的胸口！

“铁指寸劲”是咏春功夫中的巅峰境界，是以关节的屈伸，爆发出无与伦比的力量。这一下如果戳实了，王超立刻就得毙命！王超已经没有后退的时间，如果这一下张威逼退了王超，那么无论是形势上还是心理上，都占有了先机。硬接不能，退无可退，在这场较量中，王超仿佛已经走到了绝路！

在场观看的所有拳师的心都提到了嗓子眼，众人似乎都忘记了呼吸，薛连信也和陈艾阳一样，闭上了眼睛。就在这个生死乍分的瞬间，王超突然放弃了自己全身的劲力精神，也不后退，也不抵抗，只是以平生最大的力气吸了一口气。

这一口气吸得惊天动地，蛇形化为龙形，在场的所有人都听见了。“好一招蛇化龙！”陈艾阳一看，心中不由赞叹起来。原来，王超这集中全部精神和力量的一吸气，胸膛的肌肉、骨骼在肺内压的作用下，硬生生地向内塌陷了半寸的距离，这是与常人吸气胸部的反应不同。而这半寸的距离，正是张威铁指寸劲全力一击的极限。张威最后的劲力刚好沾上了王超胸前的衣服，暗劲就勃发出来。嗤的一声，王超胸口的衣服被铁指一戳，纷纷裂开，破布飞散开来。也就是这点儿距离，让王超从死亡线的边缘挣扎了回来。

本来是必杀的一击，张威在最后一刻，蓄势已久的暗劲都勃发了出来，但还是打空了，他立刻警觉，身体后退。刚才的一连串动作使得他体力消耗巨大，再也无法发动新的攻击，只有退步后移，调整再战。

王超躲过一劫，但是这样猛烈的吸气，内脏终究难以承受。在张威后退的一瞬间，王超头昏眼花，肺部剧烈疼痛，喉咙口涌起又腥又咸的东西。

王超过猛的呼吸虽然伤了肺，但对方后退，他自然不会放过这千载难逢的机会。在这一刹那，他脑海中闪现出最初见到唐紫尘收功时吐气如箭的画面。于是他气息集中，吐气如箭，一条长长的血箭直射向张威的脸。

“啊！”张威只觉得眼前一红，随后腥味扑鼻，已经被喷了满脸血。血虽然不多，但是一下冲进了他的眼睛里面，他的眼睛顿时睁不开了。

王超一口气将血吐了出去，感觉到浑身轻松，接着身体一蹿，伴随虎吼声，斜扑了四米，抢到张威右侧，迅猛出拳，劈向张威的肋骨。张威眼睛睁不开，已经有些慌乱，刚刚劲力到老，还没有调整过来。他听见风声，知道危险，连忙向左就闪，终于以敏捷的身手躲过了一击。但是王超的虎形不发则已，一发就如霹雳闪电落地，不给人喘息之机。王超脚踏八卦，踩向左侧，劈劲连发，接着两臂垂落抽打，如无数冰雹砸下。

张威眼睛疼痛，视线模糊，被王超占据了上风。连连躲闪之下，终于手忙脚乱。和王超对接了一拳之后，他力量不够，身体被猛地击到了一堆碎木板边。他脚步后退一踩，扑哧一声，一根钢钉刺进了他的脚心，从脚背上穿出来。终于，张威支持不住，身体不稳，险些摔倒。王超抓住机会，一拳正中他的锁骨。咔嚓一声，锁骨断裂，暗劲刺入了他的筋骨之中。张威再也支持不住，倒在地上。王超知道张威已经失去了战斗力，立刻退身，也不再追击。

“比武五分运气，五分实力。我今天败在你手上，这是天意……”张威在地上喘息着，“练拳的人，能死在擂台上，也不算冤枉了……”

他一面说话，一面用尽全身力气站了起来，“我还有老婆和一个五岁的儿子，一个七岁的女儿，希望你能帮我照顾他们。我一生打拳，仇家也很多……”说完这句话之后，张威脚步勉强移到了甲板边缘，突然手臂一用力，跳了下去！

“快！赶快下去人打捞，快点儿！”

威名赫赫的广东三虎之一的张威居然败在了一个年轻人手里。赵均的脸色十分难看，他静静地坐在那里，使劲地捏着装有冰块的玻璃杯，凸出的指关节因为用力已经发白。这次张威比武失败，他遭受的损失可谓巨大，一亿的现金是打水漂了，还有另外的博彩赌注。这次比武，他上上下下算起来，损失在三亿以上。

请了这么多的武术名家前来作证，又签下了合同和生死文书，支票也摆在桌子上，赵均就算是再不甘心，也没有反悔的可能。更重要的是，这次他是准备利用张威的名气和身手，把手伸进武术界。在道上做生意，难免磕磕碰碰，总不能老是硬杀硬打，请雇佣兵动用枪炮，太危险不说，也划不来。生意上的矛盾纠纷一般都是请人调解，实在调解不了，就请高手擂台比武，哪方输了哪方让步，这是很多年来传下来的规矩，到了现在也十分适用。张威一死，赵均插手东南亚武术界的想法就此破灭。这方面的失势，比损失三个亿还要严重。赵均的希望破灭，脑袋一片空白，旁边的吴颖达却比他会做人，立刻就大声命令手下的人到海里捞人。毕竟张威是个有名望的拳术大师，若是死了，事情传了出去，令人心寒，以后谁会再帮亿科集团做事？

张威跳海自杀，陈艾阳和薛连信倒是看得清清楚楚，他们叹息了一声，没有前去阻止，因为这是张威自己的选择。更何况，张威在最后一刻被王超打碎了锁骨，就算以后能治好，也难以恢复到以前的状态，武功必然要大幅度下降，这对一个享有盛名的拳术大师来说，是根本无法忍受的。与其活着受辱，不如杀身成仁。

徐震的表情比赵均也好不到哪里去。王超不但打死了他徒弟秦茂蛟，现在又打败张威，使得对方跳海自杀，这让他感到莫大的耻辱。虽然徐震和张威没有什么交情，但到底被武术界并称为广东三虎。现在王超打败了张威，对广东三虎的名气有很大的打击。既然叫出了“广东三虎”的名头，至少在名气上是一荣俱荣，一损俱损。但是看了王超的武功之后，徐震觉得自己也没有必胜的把握。

十多分钟以后，一群人终于把张威从海里捞上了甲板。此时，张威已经是气息全无，一代拳术大师就此离开人间。张威被抬上来以后，停放在最中央。一些拳师围了上来，看见这个情景，都叹息不已。

王超默默地脱下了自己的外衣，帮张威盖住了脸。

姚晓雪和赵星龙直到宣布完结果，才真正回过神来。这时王超已经回到舱内换了衣服又回来了。姚晓雪连忙麻利地走上前台，结算赌金。这样大的比武，又有许多德高望重的拳师公证，赌金自然毫无疑问地到手，没有任何拖欠。赵均用的也是支票，检查一遍后，姚晓雪没有发现任何问题。

王超的脸色有些苍白，脚步也不似先前那么沉稳，有些虚浮。他虽然没有被张威的拳脚击中，却因为强行吸气而受了内伤。他感到自己呼吸有些困难，肺部隐隐作痛，尤其是喉咙里面，火辣辣的，好像一块木炭在燃烧。

王超两指搭起，按了按自己的胸口，慢慢调匀呼吸，这次感觉好了一点儿。要是唐紫尘在，这些都不用他操心，现在唐紫尘走了，任何情况都要他自己来应对。

“咱们走吧。”王超看见姚晓雪办好了事情，点点头就要离开这艘豪华游轮。

“你别走！站住！”东边角落里面突然响起了一个脆生生的声音。东边坐的人正是徐震，发出声音的是他身边站着的女孩子。

王超停下脚步看过去的同时，那个女孩子走了出来。她二十四五岁，穿着一件白绸子的练功服。“你打死了我的师兄，这笔账还没有算清楚，你就想走不成？”女孩子走到前面，两只眼睛死死地盯住王超。

王超却不看这个女孩子，而是把目光望向了徐震。武术界辈分森严，最讲究规矩，这个女孩子在徐震没有讲话之前先冒出来，这在别人看来，肯定是徐震管教不严。“徐师傅，你的徒弟是我打死的。不过，擂台比武一向是生死勿论，你若想找我报仇，可以随时下书，我自然会接。你叫个徒弟出来，莫非是以为我和张师傅比武，受伤过重，连你一个女徒弟也应付不了？”王超说话慢条斯理。

“晴子，回来！”徐震眼睛一眯，猛地把手朝坐椅扶手上一拍，一捏。咔嚓一声，那实木椅子的扶手被他用暗劲生生抓裂。

“王师傅，这不是我徒弟，是我一个老朋友的女儿。今天你和张师傅的比武，我不插手。不过，这笔账迟早要算的。到时候，我自然会给你下战书。今天就免了，否则在场这么多前辈名家也要笑我乘人之危。”说着，徐震站起身来，对晴子横了一眼，“走！”

眼看徐震一伙人离开游轮，陈彬走了过来，压低声音对王超道：“那个女人是日本武术界一个拳师的女儿，她如果找你麻烦，你可不要怜香惜玉。她刚刚跃跃欲试，想趁你受伤的绝好机会打败你。”

“原来是这样，难怪她会主动跳出来。我说徐震虽然和我有杀徒的仇恨，但再怎么样也是一位拳术大师，不会教出这样没有规矩的徒弟来。”这次比武王超胜出，名声一下大震，可以说在东南亚武术界打出了名头。要是被另外的人随便赢了他一招半式，立刻便会大大露脸，扬名立万，这诱惑可不小，尤其正值他受了内伤、身体虚弱的时候。

“这个‘小臂圣’还是有大师风度的，只是不知道他为什么带了个日本女人来观看我的比武？”王超问道。

“徐震的天乐集团和日本的很多企业都有生意上的来往。这个女人叫柳生晴子，她父亲柳生水明是三凌商事株式会社的大董事，也是日本空手道刚柔馆前任馆主，和徐震也有武术上的交流。不过再怎么说，这终究是我们华人武术界内部的事情，怎么能让日本武术界随便一个小女人捡了便宜去？你打败了张威，要是又让这个日本小女人打败，徐震‘广东三虎’的名头往哪里搁？”

空手道刚柔流的创始人宫城长顺在1906年曾经到中国福建学习南少林白鹤拳法以及各种技巧，最后归国创立刚柔流派。“刚柔流”这个名字，就是来源于白鹤门流传秘书《武备志》中的“法刚柔吞吐，身随时应变”这一句拳经口诀。

陈彬看了看王超的脸色：“你强行吸气，肺叶已经被扯破。要不是你体质好，功夫深，现在可能已经休克了。不过，你最起码半年内不能和人动手。”陈彬也是练太极拳的高手，虽然比她哥哥陈艾阳差了许多，但是眼力独到，对人体认识深刻。

内伤和外伤有很大的区别，外伤是从表面上看很吓人，但是治疗起来非常方便，好了以后隐患也小。但内伤不同，从表面上看不出一点儿征兆，甚至伤者自己都不知道，因为五脏六腑的神经系统远远没有筋骨表皮发达，有的地方甚至没有神经。所以让人察觉到了内伤时，那已经是伤势蔓延，病入膏肓了。

王超的功夫虽然没能练到内外合一、渗透五脏六腑的层次，但是心肺的敏感程度已逐渐加强，自然知道自己伤势的严重性。肺部状况关系到呼吸，而练武是呼吸剧烈的运动。尤其是猛烈攻击对手的时候，一口气要连续不断，那要多大的肺部力量？王超和陈彬说话的时候，请来的各路拳师看徐震一走，都纷纷坐上游艇飞快地离去。

这是陈氏集团的船，就算赵均他们输了不服气，也不敢在船上玩什么阴谋。更何况，亿科集团和陈氏集团每年还有很多生意上的来往。看见陈彬笑盈盈地和王超说话，吴颖达知道，陈氏集团看中了这个人，想要拉拢他。

赵均吃了这一场大亏，脸色有些发白。吴颖达生怕他公子脾气上来，不顾大局，闹出不愉快的事情来，立刻对王小磊使了眼色，拉了赵均，叫人抬了张威的尸体就走。

一个小时后，船上的人都走了。此时，整个甲板上就只剩下王超、赵星龙、姚晓雪、陈彬、陈艾阳以及一大群打扫甲板的佣人和保镖。

“我也该告辞了。”王超早就想走了，但一直被陈彬拉着说话，现在见人都走了，又立刻告辞道。

“王师傅，”一个柔和的声音传了过来，陈艾阳步履平稳，温和潇洒，“你我都是练拳的，我看你的伤势也不轻，正好我会些医术，看看能不能帮帮你。你就不要客套了，能以武会友，交流拳技也是件平常的事情。”王超听见这两个兄妹一唱一和，想了想，也不再推辞，一行人走进了船舱之中。

“王师傅，请坐。”几人来到一间装修得古色古香的书房中。一排黄花梨木的椅子，一张红木桌子，书籍，手工绘制的人体经脉挂图，笔墨纸砚，墙壁上的挂剑，都呈现在众人眼前，让王超以为自己来到了明清时高官大儒的书房中。

“陈师傅，你先请。”

“你呼吸不顺畅，还是先让我看看吧。”一坐下来，陈艾阳也不东拉西扯，直接切入了主题。王超也想看看陈艾阳如何帮自己治疗，便点了点头。陈艾阳让王超伸出手来，两根纤细光洁的手指搭在他手腕上。王超只觉得手腕被陈艾阳两指一搭上，对方手指上的毛孔立刻轻微跳动，一起一伏，就好像很多细小的颗粒，随后，无数股柔软的劲力打进了自己的毛孔。陈艾阳的暗劲勃发，居然十分柔和，不像是钢针，反而像是极细的棉签。

“好家伙，他居然把暗劲练到了这样柔和的地步！”王超很是震惊。他虽然练成暗劲，但也只能做到骤然勃发，喷劲如针，不能将这股劲练柔了。要将暗劲练柔，非要功夫渗透到五脏六腑，完全控制自己心脏的起伏勃发，精确入微不可。

“不愧是东南亚武术界的第一高手，我和他相比，差距还不是一般的大。”

“陈师傅好功夫，我自愧不如。”王超发出感叹。

“这也没什么，只是比王师傅多吃了八九年的饭而已。”陈艾阳幽默地说了一句，他比王超要大上八岁多。

“不知道陈师傅的功夫踩水能到腿部哪一节？能否不过膝？”王超突然想起这件事情。

“惭愧，我立在水中，最多只能使水不过大腿，离膝盖还有三寸的距离。”陈艾阳先是一愣，随后明白王超也是个懂太极拳的。

“唉！水不过膝，那是劲力的巅峰。我还差三寸，每一寸都至少要五年以上的功夫。能不能将拳术练至巅峰，这也不是完全由时间决定的，还要看机遇、悟性和入神的程度。我只是有这个希望而已。”

王超赞叹道：“就是希望也不是谁都有的。普通练拳的人，就算练上一百年，只怕也没有。”

陈艾阳放开两指，微笑道：“你也有希望。”

“这些都是前辈们的境界，现在世界上，可能已经没有这样的人了。包括薛连信、朱洪智这两位大师，在四五十岁全盛的时候，也不过是内外沟通，劲力入化而已。至于活跃在场面上的你、我、徐震、张威一辈，也就只能在暗劲上面打打转而已。”陈艾阳摇摇头。

“嗯？难道陈师傅还没有将暗劲通达全身？”王超问道。

“我还有一处没有练到。”陈艾阳似乎不想让这个话题深入下去，“你的肺叶的确是扯破了，不好痊愈。不过还好，我们太极门中有润肺养肺的药膏，倒也能帮你不少忙。”说着，陈艾阳从书房的架子上面取下一个药瓶，又用小汤匙把里面的药挑了出来。黑糊糊的药，带有一股枇杷的香味。

“枇杷膏？”姚晓雪有些惊奇。

“差不多，不过多了几味药而已。总的来说，还是枇杷膏居多。”陈艾阳道，“药其实都一样，对症而已，然后讲一个吸收。吸收得不好，药力沉淀下去反而伤肾。”

“妹妹，你带姚小姐出去走走。”

等陈彬和姚晓雪出去之后，王超脱了上衣。陈艾阳把药膏抹在一张白布上，贴在王超的背部和胸前。他贴的时候，手法旋转，骤然勃发暗劲！王超只感觉到那枇杷膏被暗劲震荡，一下就渗透进毛孔，到达了自己的肺部。肺里面顿时一阵清凉，火辣辣的感觉减轻了许多。陈艾阳在他背部连连轻轻拍击：“药要全部渗透进去，还需要我用暗劲拍击半个小时。等这药全部渗进去了，你再修养半个月，就会痊愈了。”

普通人吃药都是口服，吃下去以后，一大部分都排泄出去了，只能吸收一点儿药力，所以要天天吃，月月吃。并且那排泄的药要经过胃肠和肾的循环，吃多了，对身体伤害很大。但陈艾阳是直接用外敷的手法，通过暗劲刺激，把药力直接送到需要的内脏深处，一点儿都不浪费。

陈艾阳双掌移动，在王超的后背或拍或揉，每一下都轻盈无比，好像穿花的蝴蝶。每一次拍击，王超都感觉到枇杷膏清凉的气息透过毛孔渗进肺叶。陈艾阳手势不停，一连拍击了十几分钟。王超听见他的呼吸紧促起来，心跳明显加速。一缕缕的汗液从王超的背部流淌下去。这不是王超的汗，而是陈艾阳勃发暗劲，放开手掌毛孔，从其中喷涌出来的。

"好家伙，他至少连拍了三十掌了，掌掌都是暗劲柔攻。虽然把暗劲练柔了发出来所消耗的体力并没有骤然勃发的大，但是暗劲柔攻对心力的控制要更为精确。"

"好了！我已经把药膏用暗劲全部打进你肺叶受伤的部位了，不过你还得休养半个月。这半个月，你不能和人动手，也不能动气，最好连深呼吸都不要做。行止坐卧都要平稳，心情要放松。不然万一牵动了伤口，导致第二次破裂的话，那麻烦可就大了。"半个小时后，陈艾阳终于停了下来。

"好功夫！你的暗劲真是令人惊叹，神乎其神！"王超看见沾满枇杷膏的白布一揭下来，居然仍旧光洁如新，上面的枇杷膏一点儿都没了！本来用水都不一定能洗掉残余的药渣，在陈艾阳暗劲的拍击之下，竟然全部震了出去！陈艾阳笑了笑，叫人打了一盆水洗了洗手，把一切都收拾干净，随后叫人泡了两杯茶过来。

"日本武术界现在的情况怎么样？"王超看见陈艾阳摆出了闲谈的架势，也乐得和这位高手谈谈。他端起了茶喝了一口，只觉得入口清香圆润，是难得的好茶叶。

"日本的武术界和韩国一样，都已经商业化、表演化了。但是和韩国不同的是，日本也有一大批重视实战的高手。毕竟，日本武术的搏击底蕴、文化底蕴都要比韩国高出不少。"陈艾阳一针见血地指了出来。

"日本的空手道联盟在上世纪七十年代就已经兴盛起来，发展到了世界各地，在欧美一些国家占有很大的市场，每年创造的收益成百上千亿。这是我们华人武术界所不能比拟的。"陈艾阳叹息道，"侠以武犯禁，这也是没有办法的事情。我们华人都不愿表演武术，没落也是必然的。"

王超点点头："一些拳术已经略有所成的人，的确是不愿意到人前人后露脸，卖艺表演玩杂耍。只是长此以往，国术恐怕就要埋没在历史的风尘之中，后人要知道它，只能通过史书了。"

陈艾阳用手掌轻轻地抚摸着茶具："这不是你我能解决的。受到现代大潮的冲击，任你拳术再高，也是枉然。我辈只能谨守这最后的根基，把它尽力流传下去。”

“陈师傅，还是谈谈日本武术界的具体情况吧。我一直在S省，对外的交流很少，这次要不是惹上了赵均这位公子哥，也不会出来和人比武。”王超遇见了那个柳生晴子之后，突然觉得自己以后很可能会和日本武术界发生冲突，因此要知己知彼，防患于未然。陈艾阳一直活跃在东南亚的拳坛之上，傲视群雄，对于日本武术界的情况应该比谁都清楚。

“日本武术除了空手道、剑道、柔道、合气道一些门派外，武术世家也不少，最有名的自然是柳生家、宫城家、船越家、大山家、伊贺家等十几个大家族。这些世家源远流长，一代代发展传承，无数技巧、精华早已发展得非常完善了，甚至现在我们华人武术界失传的很多技法，都能在日本找到。现在的日本武术界，丝毫不比我们华人武术界差。”

“世家是文化传承的一部分，中国的世家早没有了。”王超点点头。

陈艾阳细细地述说着：“日本的高手很多，大多数家族的家主功夫都练到了暗劲层次，比如柳生晴子的父亲柳生水明，他兼练空手道、合气道、柔道，尤其精擅形意剑术、大成拳，武功比徐震还要稍微硬朗一点儿。”

“形意剑术？柳生水明还精擅形意剑术？”王超惊讶道。要知道，会和精擅是两个截然不同的层面。况且从陈艾阳的口中说出这二字，那柳生水明的剑术肯定是到了炉火纯青的地步。

“是啊，早在清朝光绪十四年的时候，形意门宗师车毅斋曾经在天津以形意剑术击败日本的剑道高手板山太郎，被清政府授予‘花翎五品军功’。那个时候，日本武术界就对形意门的剑术垂涎三尺。到了民国，终于从中华武士会的郝恩光手里偷学了去。现在过了七八十年，剑术早在日本武术界传播开了。徐震和柳生水明结交，一半是生意上的来往，另一半就是想学到形意剑术中的一些精髓。”

“哦，原来是这样。”练武最开始的时候要精擅一门，要纯。等练出功夫了之后，一定要博采众长，才能不断提高自己的水平。王超对徐震的做法也十分理解。

“现在日本武术界，剑道上造诣最高的首推宫城家的宫城五雄，不过他已经接近八十岁了，实战已经不行，全凭中年时候的威望。他们家倒是出了几个好手，比如宫城逸丞。这个人现在三十岁，武功练到了暗劲，剑术身法尤其好，　盯上人如影随形，游龙一样。至丁柳生晴子，也是日本武术界年轻一辈中的佼佼者，和秦茂蛟的水平相差不多。”陈艾阳把自己知道的一一说了出来，王超长了不少见识。

“现在日本武术界除了威望高、不能打的老一辈以外，真正活跃在一线比武实战的中年武学大师也有三四十个。其中从未有过败绩的是伊贺源，他从小练八极拳，打成之后又学习各种武学，现在已经有四十岁。听说此人的武功已经进入了化劲，一生苦修，也没有娶妻生子，是个标准的痴心求道派。”

“你和他交过手没有？”王超下意识地问了一句，随后就觉得自己问得多余。因为陈艾阳的话里面已经清楚地说明两人没有交过手了。陈艾阳倒是不在意这些，摇了摇头：“我没有和他交过手。他是日本天皇的武术教习，轻易不出山。不过我倒是和船越家的船越一郎交过手。他的武功倒也达到了上乘境界，在日本三四十位武术大师之中排得上前十。”

“结果怎么样？”陈艾阳的话立刻引起了王超很大的兴趣。

“说来惭愧。”陈艾阳自嘲地笑了笑，“我们交手了十分钟，他才被我的太极单鞭手打碎颅骨。”

十分钟的比武已经很长了，高手比武，往往是一刹那见生死。太极拳打法刚猛无比，以炮、捶、鞭三种发力为主。虽然太极拳有听劲柔功和借力打力之术，但这是辅助，在实战中抓住瞬间机会以巧破力而已。

拳术打法的主流永远是刚劲。王超虽然没有见过陈艾阳的太极鞭手，但从他表现出来的暗劲功夫来看，肯定是暴烈到不可思议的境界，打碎人的颅骨也是必然。当年杨露蝉用鞭手抽青石大磨盘，一鞭之下，磨盘立刻粉碎。

两人谈论了日本武术界后，又谈论起功夫，越谈越投机。王超得自唐紫尘的形意、太极、八卦的传承，又在李老爷子那里领悟到不少东西，常常有精辟的见解，令陈艾阳连连赞叹。最后，王超提到武术界中最为深奥和秘传的练髓之法：“形意门中有虎豹雷音，八级门中有哼哈，太极门中肯定有练髓之法。但是太极流派太多了，不知道你学的是哪一派？”

陈艾阳道：“王宗岳是武当山道家一脉的拳术继承者，我的太极根基和练髓之法是武当金蝉派秘传的钓蟾劲。”说着，陈艾阳示范了一下。他全身轻微地震荡，顿时发出了咕咕的声音，好像牛吼，又好像是蛙鸣。

“武当道家的练髓秘诀有钓蟾劲和莽牛劲，两者有相通的地方。”

“道家一派的养生之术真是不可思议。”看见陈艾阳全身震荡，腹部鼓气吞吐如雷，王超闭上眼睛去听，好像面前出现了一头如牛般大小的巨蛙，对天呼吸吞吐。陈艾阳这震荡之声，比王超虎豹雷音的声音要大上许多倍。

“我的雷音只练到了骨节肌肉，你却已经练到了五脏器官。”王超再次连声赞叹，心服口服。陈艾阳全身一松，收了功，声音立消，寂静无声。

收发之间，动静开合，刚柔水火恰到好处。

“道家的养生之术从上古之时就流传下来，有《老子》《黄帝内经》《庄子》等经典，无一不是阐述养生之道。我们传统的养生道理已经流传了几千年，是无数代人的智慧和心血，怎么会不神奇？”陈艾阳见王超把“钓蟾劲”归类于养生之道，而不是武学技击，知道王超已经深明武学的道理，到了“明心见性”的地步。

不错！无论是“虎豹雷音”“哼哈”二音，还是“钓蟾劲”“莽牛劲”，以及形意十二形、八极小架子、太极大架子，都是一个字，那就是“养”。华佗创立的“五禽戏”由模仿猿、熊、鸟、虎、鹿五种动物的动作而得来，是形意拳最初的雏形。古代道士多是医生，每日炼丹打坐，观察天地万物，对人体结构了如指掌。经过无数人、无数代的发展，创出了各种各样的养生之术。最后，这些养生之术和战场上的搏杀技巧融合，就成了武术。

有搏击，无养生，就等于是无根之水。有养生，不学搏击格斗，依旧不能实战。养生是柔，所以一切内家的拳架子都要慢练，不急不火。而搏击是刚，所以高手打起来虎虎生风，力能开碑裂石。搏击之术，任何一个国家和民族都有，不分高下。但论养生之道，只有华夏民族研究得最透彻，这也是国术比别的国家和民族的搏击之术高明的地方。武功重要的是练，并不是打，所以唐紫尘在第一次教导王超的时候，就把打法、练法和表演详细区别开了，免得造成误导。

既然陈艾阳毫无保留地讲述了自己武功的秘密，王超也把自己的八卦拳、形意，以及对唐紫尘太极捶法的理解一一说了出来。就这样，王超在游轮上待了一天一夜。第二天，游轮停靠在香港码头，几人上了岸。

陈氏集团在香港也有很多产业，虽然陈艾阳、陈彬兄妹并不是集团的家主，但手中能动用的力量和资产依旧是很大的。陈家是一个巨大的家族，在新加坡政坛中有很大的影响力。当然，家族之中也有明争暗斗，现在主事的老爷子是陈艾阳的大叔公陈立波。陈立波已经老了，下一任家主的人选还没有敲定。陈艾阳、陈彬的父母已经过世，要不是陈艾阳名声在外，两人在家族中简直一点儿地位都没有。不过，现在的陈艾阳已经成了家族的一块金字招牌，以后接任家主的可能性很大。

王超在陈艾阳的别墅一住就是十多天，两人天天探讨武艺，也时常聊起其他的事情。十几天之后，陈艾阳再次帮王超诊断了一下，发现受伤的肺叶已经痊愈。王超内伤好了之后，两人时常切磋，但每次都是陈艾阳技高一筹。陈艾阳的鞭手和炮捶威力刚猛无俦，爆发力能达到两千多斤。和陈艾阳交流试手，使王超又增加了不少的经验，对自身武功的领悟又加深了一层。

武术在于交流，如果不交流，哪怕是在深山老林中苦练一百年，也不能进步。同样，陈艾阳也从王超的身上学到了不少的东西。陈艾阳虽然是主练太极，但是对于形意也很精通，而王超的形意正宗精纯，他也受益匪浅。王超在陈艾阳的别墅中一共住了二十多天，只觉得与陈艾阳相见恨晚。

陈艾阳要回新加坡，王超也得离开了。至于赵星龙、姚晓雪等人，还在海上的时候就乘坐游艇上岸，然后回S省去了。

“你来香港的时候没有证件，不能出关，我送你从海上过去。”不知道怎么的，陈彬有些闷闷不乐。

“怎么？你们家族出了什么事儿吗？”王超问道。

“嗯，我叔公突然病危。”陈彬咬着细碎的白牙，“我们家族人多，其中也有出色的人才，平时就明争暗斗的，这次叔公突然病危，已经是到了立遗嘱、指定继承人的地步，还指不定会闹出什么事情来呢。”

“以你哥的能力，应该能应付得过来的。”王超安慰道。

“我哥在家族中只是一个招牌。我们兄妹俩从小就没有父母，在家族中很受排挤。”陈彬开车向僻静的港湾驶去。

“小的时候，哥哥什么事情都护着我。家族的人都欺负我们兄妹，大人也看不起我们，要把我们赶出去。那些兄弟把我们的钱都拿走了，哥哥为了让我上学，还去打黑拳，经常受伤，鼻青脸肿的回来，有好几次都被人打断了手。还有一回，肝都差点儿被人踢破了。”陈彬回忆起和哥哥相依为命的日子，眼睛里闪烁着晶莹的泪花。

“还好，我哥哥在打拳的时候认识了一个开中药铺子、练太极拳的老师傅。老师傅天天教他拳术，帮他疗伤。后来我哥哥打出了名头，被家族看重，我的学业也完成了，才开始出人头地。唉！要是这次被那些人继承了家族，我们兄妹又要受欺负了，我不要再过那样的日子！连回忆都不想！”陈彬稍稍控制了自己的情绪。

“那你为什么不回去帮你哥呢？”

“我和哥哥在香港有自己的产业，我要守住这些东西。就算以后发生什么事情，也可以东山再起。对了，你在内地的公司也挺不错的，一亿的赌金说拿就拿出来了。”陈彬把话题转移。

“也还不差吧，生意还可以。”王超自然要隐瞒加入组织和贷款的事情。

“你虽然也有点儿势力，但是和赵均比起来还远远不够。赵均这个人心胸狭窄，这次他吃了这么大的亏，他是不会放过你的，你以后要特别小心。”

“这个我知道。”王超点头会意。

车子已经开到了港口，陈彬把王超送上了已经准备好的船只，挥手道别。

9

就在王超离开香港回到S省的时候，在S省，曹毅和人称周教练的周良也在看着王超和张威比武得胜的报告。

“本来以为他只不过是普通高手，谁知道……”

王超和张威的比武结果在第一时间内就传到了S省。这样的结果令曹毅心中暗暗吃惊。他是最熟悉王超的人之一，从三年前那一次和混混打架到现在，王超的成长他都看在眼里。

“三年前，他只是初通搏击，还不是我的对手。想不到三年后，他居然成了拳术大师。真是难以置信。”曹毅对于广东三虎的实力自然是十分清楚的。说实在的，对于王超这场比武，他的确有点儿信心不足。但是沿海一带的局势近几年越来越复杂，上面对此制定了很多计划。只是这些计划都需要大量的武术高手，而要训练出高手却不是那么容易的事情。曹毅才看中了王超。

“王超的情况已经向组织反映了。不出意外的话，申请的资金、人才都会调拨一点儿下来。不过可能要等到半年以后一切安排妥当，才能叫他开几家武馆到沿海，在武术界扩大影响。我们只能暗中支持，毕竟那些‘衙内’实在太碍手碍脚了。”

他们安排的下一步计划是叫王超去沿海开武馆，进一步扩大影响，最后成为东南亚武术界举足轻重的人物。这虽然算是堂堂正正，但是也极为危险和麻烦。不说王超直接进入沿海发展生意会对赵均他们有巨大的影响，就是武术界人士也肯定有看不过眼的，还可能会和日本、韩国、泰国等国家的格斗门派发生冲突。

出了名的拳术大师，只要输一场，就会 辈子抬不起头来。而且就算是不输，也会结识仇家。曹毅这样的计划，可谓是把王超一下推到风口浪尖之上。但是他和王超都没有选择，因为他们都只是庞大棋盘上一颗无足轻重的棋子罢了。

在曹毅他们商量计划的时候，王超已经回到了令他魂牵梦绕的天星湖小区别墅之中。这次和张威的比武，还有和陈艾阳的交流，可以说是他武学道路上的一个重要里程碑。和张威的比武能够获胜，有一半是靠运气。如果再和张威重新一战，王超并没有多少胜算。

“两指弹动那是摩擦发劲，而单个手指关节屈伸才是真功夫。看来我要把虎形劈劲练得更进一步，功夫非要到手指不可。”

王超以前练剑诀时用指头当剑，把整个手指都练得非常灵活。而且两指一捏一弹，能弹碎白瓷杯子。加上他练鹰形爪功，指头硬度也到了一定程度，自以为手指功夫已经很不错了，看到张威施展铁指寸劲，才知道天外有天，人外有人。张威的指关节发力不用摩擦都能爆出脆响，这才是真功夫。

王超虽然把虎形劈劲练到了“虎虎生风”的地步，但是劈拳里面还有一个细微的变化，那就是“指顶”和“劈抓”。一拳劈出去，好像大斧开山，但是劈到位后，意念、目光、精神都要瞬间放在五指尖。在随后那个瞬间，五指一拢，如电光石火般抓着收回来，才算把虎形和鹰形真正结合。南拳中虎鹤双形的变化也是这样。一拳劈到位，然后猛抓，自然转换成鹤抓、鹤啄，都要靠手指关节的变化爆发，才能发挥出最强的杀伤力。形意里面虽然没有鹤形，但是鹰形和鹤形的抓击如出一辙。任何拳术，练到上乘境界后，都是相通的。“劈抓”是从一形到另外一形的自然转换，要是指头力量不够，转换之间就会有微小的破绽。对于拳术大师来说，一丝破绽足以致命。

同样，蛇形转化为龙形的时候，也有过渡，靠的也是手指上的功夫。蛇形的拳头就像一个蛇头一样钻来钻去，而五指就是蛇的毒牙。所以蛇形里面有一个关键杀招，那就是“五指如牙，张开撕咬”。蛇在撕咬猎物的一瞬间，不再是咝咝的声音，而是牙齿磨动，发出沉闷地鸣叫。相传，这就是龙的声音。“劈抓”是虎形向鹰形的过渡，而“撕咬”则是蛇形向龙形的过渡，两者都是要把手指上的功夫练到极致。这是王超和陈艾阳交流之后领悟到的心得。如果能真正完成这个转换，王超的武功将会高出一倍！

王超走到铅汞大球前，五指成爪，抓住了大球的球面，向上一提。铅汞大球发出了沉闷的声响，只在石槽中颤动了一下，并没有随着王超的抓提之势蹦跳起来。这铅汞大球比篮球还要大，三百六十多斤，表面又光洁圆滑。一下把它抓起来，要有不可思议的指力才能办得到。现在，王超的力气已经上了千斤，如果用双手的力量，那可以轻易地抱起这个大球。但是要用指力抓提起来，比抱起的难度可就大上了无数倍。

“这难度未免太大了！”王超五指关节都开始咯咯作响，铅汞大球却没有一丝起来的意思。

“慢慢来，要锻炼指上的功夫，可不是一朝一夕就办得到的。指头上的功夫要练得比劈拳的劲更为凶猛，才能把虎形到鹰形的过渡练出来。”形意拳每一形的衔接，都要下大工夫练习。王超对着铅汞大球，骤然间所有的精神、目光都集中到了指尖，然后猛地一抓，一提。铅汞大球又发出了嗡的一声，依旧没有被他的指力抓提起来。王超毫不气馁，依旧是轻轻劈出，重重地抓提收回来。他劈的时候手臂虽然轻柔，但是全身汗毛却一起一伏，这显然是得了“筋骨松，皮毛攻”的真髓。

一直练了几百次之后，王超所有的精、气、神全部集中到了自己的指尖。在他的眼里，所有的一切都已经消失，只剩下简单的轻柔一劈和重重抓提的动作。他完全忘记了时间，每一次的劈抓，都把形意拳练法中的“轻出重放”这四字真诀做得很好。“太极如摸鱼，八卦像推磨，形意是捉虾。”王超这一劈一抓，全神贯注，好像正捉着水里游弋的大虾。

不知道劈抓了多久，王超五指关节通红，显然是已经运动到了极限。外面天色大暗，王超不知不觉已经练了一整天。接下来的日子，王超闭门不出，整日都在练功房里练功。他不练身法，每日就是简单的一劈一抓。白天，他睁着眼睛对铅汞大球劈抓；晚上则是闭上眼睛，用心对空气劈抓。白天练眼练手，晚上养眼养手。他这样一练一养，正符合道家养生之道的阴阳交融。轻轻劈去，重重抓提，也是一阴一阳。筋骨松弛，皮毛立起，也是一阴一阳。在简单的练习中，他似乎开始了解阴阳之道深邃而又简单的奥秘。

“武学到了极为高深的上乘境界，一举一动，莫不遵循阴阳之道，水火相济。一切发乎自然，不用刻意而为。”王超在一练一养中，开始真正领悟《国术实录》中的一些心得。虽然不知道唐紫尘现在什么地方，但是想起她的文字，领悟她的心得，王超的心似乎和她紧密地联系在了一起。

日子一天天过去，王超每天除了吃饭、睡觉等必须做的事情以外，就是练劈抓、会阴阳，以及观看日出日落。就这样日复一日，练到最后，他的拳术也似乎配合上了日出日落的规律。每天太阳升腾起来的一刻，他劈抓的劲力自然勃发，而月亮升起的一刻，他的劲力便会松弛下来，由练习转为调养。就算是阴雨天气，云层遮盖住了太阳月亮，也不会对他造成丝毫的影响，因为他已经把日升月沉的规律融进了身体劲力勃发的规律中。直到有一天，王超一劈一抓，哗啦一声响动，整个铅汞大球好像被他的手指吸住，一下就被提离了石槽！他的手指关节劲力骤然爆发之间啪啪作响，声音清脆，力量和威势竟然丝毫不逊张威的铁指寸劲。王超单手抓住又大又滑的铅汞大球，围绕身体旋转了一圈，又把它轻盈地丢进了石槽之中。球落入石槽，发出震荡，也惊醒了他。看了看槽中的大球，王超再次上前一劈一抓，果然，那球又被抓了起来。他满心欢喜，突然一记虎形劈劲，顿时虎吼声在室内回荡。劈拳到了尽头，他又一记硬爪抓出，配合上鹰形，胸腔气息突然变得尖锐无比，好像利刃从喉咙中迸发出来，又尖又利，正如飞翔在高空之上的雄鹰俯冲而下。虎形的气势凶猛无比，骤然转换成这一记鹰形现爪之后，他身上的气势劲力勃发得更为猛烈。

王超一记鹰形击在地上，暗劲勃发，坚硬的水磨地面立刻被生生抓裂，出现了五个深达一寸的湿漉漉的指洞。一抓破地面，王超突然想起猴形中的杀招，于是手脚丝毫不停，抓起一把碎石头就朝前打去。石头准确地打在了铅汞大球之上，发出金属独有的沉闷之声。

“原来是这样，鹰后面的连贯可能是猴。不过我现在只练到一记劈抓鹰现爪，整个鹰形还没有练出来，不宜强行求更多的连贯变化。”

“现在是什么时候了？我到底练了多长时间？”他这些日子练功，配合日月规律调养作息，人进入了道家“天人合一”的地步，完全进入了忘我境界。一看日历，居然已经到了金秋十月。他从香港回来时是六月。

“怎么曹毅这三四个月都没有来找我？他不可能不知道我住的地方。看来，组织上最近真的没有什么任务了，不然就是让我专门安心练功。”

王超猜对了，自从打败张威后，他立刻就成了重点栽培的对象之一。曹毅知道王超在闭关练功，对于他来说，王超的功夫越高越好，自然不会来打搅。

王超和姚晓雪取得联系，接到一条短信：“赵星龙在跆拳道馆和人比武受伤了，现在住院已经有一个月了。曹毅不准任何人打搅你，我们也不好联系你。”

“什么？赵星龙被人打进了医院？”王超微微吃了一惊，立马赶到医院。

自从王超加入组织后，跆拳道馆特级教练的位置就让了出去，由赵星龙接替，薪水也让赵星龙拿着，但是双方并没有解除合同。

“赵星龙算是八极拳的家传，再加上他学习过劈挂拳、通背拳，招招刚猛，除非是领悟了内家精髓的高手，一般外家根本不是他的对手，怎么会被打进医院？而且躺了一个多月都没有好，显然是伤势很严重。”一路上，王超思考着。

赵星龙本来躺在床上，手、脚和胸口都绑着厚厚的绷带，整个人看上去好像半只木乃伊。看见王超进来，他眼睛一亮，随后艰难地翻动身体。

“不要动，你身上多处骨折，万一骨节错位，那就难办了。”王超一看见赵星龙这模样和打绷带的位置，就知道他的手、脚、胸部最少有三处骨折。

“这到底是怎么一回事儿？”王超皱起眉头，心里升起一丝怒意。

“唉，我这次是丢人丢到姥姥家了。”赵星龙嘴角嚅动，似乎觉得难以启齿，最后还是说出话来，“我居然败在日本鬼子手里。”

“日本武术界的？你详细说一说。”王超心里一凛。他早就知道，上次在游轮上，日本的柳生晴子想乘人之危，却被徐震喝住，想必会耿耿于怀。他之所以接受陈艾阳的帮助，也是怕自己伤势迟迟不好，如果遇上人挑战，弄个虎落平阳的下场。

“你是不是以前打败了一个叫李风的人？”赵星龙打断了王超的思考。

“李风……不错，好像是两年以前的事儿了。”王超想了一会儿，才想起来，自己两年前应聘跆拳道馆教练的时候，的确打败了这样一个年轻人。后来李风好像觉得没有脸面，就离开了。现在事情已经过去了将近两年，王超几乎已经淡忘了。

“他带来了几个日本人，其中一个二十六七岁，叫什么宫城，出手快捷，又凶又悍，内劲充沛，只三个回合，我就被他用缠丝劲绞断了胳膊。”赵星龙回忆起来，眼睛里闪烁着仇恨的精光，“他打断我的胳膊后，又用腿把我的脚骨铲断，等我倒在地上，他又踩我胸脯，让我断了两根胸骨！我……我不会放过他！”赵星龙说到最后，浑身哆嗦，牙齿咬得咯咯作响。

“你倒在地上了，他还踩你胸骨？”王超眯起眼睛。

“现在他们走了没有？”

“应该还没有。他们时常到跆拳道馆走动。”赵星龙知道王超要找他们去动手了。对于王超，他自然是有信心。“你要留他们一命，我以后要亲手宰了这群王八蛋！那几个日本人练的不是花架子，是正宗内家功夫。你也要小心一点儿。”

“这个我知道。你好好养伤，骨折只是外伤，痊愈以后练练功夫，调养一下就好了，没有后遗症的。”王超一边说着，一边走出了病房。

王超一进跆拳道馆就直奔顶楼，来到贵宾室的搏击场地。里面有两个人正在相互搏击，还有四个人跪坐在旁边观看。就在王超踏进场地的一瞬间，四个人同时警觉，刷地一下站了起来，反应敏捷得好像惊兽一般。与此同时，两个相互搏击的人也停了下来，六个人的目光齐齐转向王超。几人的其中一个正是许久不见的李风，另外五个都是二十三四岁的日本年轻人，其中一个为首的明显大些，气质神情都比其他人显得成熟。

李风走过来和这人小声用日语嘀咕了几句，他点了点头，随后看向王超："我叫宫城阪神，是日本宫城家刚柔流传人。你就是赵星龙的朋友？我们等你很久了。"

宫城阪神对左右使了个眼色，他们立刻向四周退开，让出一大块场地来。他随后摆开了一个拳架，浑身汗毛立刻炸起，本来短寸的平头更是炸得好像一只刺猬，太阳穴鼓起半寸来高。

"又是白鹤门的招数？好像还掺杂了另外的武功。"王超一看这个宫城阪神的拳架子，就知道他的内家功夫已经练到了一定的境界。刚柔流本来就是由白鹤门秘传的《武备志》和日本人偷学的南少林的一些拳法融合而来的。

王超还没有稳住身形，宫城阪神突然大吼一声，脚步好像马蹄一样践踏地面，速度也和奔马一样快，几乎瞬间就冲到了王超面前，带起一阵刚烈的旋风。这一下速度之快，足可以表明这个宫城阪神是个把明劲练到巅峰，体能强大的高手。

"难怪赵星龙不是他的对手！"宫城阪神这一记冲撞，脚步好似奔马，和形意拳里面的马形相似，威力极大，和徐震的弟子秦茂蛟水平相差不多。在冲到王超面前两步的距离时，宫城阪神突然出拳，两臂如螺旋，一只钻向王超的面门，一只钻向胸膛。

王超右手往上一格，手臂宛如铁鞭磕碰，一下便把对方的拳头格开，随后进一步劈掌，在空气中炸出一团剧烈的响声。宫城阪神被王超一格，两臂疼痛钻心，又听到炸响，顿时吃了一惊，百忙中飞起一脚，踢向王超的手腕。哪里知道，王超一劈之下还连着一抓！一被抓住脚踝骨，宫城阪神就觉得对方的五指如钢钩一样。王超又一个切身进来，另一手一个劈抓，抓住了宫城阪神的左腰骤然发力，只见宫城阪神高大的身躯好像稻草人一样被甩在了墙上。

"八嘎！"宫城阪神只觉得腰眼刺痛了一下，但好像没什么事儿，于是爬起来，又朝王超冲来。王超又是一个劈抓，五指钢钩一样钳住对方的手，另一手抓住他的右腰，一个肩打，切进中宫，又把宫城甩到了墙上。这一下甩得非常重，宫城一时间没爬起来。

"回去练十年再来找我。"王超说了一句，转身就走，其余的人被他的威势震慑，都不敢上前。

“宫城，你没事儿吧？”几个日本青年立刻把宫城阪神扶了起来。

“我没事儿。咱们走！”当天，宫城阪神便离开了S省。几天之后，五个人回到了日本。

“宫城，我们该怎么办？”

“苦练，报仇！”宫城阪神眼中闪烁着狼一样的光。就在这时，他突然觉得有些内急，连忙走到厕所，解开裤带小便。

尿血！

原来王超用鹰爪暗劲抓他腰的时候，刺到了他的肾。人的内脏器官神经系统不发达，等感觉到疼痛的时候已经晚了！

“啊！”宫城阪神发出惊呼。自从和王超比武失败之后，起初几天他并没有觉得怎么样，只是小便的时候微微刺痛，并且两个腰眼的位置有几个淡淡的指纹印。

在最近四个月的闭门苦练中，王超居然通过观察日升日落，明白了阴阳动静的道理。在一遍遍“轻出重收”的练习中，他劈拳抓击的暗劲勃发不再是一味的刚劲勇猛，而是可刚可柔。不过拿人体做试验，王超还是第一次，宫城阪神不幸成为第一个实验品和牺牲者。

暗劲练到至柔后，可以通过细微的毛孔刺进内脏深处，而且表面不留下一点儿痕迹。宫城阪神的腰间留下指痕，那是因为王超的暗劲还不到家，没有到至柔的地步。要是暗劲练到极致柔和的地步，只要轻轻往敌人身上一挨，立刻就能将暗劲刺进敌人身体内任何一处。并且在刺入的一刻，敌人不会感觉到任何的疼痛，皮肤上没有一点儿伤痕。等到几天后内脏伤势开始恶化，人也没救了。就算能救治下来，人也废掉了一大半，这实在是一等一的暗算手段。

宫城阪神虽然出生于武学世家，练刚柔流空手道，又兼练了很多内家功夫，身体达到明劲巅峰。但是他性格凶狠，一直不能很好地控制情绪，自然不会勃发心力，发出暗劲了，这就注定了他这次的悲惨结局。不过宫城阪神是日本宫城世家嫡系的一个子弟，王超用暗劲废了他两肾，基本上是结下了深仇大恨。

“怎么回事儿，怎么会尿血？”宫城阪神觉得两腰剧痛，尿道也好像有许多针乱刺，几乎痛得他失去了知觉。

这时，他的几个同伴也发现了异常，冲进厕所。眼前的情况令他们大吃一惊，连连呼喊：“快！快把他送去医院！”

“这是怎么了？下飞机的时候还好好的。”宫城阪神被抬上了救护车。

日本东京一家大型医院内，宫城阪神昏迷不醒，腰上插着管子，躺在病床上一动不动，只有床左侧显示屏上心电图的波纹表明他还活着。他的两肾已经完全坏死，就算找到合适的肾源换上，身体功能也会大大降低，而且不可能有生育能力了。一个戴眼镜的主治医生小心翼翼地看着面前威严的中年男人，然后尽量用平和的语气述说着宫城阪神的病情。中年男人越听脸色越阴沉，最后终于抑制不住怒火。“八嘎！”中年男子暴跳如雷，一个耳光抽打过去，那个主治医生的眼镜立刻碎裂在地上。

“宫城先生，我们会尽力治疗，尽力治疗。”看见主治医生挨打，几个医院里面的领导连忙跑了过来。宫城家族在日本是个大家族，资产非常雄厚。尤其是面前这个人——宫城泽明，他是黑帮组织山口组内的一个高级领导人。

“泽明，不要打人。”一个苍老的声音传了过来。宫城泽明回头一看，立刻收敛了自己愤怒的神情。来的是一个身穿和服、脚踏木屐，手里拿着一根拐杖的日本老头。这老头身后还跟了四个一脸冷酷、眼光黯淡，好像死人一样的高大男子。

“伯父，您怎么来了？”来人正是宫城家的现任家主——宫城龙太郎，他是日本武术界威名赫赫的人物。

“泽明，你的武功一直停滞不前，现在心灵上的修养也落后了很多，这不是一件好的事情。”龙太郎叹了一口气，“不过这也是因为你打理家族的生意，分心太多的缘故。好了，带我去看看阪神。”

“嗨！”在龙太郎面前，宫城泽明表现得诚惶诚恐。两人进了病房，龙太郎走到宫城阪神面前，看了看他的腰，随后眼睛一亮，闪烁出逼人的精光，他死死地盯住两腰之间的几个淡淡指痕。看了良久，龙太郎的脸上没有一点儿表情，语气很是平静：“阪神这孩子是我们宫城家的武学人才，如果磨炼一下性子，在三十岁之前，能够踏入一流高手的行列。到时候，我们家族里面又会多出一个支撑门面的武术大师。可是现在不行了，治好以后也不行了，伤他的是一个高手。”龙太郎的语气越是平静，宫城泽明的心里就越是震惊。从小他就知道，伯父内心越平静，杀心越浓重。

“我们日本武术界很久没有和华人武术界交流了。泽明，你去查一查，杀死阪神的是哪一个高手。这样的高手，不会是无名之辈！”龙太郎吩咐道。

“可是，伯父，阪神并没有被杀死，还有希望医活的。”

龙太郎转过身来，两眼盯住宫城泽明。这令他心惊胆战，惴惴不安。

“我们宫城家，在追求武学的道路上，失败者从来就只有一条路。”说着，龙太郎一手捏成爪，猛地扣在宫城阪神的喉咙上，咔嚓一声，心电图成了一条直线。

“宫城家是个骄傲的家族，绝不允许一辈子都躺在床上的失败者出现。”龙太郎转身就走。

终于，王超悠闲的日子到了尽头。这天，他接到曹毅的电话。一见面，曹毅就宣布了组织上的新任务：去山东开设武馆。

“去山东？”王超有些惊讶。

“不错，就是去山东。”曹毅解释道，“山东和韩国、日本只有一水之隔，而且上接东北，东北又连着俄罗斯。俄罗斯的黑势力和地下赌拳尤为猖獗，已经渐渐从那边渗透了进来，形势十分复杂。你去了之后，首先从武术界着手，一方面摸清所有黑势力的动向，另一方面要打出威风，打出名头来。我听说你那天在跆拳道馆打死了宫城阪神，这次麻烦不小。另外，你还要小心。现在山东、东北一带的黑拳市场被一个叫廖俊华的人控制着，这个人来头不小，和俄罗斯、日本、韩国的黑势力都有勾结。这次，依旧是大石头他们跟着你，一部分成为你武馆的学徒，另外一部分依旧隐藏在暗处，也有个照应。还有，你对商业运作的事情一窍不通。因此，组织上为你专门调拨了一个助手。”正说着，会议室的门被人推开，进来一个女人。

“你好，林小姐！”这个女人一进来，曹毅连忙站起身来打招呼。

“你好，曹教练。”姓林的女人和曹毅握了一下手。

“我来介绍一下，这位是八卦形意拳大师王超师傅。”曹毅连忙开口。

“你好，我是林雅楠。”林雅楠自我介绍道，“希望以后合作愉快。”

林雅楠一双丹凤眼微微眯起，迸出凌厉的精光。只是，她的动作很自然，轻轻伸出白皙的手，表达出了握手的意思。王超并没有把林雅楠放在心上，但是就在两手相握的时候，他突然感觉到对方的上臂不动，肘关节突然一错，整条小臂好像大杆子的头一样剧烈地摆动了一下。王超陡然感觉到这个女人的五指紧缩，好像一把铁钳子，同时，小臂的抖动还带动了自己整个身体。好像对方这轻微一抖，要把自己整个人都抖出去一样。

好深厚的八极功夫！王超立刻察觉她以肘为枪的八极拳发劲技巧。而且她的一抖之力竟然有五百斤以上，足足可以在握手的一刹那把人抖飞出去。王超轻轻一提腰，整条手臂柔软得面条一般，微微一起一伏，重心就好像在水中沉浮的花瓣和风中飘拂的柳絮，无论林雅楠的劲如何巨大，都落了个空。

“林小姐，请坐。”王超在外表上丝毫不显露出来，很自然地握了一下手。化解劲力之后，他手指摸到林雅楠的骨节，轻轻按了一按。林雅楠立刻感觉不对，只觉得自己手臂的骨骼好像杠杆一样，一节一节传递到了肩膀、脊椎，最后落到腰胯、盆骨。她整个人就好像提线木偶，不由自主地坐到椅子上。王超通过摸她手上的骨头，控制了她全身骨节，这正是太极拳中精深的运劲法门。自从王超和陈艾阳交流之后，对于这门劲力的理解已经逐渐开始出神入化。不过王超并没有让林雅楠难堪。最起码，在曹毅看来，两人就是握了一下手，林雅楠坐下，王超也就顺势坐了下来。

三个人就山东现在的情况做了一番讨论，拟定了一个大致的计划。

一连准备了三天，王超和林雅楠、赵星龙，还有大石头、斧头、榔头等几个人一起坐飞机去了山东。至于其他的二十几个人，早已潜伏在山东。大石头一帮原来共有二十五人，因为榔头被王超用虎形劈劲震断了双臂，所以跟随王超去广东的只有二十四人。不过现在事情已经过去了一年，榔头的手臂早已经恢复。经过那天的比试，榔头也对王超深为佩服，这次的任务一分配下来，立即巴巴凑上来，要做王超的弟子。赵星龙的身体经过半年的精心治疗，已经完全康复。他本来就是练内家功夫的好手，身体素质比普通人要强上几倍，再加上王超现在财大气粗，为他请了最好的骨科专家会诊，更是隔三差五用暗劲帮他扶正骨头，强化骨质。

暗劲疗伤的原理和针灸一样，不过比针灸的效果更为强大。赵星龙的受伤，为王超提供了一个绝好的试验机会。王超也没有用特别的药，就是买了一些壮骨的药酒，倒在手上，以轻柔的心意勃发暗劲，把药力直接敷进赵星龙的骨折部位。这样一来，果然收到了很好的效果，赵星龙康复得非常快。

这一次的失败彻底激发了赵星龙内心的凶悍，伤势好了之后，他开始每天苦练武功，睡眠都缩短到了每天四五个小时。他甚至比王超以前还要投入。

“林小姐，山东这么大，不知道我们武馆开在什么地方？怎么宣传？”

“就在这里面。”林雅楠打开地图，手点在山东沿海的一座美丽城市上。

“青岛？”

“对，就是青岛，我们把武术馆开在崂山！”林雅楠点点头。

“崂山？我还以为是在市区弄一个门面，学习跆拳道、空手道的经营模式呢。”王超想了想，结合自己的看法提出了疑问，“武馆开在山上，怕是影响不大吧？”

“这你就错了！”林雅楠摇摇头，“我们中国很多东西都是借助名山和名胜古迹发展起来的。你看少林寺现在经营得怎么样？我们中国的经营模式自成一家，不用学韩日。”

停顿了一下，林雅楠继续说：“崂山自古就是道教圣地，我们借助的就是这个名气和神秘性。加上你的功夫，只要随便在电视台炒作一番，立刻就会名震武术界。我们虽然短时间内比不上少林寺、武当山这些地方，但再怎么说，也远远超过什么空手道、跆拳道。”

“武术是一回事儿，把武术做成生意，靠它出名、赚钱，又是一回事儿。”林雅楠收起了地图册。

王超听到这里，脸上突然笼罩了一股阴沉。“国术本来是只杀敌、不表演。但是现在，我却不得已陷了进来。这算不算违背了尘姐当初教导我的初衷呢？”王超想到这里，长长地嘘出一口气，“我知道尘姐的本意，她当初教我的时候，只是想在国内留个传人。我现在只是稍微踏足武术界，就知道这是一个危险的世界。不知道她那个世界，又是怎么样的呢？”

“你在想什么？”林雅楠见王超突然脸色不好，以为出了什么问题。

“呃……没有什么。”王超道，“这些我都不懂，一切都听你安排。我只管比武，其余的事情一概由你做主。”

四五天后，王超一行人在崂山南麓老君峰下的道观内居住下来。这里三面环山，一面临海，树木幽深，场地宽大，是个修身养性的好场所。王超一来到这地方就被吸引住了，这里山海一色，实在是壮观无比。这六七个道观装修以后，连成一片，有三十多间房子，都是古色古香、别致典雅。再往山上去，就是崂山道教协会的场所了。武馆的招牌也挂了起来，不过这次没有用“天星”这个名号，而是堂而皇之地挂上了“崂山内家拳馆”的牌子。挂牌之后，林雅楠立刻着手安排，调动资金，在各大新闻媒体上展开了铺天盖地的宣传。一时之间，崂山内家拳馆的声势就好像大海一样汹涌，几乎传到了每一个山东人的耳朵里，就连外省的一些人也听说了这家武术馆的大名。一个月后，慕名前来的人几乎踏破了门槛。不过王超并没有露面，林雅楠早就安排好了，由崂山道教协会一个会武功的道士作为公众媒体人物。这个负责出镜的道士是个练螳螂拳的高手，名叫洪大通。他以前是练七星螳螂拳的，因为生活所迫，出家当了道士。他的短打快攻和近身搏击快捷迅猛，和现在的赵星龙不相上下。这样的武功，已经足以糊弄前来求武的人了。

山东省济南市的一栋大厦顶层内。

“廖师弟，最近武术界的动静很大啊，你是山东和东北的地头蛇，没有听到风声？”真皮大沙发上，坐着一个三十多岁的男子，他眉毛横起，中间连成一块，就好像是一个浓黑的“一”字。他剃着平头，头发有三寸，根根直立，就好像豪猪刺，整个人看起来好像有无穷的精力。

“戴师兄，我听说去年有一个年轻高手在船上比武，打得和师兄齐名的张威跳海自尽。至于今年，好像没有什么吧？”原来，这个一字眉的男子正是广东三虎之一的戴军。而坐在他对面的，正是山东有名的人物，廖俊华。这廖俊华居然是戴军的师弟，这连王超得到的资料里面都没有提到。戴军的师傅是现在美国夏威夷养老的国术大师朱洪智。在上世纪六七十年代的时候，朱洪智曾和台湾薛连信齐名。两人都是武术界赫赫有名的宗师。

廖俊华三十出头，穿着一件宽松的白绸子衣，天庭饱满，五官匀称，可以说英俊极了。他坐在那里，双手放在膝盖上，不苟言笑，完全没有那些公子哥儿轻浮、阴狠、骄纵的气息。在一个不知底细的人看来，廖俊华就仿佛一个时刻都严于律己的修行之士。事实上，他有着强大的家庭背景，势力比赵均、王小磊、吴颖达三人还要大上许多。只是他并不像亿科集团那样直接参与犯罪团伙，而是一手掌握了山东半岛的不少能源系统。像东北、山东这一带的，也并不是他直接统领的，甚至和他挂不上钩。但是他的威慑力很大，只要随便说一句话，黑白两道的人物，没有一个敢不买账的。就算是利润高得一塌糊涂的地下黑拳，他也是只暗中操作分红。从外表看起来，他就是一个正儿八经的国企老总。就算查起来，他也是没有一点儿涉黑的行为。

“难道你不知道？不可能，最近崂山内家拳馆闹的声势可是很大。”戴军看了廖俊华这位小师弟一会儿，就已经知道，他的武功不在自己之下。自己这位小师弟的底细，他很清楚。十几岁的时候，廖俊华就被送去美国留学。在留学期间，认识了当时急于找关门弟子传承衣钵的拳术大师朱洪智。

廖俊华的资质非常好，人聪明，又很刻苦，立刻被朱洪智看中，手把手教了他四年功夫。结果他一练下来就一发不可收拾，竟然在美国纽约的华人社团圈子里面，打出了“双花红棍”的名头来。自古以来，就不断有华人流落海外，上千年的时光过去了，流落在海外的华人已经是千千万万。美国、加拿大、俄罗斯、新加坡等，都有无数的华人圈。华人在国外生存很不容易，经常受人歧视和欺压，不结成社团联合起来，根本活不下去。

美国的华人社团当然是其中比较大的一个，它秉承了古老的传统，武术界也比现在的大陆要发达许多。这其中有两条原因：第一，清朝、民国时期，国家乱糟糟的，许多有名的武术界人士都离开了大陆，在解放初期更是有大量的武术家随国民党跑了；第二，外国的华人圈子远远不如大陆生活平静。外部的压力，能磨炼出最为凶悍的血性。

“双花红棍”这个称呼，来自中国最古老的社团——青帮和洪门，它的意思就是最能打的打手。能在高手如云的海外华人社团中闯出这么个名头，廖俊华的实力可见一斑。朱洪智见自己这个弟子这么有成就，自然把武功全部教授。廖俊华一共学了八年，然后回国。在这八年之中，他不知打了多少场架，用以磨炼身手。他并不是没有任何经验的菜鸟，相反，他的打斗经验甚至比他的师兄戴军都丰富。

“崂山内家拳馆？那只不过是个不入流的螳螂拳道士和道教协会的一干人想赚两个钱花花罢了。怎么，莫非里面另有玄机？”廖俊华意识到戴军不会无的放矢。

“那个螳螂拳道士只是一个噱头，拳馆真正的主人，就是打败张威的那个年轻拳师王超，他本人是S省天星网络集团的老总。”戴军轻微咳嗽了一下，“他还结下了很多恩怨。一是打死了老徐（徐震）的衣钵传人秦茂蛟，二是打死了日本宫城世家的宫城阪神。现在，我听说日本武术界很可能大规模出动，找他麻烦。”

“嗯？”廖俊华皱起眉头沉思了一下，“他有什么来头？”

“这次我来山东找师弟你，事前是受了亿科集团的邀请。吴颖达他们请我的意思是，要我和王超比上一场，为广东三虎夺回名头。我干吗平白无故被人当枪使？不过我和那三个人见了一面，也算是知道了这个王超的来历。根据他们事先的调查，这个王超很可能是欧洲某集团派来的人。”

“欧洲派来的？”廖俊华这才吃了一惊。

“戴师兄，我们明天就去会会那位年轻的拳术大师！”想了一会儿，廖俊华突然对戴军道。

“师弟是手痒了吧？”戴军笑了。

赵星龙整个人站在齐胸深的海水中，浪头一个接一个地扑打过来。但是他丝毫不顾，迎着海浪出拳，每一拳都发力刚猛，正中一个浪头，打得水花四散溅开。海水潮涌的力量很大，赵星龙却站得很稳，脚底下生了根似的。一轮红日从海平面上跃起，照得海上光芒万丈。赵星龙的身体也被初升的太阳照着，古铜色的皮肤上泛着光。王超和林雅楠两人在远处的沙滩上悠闲地散步。大石头、斧头、榔头却赤着脚，在沙滩上跑步，呼吸着海上的新鲜空气。把身体都锻炼到位之后，三个人开始立定站桩。

来山东的这些天，一切事物都是林雅楠打理。王超倒是出奇的悠闲，整天就在崂山转悠，看看风景、在海边散散步，比在家里还要清静。不过，这只是暴风雨来临前的清静。

“这些天怎么都没有看见你练功了？”终于，赵星龙一身湿淋淋地从海水里面走了出来。

“你主练的是八极拳，兼练劈挂、通背，但是你的家传并不完整，很多东西都掉了。只可惜，我虽然懂八极，但对于细微的地方并不精通，而你练了八极，又不能跟我学形意，劲很难改过来不说，还不纯粹。”练拳在最初就是纯，明白拳理后才能博采众长。赵星龙现在功夫还没有达到那种境界，自然不能再练其他的功夫。

“不过雅楠练的也是八极功夫，你们可以多试试手。虽然她有师门规矩，功夫不能传给别人，不过如果你能自己摸索出来，也不算坏了规矩。”

“这个我知道，不过就算没有任何指点，我也能练出上乘功夫来。”赵星龙淡淡笑了一下，自信满满。

“嗯，”王超点点头，“你们是不是看我这么多天不练功，担心我武功退步，以后手脚不灵便？”

“我的武功虽然没有你那么精深，但也知道‘一天不练，手脚就慢’，这不是一句危言耸听的话。”林雅楠神情严肃。她肩负着组织交给他们的重要任务，而王超是任务的关键，由不得她不急。

王超摇摇头：“摆架子，那是身体上的，更重要的是在脑子里面练，行止坐卧都要有拳意在里面。不过这也只是练罢了，武功要突飞猛进，最重要的是一个‘养’字。”

“古时道士养生，吞日月之精华，养成内丹之奥妙，长生不死。虽然这只是个神话，但道理是相通的，我们练拳之人也一样，要学会采集日月精华，才能真正增长功夫。”

林雅楠越听越觉得古怪：“你不是这些天被山上那些道士忽悠住了吧？采日月之精华，太玄了，不脚踏实地，永远练不好武功。”

“一点儿也不玄。你看这初升的太阳，朝气蓬勃。人也要跟它一样，心和意随着太阳的升起，神采奕奕，意气飞扬。等到中午，太阳悬挂在中天，一动不动，光华却最为刚猛暴烈。这个时候，人也要学它，心和意紧守在心脏中心部位，不动则已，一动便能雷霆一击。静中求刚，这是中午的养生之道。到了傍晚，太阳落山，余光挥洒满天，人的心和意还是要学它，将心血散遍全身，慢慢下沉，归于寂静。等到晚上，月亮升起，悠远宁静，心和意也要跟月亮一样，幽静清冷，最后一动不动，归于黑暗空虚之中，等待第二天太阳升腾。心和意随日月循环，融合日月运行的规律，这才是采集日月之精华。”王超微笑着说道，“明白了这个道理，心和意随着这个规律去做，最后达到‘自然而为，不用刻意而求’的地步。我现在虽然不动手练拳架子了，但武功已经突飞猛进，比原来高出许多了。你们如果不信的话，很可能马上就有人来试验了。”

10

王超说话的同时，远处传来巨大的马达声，几艘快艇冲破海浪，几乎瞬间就接近了海边。王超的话音还没有落，最先头的快艇已经冲到了岸边，上面的两个人就好像巨大的龙虾跳跃，背脊一弓，弹身而起，直接蹦出了六七米，落到沙滩上。

“好一记龙形跨步！”王超忍不住赞叹。这一手功夫是龙形中的蹦跳，看两人起跳的姿势，好像龙虾又好像鲤鱼跃龙门。龙本来就是综合了马的脸、鹿的角、蛇的身、鹰的爪、鱼的鳞片等构建出来的一个神话形象。在拳术里面，龙形也是很多动物的综合演变。王超赞叹的原因是这两人一跳而起的时候，隐隐约约地从海风里传来了深沉的呼吸长啸声，就仿佛是蛟龙出海，升天而上，显然是已经达到了武学大师的境界。

在沿海，练拳的高手层出不穷。据王超所知，现在的山东国术馆就有好几个高手，像练查拳、梅花螳螂拳、六合螳螂拳、少林罗汉拳的等等，不过高手虽然多，却全都停留在明劲阶段，达到暗劲的一个都没有。王超估摸着，这两位肯定不是山东国术馆来的高手。

两人一步步走过来，王超已经看清了他们的相貌。其中一个浓黑的一字眉，短寸发，精悍外露，似乎力气无穷。这个人的相貌，王超在组织的材料上见过。广东三虎里面，他可以说是名气最大的一个，正是澳门葡晶集团的大董事：戴军。

这样的大富豪，本身又是武学大师，不引起各方面势力的注意才怪。

不过戴军在广东三虎里面最为出名的另外一个原因是他有个厉害的师傅。而张威、徐震两人的师傅都不出名，他们的名头都是靠自己一步步打出来的。

“戴军、廖俊华！想不到，廖俊华也是个高手。而且看他刚才跃起的身法，功夫似乎并不在戴军之下。这是怎么回事儿？组织上的资料并没有说明，只说他是个有背景的人。”王超看见廖俊华的相貌，立刻就确定了他的身份，但照片上的廖俊华并没有现在这份高手气质。

王超迅速地朝身边的林雅楠看了一眼，林雅楠似乎也很意外，微微凑近了一点儿：“廖俊华一向低调得很，我们都不知道他居然是个高手！不过这次算是知道了他的资料，上报给组织，也算是个不小的收获。”

“王超师傅，你好兴致，一大早上就出来散步看海。拳术大师来到了山东，怎么不跟我打声招呼，还在崂山开了个内家拳馆？其实只要王师傅说一声，要来山东传授拳术，山东国术馆也可以给你打理的嘛。”廖俊华和戴军渐渐走近，在离王超还有八九步的地方站定，他倒先开了口。

“两位是？”王超故意皱起了眉头。

“我是戴军，这位是我师弟廖俊华。我们今天到这里，是来领教一下王师傅的功夫，看看王师傅是用什么手段，居然打败了张威师傅，还害得他跳海自杀。”戴军也不客气，一口就道出了自己的来历和目的。远处几艘冲锋快艇上面的人也下来了，却不围上来，而是远远地散开，似乎是严禁闲杂人等靠近这片沙滩。

“廖俊华是他师弟？这么说，两人都是朱洪智的徒弟了？”王超心里暗想，“是了，廖俊华的资料上说他在美国留学的一段时间里，曾经加入过华人社团，而朱洪智是美国华人社团的元老。”

“你们师兄弟要领教我的功夫，不知道哪个先来？”王超踏出几步，眼神瞄向赵星龙和林雅楠，意思是叫他们两人散开。

“当然是我师弟。我师弟在武术界没有名气，因此也没有负担。这次不过是兴致上来而已，私下交流，不赌拳，也不做生死搏击。王师傅，你不用多顾忌。况且，以你的身份和背后的势力，也没有什么好顾忌的，你们两人就好好玩上一场吧。”戴军嘿嘿笑了两声，王超也不清楚笑声中到底蕴含了些什么意思。

廖俊华的嘴角迅速弯起，显露出一个神秘的笑容。只见他脚步向左右分开，整条脊椎好像一条大龙，弓起一弹，眨眼之间，已经抢到了王超面前。廖俊华的双掌左右开弓，如插花一样，轻飘飘中蕴含着内敛的刚劲，击向王超的腰肋。

“好厉害的龙形打法！和我的龙形又有些不同，多了些阴毒和柔劲，有些老拳法的意境在里面，这是心意六合拳术！”

形意拳术的打法，一发动就是抢中宫，打人中线，一往无前，刚劲勇猛。然而廖俊华的拳术一动，虽然也是猛抢中宫，但两手用劲是朝着腰肋的侧线击打，他正面的强攻竟然是虚晃一枪。这样正虚侧实的打法，非常阴毒。普通练家子常常朝中线进攻，也自然在中线抵挡，结果只要一下，就会被拍碎两腰肋骨。

“八卦贼，形意毒，最毒不过心意。”从这一点就可以看出来，心意六合拳是形意拳的前身。

廖俊华这一动手，以龙形跨步进攻，深得龙形要诀。“龙形属阴搜骨能，左右跃步用柔功，两掌穿花加起落，两腿抽换要灵通。”尤其是他正面踏步带起的风声，胸腔中迸发出的长啸和两手的脆响，汇聚成了悠远的龙吟。他口中气息喷吐，拳从口出，正冲着王超的咽喉和胸膛。他这样的气势，立刻给人造成一种假象，就是他手上攻击的要点肯定是咽喉和胸膛部位。但王超没有被这样的假象迷惑，他后退一步，两手按在腰肋之下，骤然钻出，正如两条出洞觅食的大蟒，咝咝之声大作。

王超的蛇形已经达到了炉火纯青、出神入化的境界，而且廖俊华的这一手龙形正是击向他的侧线。两人的双手在王超的小腹前面半尺处对撞在一起。

王超很自然地张开五指，指关节爆发出了巨大的响声，就好像一条蟒蛇用牙齿咬到了大水牛的骨头。

两手碰撞的瞬间，廖俊华神色一变，两耳抖动。因为他清晰地听见了王超手指关节爆发出的声音。一听见这声音，廖俊华心中就明白对方五指的力量大得出奇，自己只怕难以抵挡：“想不到他的蛇形居然练到了这样的地步，张威败在他手里并不冤枉！”

但是，王超这一招蛇形本来就气势凶猛，一化为“撕咬”，速度力量又陡然拔高了一成。廖俊华竟然来不及闪避，一下就被王超钳住双手！顿时，廖俊华觉得对方五指好似钢钩，钩子上又蕴含着无穷的倒刺，这是暗劲勃发的征兆！

“他暗劲先发，我已经来不及抵挡！这双手非被废掉不可！”廖俊华身经百战，在千钧一发之际，看清了当前的形势。他脚趾猛一抠地，形如鸡爪，整个人立刻增长了不少。与此同时，他的脖子伸长，好像雄鸡打鸣。突然颈项一弯，用额头打向王超的面门，这是鸡形中的头打！这一招，本来就是被人捉住双手后，用头打脸，反败为胜的绝招。旁边的戴军一看到这样的情景，刷的一下，心也提到了嗓子眼，他也想不到，两人交手只一个回合，就已经杀气腾腾。照这个形势，王超可以废掉廖俊华的双手，而廖俊华却能用头撞破王超的脸。

胜负就在一瞬间！

廖俊华这一招“鸡形头打”，两脚抠地，一足前踏进中央，另一脚跨后，微微翘起，正是鸡形腿法中的“十字拐”。只不过，他这“十字拐”却是动而不发，隐藏起来，阻住了王超双腿的一切变化。

“头打去意占中堂，两手外拨人难挡，脚踩中门抢地位，就是神仙也难防。”这句打法歌诀的精髓，在廖俊华一式“金鸡啄米”中完全体现了出来。练拳的人，腿部韧带十分有力，柔韧性不可思议。廖俊华可不愿意自己拼命的一招头打，被王超飞起一脚踢到额头。

好一招金鸡啄米！王超只觉得眼前一黑，对方额头正撞向自己的面门。这一撞如流星坠地，快捷迅猛，如果被撞上了，破相那还是小事儿，只怕是鼻梁、嘴唇、眼睛全部稀烂。然而，就在头打下来的同时，王超敏锐地感觉到了脚下沙地颤动，那是对方脚也在用劲的缘故。

曾经有一位前辈说过：“腿上的功夫要把脚底板练得比脸皮还要薄，那就到家了。”王超现在正是如此。他通过脚底的轻微感觉，立刻放弃了出脚的想法。也亏得王超这份敏感和利索，要是用腿出击，那就正中廖俊华的计了。腿被十字拐拦截，王超后继无力，立刻就会被撞破脸皮。虽然还是能废掉对方的手，但自己付出的代价太大了。不过现在还是王超占了主动权，他两手忽然一松，放弃了用劲，两脚用力后蹬，手兜在臀部，宛如猴子尾巴，一式猴形蹦了出去。王超双脚在沙滩地面滑行，地上出现了一条长长的印子。

廖俊华的一式鸡形头打，意在拼命，王超这式猴蹦后退，气势此消彼长，廖俊华立刻抢了上风。他鸡形十字拐连踢，扬起了沙滩上的细沙卷向王超的眼睛。与此同时，他借着十字拐脚力，身体发劲，又是一式龙形跳跃，整个人好像一只巨大的龙虾跃起，双手暴长，如两只巨大的虾钳，击向王超的太阳穴。他先是以鸡形踢腿扬起沙子，想迷住王超的眼睛，下一刹那转化为龙形中央蹦跳，两手击打太阳穴，如双峰贯耳，可谓是把心意六合拳术的阴毒发挥到了极致。

这一系列的变化，让旁边的戴军看得紧张万分。

“师弟的技击，并没有因为身居高位而退化！这一招鸡形头打，化险为夷，抢占到上风，真是令人叹为观止。要是我处在王超现在的位置，既要防止沙迷眼睛，还要抵挡龙形的双峰贯耳，还真不好办！”

廖俊华今天给王超的惊喜实在太多。刚刚他一个猴蹦跃出，一连串的海沙就扑面而来，随后黑影闪过，王超两边的太阳穴剧烈跳动起来，这分明是受到了对方劲力的刺激。拳未到，风先到。王超在这万分危险的情况下，眼睛一闭，一口气呼出。和气同出的是他的一记虎形劈劲。面对廖俊华突如其来的双峰贯耳，王超既不闪避，也不动手抵挡，而是采取“你打你的，我打我的”这种策略，沉腰弓身，左手抄后，右手一记虎形劈劲，勃发出巨大的虎吼，砍向廖俊华脸上的中线部位。这倒不是王超无法抵挡，有意来同归于尽，而是他以精确的感知能力，早已经计算出，廖俊华远距离发劲，路程太长，而自己以逸待劳，骤然爆发，绝对可以在对方打到自己太阳穴之前，劈开对方的脑袋。王超这一记劈劲，力量之强，匪夷所思，当空砍出一声爆响，空气中都勃发出明显的震荡。

廖俊华的双拳离王超的太阳穴还有七寸距离，就看见面前一只手掌迅速扩大，平地刮起一阵暴风，吹得自己呼吸不畅。他连忙停住脚步，双手一抖，弯了回来，一击横拳架梁挡住了王超的劈劲。

王超这一记拳，骤然勃发，力量已经超过了一千五百斤。而廖俊华这横拳架梁乃是中途变招，劲力转换不纯，力量稍显弱小。两人手臂陡然一接触，廖俊华就感觉到剧痛，竟然有些架不住对方劈劲的架势。

廖俊华臂膀皮肤上的毛孔粒粒鼓起。与此同时，他双臂借着横架的势头，背脊好似大龙潜水，猛烈地下退，一节节脊梁骨发出脆响。廖俊华把王超这一记劈劲传递到了脚上，总算是避免了手臂单独承受的压力，没有被一下劈断。廖俊华却忘记了，他的脚下是软绵的海沙。这一借力传递，化解劈劲，两脚使劲一踩，身体立刻陷了进去，海沙没过了他的膝盖。他整个人就好像一根木桩，被王超劈进沙地里，竟然一下拔不出来。

搏击的环境场地对胜负有很大的影响。张威是踩到了铁钉，输在环境上。今天廖俊华脚陷海沙，同样是吃亏在了环境上。廖俊华一拔双腿，居然停滞了一下，没有跳出来，一颗心立刻沉进了无底深渊。

“不好！”就在他心沉的一刹那，视线中已经失去了王超的影子。与此同时，背后巨大的风声拍击过来。王超自然不会放过这个千载难逢的好机会。一看廖俊华双腿陷沙，身体一刹那不灵便，他抓住机会，一个八卦绕步，抢到了廖俊华的背部，顺势一掌推出。他之所以不用劈抓，是因为最先使用过一次，怕廖俊华能够抵挡。而现在用八卦掌，一定能收到出其不意的效果。这一招，是八卦拳中的“顺势掌”，顺水推舟，一切都是随意自然，因此速度非常快。虽然杀伤力没有劈拳、崩拳那样大，但只要是打在人身上，还是无人能承受得住。

“留手！”戴军陡然抢身进来，一记撩拳，从下至上，准确地撩击在王超的胳膊上，架开了他致命的顺势一掌。王超见戴军插了进来，心中一紧，立刻收掌，缩身团气，脚步向旁掠，转到了戴军的左侧。

“难道这两人要围攻我？不管怎么样，先抢占到上风再说。人心险恶，万一我停下手来问话的时候，两师兄弟突然袭击，我就算有再大的神通，也死定了。”因此，在戴军插手进来的一刻，王超并不停手，而是发动了更为猛烈的攻击。

戴军刚刚帮廖俊华挡过了致命一击，王超就闪身不见了，随后左侧的风声乍起。

“好家伙！”王超这一下攻击奇诡凶猛，戴军也没有说话的机会。戴军其实也没有联手攻击的意思，只是压个阵。因此刚才一击，并不强大。但是现在，王超明显是误会了，戴军不由苦笑一下。他离地一个旋转，晃过身来，两手一搭，挡住了王超袭击自己左肋的手刀。哪里知道，王超手法突然一变，化掌为爪，五指关节爆响，寸劲巨大，一下就穿透了戴军的抵挡防线！八卦手刀本就和劈拳相同，王超运用手刀的时候，自然可以随时转化为“劈抓”中的鹰爪劲。这一抓，正插向戴军的小腹！戴军心中一紧，立刻缩腹。他的整个腹部好像面团一样骤然塌陷，让王超的抓劲落空。但是王超并不是没有后招，他猛一蹲身，另一只手兜在屁股后面按地，接着一抓、一提，手抓再向下一沉，错过戴军的腹部，抓向了戴军的下身。这两波寸劲，和张威那天施展出来的咏春拳一般无二，都是指关节、肩关节连续发劲，增长手臂的爆发力。

“不好！”戴军觉得下身凉飕飕的。王超利爪如风，不能抵挡，于是连忙后退。就在这时候，王超按在地面的手陡然扬起，一把沙劈面打了过来。王超这一连番的杀招，正是太极大宗师杨露蝉名震江湖的“蹲身抓雀，神沙使脸上”！

戴军万万没有想到，王超的武功招式竟然这样阴狠毒辣，鹰爪功夫招大力沉，连续两波关节骤然发力的寸劲，一波比一波凶猛。他刚刚缩腹退身，躲避过了王超插向下身的致命一抓，正打算出言阻止打斗。哪里知道，眼前无数黑点好像黄蜂一样密密麻麻地扑过来，连带着嗡嗡的声音。王超抓一把沙子打出，力道凶猛。这猛力的一甩，虽然比不上土炮猎枪中轰出的铁砂，但人如果挨得近，来不及闪避，也可以被打破脸皮，使人破相。

戴军听见风声，大惊失色。不过他也是久经沙场的老将，见识过很多的阴毒招数，倒是临危不乱。他左手猛地抬高，袖子滚荡，发出啪的一声响，好像摇晃着一面旗子。王超打出的沙砾，全部都被他用袖子挡开了。

同时，戴军弓身再退一步，右拳贴着自己的心脏向外扎了出去，正轰向王超的胸膛。

这几手骤然勃发的功夫，显示出了戴军扎实的根基和丰富的实战经验。但是他毕竟被王超连番攻击，看似能够连消带打，其实脚步已经微微散乱，身体气息不匀。要是换了另外一个稍微差一点儿的对手，他立刻就会缓过一口气来，重新调整身体气息，又恢复到巅峰状态。但是王超眼光锐利，自然不能让戴军缓过这口气来。面对戴军心意勃发的这一拳，王超身体强行踏进，又是一记劈拳硬撼。

又是一声肌肉搏击的巨响，伴随的是王超五指关节爆出脆响。王超的劈抓已经练到了神形兼备的地步，虎形之下，必然伴随鹰抓。戴军一碰到王超的虎形鹰爪，立感不支，连忙收拳。这一下，又失去了更多的先机。王超劈抓进击，戴军又后退，气势劲力更弱，顿时让王超完全发挥出了力量，真就如雄鹰猛虎扑击猎物，力量沉雄，居高临下。接连两个回合，戴军就好像在恶狼面前挣扎的小绵羊，身形连闪后退，手忙脚乱。幸亏这是在空旷的海滩上，要是在有限的擂台上，他早已退无可退，被打死了。高手过招，一招示弱，立刻就会被对方狂风暴雨般攻击打倒，根本没有什么慢悠悠的你来我往，见招拆招。就算现在场地空旷，戴军在王超的攻击下，也根本支持不了多久。因为王超现在一气呵成，打得他无法喘息。只要他一口气上不来，就立刻会挨上一拳。

“这家伙真是凶悍！拳术高超，打法精湛。”廖俊华已经把插进沙地中的两腿拔了出来，眼前的情况却令他大吃一惊。他的师兄戴军竟然被王超打得只有招架之功，再过几十秒，铁定是落败受伤，或者身亡。廖俊华知道，再怎么说，这一场比武都是自己输了，而且还是两人动手，都被王超打得毫无还手之力。这事儿要是传了出去，只怕武术界都要笑掉大牙。就连他们两个的师傅朱洪智都丢不起这个人。

廖俊华没有时间多想，扑身而上，朝王超一拳崩了过去。王超正展开两臂，又劈又抓，打得戴军满脸涨红，青筋暴起，呼吸困难。

“不出两个回合，我就可以把他毙于拳下！只是到底下不下手？”王超心中还是存着一丝疑虑。就在这个时候，劲风从左侧传来，他便知道，是廖俊华攻击了上来。

王超丝毫不理，再进一步，用尽了全身的力量，一手直劈，一手直插，抓向了戴军的腹部。这一全力发劲，脚底踩沙，周围几平方米的沙地陡然一软，好像被王超一脚全部踏得塌陷进去一样。王超手臂处的衣服隆起，手掌、手背上的鸡皮疙瘩密密麻麻，汗毛如钢针，朝外竖直立起，关节一起雷动，好像一条蜕皮的蛇在扭曲身上的骨头。

戴军本来就是强弩之末，根本没有办法抵挡王超这全力一击，只好听天由命，身体用尽全力，朝后飞蹦而起，然后在空中完全放松了身体，调整了一下自己的气息。在格斗中，这样的放松调息是致命的，但是戴军现在是豁出去了，破罐子破摔。“反正不放松也是被打死，放松也是被打死，不如舒舒服服地被打死。”一刹那间，戴军的脑袋里面竟然闪过这样的念头。

王超如影随形地蹦起，借着脚劲，肩关节又一错，手臂陡然增加了一寸，恰恰摸到了戴军的小腹。他的五指抓劲已经贴着衣服接触到了戴军的皮肤。这一抓，明劲已经到老，再没有前进的可能，但是暗劲却能继续勃发。戴军腹部的皮肤感觉到了王超的五指摸了上来，随后轻微地刺痛了一下，便知道不好。扑通一声，戴军跌落地面，脚步虚浮，随后双手捧腹站立，一动不动，整个人好像被定住，王超也同时落地。

他一下暗劲得手，并不停留，手臂后甩，挡住了廖俊华背后冲击过来的一拳。借助这股冲劲，王超向旁边一跃，掠出五米，迅速转身，依旧拉开架势，问道：“你们真要围攻我？”解决了戴军后，王超再也不怕了。

戴军中了他一记暗劲，正好被打中腹部的穴位神经，现在已经失去了再动手的能力。

“我们并不是要围攻你，你别误会！”廖俊华见王超一停手，也立刻停了下来，“刚才只是比武较量，不是生死搏击，但是为了防止凶险，我还是叫了我师兄来压阵，想不到你的拳术这么高明……总之，我们今天认栽了……”

“我也是怕你师兄拉偏架，才全力出手。毕竟比武搏击，凶险无比，不受人的控制。”对方爽快认输，王超当然也不会追迫。

“戴师兄，你怎么了？”廖俊华看见戴军手捧腹部，脸色古怪，牙齿咯咯响，额头上冷汗直冒，好像他每吐一个字，都要承受巨大的痛苦。

暗劲打穴，并不是一打中了人就不能动，而是不敢动。腹部关联到呼吸换气，腹部穴道是神经集中的一个点，被王超用暗劲刺坏了。戴军不说话、不动还好，一说话、一动就疼痛难忍。暗劲打穴功夫，一是要碰巧，二是要将暗劲练到手指。如果练柔了，和人轻微一碰，就能刺进皮毛。

高手比武，常常是鹰飞兔走，灵活非常，一碰就收，时间非常之短，根本没有让人彻底钳制住的时间，然后激发暗劲，渗透五脏六腑。但是暗劲打穴只要轻轻一碰，劲力虽然刺不进深处，却能够破坏皮毛内的神经，使人一动就疼痛难忍。这是武功练到高明之处才有的一门手段。

“我也不知道那是打到了什么穴道，不过没有伤到内脏，就有解救的机会。”王超也不想和廖俊华这么快就结怨。

“王师傅，你今天是否有时间？你的拳术高明，我们师兄弟已经领教过了。”廖俊华转换了口风，诚恳地道，“我今天就以一个普通武术界同道的身份，邀请你到我那里去做客。我师兄被打中了穴位，十分棘手。我们一起研究一下，看看有没有方法治疗好吗？不然的话，也只有送到美国我师傅那里去看了。”

王超沉思了一下，点点头：“好！”

抛开廖俊华的身份不谈，单单就说武术造诣，他已经是大拳师的境界。对于他的邀请，王超自然欣然同意，更何况组织这次交代的任务，也是要摸清楚这个廖俊华的一些具体情况，即使他不找上门来，王超也得找机会，通过山东、东北的黑拳市场来引他出来。更重要的是，廖俊华的师傅可是海外华人武术界赫赫有名的大宗师朱洪智。于公于私，他都没有任何理由拒绝廖俊华的邀请。

王超让赵星龙和大石头他们先回去，自己和林雅楠随廖俊华来到一栋靠海的别墅中。戴军坐在黄花梨木大椅上，王超用手按住他的腹部，慢慢移动的同时发出暗劲。过了好一会儿，他才收了手。“好了，我感觉暗劲慢慢在你毛孔中行走，已经畅通无阻了。”王超提开手掌，上面沾染了有淤血的汗液。戴军吸了一口气，果然觉得不疼了，又深深地吸了几口气，睁开眼睛：“想不到你的暗劲练得刚柔并济，实在是厉害。张威输在你手里，着实不冤枉。”

“那倒不是，我这一手，还是和陈艾阳交流来的。”王超笑笑摇摇头，“今天的沙滩搏斗，我实在是取巧了。论真实功夫，你们任何一个，都不在我之下，若真正生死搏斗起来，鹿死谁手，还很难说。”

“陈艾阳？”戴军摇了摇头，“他是奇才，我和他交手，十有六七要输。”

“廖哥，廖哥？你在不在？我问了你下面的人，他们说你来青岛了，我这就赶来了。”这个声音王超有些熟悉。

“我要做个大型的纪录片，是关于海外华人生存的真实记录。廖哥，你以前可是加入过美国的华人社团，给我讲一些秘闻吧，也好帮助我下半年出国拍摄。”门被推开，一个女孩子走了进来，正是许久不见的朱佳。

王超和朱佳已经两年没有见面了。不过王超倒是记得清楚，那天朱佳准备介绍他认识很有势力的一群人。但是他因为受了李老爷子的感染，对这些人并不感冒，因此拒绝了。直到一年后，王超长途跋涉，磨炼心智回来，想找个机会跟她解释一下。毕竟那件事儿说起来，朱佳也是一片好意，是王超自己不领情。况且在公司的生意上，姚晓雪利用朱佳的关系，得了不少好处，于情于理，王超都应该给人家一个说法。只可惜等王超回到S省，朱佳已经换了工作，连手机号码都换了。王超又一直麻烦缠身，两人就断了联系。

朱佳好像和廖俊华很熟悉，在这个别墅里面随意呼喊走动，像在自己家里一样。招呼也不打，“嘎吱”一下就推门进来。朱佳的气质，比两年前又成熟了许多。朱佳一冲进来，廖俊华耸耸肩，对王超摊了摊手，露出了一丝无可奈何的笑容。

“咦，廖哥，你这么多朋友在这里？”朱佳一进来，目光透过墨镜扫了一圈，只是稍微在王超的面孔上停留了一下，眉头轻微一皱，过了几秒才移开。长时间打量客人是很不礼貌的行为，她是大家闺秀，这点儿教养还是有的。王超这两年精修拳术，突飞猛进，无论气质还是体形，都有脱胎换骨的变化，更加上廖俊华怎么都和王超挂不上钩，所以朱佳居然没有认出王超来。

“这是我武术界的朋友。对了，佳佳，你要出国拍纪录片？我跟你说，最好放弃这个念头，外国华人圈子很复杂，可不是你想象得那么简单。你要深入调查，就等于是采访缅甸、老挝金三角一带的大毒枭。”廖俊华好像被朱佳缠着不是一次了，一出口就是劝诫和教训的语气。

“难道比伊拉克还危险吗？”朱佳摘下墨镜，先是微笑着朝在座的王超、戴军、林雅楠点了点头打招呼，随后装出楚楚可怜的表情，“廖哥，这可是我进入央视以后的第一部大型纪录片。这个题材，我可是准备了一年多。能不能引起轰动，就全靠它了。你想想，流落在海外的华人千千万万，他们的生活方式，还有古老的传统、武术等等，一切联系起来，只要把它拍摄展现出来，就是我事业上的巨大成功。难道你不希望我在事业上取得成功吗？”

“不是不想，你要一步一个脚印，慢慢来，不要想着一口吃成个胖子。反正我是不赞成你这样危险的拍摄计划，我也会跟你爸妈说，阻止你的行为。”廖俊华一脸冷酷，面对美女的可怜相，依旧不动声色。

“哼！”朱佳似乎气结，轻微地哼了一声，随后转换了表情，显露出一个神秘的笑容，一副吃定了廖俊华的样子。廖俊华一看朱佳这个表情，头都大了。他很熟悉朱佳，知道她摆出这个表情，就是死缠的意思。他们两家交往很深，长辈属于上世纪五六十年代在一个大院里面同锅吃饭的那种关系。廖俊华比朱佳大四五岁，很小的时候，朱佳就是那种跟在哥哥屁股后面的小尾巴。

“这些都是廖哥武术界的朋友啊。廖哥，别人不知道你是个高手，可是瞒不过我哦。对了，我在S省的时候，也认识一个年轻高手，连李老爷子见了都赞不绝口。”朱佳准备软磨硬泡廖俊华了，把话题转移了。

王超心中一动：“不会说的是我吧？”

“哦？李老爷子的功夫我是知道的，他是武当俗家弟子，又继承了八卦门武功，年轻的时候功夫就出神入化了，就是和我师傅也不相上下。能得到他赞叹的人，肯定是个大高手。”果然，这句话引起了廖俊华的兴趣。

“我也听师傅讲过，说北京有一位姓李的高手，当年师傅和他都还年轻时，相互试了一下手，结果不分胜负。”戴军点点头。

“王师傅，你是S省的拳术大师，如果有这样一个出色的年轻人，应该不会陌生吧？”廖俊华突然想起，王超也是S省的。

“这个……恐怕事情有些误会……”王超稍微欠了一下身，对朱佳笑了笑，“朱佳，两年不见了，想不到会在这里遇见你。”

“你……你……你……是王超？”朱佳大吃一惊，她瞪着眼睛看了王超足足十几秒。

“哼！真的是你！”朱佳脸上陡然挂起一层寒霜。

“对不起，诸位，我可否和这位王师傅出去谈一下？打搅你们了。”

“没事儿，没事儿，老朋友见面嘛。”戴军和廖俊华面面相觑。只有林雅楠还在悠闲地喝着茶，一言不发，好像任何事情都引不起她的兴趣，又好像任何事情都在她的掌握之中。

朱佳见到王超之后，似乎心事很重。她靠着雕花的走廊，望着远处的大海，不知道从哪里摸出来一支金丝过滤嘴香烟，咔嚓一下点上火，用纤细葱白的手指夹住，优雅地吸了一口。等王超过来后，朱佳突然转过身来，一口烟吐在了他的脸上。刺鼻的烟味混合朱佳的香水味传进了鼻子，王超微微眯了一下眼睛，并没有恼火，还是笑着：“你怎么学会吸烟了，对身体不好。”

“哼，别说我的事儿，你那天什么意思？说走就走，一年多没有音讯。枉我拿你当朋友，有你这么对待朋友的吗？”那天王超当着她和她朋友的面就那么走了，的确让朱佳在面子上挂不住。接下来一年多的时间里，王超又离开了S省长途跋涉，断绝了和外界的一切联系，这让朱佳差点儿气疯了。

朱佳很生气地又吸了一口烟，突然被呛到，猛烈地咳嗽起来，俏脸涨得通红，连眼泪都咳了出来。王超一个箭步走上前，骤然伸手朝朱佳背上轻轻拍了一下，一股柔和的暗劲刺进了朱佳的皮肤。

“要你管，你还没有回答我问题呢！”朱佳似乎把怒气都咳了出去。她瞪了王超一眼，语气虽然冰冷，却平静了下来。

“我的事情，一时半会儿也说不清楚。你先休息一下，我把事情都告诉你好了。”王超也不隐瞒，把所有事情都毫不隐瞒地说了出来。

“我当时对那些人很反感，加上对修行有些迫不及待，的确是没有注意到你的感受。我向你道歉。”王超郑重其事地说道。

“哼！”朱佳脸色缓和了一些，“时代不同了，人和事都在变化，你不能去改变这个时代，要融进这个时代。不过我也能理解你当时的心情。好啦，我现在不怪你了。”说着说着，朱佳竟然轻松起来。

“对了，你现在怎么会和廖哥在一起？你好像混得不错嘛？”朱佳的问题也多了起来，显露出记者的本色。

“赵均安排了一场比武，要把我置于死地，结果我赢了，还赢了他一亿现金。有了钱，发展起来也很快。”王超自然隐瞒了加入组织的事情。

“嗯，我也听说过这件事情，我最近工作上很不顺利，到了央视，那里的人才很多……”朱佳脸上多出了很多烦恼，又好像回到了那天杀人的晚上，要对王超诉说，来解除心中的郁闷。在地方上，人人都把朱佳当公主，但到了北京，竞争压力巨大，她心理上难免有落差，这个王超也很理解。

“烦恼再多，也最好不要抽烟。”王超和朱佳在外面聊天，廖俊华站在屋里看得清清楚楚。

“我是怕了佳佳的胡搅蛮缠了，不过现在看来……似乎她的克星出现了啊。听说恋爱的女人都很弱智，如果我要清净，还得帮上王超一把。这个王超的水很深，也可以借机探出点儿底细，以后还有合作的机会。”廖俊华脑筋飞转，一旁的林雅楠还是没有任何表情。

就在王超倾听朱佳诉说的时候，远在新加坡的陈氏集团总部，一场阴谋正在悄然酝酿着。

陈氏集团的总部在新加坡市靠近海边的一栋摩天大楼里，整个集团是个家族化的产业，涉及了黑白两道，除了电子、远洋运输、能源等正当行业外，毒品，甚至军火，都在这个集团的生意范围内。集团的势力涉及新加坡、印度尼西亚、菲律宾，在整个东南亚，也是排在前十的大型集团。

“老爷子明显是不行了，就算这次挺过来，精力也是大不如前。继承人也该确定下来了。”一间办公室里，秘密会议正在紧急召开。召开会议的是四男三女，正是陈氏家族有希望继承家业的人。

“陈艾阳回来了，以他在外面的名气和在华人武术界的声望，这次老爷子肯定要指定他为继承人了。”一个三十多岁的美艳少妇皱起了眉头。她叫陈俪，是陈艾阳的堂姐。

“是啊，老爷子的话就是金科玉律，只要话一出口，我们谁都别想翻过天来。”一个中年男子接口道，“俪儿，你有什么好主意？”这个男子的辈分显然比陈俪高，是陈艾阳的叔叔一辈，名叫陈大权。陈氏集团现在的家主是陈立波，因为患了帕金森综合征，住进医院疗养。陈立波德高望重，在家族里面是一言九鼎的人物，掌握了所有的资金、人事大权，并且有一批忠心耿耿的老人都只听他的。

“我看咱们干脆一不做，二不休，派人下药，把老爷子干掉！我就不相信，老爷子一死，我们这么多人还斗不过陈艾阳、陈彬那对野种？”一个恶狠狠的声音从一个年轻男子的口中传了出来。这个男子只有二十五六岁，名叫陈新，在美国读博士。这次听说陈立波病危，他立刻赶回来争夺家产。

“胡闹！老爷子是那么容易被干掉的？尤其是这个时候！老爷子身边的人都是他多年经营的，个个忠心耿耿，万一事情败露，我们就完蛋了。老爷子当年的手段，你又不是不知道。”另外一个中年男子拍了下桌子。

“哼！老虎也有打盹的时候，更何况是一只快老死了的病老虎！我看你们都胆小如鼠，难怪老爷子不指定你们为继承人。”陈新冷笑道，“就算干掉老爷子困难，那我们随便出动一个狙击手，干掉陈艾阳不就没事儿了？难道没有了陈艾阳，老爷子还会把家族交给外人？当年在玄武门，李世民是怎么做的？”

“我觉得干掉老爷子不现实，干掉陈艾阳倒还可以考虑。陈新在美国倒是学会了心狠手辣。”另外一个陈氏家族的人表示赞同。

“这事儿来阴的恐怕不行。”陈俪摇了摇头，“老爷子不是李渊，陈艾阳也不是李建成和李元吉。其实现在的形势，老爷子心里明镜似的。就算我们干掉了他们兄妹，你以为老爷子会不知道是我们干的？阿新，有些事情，是不能用阴谋的，咱们光明正大地来！”

“怎么个阳谋法？光明正大？你有什么打算？”陈新好像对陈俪还有些顾忌，收敛了一下嚣张的态度。

“干掉老爷子我们想都不用想，就算是陈艾阳，也不是想干掉就能干掉的。陈艾阳手下也有一批信得过的手下，林立强、林立军兄弟就不是泛泛之辈。幸亏林立军去中国内地交易毒品时被干掉了，倒是砍掉了他一只臂膀。”林立军正是被朱佳用手枪打死在玉米地里的那个咏春白鹤拳高手。

“这次，我联系上了欧洲的一位大人物，托马斯·扬。”陈俪冷笑了一下，“他答应支持我。陈艾阳不是很能打吗？不是在武术界享有盛名吗？我这次就要在老爷子面前，以比武的方式，光明正大地打败他，打残他。你想想，一个被打败了的残废，老爷子还会指定他为继承人吗？”

“这倒是个好主意！只是，他们都说陈艾阳的武功出神入化，打了这么多年，死在他手下的高手不计其数，什么样的高手能在正规打斗中赢得了他？”陈大权皱起了眉头。

“托马斯·扬今天会秘密坐飞机过来。他说请来了一位高手，一定能为我们办成这件事情。”陈俪道。

“要什么代价？”陈大权急忙问。

“我们陈氏集团百分之二十的股权。”陈俪不动声色。

“百分之二十的股权？”

“这可不是几十亿的事情！”

“代价太大了！”

“不行，坚决不能同意！”

“哼！鼠目寸光！”陈俪狠狠地拍了一下桌子，“当年你们是怎么对待陈艾阳兄妹的？一旦他们翻过身来，你们一个个有好日子过？再说了，托马斯·扬背后是个什么组织你们知道吗？他们可以和大国抗衡！这是长远利益！”这一番话出口，周围的人都不说话了。

一架大型的私人商务飞机马上要降落在新加坡樟宜机场。飞机头等舱内，静静地坐着一个身穿紫色唐装的女子。她旁边站立着一个金发碧眼、身材高大的白人男子。后面的机舱中坐着十几个大汉，一个个眼神呆滞，就好像是机器人。

“新加坡到了。”白人男子恭敬地说。

紫衣女子睁开眼睛，点了点头：“托马斯，你坐。”

托马斯似乎不敢多答话，巧妙地把话头岔开：“以您的身份，何必在意一个小小的陈氏集团呢？”

“托马斯，新加坡是东南亚的中心，而陈氏集团，又是新加坡一颗重要的棋子。如果我们要在东南亚发展，必须要布下这个棋子。”

“这个我知道。但是，也不至于您亲自出马吧。”

“不不不。陈艾阳在我们华人武术界中有很大的声望，要光明正大地在格斗中打败他，只能我亲自出手，其余的人都没有十足的把握。”

飞机缓缓降落，在跑道中滑行，刚刚停稳，立刻就有五六辆豪华大巴和三辆名牌轿车开了过来，把飞机里面的人都秘密地接出了机场。

“托马斯·扬先生，您好！”陈氏集团一座大酒店内，刚刚开会的一帮人都前来迎接。

“哈罗，陈小姐，你还是那样的美丽。”托马斯亲吻了一下陈俪的手。

“托马斯·扬先生，我们的计划……”陈俪打过招呼后，迟疑地看了一下托马斯身边的紫衣女子和十几个死气沉沉的保镖。

“陈小姐，我既然答应了你，自然有计划。你只安排我们住下来就好，到时，自然如你所愿。其他的什么你都不要打听，这对你们没有好处。”托马斯并没有介绍这个紫衣女子。

“好吧！既然您早有准备，我就不多问了。”陈俪点了点头，“您请，我们早已经为您安排了总统套房。”

“你们不要暴露，一切听从主人的安排。”托马斯打了个响指，身后的一群保镖立刻散开，跟随酒店的服务员进了旁边的电梯。

紫衣女子起身点点头，先上了电梯，托马斯跟在后面。陈俪正要跟上去，托马斯立刻拦住：“陈小姐，明天你们家主召开的家族会议，我会到场的。”

“这个托马斯好大的架子！哼！”陈新看见这一切，心中又是气恼，又是疑惑，“难道那个紫衣服的女子就是对付陈艾阳的高手？怎么可能？那个女人倒很有气质……”陈俪一干人走后，陈新突然叫了一个服务员过来。

“刚才上去的托马斯，陈俪安排他们住哪里？”陈新问。

“在顶楼的总统套房。”服务员道。

“那个穿紫衣的女子是一个人住吗？他们的保镖都在哪里？”

“是一个人住，他们的保镖都安排在下面。”

“那就好办了。来，你给我办一件事情。”陈新阴笑了两下，转身出去，过了一会儿回来，把服务员叫到了隐蔽的角落，从怀里掏出一瓶粉红色的液体，一看就是迷魂药类的。

“你找个机会把这个药放进那个紫衣服女人的水里或者是饭里，晚上我过来，事情办妥之后，我保证你有好处！要不然……”陈新哼了两声，脸上显露出一丝狰狞。那个服务员连连点头。

“托马斯，你看见陈俪后面的那个年轻人了吗？”在顶楼的总统套房内，紫衣女子问托马斯。

托马斯回忆了一下：“那个好像是他们家族一个叫陈新的年轻人，

从美国留学回来，也有资格继承家族事业的。怎么，有什么不妥吗？”

“派人把他沉进马六甲海峡吧。”紫衣女子闭上眼睛。

“为什么？”托马斯大吃一惊，“中国不是有句话叫‘强龙不压地头蛇’吗？更何况，杀了那个年轻人，对我们并没有好处啊。”

“托马斯，你居然知道‘强龙不压地头蛇’？不错嘛。”紫衣女子微笑道，“不知你还有没有听说过另外一句话呢？”

“什么话？”托马斯问道。

“秋风未动蝉先觉，暗送无常死不知。”紫衣女子笑着，“不用多问，去办吧。机密一点儿，不要暴露。”

“是。”托马斯知道，她的话不能违抗。

廖俊华站在一座宽大的凉亭中，享受着海风的吹拂和扑面而来的水汽，心情很舒畅。

“佳佳，你要拍摄的这个纪录片，几乎是不可能完成的事情，比在伊拉克采访都要困难得多。”

“那我也不怕。”朱佳倔犟地仰起头来，随后把眼睛看向了旁边的王超。

“好了，这件事儿不是一朝一夕就能完成的，可以慢慢计划。”王超出来打圆场，“廖总，咱们还是谈谈武功吧。不知道朱老前辈的拳术到了什么境界？”王超转移了话题。

“我师傅在壮年的时候，功夫就进入了化劲。心和意的修炼，也踏入虚境。只要耳朵听到，眼睛看到，无论多快的攻击，他都能闪避得过去，甚至包括普通的子弹和流弹。他曾经上过很多次战场，也没有被流弹击中过。”

“这是见闻知觉的地步。”王超沉思了一下，“孙禄堂在《形意叙真》中描述过，这只是次一层的境界，还有至虚的境界，即‘不见不闻而能觉而避之’。不知道朱老前辈有没有达到？”

“拳术中的至虚境界是最高巅峰，也是心意修炼的顶点。”廖俊华笑了笑，“孙老爷子在书里面不也说过吗，他见到的，只有形意拳李洛能、八卦董海川、太极杨露蝉和武禹襄能先知先觉，在危险还没有降临的时候，本人就已经知道。我师傅到现在也没有达到这样的境界，大概是心和意没有修炼到家吧。要到达至虚的境界，还要靠机缘。有的时候，并不和身体上的修行挂钩。”

“这个倒是不错。儒家的《中庸》说‘至诚之道，可以前知’，历史上有些大儒贤者心意修养到了顶点，虽然手无缚鸡之力，却往往能预知危险，趋吉避凶。”王超满面红光，神采奕奕。虽然今天是烟雨蒙蒙的天气，但是王超能感觉到云层外的朝阳正在升起。他的心和意，配合日升月沉的规律和意境，现在已经是自然勃发，并不用刻意强求。

“巅峰的东西对于宗师来说也许很平常，然而对于我们来说，却是越谈越玄，不能理解。不过我看你好像领悟到了什么似的，每天的精神气质变化都很有规律。”廖俊华和王超相处了一天，也觉得王超早晨气质蓬勃，中午内含紧守、动静开合，傍晚闲散雀跃，夜间清幽宁静。这样有规律的气息神采变化很是奇妙。

“采日月之精华，这只不过是最基本的养生道理而已。”对于拳术上的朋友，王超一向毫不保留。修炼的道路或是摸索，或是别人指点，但是最终还是要自己去走。

11

陈艾阳在一片树荫下面慢悠悠地演练太极架子。他的动作，一来一去，从左晃到右，从右晃到左，像流水一样自然。阳光从树叶间透射下来，在他身上留下了斑驳的亮点，随着他身体晃动，这些亮点就好像一片片的金鳞波动。

一连串又像牛吼，又像蛙鸣的声音从他的腹部、胸膛、全身上下各个关节处迸发出来，正是太极拳中秘传的练髓精要“钓蟾劲”。陈艾阳打着打着，“牛蛙”和鸣的声音越来越大，震得树上几只麻雀都振翅飞起，跳来跳去。突然，他整个人轻盈蹦起，靠向了身边的一棵大树，手脚并用，整个人就好像一只猫，猛地蹿上了笔直的大树。这是太极拳中的一招“狸猫上树”。他三下两下蹿上树，骤然一个翻滚扑击，双手成圆，一伸一捉，准确地把一只刚刚要振翅腾飞的麻雀抓到了手心，轻轻握住，然后蹿下树来。整个动作快捷轻盈，令人惊叹。抓到麻雀之后，他展开自己的手心。那麻雀振翅欲飞，但在麻雀振翅的瞬间，陈艾阳就从手心勃发出一股柔和的暗劲，抵消了它扑腾的飞势。随后，陈艾阳又把手掌一抖，把麻雀抖到了自己的肩膀上。他上下旋转，起落蹲身，那麻雀也贴在他身上乱飞。每一次飞起，陈艾阳都能准确地用身体贴上麻雀，勃发暗劲，抵消飞势。渐渐地，那麻雀好像就只围绕陈艾阳周身上下旋转，永远飞不出去。突然，一声蛤蟆巨吼爆发，陈艾阳猛然收功，那麻雀一下被震昏在地。陈艾阳拾起麻雀，抚摸了两下，麻雀又醒了过来，转眼就飞上了树梢。

“恭喜恭喜，东家，您终于将太极拳劲散遍全身，进入了化劲。”远处一个身材魁梧的男人走了过来。这个男人脸有些圆，眉毛稀薄，但是骨骼身材都如刀削斧凿，显示出了凌厉的棱角。他正是陈艾阳的得力助手，也是一位咏春拳、弹腿、洪门长拳的高手，林立强。

“这也是去年和战胜张威的那个年轻大师王超交谈，他对拳术的深刻理解给了我很大启发。到了今时今日，我总算是打通了最后一关，进入了化劲。对了，今天是老爷子出院开会的日子，那边的动静怎么样？”陈艾阳问道。

“今天早上刚刚得到消息，陈新昨天晚上失踪了，到今天还没有踪影，不过倒是没人理会。”林立强微圆的脸上显露出了一丝不屑。

“一个家族中，总有几个纨绔子弟，不可能全部都是精英。”陈艾阳走到一个喷泉边洗了洗手，“不管他，一准儿是跑到哪里逍遥快活去了。老爷子也不会在意的，走，去总部开会。”

陈氏集团的总部大厅中，轮椅上坐着一个头发全白的老头儿。一个中年妇女推着轮椅，旁边站立着目不斜视的中年男子，他就是当地与陈氏家族关系颇好的另一家族当权者。除此之外，还有十几个陈氏集团的高层人员。这个老人正是陈氏集团的大当家——陈立波。

“艾阳、阿俪、大权他们来了没有？”陈立波发出苍老的声音。

“车子已经到了外面，很快就进来了。”陈氏集团的一个老人轻轻地道。

“嗯，等等他们，先不用上去了。”陈立波看着辉煌的大厅和周围一张张恭敬的面孔，闭上了眼睛，不知道在想些什么。这时，轻柔沉稳的脚步声传进了他的耳朵，陈立波的眼睛立刻又睁开了。陈艾阳已经出现在门口。

“是艾阳啊，你过来，让叔公好好看看。”对于这个给家族争了很多光的晚辈，陈立波很是赞赏。

“托马斯·扬先生，您请。我们的叔公就在里面。”门口又传来了另外一个声音，托马斯·扬、陈俪、陈大权等人也走了进来。与他们一起的，自然还有那个神秘的紫衣女子。

“陈先生，恭喜您恢复健康！”托马斯一进来，就朝陈立波打招呼。他背后的组织和陈氏集团每年都有很多的生意往来，托马斯和陈立波以前也认识。

“托马斯·扬先生？您来到新加坡有什么事情吗？”陈立波在轮椅上

微微欠身，礼数都尽到了，但是眼神有些疑惑，“今天是我们家族内部的会议，托马斯先生可否稍微等一下，我安排您去休息。中午，我再和您一起商谈事情，共进午餐？”

“不不不，陈先生，您误会了。我这次来，是为了另外一件事情。我听说陈家有一位叫陈艾阳的武学大师，擅长搏击格斗，于是见猎心喜，想来切磋一下。我只是做个引路人，事情就这么简单，想不到却碰巧遇到了你们的家族会议，不知道陈艾阳先生在不在？”

陈艾阳已经功入化劲，能辨别强弱，他一眼就注意到了那个紫衣女子。只是紫衣女子身上的气息并没有展现出强大来。“可能是一个练家子，武功已经到了暗劲。莫非这就是陈俪他们请来要当场打败我的高手？他们敢在老爷子面前玩阴谋？”一刹那，陈艾阳便识破了陈俪他们的诡计。自己要是被人打败，声望就会立刻暴跌，就算老爷子要指定自己为继承人，也要重新考虑了。

“原来是武术界的朋友。既然来找我切磋，就不用选择时间了，就在这里开始吧。”陈艾阳成名之后，这样的挑战很多，他倒是已经习惯了，因此也不客套。对于武学方面的事情，他信心十足，就算在陈立波面前，他依然是一代太极大师。

“好，艾阳有掌门人的风度。”对于陈艾阳的主动，陈立波十分赞赏。

“大家都散开吧。推我到二楼，让我也看看这场比武，闲杂人等都出去。”陈立波一发话，中间大厅立刻空了出来。

紫衣女子脸上显露出可惜的神情。宽敞的大厅中就剩下陈艾阳和她。

“练拳一生，要进入化劲，除了有资质、天赋、名师传授、苦练的因素，还要有机缘巧合。你能在三十岁之前进入化劲，实在是难得的人物。再过十年八年，说不定又是一个武学大宗师，实在是太可惜了。”

“嗯？”紫衣女子一说话，陈艾阳就觉得不对劲，眉头一皱，心神立刻凝聚，全身气息陡然提高到巅峰，“你叫什么名字？”

“我姓唐，动手吧。”这个女子，正是王超日夜思念的唐紫尘。只可惜，王超此时远在山东。陈艾阳也不说废话，比武之前，切忌分神。

“好！”陈艾阳突然动了，整个人似乎猛然从草丛中蹦起的巨型青蛙，一掠八米，眨眼便抢到了唐紫尘面前，一记手鞭反身抽击而去。他的身体擦过空气，呼啸一声，好像高速的列车驶过，带起的气浪和劲风连二楼有些人的衣角都吹了起来。手鞭拍击而下，空气剧烈地炸响，似乎汽车炸了轮胎。太极拳练起来最柔，打起来却是天下第一刚猛，以柔御刚，越练得至柔，就越能爆发出至刚的劲来。

楼上的陈俪等人都心惊肉跳。毫不怀疑，就算面前是一堵钢筋混凝土铸造的结实墙壁，也要被陈艾阳这一记手鞭劲抽得崩裂。唐紫尘并不躲闪，扩身缩气，砰的一响，整个人似乎矮了一截。原来她双脚发劲，竟然踏裂了坚硬的大理石地面，陷入其中。

唐紫尘手掌捏成空捶，使得同样是太极拳中的打法“冲天捶”。捶劲猛不可挡，宛如铁球从大炮中轰出，一下爆发，接着唐紫尘坐力脚踏，震得二楼的人都连连摇晃。捶势冲天而起，正迎上了陈艾阳凌空下击的手鞭。

两人一交手，陈艾阳全身一晃，脚趾抠地，脚步连踏，一口气不歇，两手扬起，狂风暴雨一般抽打。他这一套太极十三鞭一气呵成，手臂比两条钢鞭还要凌厉。他的手臂离地面还有三四尺，劲风就已经拍击到地面，发出啪啪的猛烈抽打声，似乎形成了无形的风鞭。

唐紫尘面对这样的攻势，身体运劲，忽然一闪，竟然后掠了八九米，到了门口，又闪电般飙射回来，两手成捶，以闪扑冲腾之势，和陈艾阳的手鞭碰撞在一起。唐紫尘的捶法刚猛，每一下都发出雷鸣般的声音，威力竟然盖压了陈艾阳的鞭势。

陈艾阳以鞭对捶，碰撞两下，气息忽然有些虚浮，连忙身法一变，两臂开掌成圆，刚中带柔，以太极云手卸劲。哪里知道，唐紫尘比他变得更快，步子一踏，身体或黏或走，或开或合，忽然蹿去五六米远，瞬间又飙射而回。她的身形快捷无比，力道也沉雄无双，每踏一步，地面必定开裂，石头翻滚炸起，就宛如重型压路机突然碾压地面。碎石在唐紫尘脚力铲踢的带动下，如沙尘暴一样打了过来。陈艾阳不能抵挡，连忙后退。唐紫尘忽然又一个飙射，从中线抢进来，一手出拳如枪，正戳陈艾阳的胸膛。

陈艾阳连忙甩身，精神进入了高度集中的状态，气提到太阳穴，两眼一闪，盯住唐紫尘的手势。这是拳术打法中的上乘功夫——目击的一种。在陈艾阳的眼里，就这一闪的功夫，对方的来势似乎缓慢了一些。他心里知道，其实不是对方缓慢，而是自己集中精神，反应陡然快了。陈艾阳身体一散，缩腹，弓脊椎，弹步，后移，在电光石火之中挪移了一寸。这是关键的一寸，在陈艾阳的计算中，唐紫尘这一拳戳击，无论怎么用劲，都要离自己一寸距离，打不上身来。果然，唐紫尘五指张开，三指并拢，化为剑势疾点。可是，指剑到老，还离陈艾阳的胸口有一寸距离！

陈艾阳是武学大师，对人体各个关节的运劲都知道得很清楚，更何况他现在气贯双目，感觉越发灵敏。唐紫尘武功再高，也不可能超越身体的极限。但是，就在陈艾阳自以为躲过这一下，正要施展反击的一刹那，突然觉得自己胸口一痛，如钢针刺了一下，一口气居然提不上来。

“她明明没有打上来，为什么我中招了？暗劲凌空打穴？怎么可能？她是杨露蝉转世不成？”陈艾阳骤然停了下来，他胸口衣服上有一块指头大小、湿漉漉的痕迹，就好像是溅了一滴硫酸，轻轻一动，这块湿漉漉的痕迹就碎成了粉末。他的胸口剧痛，好像是被插了一把匕首。

“外家关节打一寸，内家凌空打一寸。如果再过十年，我可能真制不住你了。你这样的武术家，死了太可惜了。暗劲好练，入化艰难。”唐紫尘并没有追击。

“托马斯，走吧！”轻轻咳了一下，唐紫尘出乎意料地转身，招呼了一下，踏出门口。

“唐小姐，您为什么不杀了陈艾阳？”出了陈氏集团，托马斯感到十分不解。

“人才死了可惜。”唐紫尘脚步停顿了一下，“托马斯，你不是华人，你不明白的。况且，这个陈艾阳比陈家其他的人要强太多了，只有他才能接手这个陈氏集团。要是换了另外那些人，只怕不出十年，陈氏集团就要被周围的势力瓦解。我们可没有那样的人才来帮助陈家。”

“那您的意思是？”

“这件事情你不用多问。等回去后，我会增派另外的人手，重新传达我的计划和指令，你就照办好了。”一辆车飞快地开了过来，唐紫尘缩身进了车里，一路向机场驶去。

“好厉害的女人！天下间居然有这样的高手。”陈艾阳看着被踩得稀烂的大厅，拳头大的碎石散落得到处都是。他想起刚才那个唐姓女子的身法飘忽如鬼魅闪电，力量沉雄又如泰山压顶，自己无论是引以为傲的刚猛鞭手还是身法，以及借力打力的技巧，在她面前都失去了用武之地。

陈艾阳胸膛剧烈地疼痛起来。他的衣服被唐紫尘用暗劲凌空点破，显现出了两个并排的小指洞，皮肤上也出现了两个淤血指印。

“这是凌空打穴的寸劲，还好没有点进内脏。要是手指触及皮肤，直接勃发，我只怕身体都要被点穿。”毕竟是凌空击打，暗劲威力至少降低了十倍。否则的话，就算是陈艾阳的暗劲遍布全身，也经不起唐紫尘这么轻轻一戳。陈艾阳现在成就了化劲，全身抗击打能力可谓是超强，一般的棍棒直接打上去也要被震飞，却抵挡不了唐紫尘暗劲凌空勃发的剑指，可见唐紫尘剑指打穴的厉害。

“艾阳，你没事儿吧？”陈立波首先叫人下来扶陈艾阳上去，他雪白的眉毛皱成一团，看来很不愉快。很明显，陈艾阳已经输了。看到这一幕，陈俪、陈大权他们十分高兴。

“今天的事情，谁都不许外传。”陈立波突然说出了这样一句话，令陈俪等人大惊失色，他们正想立刻就把事情传扬出去，叫陈艾阳名声扫地，狠狠打击他一下。

“你们听见了没有？要是谁往外传了，让我听到半点儿风声，你们应该想得到后果。稍后，我会亲自打电话给托马斯·扬，让他也对这次比武的结果保密。”陈立波的声音大了一些，周围的人都知道这次老爷子要动真格了，忙连连点头。

“今天的家族会议改日再开，你们都散了，各做各事。”陈立波又发出话来。

唐紫尘和陈艾阳交手，短短两三分钟都不到，整个大厅地面就造成了毁灭性的破坏。就连陈立波看到这一切，都按捺不住心中的惊讶。陈艾阳也在林立强的搀扶下，回到自己家里疗伤。他的伤势其实并不重，暗劲凌空打穴的力量只是点坏了他胸口的一些神经和组织，当时不能动弹而已。他这样的大师，自身又精通医术，只要稍微调养个十天半个月就会痊愈。

这次失败，身体上还是其次，受打击更重的还是他的信心。陈艾阳不同于王超，王超是刚刚出道，名声虽然打出了一点儿，但远远没有达到威名赫赫的地步，就算输，也输得起。然而陈艾阳却是早已经成名了的东南亚第一高手，稍有失败，就是威风扫地。名利声望，就连圣人都参不透，何况是区区一个凡人。更何况，他的名声牵扯到了家族声望，并不是他一个人的事情。陈氏集团之所以最近数年里飞速发展，与他的能打也分不开。当年华兴商会和陈氏集团因为远洋运输业务上的纠纷，双双请了雇佣兵在东南亚的海上拼了一个多月，两败俱伤。直到后来，台湾社团武术界和美国华人社团从中调解，以比武的方式来解决。这件事情的最终结果是陈艾阳打死了张光明，以陈氏集团的胜利而告终。那一战，也为他奠定了现在的地位，所以陈立波才有意透露出指定他为家族继承人的意思。不然的话，以他父母早死又不是嫡系的身份，家族继承人的位置肯定轮不到他的头上。人在江湖，身不由己。纵然陈艾阳有豁达开朗的心境，也难以抵挡纷纷而来的世俗烦扰。

“老爷子今天突然停止会议，是不是起了什么别的心思？还有那个唐姓女子，到底是什么人物？陈俪他们怎么会请到这么厉害的人物？唐姓女子明显对我留了手，有什么目的？这次竞争家族继承人，我不能失败，还有妹妹在后面呢。如果我失败，妹妹也会遭殃。唉！事情纷乱如麻，到底该如何筹划？那唐姓女子的拳术太厉害了，就算我现在潜伏进深山老林，万事不管，一心一意地苦练五年，也只怕无望胜过她。”

青岛依旧是烟雨蒙蒙的天气。王超身形扭曲，腰身摆动，脚步左右蹚出，脊椎一起一伏，用蛇形进击。而廖俊华却是身体紧缩，团气，矮身，一米八的身高，陡然之间缩成了小孩子般。他身形敏捷，手脚并用，有时抠脸，有时踢矮腿，如黄狗撒尿。廖俊华的姿势虽然很难看，但是杀伤力却巨大无比。

特别是黄狗撒尿的那一撇腿，高不过膝，斜着蹬向王超的小腿关节，威力迅猛，阴险暗藏，事先根本感觉不到他要发劲，就好像是凭空突然多出来一条腿一样。这是心意六合拳中的“暗腿”，发劲无形，随意转换重心，一腿便撇出去了。“暗腿”伤人，纯粹是转换重心身法的过程中自然勃发力量的一种高深拳术，常常是一下就能把人踢残废了。

在训练室中，戴军、廖俊华、王超三人在对拆招式。因为是交流，所以几人都不下杀手，只比身法技巧，连力量都很少动用。廖俊华因为之前败给王超不服气,终于拿出了他最为精擅的绝活——十八灵猴心意把势。他身形施展开来，上蹿下跳，蹲身团气，矮腿连踹，展现出了拳术大师应有的功力。面对廖俊华灵活快捷的身法和毒辣的招式，王超虽然依旧应付自如，但是要全凭身法技巧取胜，就不是那么容易的事情了。两人上下游斗，王超施展出游身八卦掌，身形连闪，或黏或走，或开或合，一下滑去三四米远，一下又扯身回来，脚底下却是沉猛稳正，踏得地面上的毯子啪啪作响。他踏过的地方明显地印出了一个湿漉漉的脚印，随后身体带起的劲风吹动那个脚印，那块湿漉漉的地毯立刻飞起来，显然是被王超脚下的暗劲踩破的。王超施展的游身八卦掌，和唐紫尘在新加坡陈氏集团总部大厅中打陈艾阳的一模一样，威力却有差别。王超能把地毯踩破，而唐紫尘却能将大理石和钢筋混凝土的地面震裂。这根本没有什么技巧，凭借的就是强横无匹的刚劲和力量。

八卦步法本来是用来闪避攻击的，但到了唐紫尘脚下，却刚猛无比，能开山裂石，飞石击人。这显然是已经将柔转为刚，将闪避转为攻击，任何一招都能制敌杀人。当然，陈艾阳和唐紫尘的比武，王超是不知道的。要是他知道了，准会抛弃一切前往新加坡。就在王超心意空虚、筋骨全部放松的一刹那，忽然感觉到了左侧一股劲风将起未起。他左掌自然穿肋而出，一钻一捞，便和突如其来的一腿碰了个正着。随后他五指如钳，抓住这一腿向外一抖，一抛，就看见廖俊华当空一个跟斗倒翻了出去，落到地面上退了两步才站稳当，满脸的惊讶和疑惑：

“这是怎么回事儿？我的猴形暗腿，你居然能够抓到？”

“我也不知道，就是心意突然空虚，自然而然地感觉到了你即将出腿的前兆，估计因为我们是在试手，双方都没有顾忌，我才敢放松心意。”王超皱起眉，一副若有所思的样子。

“我知道了。不但筋骨要松，皮毛要攻，心意也要空，这才是内家打法三要。”王超好像突然领悟到了什么。三人正要进一步讨论，一个人匆匆忙忙地走了进来，递上一封信。廖俊华拆开一看，皱起了眉头。王超已经看到了信封上的日文。

廖俊华坐到一边，仔细地看着信，王超也不便打搅，只是回忆着这几天和廖俊华、戴军两人试手切磋的步法和身法。这两人都师出名门，功底扎实，而且所练的心意六合拳术和形意拳术同出一脉，相互交流起来，大有裨益。廖俊华最为擅长就是猴形变化，一个猴子蹲身，缩身，团气，一米八的大个子瞬间就缩成和小孩一般高，就好像武侠小说中的“缩骨神功”一样。猴形施展开来，打法泼辣、狠毒，一缩变小，一涨身体又爆发展开。这一缩一涨中，杀伤力大，隐蔽性高，十分厉害。尤其令王超佩服的是廖俊华隐藏在猴形中最为凌厉的撒手锏——“黄狗撒尿”的“暗腿”。“黄狗撒尿”这一招虽然名字很不雅观，姿势也难看，但实用性非常强。一蹲缩身，腿便毫无征兆地斜蹬出去，小腹、两腰发劲，力达两脚，几乎是百发百中。

“只要对方动作转换，下盘稍微出现空隙，我这一腿就自然地撇出去了，根本不用想。你没有出现空隙，我的腿不会发动，完全是你的动作带动我的腿，我自己则是万事不管。”廖俊华这样解释自己的“暗腿”。当年廖俊华就是用这一招，在美国的华人圈子里面打出了响亮的名头。中了他这“黄狗撒尿”的“暗腿”，无论多么强壮的人，立刻小腿骨折，没有任何悬念。

虽然王超精通形意、八卦、太极三门，但是最为精擅，练到了大师境界的只有虎形劈劲和蛇形钻劲。现在王超的虎形劈劲跟着鹰形的变化，动作简单，就是一劈一抓。但是就这一个简单的动作，他闭门不出，足足练了半年。其中还配合上养生的道理，才最终有所成就。“虎劈”之后是“鹰抓”，“鹰抓”之后的变化是“撕扯”。老鹰扑击到猎物后，两爪猛地按住撕扯，把猎物的身体撕烂。王超所练的虎形鹰形，一劈抓住敌人后，下面的变化也就是一撕、一扯。动作简单，却毒辣无比，偏离了武学的精髓。

中国的拳术，最重要的不是格斗，而是养生。正因为有了养生，才能称得上是“武”，否则就是搏击残杀。这些天，王超整天脑中练拳，心意养生，身体素质得到了极大的改善，武功也因此突飞猛进。虎扑、虎劈，鹰抓、鹰撕、鹰扯这两形动作早已经修炼到“声随手出”的地步。但是因为后面的撕扯太过残忍狠毒了，因此他一般只到鹰抓就不往下变化了。

廖俊华的猴形是练到了家的，有大师的境界，正给王超做了一个引路人。和他试手交流，王超也渐渐地把猴形领悟透彻了。与此同时，他的暗劲也练到了两腰、前胸、后背、双腿、双手。从明劲到暗劲是一个瓶颈，而从明劲巅峰的脆劲到“声随手出”的象形化神之境，又是一个瓶颈。每一个瓶颈，只要越过去了，下面必定有一段宽舒平坦的大道。王超一连跃过两道瓶颈，武功突飞猛进那也是必然的。

“刚才抵挡廖俊华‘黄狗撒尿’的一记暗腿，我好像是先知先觉，所以比他快了一步。筋骨松，皮毛攻，心意空……可是，这是试手，在双方没有敌意的情况下，我才能心意放空。到了真正的生死格斗，哪里能放空心意？”真正的生死格斗中，只要对手一起敌意，王超的目光立刻就会如影随形，自然地盯住对方。这完全是一种反射，手中有敌，心中也有敌。但心意空是心中无敌，心意一片虚空，才能先知先觉。

“看来只有在试手、切磋的情况下，我才能放空心意。真正的搏击中，我还做不到这一点，显然是境界未到。心意是暗劲的源泉，能够放空心意，那就能自然勃发暗劲，已经是化劲层次了。”王超似乎想通了。

“嗯？王师傅？王师傅？”廖俊华看完信后，把信交给戴军看。随后，他看见王超两眼微眯，似乎在打盹。他连叫了几声，王超一点儿反应都没有，似乎已经睡着了，又似乎沉迷进了意识的海洋中。廖俊华和戴军交换了一个眼神，随后笑了笑，点点头。廖俊华眼睛一亮，身体轻微绷紧，做出了要扑击王超的假动作。

就在这一刹那，王超猛然回过神来，两三寸长的头发根根立起。他的脖子、手上的毛孔瞬间凸起，全身一动，椅子咯咯作响。与此同时，他凌厉的目光一下刺到了廖俊华的脸上。这一刹那的反应，就好像隐藏在草丛深处的野兽，突然感觉到风吹草动而自然勃发出的敏捷动作。

“随时入神，又能随时感觉风吹草动而弹身扑人。你的心意已经到了这样的地步？我们俗事繁多，勉强凭借着以前的功底，保持现在的水平，要像你随时都能入神就好了，可见你心里一点儿负担和杂念都没有，实在令我们师兄弟羡慕。”说着说着，廖俊华停止了笑意，眉头轻皱，似乎有些不解。因为他自己都觉得有些疑惑：这个王超，显然背景很不一般，如果真是间谍，怎么可能没有一点儿心理负担和杂念，随时能放下心意入神呢？

王超看到了廖俊华的笑容，也就立刻散去了全身劲力，哈哈笑了起来。对方是开个玩笑，当然没有理由再继续较真下去：“发生了什么事儿吗？是不是最近日本武术界有什么动静？”

“也没什么，就是日本武术界最近派出了一些出色的年轻人，来到东北和俄罗斯磨炼功夫。就在上个月，在西伯利亚地下拳场，那些日本年轻人连战连胜，卷走了不少资金，还打死了不少俄罗斯拳手。现在这些年轻人已经进入了东北境内，开始席卷这里的地下拳场了。不但是地下格斗，甚至一些公开的武馆都被他们以‘交流切磋’的名义打伤了不少人。”廖俊华的语气虽然平静，却透出了很重的忧虑。

戴军把信递了过来，王超接过一看，发现信纸上面贴的全部是年轻人的照片，有男有女，还有一些简单的文字介绍。这些年轻人，最大的也不过二十五，最小的竟然只有十五六岁，一共有三十多个。

“日本武术界这是什么意思？既然这些年轻人都是天才，那来这里打黑拳，磨炼武术，必定有死亡的。天才死了，难道不可惜？”王超奇怪地问。

“天才要经过磨炼，才能有成就，如果在磨炼中死了，那就说明不是天才，也没有什么可惜的。日本武术界修行很残酷，如果不残酷，也不能激发出潜力来。这一点，比我们要强太多了。这次不知道日本武术界是什么意思，难道这只是个前兆，以后要在武术界掀起轩然大波？”戴军皱眉道。

“我的场子已经被扫了一个，是这个日本年轻人！”廖俊华指着第一页的一张照片道，“叶玄，日籍华人。从小学习剑道和拳术，受过皇室教练伊贺源的指点，曾经在瀑布下修炼三年，又在北海道冰雪深山中磨炼，典型的苦行修炼者。他是日本武术界最为杰出的年轻人之一，现在才十九岁。听说他在十七岁时，就已经练成了暗劲。这次来扫场子，很不好办。”

“的确，对方是有备而来，背后有很大的势力。要是一个没有势力的高手，随便就可以用黑枪崩死，有背景就不好办了。十七岁就暗劲，还真是天才。”王超点了点头，想起被自己捏坏了肾的宫城阪神。

“这个叶玄现在已经在吉林了，不知道明天你有没有兴趣一起去看看？”

“当然有兴趣。”

晚上，林雅楠对王超道：“组织上的新计划，是要你和那个叶玄比一场，把他打死。这是个天才，组织上要你把他扼杀在襁褓中。”

“扼杀天才？”王超翻看了面前的资料，随后闭上了眼睛，想了想，长长嘘出一口气，“资料上说，这个叶玄十三岁就在瀑布下面练拳，受过很多日本武学大师的指点，一练三年，后来又徒步进入北海道，在冰雪之中磨炼意志，在十八岁就挑战北海道合气道大师岩中正男，一战而胜。这样的人，是追求武道的痴人，虽然只有十九岁，但可不比宫城阪神，很不好对付啊。”

“就是因为不好对付，所以才要你来。”合起资料，林雅楠的嘴角弯起一个很好看的弧度，“你也是天才，天才对天才，这才有看头嘛。组织上的意思是暗地里打击一下日本武术界的气焰。这次日本武术界派些年轻人横扫地下拳场和一些武馆，摆明了是想试探一下。如果成功，以后还会有更大规模的行动。现在不同于上个世纪，日本武术界翻不起什么大浪来。说白了，这次只是暗地里的一次交流，属于民间的私人行为。这次政府不插手，只装作不知道。但如果就任凭他们横扫，面子上太过不去了。武术不能起决定性的作用，却是一种信念的支撑。组织上这次给你的计划，就是让你在武术界打出名头来。这次是个绝好的机会，你千万不能错过。我也是练家子，当然相信你的水平。”

“少给我戴高帽子了，既然这是组织上的任务，我根本没有其他选择。”王超眨了一下眼睛，“我可不是什么天才。看看这个叶玄，他才是真正的天才，十七岁就练通暗劲，进入武学上乘境界。我十七岁的时候，还在站马步呢。”

“你真的没有把握？”林雅楠听了王超的话，不由得眉头大皱。

“人我都没有见到，怎么能轻易下定论？况且擂台比武，千变万化，并不是谁的武功高，谁就能取得胜利。”王超笑了笑，依然很平静。

“那就好，我还以为你没有信心呢。”林雅楠点了点头，“你好好休息，我现在去安排另外的事情。毕竟这是一次民间交流，有暗势力隐藏在内，不比官方的活动。比武之后，火拼很可能是少不了的，不过应该没有什么危险，毕竟廖俊华会安排好，但还是得以防万一。”林雅楠刚刚出去，王超就听见有人敲门。

“朱佳？这么晚了你还不去睡觉？”王超站在门口。

“刚刚出去的那个是你的助手？蛮漂亮嘛，身材也很好。”朱佳穿着一件宽大的花格子睡衣，脚下趿着拖鞋，湿漉漉的乌黑长发随意披散着，好像是刚刚洗完澡。

“想不到，你现在也变坏了，会找女秘书了。”朱佳进屋后随意地坐了下来。这次和王超见面，朱佳似乎比以前放开了许多，开起玩笑来一点儿顾忌都没有。

“不过我很好奇，你好好的生意不做，为什么跑到山东来开什么武馆？不会是为了躲避赵均他们吧？可惜，那天你发脾气走了，不然我介绍你认识的那几个人，只要和他们搞好关系，赵均也不敢动你的。不过你在山东，又和廖哥扯上了关系，山东、东北三省一带，廖哥说话还是有分量的，倒是可以安身了。”

“我和你廖哥也只是武术界的朋友而已，最近才认识。”

“你不要开口武功、闭口武功的好不好，”朱佳撅起嘴巴，“我看你和廖哥很谈得来，你得帮我说动他，要他帮助我的事业。而且，你也得帮我。”

“好吧，谁让我以前欠你的人情呢。”王超微微叹了一口气，显出无奈的表情。

吉林，长春。

夜晚。一家空手道馆内。一个身穿和服、面容坚毅、眉宇之间透露出一股刚强的少年闭上眼睛，静静地跪坐着，一口两尺多长的木剑摆放在面前。他前面有两个日本青年正在互斗，你来我往，招招带风，打得威猛精彩。但是这个少年一动不动，任凭劲风吹拂在身上，皮肤一点儿感觉都没有，显然是对自身的毛孔控制到了精确无比的程度。

“叶玄君，你今天才到长春，明天就准备去打这里的地下格斗吗？不休息一下？”一个刘海遮住额头的大眼睛女孩跑到这个少年身边，也跪坐下来，关切地问道，神情中带有明显的仰慕。这个女孩正是在游轮上要捡王超便宜的柳生晴子。

“不是明天，而是今天晚上。”这个少年便是被日本武术界称为天才少年的叶玄。他十八岁就击败了开馆立派的北海道合气道大师岩中正男。“天才少年”这个称号，并不是他自封的。

“今天晚上你就要出去？强龙不压地头蛇，我们还在安排，你要是出了什么事情，可是我们日本武术界的一大损失。”柳生晴子连忙道。

“我把我的一生都奉献给了武道修行，没有什么能阻挡我前进的脚步。”叶玄睁开眼睛，“况且，这次来中国，是一个磨炼的过程。肯定要遇到危险，没有化险为夷的胆识和气魄，又怎么能成为一代宗师呢？合气道宗师植芝盛平，空手道宗师宫城长顺、大山培达，哪一个没有上过战场？只有在战场的生死气氛中，才能真正磨炼一个人的意志和精神。如果遇到危险就退缩，永远都不能进步。”

“受教了，叶玄君。”柳生晴子低下头，“不过，我认为您没有必要把精力浪费在无谓的战斗上，您可以直接去挑战那些拳术大师，如广东三虎、太极大师陈艾阳、台湾刘嘉俊、香港马红骏等成名的人士。以您的精神和武道，战胜这些虚有其表的大师们，是没有问题的！”

叶玄站起身来，右手两指一并，那柄木剑就好像是碰到胶水一样，被粘了起来，被他抱在怀里：“那些大师爱惜名声，就像鸟儿爱惜自己的羽毛，也未必会接受我的挑战。只要爱惜名声，就有所顾忌。再强的人，一旦有了顾忌，就有弱点。我会将他们一一战胜的，但是挑战和练武一样，都要一步一步来。”

“嗨！”柳生晴子又低下头，“是的！叶玄君！您现在就要出去吗？”

“是的。”

“那我和您一起去，顺便给您带路吧。这里最有名的地下格斗场在郊外，有五十多里，我顺便去叫车，也叫人给您安排一下。”柳生晴子说道。

“不用了，我们走着去吧。其他的事情，来之前，我们会馆已经安排妥当了。”两人走出了道馆，随后，在路灯照不到的隐蔽处弓起身体，急速行走，仿佛电影中的忍者夜行。

长春郊外的地下拳场，四名拳手被一名日本年轻人全部击毙，或是太阳穴被戳出一个指洞，或是胸骨被打碎，或是双眼被挖，或者是被暗劲震碎内脏。整个场子，被这个日本年轻人卷走资金上千万。当天夜里，廖俊华就收到了消息。

第二天，王超和廖俊华、戴军来到了长春。

“这个叶玄下手好狠，武功明明比他们高出很多，却一点儿也不留手，是个狠辣的角色。”王超看了那些死去拳手的尸体，知道叶玄的武功远远在那些拳手之上，完全可以不伤人性命。

王超自己也经过多次打斗，但是每一次基本上都是面临强敌，生死一搏，无法留手。只有一次，是他初到广东见鲁成文时，打死了蛇头，但那也是蛇头先起了杀心，周围又虎视眈眈，不得不立威。论拳术修养，王超还是本着“能留手就留手”的原则，并不故意杀人。尤其是近些天，他领悟养生之道，动手之间，完全都是临敌的时候自然勃发，并不存在故意伤人的心。

“走吧，我们去看看这条过江强龙！”廖俊华看见一具尸体胸前的拳印，只有淡淡一块痕迹，但是心脏、肺叶全部被震烂，便知道，那个叶玄的暗劲已经练到了能刚能柔的地步。

长春郊外，一个大机械加工厂，内部其实是一座大型的地下格斗场。外面的挂牌只是做做样子，因为上面有人，一些单位也就睁一只眼闭一只眼了。廖俊华掌握的这个大型格斗场跟贵州、云南等一些偏远地方的矿业一样，有私人的武装。这个格斗场比广州吴颖达的要大多了，布置也更豪华。

传闻俄罗斯的西伯利亚训练营是最为残酷的地下拳手训练营，只要从里面出来的，个个都是擂台上的杀人机器。东北的地下格斗也受了俄罗斯的影响，比东南沿海的要完善得多，而且其中的拳手，也有很多参加过日本的K1等正规格斗比赛，领取奖金。日本、俄罗斯这两个民族，都有很强的侵略因素和好斗因子。整个格斗场修建成了古代罗马的角斗场地那样，观众席和场地完全被隔开。廖俊华、戴军、王超三人进入了贵宾席，王超一眼便看见了坐在另外一边的叶玄和柳生晴子，这两个人周围坐了十几个西装革履的日本商人。

不出一会儿，叶玄上了擂台，他面对的是一个体重三百斤、身高两米的俄罗斯拳手。这个俄罗斯拳手目光冷酷，步伐稳健，神色机敏，显然是经过多次生死格斗。但是，仅仅一招，他就被叶玄直接抽碎胸膛，打飞出去，死在地上。

“这个少年的确是天才，就算是我上场，也不能取胜。”廖俊华看着，叹了一口气，随后叫来了主事人。

“和日本会馆商量一下，给他一笔钱，让他们停止扫场子。如果敬酒不吃吃罚酒，那就动枪吧。”

“不用了，廖总。”王超突然出声，“让我来对付他吧。”

“不必了吧？”廖俊华吃了一惊，“这只是一场普通的地下格斗，并不是正规比武。而且，你看见那个叶玄一手撞飞那个俄罗斯人没有？那一手功夫，分明是劲力练到了筋骨齐鸣的地步。这是拳术大师才有的境界，你我苦练多年才达到这个地步。这个叶玄还不满二十就有这样的境界，不知道以后会成长为什么样的宗师。那个俄罗斯人名叫彼科洛夫，是西伯利亚训练营出来的，曾经徒手搏杀过北极熊。他的体型有先天优势，身体素质比我们练通了暗劲的人还要强上一些，尤其是动作凶猛，搏杀经验丰富。说实在的，连我也没有把握在三个回合内把他打倒，而他却被叶玄一招就打死……”廖俊华越说越惊心。

戴军也看着擂台上一动不动的叶玄，目光凌厉，脸色也是越来越凝重：“日本的训练比我们严酷多了，天才少年层出不穷。就算不是天才，能在严酷训练中活下来的，也成了天才。王兄弟，你没有必要冒这个险。说实在的，拳术到了我们这个境界，重在一个‘养’字，不要轻易出手。除非是忍无可忍，迫不得已，才奋力一搏。擂台上，胜负不由人，何必呢？”

“这个少年现在就到了这样的境界，等将来成长了，越发难制。而且他一向出手不留情，将来不知道多少华人武术家要死在他的手上。日本武道讲究神挡杀神，佛挡杀佛，极具侵略性。这和我们‘阴阳交融，天人合一’的武道不同。”王超长长地嘘了一口气，接着道，“道不同，不相为谋。我们武术界已经凋零得不行了。如果由得这些天才少年一个接一个地挑战，只怕二三十年后，我们武术界中再无大师。百年之后，再没有华人武术存在。廖师傅，戴师傅，你们不必多说了，安排吧。”王超这番话，一半是出乎自己的考虑，另一半是完成组织上交代的任务。

“王超，你真的要下去打？”朱佳这次也跟着过来了，刚才看见下面的格斗场地中，巨熊一般的彼科洛夫居然被叶玄一手打飞出去，死在当场。这令她非常震惊，也十分为王超担心。

“嗯，非打不可。”王超笑了笑。

“我支持你！”朱佳抓住了王超的手，“你一定能赢的！”

看见王超已经下了决心，廖俊华叹了一口气，用手拍了拍他的肩膀，只说了两个字：“小心。”

无论是戴军还是廖俊华，都从王超的话中感受到了杀意。这一战，肯定要出人命。唯一不知道的，就是谁会死。廖俊华面色凝重，他打了个手势，身边的人立刻把王超带了下去。这个地下搏击场今天全场爆满，可见东三省圈内人士的小道消息十分灵通。叶玄一招打死彼科洛夫的时候，在场的千百人都发出了倒吸冷气的声音。

王超已经走进了格斗场地。

场地有篮球场大，中间就一个高一米的水泥台子，没有护栏，也没有铺地毯。青灰色的水泥地面上，有许多暗红色的斑点和条痕，显然是无数次格斗留下的血迹。

“叶玄君，他就是打败张威和打死宫城家宫城阪神的人，也是商会叫你挑战的下一个对象，你一定要战胜他。”柳生晴子在远处看台上高声大叫，但因为用的是日语，速度又快，在场的观众都没有听懂。

王超早已经看见了柳生晴子，并没有被她的叫声影响，只是把目光投向了叶玄，仿佛是盯住了猎物的雄鹰。一刹那，周围所有的声音、色调全部消失得一干二净。王超的眼里，就只剩下了叶玄这个对手。

“你就是打败张威，暗算宫城阪神的那个武者？”在王超一进来的时候，叶玄的目光已经盯在了他身上。听到柳生晴子的呼喊后，叶玄的目光霎时间变得无比凌厉。

叶玄五官端正，他两手自然下垂，全身的毛孔受到王超敌意的刺激，如精铁绿豆一般凸起，显然，他是个内家高手。王超脚步垫起，脊椎如龙，弓身弹起，一刹那就蹿上了擂台。叶玄在擂台中央，王超站在边缘，两人相隔五米。听见叶玄的问话，王超并没有说话，只是一点头。

“看你蹦上台来的姿势是龙形，身法如龙，练的是形意拳术。我自幼学习北辰一刀流剑术，曾经百刃瀑布，以剑断水。早年，我北辰流一位高手以此剑术击败了中华武士会形意剑术大师郝恩光。而今我以剑化拳，不知你能否抵挡？”叶玄神情轻松，就仿佛和朋友谈心一般，流露出宁静的气息。他的中文十分标准，字正腔圆。

“动手吧！”对方话音未落，王超便一声大吼，把对方的声音生生截断。随之而起的，是王超的虎形劈劲。他出手带风，伴随沉闷的虎吼，筋骨齐鸣，哗啦一声，直切过去。王超事先动了杀心，出手便不再保留，直接就是最为凌厉的气势，一扑而至。

叶玄被王超打断了话头，随后眼前一黑。对方如猛虎扑羊落了下来，他心中一凛，知道斗口不成，反被对方一刹那占了先机。不过他毕竟是天才人物，当机立断，脚下发劲，身形如蛇拨草入穴，一下凭空后蹿了三米，整个身体钻落到擂台下面，竟然利用地形避开了王超。

王超也没有料到对方竟然一下蹿落擂台，恰好躲过了自己的一击和后面连番变化的招数。他这一击，本来是抢占了先机，先是一声巨吼打断对方的话头，使对方气息不调，然后是虎形劈劲，只要对方稍微抵挡，鹰抓、鹰撕、鹰扯的变化立刻施展开来。但是对方一蹿下擂台，便瓦解了他一切的变化。王超这一扑劈了个空，正要下跃追击。突然，一条人影如魔神般从擂台下方升腾而起。叶玄盘缩在擂台下，等到王超扑击招式到老的一刻，猛然涨身蹦起，一手护脑，一手分指如叉，准确地插向了王超的两眼。这一招阴狠毒辣，如蛇盘缩，如龙升天，又化为二龙戏珠，借助擂台下方的角落，把环境利用到了极致。

王超只觉得劲风扑面，眼睛被刺得剧痛，连忙双眼一闭，耳朵连动，双臂伸长，向下一个压劈，正和叶玄插眼珠的手碰撞在一起。叶玄霍然一变，两指内钩，猛抠向王超的肘关节内部麻筋上。王超肘关节皮肤一动，便知道叶玄的指关节力量巨大，并不比自己逊色，若是被钩中麻筋，就算是对方不用暗劲，自己也要落得个骨断筋折的下场。王超手臂一抖，宛如抖大杆子，一松一软，肘部毛孔一开一闭，暗劲勃发，一下便震向了叶玄的手指。叶玄手指内钩的姿势立刻停止，五指猛地伸开，并拢如蛇头，顺着王超手臂一游而上，戳向了王超的肩关节。这一连串的缩身、弹身、插眼、内钩、戳肩，叶玄使用起来浑然天成，威猛凌厉，实在不愧是天才武术家。王超不得不连连后退，缓过气息，再抢上风。

但是叶玄怎么能让王超抢回先机？他并指如剑，身法如游龙，连连抢进，一口气奔涌不息。叶玄的身法多变，两条手臂就如两口长剑，或挑，或崩，或劈，或压，或点，或洗，或搅，或抽，招招筋骨齐鸣，其中隐隐地传来风雷交加的声音，威势披靡。王超一瞬间就被叶玄逼到了擂台边缘，尽失先机。虽然处在下风，但是他的心却越来越冷静，空明到了极点。

王超霍然拧腰，反身半旋，以肩膀对着叶玄的身体中线。他一刹那右臂内缩，手腕退到自己的心口，呼啦画了个圆，劲力一下积蓄到顶点，随着心脏一蹦，马步上下起伏，手臂也如猛龙出洞，似长枪直扎硬捅，直接荡开了叶玄的两臂剑势，扎向对方胸口。王超这一式，乃是“龙蛇合击”中的一式“回马枪”。龙是马，蛇是枪。古代的盖世猛将征战沙场，靠着一匹马和一条丈二红枪，踹踏连营，枪头寒光闪处，一片鬼哭狼嚎。这是何等的威风和豪气！唐紫尘这式龙蛇合击，正是取自古战场厮杀的精髓。

叶玄一下抢到上风，心中算计着王超肯定要退下擂台。而在那一刹那，他的气势劲力也会积蓄到顶点。如果王超就势跳下擂台，那叶玄也必定在那一秒以手当剑，凌空跳跃，发出日本剑道中最为经典、最为凌厉的一记“迎风一击”。叶玄当年在瀑布下练剑三年，从高处一跃而下，剑劈瀑布，威势猛烈，剑势笼罩四面八方，几乎是无可躲避的一击。

“迎风一击”只在最关键、最有利的形势下才是雷霆一击，平时不能轻易施展，因为人凌空跳起，破绽也多。但只要王超落下擂台，就是最好的形势。这时，叶玄几乎感觉到了胜利的曙光就在眼前。只是，王超一招“回马枪”的发劲，直接荡碎了他的希望。

“好厉害！”叶玄皮肤敏感，自己的手臂一下被荡开，已经察觉到形势有变，立刻兜回双手，按在胸前。

王超以手臂当枪，在叶玄的胸口硬拼了一击，这一招“回马枪”发劲的爆发力非常巨大，叶玄的“迎风一击”劲还没有发出，自然失去了先机，于是连连后退，身体跃起，退到擂台中央。王超终于又抢回了上风！

王超踏身而上，又是一声虎吼。水泥台震荡，地面龟裂，出现了一个明显的脚印。

“廖哥……现在怎么样？”朱佳在看水泥台震荡，一口气憋住，一颗心也提到了嗓子眼。

“凶险……我也不知道……”廖俊华也是紧张得不得了，戴军更是一言不发。

朱佳的心情紧张到了极点，只觉得一口气越憋越紧，心脏剧烈地跳动。看着擂台上和叶玄搏斗的王超，她突然想起了一个经典的画面。朱佳再也抑制不住自己的情绪，突然开口轻微地哼出声音来：“睁开眼吧，小心看吧！哪个愿臣虏自认……开口叫吧，高声叫吧！这里是全国皆兵……

万里长城永不倒，千里黄河水滔滔……冲开血路！挥手上吧……岂让国土再遭践踏！这睡狮已渐醒！”

一曲《万里长城永不倒》哼了出来。开始，朱佳只是为了缓解自己紧张的心情，配合脑海里的经典场面。但是不知道是受到现场气氛的感染，还是别的原因，一瞬间，旁边的人被她的调子吸引，不由自主地配合着唱了起来！一分钟后，巨大的声音震慑了全场。

“万里长城永不倒，千里黄河水滔滔……”

“开口叫吧，高声叫吧！这里是全国皆兵……”哪个人没有尚武精神？哪个人没有热血沸腾的时候？柳生晴子和十几个日本商人都不知道发生了什么事情，突如其来的巨大歌声令他们面面相觑。擂台上，王超正和叶玄打得难解难分。王超虽然以一记“回马枪”又抢占了上风，但是叶玄心神坚毅，不慌不乱，双臂时而沉稳，时而又轻灵飘闪，总能化解王超猛烈的攻势。就在叶玄等着王超攻势缓解下来的时候，巨大的歌声震撼了擂台，传进了王超的耳朵里。瞬间，王超心神激扬。他的胸膛一起一伏，再次迸发出雷霆一般的虎吼，一连踏出八步，脚下擂台被踩裂，沙砾蹦起乱飞。王超抢身上前，劈拳刚猛爆裂，两臂抡开，劈得空气啪啪作响。每一次劈击，都如汽车炸破了轮胎。叶玄的脸色终于微微变了，这样凶猛的拳法，完全超越了王超刚才的极限。一连抵挡了王超八下劈击，叶玄终于觉得气息浮躁，连忙又要跃下擂台。就在这一刻，王超突然一记鹰抓捉了上来。叶玄反抓，两人的手立刻交缠在一起。

叶玄只觉得自己的手臂陡然分开，整个关节、肌肉、韧带都被拉得剧烈疼痛。暗劲勃发也被对方的暗劲冲撞、抵消。王超的手如钢钩撕扯，肩膀同时前击，一招“老熊撞树”，撞到了叶玄胸口，叶玄立刻被撞下了擂台。王超这一下老熊撞树只是一个势，并没有多大的劲力。他的熊形还没有练出神来，威力对付一般人可以，却撞不死高手。

叶玄早已经把暗劲练到胸口，所以并没有受伤，只是身体被撞飞而已。他被撞下擂台，骤然一个翻滚，要旋身起来再战。但是王超怎么会给他这个机会？他凌空一冲而下，整个人就仿佛一匹纵腾起来的奔马扬蹄，狠狠践踏下来。王超这一下马形凌空践踏，又快又猛，正好抓住了叶玄倒地起身的破绽，一下踏在了他的右手上。

咔嚓一声，骨骼断裂之声响起。就算叶玄的手坚硬如钢铁，被王超马形凌空踏中，也承受不起。当下，他的右手腕骨、手掌全部被王超一脚踏进了水泥地中，血肉模糊。

“好！”全场迸发出一阵热烈的喝彩和掌声。

“嗨！”叶玄被王超一下踏碎了右手，脸上痛苦的神情只是一闪而过，瞬间又蹦起来，一腿凭空撩出，又快又狠。这么剧烈的疼痛，居然被他忍住，可见他的意志有多么坚定。

王超一招得手，没有丝毫放松，骤然蹲身，一缩成了猴子，正好躲过叶玄的一腿。接着王超左腿一撇，踹了出去，正中叶玄的小腿。这一下，又听见了骨折声。王超这一招，正是廖俊华最为拿手的猴形中的暗腿。连番挨了两次重击，叶玄终于倒在地上。王超丝毫不放松，赶尽杀绝，脚步又一踩踏，踏在了叶玄的胸脯上。一连串的断裂声响起，叶玄的瞳孔散开，气息散乱，已经彻底失去了战斗力。他的左手死死抓住王超的腿，但是已经没有了力气。

看着叶玄的尸体，王超长长地嘘出一口气，只觉得手脚冰凉，筋骨皮毛都松弛下来，浑身大汗淋漓。和叶玄的一战，实在是耗费了他全部的精神和力量。这场战斗虽然连十分钟都不到，但是电光石火间分出生死，确实相当于百余次的战斗。可以说，王超上百次在生死边缘徘徊。

这一战，几乎是他习武以来最为艰苦的一战，即使和张威的比武，都没有这么大的压力。和张威的比武，只关乎个人的生死；和叶玄的一战，却关乎组织上的期望，以及对华人武术界的责任。张威重出江湖，迫不得已，一开始锐气就已受挫，到后来虽然显示出深厚的功底，但到底落败。叶玄却年轻气盛，拥有席卷之势，心智更是坚定得可怕，就算手被踏得血肉模糊，还能忍住并施展出凌厉的腿鞭反击。更重要的是，叶玄的武功还在张威之上。

“上个世纪霍元甲在擂台上的时候，也就是今天这样的情形吧。”正是观众的歌声令王超感到了一股充塞天地的凛然之气和一种振奋的精神，他才能够一举毙敌。比武不能输势，势一输，心就弱，意则不灵。意不灵，身形就无法施展得开。他终于明白了，在上个世纪山河破碎的时候，为什么会有那么多的人站出来——因为所有的华人心中都有这股精神。也许在平时，这股精神连自己都察觉不到，但是在关键时刻，它便会突然凝聚成无可比拟的汹涌波涛。

“怎么可能……”擂台下的柳生晴子看见这一幕，顿时思维混乱。在她的心目中，叶玄是永远不可能倒下的，他只会一往无前。然而，今天他却被扼杀在了擂台上。

“好！”整个格斗场爆发出如山崩海啸般的呼喊。格斗虽然残酷，但也最容易激发人的热血，尤其是一个民族和另一个民族之间的生死较量。

“好，打得好！你是一代拳术大师！我和戴师兄口服心服！”廖俊华比众人要冷静得多，他首先清醒过来，便立刻带了人下来。戴军身经百战，作为武者的精神还在，因此对战胜之后的王超打心眼儿里佩服，立刻叫人把王超围住，免得出什么意外。

"真是纯爷们儿！"一个身材高大、气宇轩昂的中年男子带着十几个人走了过来。

廖俊华微笑介绍道："这位是徐总。这是青岛崂山内家拳馆的馆长王超师傅，他是形意八卦拳大师。"王超点头，报以微笑。

很多和廖俊华熟悉的人都围了上来，纷纷要求和王超说话。一刹那，王超竟然成了明星般的人物。王超心生感激，就是他们刚才的歌声感染了他，使得自己在感动中找到了力量。尽管大家身份、地位各不相同，但是在当时那一刻，他们被同一首歌感染。

"走，我们去喝酒！今天不喝个痛快，誓不罢休！"廖俊华吩咐手下处理后面的事情，随后拉着王超往外走，神情十分兴奋。王超打死了叶玄，不只避免了自己的损失，真正高兴的是，王超打出了气势，打出了精神。

"喝什么酒，不让他休息一下吗？"朱佳走过来，白了廖俊华一眼。

几个日本商人把蹲在叶玄身边的柳生晴子扶起，个个面色凝重，但没有人对死了的叶玄多加关怀。也许以前，叶玄大展神威，令无数人或心折或憎恶，但一旦落败身死，便失去了所有价值。生死成败，就是这么直接和现实。

柳生晴子神情呆滞，随后抬起头来，盯向了王超。突然，她发了疯似的冲过来："你杀死了叶玄君……我……我要杀了你！"柳生晴子也是柳生家族杰出的年轻高手，从小就经过刻苦锻炼，精通形意剑术、形意拳术，更兼练过通背、空手道等武技。她二十五岁时，就已经将自身潜力全部开发，把明劲练至巅峰。虽然没有叶玄那么有天赋，可一旦爆发起来，也非常恐怖。

两声巨响，拦在她身前的两个人就被她踢飞，倒在地上呻吟。接着，她身体如蛇钻，晃眼间便钻进了人群，几步后一跃而起，左手成爪，朝王超猛扑过去。

王超眼睛一闪，抬手就挡，哪里知道柳生晴子这一招只是个虚招，真正的目标并不是他。她陡然一个旋转，两手反朝他身边朱佳的太阳穴啄去。王超刚才经过大战，体力消耗严重，而这一招双峰贯耳迅猛无比，形势十分危急。柳生晴子这一扑，显然是算准了王超不能再战，而戴军在另外一个角度，无法援救，于是拼了性命也要将王超击死。其实她攻击朱佳也是虚招，只等王超救援，她就会以另外的手法给王超雷霆一击。

“你找死！”廖俊华瞬间面如寒霜，骤然一个缩身弹起，一记“黄狗撒尿”直接踹在她的小腹上。

柳生晴子万万没有想到，廖俊华竟也是个高手。她被一脚蹬开，直接掠过人们头顶，飞出三四米远，直挺挺地落在地上，昏死过去。

全场一片哗然，谁也没有料到，这个看起来文质彬彬的国有企业老总居然是个武林高手。廖俊华和朱佳是从小玩到大的朋友，两家也曾经在一个大院中生活，要是朱佳在他这里出了问题，他便无法向家里的长辈交代。廖俊华愤怒之下便不再隐藏，他本身就是拳术大师，武功比柳生晴子高出不止一筹，何况这一招“黄狗撒尿”是他的撒手锏，柳生晴子没有直接被蹬死，已经是不幸中的万幸了。

“我这一脚，已经蹬断了她的肠子，我和日本武术界的仇算是彻底结下来了，以后恐怕无休无止了。”廖俊华心中烦乱，“我一向以低调为上，今天直接把武功暴露在人前，这不是一件好事儿。”于是，他转身吩咐周围的人，将柳生晴子送进医院。

本来那十几个日本商人大惊失色，都不知道该怎么办，因为这是人家的地盘，强龙不压地头蛇，更何况他们并不是强龙，他们只是日本武术界派来洽谈相关事宜的。虽然有保护的责任，但是现在柳生晴子在众目睽睽之下偷袭杀人，现场还有录像。这样的行径，就算被对方当场格杀，他们也无话可说。

立刻有人抬来了担架，几个医生手脚麻利地把柳生晴子抬到楼上的医疗急救室，之后又送往市中心的大医院。那些商人也急忙把叶玄的尸体带上救护车，到医院整理一下，然后想办法送回日本，好让他的师傅看一看遗体，再根据伤口推测对方的功夫境界，想出报仇的对策。先后受过日本武术界多位武术大师的指点教诲，被众多大师称赞为第一天才少年的叶玄在公平的比武较量中，被打死在擂台上。廖俊华可以想象得出，这在中日武术界会引起多大的轰动。

廖俊华因为暴露了自己的身手，不愿意多待下去，就对几个朋友道：“我今天还有点儿事情要布置，王师傅也要休息一下，改日我们一起到崂山内家拳馆玩玩。”

“没问题，王师傅打死了这个年轻人，麻烦是肯定有的。不过，想不到廖总你也是个高手，真是看不出来啊。刚才那一腿，漂亮极了！”徐总和其他几个老板看着廖俊华，十分惊讶的样子。廖俊华勉强笑了两下，打过招呼，就带着众人坐上一辆豪华林肯走了。

12

王超疲惫地靠着坐椅，看了一眼车外的武馆：“你这个场子已经走上正轨，还配备有专门的医疗设备。比起我一个朋友在广东打黑拳的地下格斗拳场，无论是从设计、理念上，还是从服务上来说，都要高出一个等级。”

廖俊华倒了一杯冰镇红酒，一口吞了下去：“格斗搏击是一种文化，虽然它天生就带有血腥，却不能一味地把血腥、残忍发挥到极致，但也不能戴上拳套，你一下，我一下，只求华丽表演。”

王超点点头表示同意：“日本有K1等正规格斗，都是不论生死和伤残，却禁止摔跤，因为摔跤破坏观赏性嘛。说到底，还是掺杂了表演的性质在里面。比武，向来十打九摔，哪有不用摔法的？不用摔法，那国术的威力要降低很多，束手束脚的，根本发挥不出威力。八卦掌中最为凌厉的回身掌，就是和人交缠之后，陡然发劲把人摔出去。形意拳中的母拳横拳劲，更是从上到下的一股摔劲。练到最高层次，不论什么人，只要一沾上身来，就立刻被摔出几丈开外致死。所谓‘神拳沾衣十八跌’，正是如此。”

“现在官方的拳赛已经失去了格斗和搏击的精神与意味。我插手地下格斗，其实并不是为了赚钱，只是想让地下格斗形成良性循环。”廖俊华娓娓道来，“原有的地下格斗就是野蛮的搏杀，太过血腥残酷，虽然刺激，却缺少文化理念，难以持久发展。我的想法是，格斗既要摒弃华丽虚假的表演，表现出残酷来，又不能太过。我想在两者之间寻找平衡，然后弄出个品牌来，进入正规的渠道。这样既可以消除那些残酷血腥的搏杀，又给了练武的人一口饭吃，更能突出原汁原味的国术来。这个理念，我师傅构想了很久，只可惜，现在很多条件并不成熟。我现在有点儿势力，作为他老人家的衣钵传人，自然要为他做点儿事情。”

王超叹了一口气：“现在正规的比赛并不提倡有伤残的格斗，你的也是摆在地下经营，拿不上台面，无法形成一个品牌和市场，你和你师傅的想法想要实现的确很难。”

廖俊华看着他，复杂的笑容一闪而过：“好战必亡，忘战必危。我相信会慢慢好起来的。”

“今天可真是危险，那个日本人的武功真的那么高？看你疲惫成了这个样子。”朱佳看到王超的疲惫，显得很担心。

“叶玄的武功、心智、毅力都十分可怕，我今天之所以能赢，是赢在气势上。若不是场中那股热烈的气氛，我也难以一鼓作气，把劲力发挥到巅峰，所以现在疲惫也是自然的，休息一天就没事儿了，不必担心。”

“你和叶玄打斗的时候，我还真有一种错觉，精神一紧张，就哼出声音来，想不到反响这么大。”朱佳眨了眨眼睛，“你能赢，还有我的功劳在里面，你该怎么感谢我？”

“原来是你。”王超叹了一口气，“我又欠你一个人情了。”

“哼，知道就好。你欠我不知道多少个人情了。以后我的话你一定要听。”朱佳得意地笑了起来。

“你打死了叶玄，想必过两天日本武术界就会得到消息，你也要做好应对之策。我公司里还有别的事情要处理，但不管你有什么问题，都要第一时间通知我。虽然我相信以你的背景和势力能够摆平这些事情，但毕竟是在我的场子里面打死人的，我不能不管。”廖俊华神情严肃。

“好，有事情我自然第一个通知你。”王超点点头。经过几天的相处，两人的友谊早已建立，且愈见深厚。

过了两天，廖俊华回到济南，王超依旧回到了崂山，朱佳也找了个借口住在王超开设的武馆内。她几乎天天都黏在王超的身边，弄得王超在众人暧昧的目光中很不自在。终于有一天，朱佳独自外出，王超才松了一口气。

林雅楠趁机约了王超密谈。“恭喜你顺利完成组织交代的任务！”林雅楠满面春风，“我已经把具体情况都上报了，上面肯定有嘉奖。”

王超没有丝毫笑意，摇着头叹息：“打死人的事情一点儿都不值得恭喜。对了，明天你帮我安排一下，我要去一趟广东。”

“你去广东做什么？”林雅楠感到奇怪。

“唉，上次在海上打败张威，以致他跳海身亡。跳海之前，他曾经说过他还有家人，于情于理，我都该去看看。这不违反规定吧？”

“没问题，我明天就帮你安排。”

“国术，以国强势，以势强术！势，以力胜人不如以智胜人，以智胜人不如以势胜人。所谓大势，一往无前，凛然所在，滚滚如海潮，不可阻挡。”王超望着面前奔涌不息的海浪，想起自己与叶玄的战斗，不由得感慨万千。这次战斗，令他对心和意的认识又进入到一个更加高深的层次。内家拳术到达高深境界，靠的就是心意结合，最后勃发劲力——心与意合，意与气合，气与力合。

“拳术到了一定层次，心意也要随之拔高。叶玄在瀑布下苦修，在冰山雪原中磨炼意志，其实不过是和天地自然争斗，却忘记了，这个世界上令人振奋的，并不是天地自然，而是人。有了人，有了心意，才有这天地，天地都在人的心意之中。”王超的思绪飞了出去，往事一幕幕重新浮现。从跟随唐紫尘学拳，到唐紫尘的离开；从自己一步步成长，到和各式各样的人战斗。四年过去了，他已经由当年的懵懂少年，变成了现在的拳术大师，技艺和心境都有了脱胎换骨的变化。“国术，国术，先有国，才有术。没有国的术，就等于无源之水、无本之木。亿万人凝聚起来……这种气势才勇不可当，无人能敌。若每一次出招都蕴含着这种心意气势，试问这天下间，有谁能与你匹敌？纵然是对手武功再高，功力再深，势不如你，动起手来也要畏惧你三分。”

王超终于明白，国术并不只是个名词，它蕴含着千百年来亿万人凝聚起来的精神。心意中有国，手中的术才能气势宏大，招招力压对手。

打通心灵的关节之后，王超随手一拳击出，心、意、气三者自然融合，全身上下劲风乍起，和海风呼应鼓荡，不分彼此。他的身形在岩石上闪动腾跃，出拳带声，时而如虎吼鹰啸，时而如蛇嗞龙吟，时而如猿啼马嘶。

这一套拳，气势和力量都比原来高出一筹，很明显，王超已经到达“随手出雷音”的地步。“声随手出”最为重要的就是雷音。雷乃阴阳之气，积蓄到极点才迸发。人体内的雷音，也是心和意的阴阳积蓄到顶点，然后带动骨骼肌肉迸发出来的。心如赤子，明净柔和，乃为纯阴；意如钢铁，坚忍不拔，乃为纯阳。心地明净，意志坚韧，必然就会碰撞迸发，这时，雷音的产生就水到渠成，并不用刻意去练。王超以前为了改善体质，刻意去练，只能事倍功半。但是现在，他每一出手，都带有雷音震荡，这已经是心意交融碰撞、自然迸发出来的。一个刻意去求，一个自然迸发，效果截然不同。这就如太极拳中的借力打力，上乘的借力是皮毛筋骨直接反射而动，而下乘的借力打力还要根据别人的动势思考，然后做出反应。两者云泥之别，显而易见。

以前王超刻意抖出雷音，只能养生，不能技击。但是现在，他把雷音融合到每一个招式之中，不但力量增大，气势也比以前要蓬勃一倍。王超将虎形、鹰形、猴形、马形、蛇形一一演练，最后归结到龙形。练到最后一式的时候，王超骨节轻微震荡，只觉得在骨髓深处有股清凉传递出来，因他毛孔紧闭，元气不散，反而往内走。就在这一刹那，筋骨齐鸣，内至骨髓，外至皮毛，都产生了一股冷热相间的意境，一起迸发在五脏六腑之间，并产生轻微的震荡，然后冷热交融，使全身由内而外都有一种暖洋洋的感觉。王超一阵欣喜，他知道，自己的功夫终于练到了天人合一的地步。

“终于打通了一道重要的关口，可谓是得道了。”王超一式收功，吐气如箭，面前三尺之处立时被冲出了一条微微的气浪波纹。“练拳容易，但从拳术人生中得到至理困难。”王超深深明白这个道理。

在中国古代传说中，马是龙的化身。唐紫尘教授的龙蛇合击，龙中就有马意。王超打死叶玄，先是一记马形踏碎了对方的手掌，中间一记黄狗撒尿踹断对方小腿，最后又是一记马形踏碎了对方的胸骨，才使对方一命呜呼。王超也因此领悟到马形的真谛，一举突破关隘，练得形神兼备。王超想：“以后的日子，就是慢慢养道的过程了，等十二形练会，暗劲遍布全身上下每一个部位，到时便要追求化劲。那个时候，又不知道是什么瓶颈在等着我突破。拳术的巅峰是炼虚至道，不见不闻而能察觉危险，这又是怎样的境界？要走的路，还长着呢。人的精力有限，追求无限，仅仅是一门拳术，要学习的东西就太多了。”

曹毅和大石头他们的教练周良又聚在了一起，他们面前摆放着很多资料。曹毅翻看着资料，啧啧称赞道：“我没有看错人，这个王超真不简单，居然这么快就击杀了日本武术界号称天才少年的叶玄。”

周良笑了笑：“一旦死了败了，就不是天才。日本不论是军队训练，还是武术和棋道，都讲究弱肉强食，胜利至上。叶玄一死，日本人便不会再称许他。”

“不管怎么样，王超这次出色地完成任务，没有辜负我们的期望，那他在高层的价值，就又多了一分。只是没想到……”曹毅指点了一下面前的资料，“廖俊华居然是一个高手，还是海外洪门大宗师朱洪智的衣钵传人，和海外的华人帮会有千丝万缕的联系，这个廖俊华，隐藏得够深啊。”

周良皱起眉头：“相比之下，亿科集团的几个人比廖俊华还要透明得多。廖俊华隐藏得这么深，不知道有什么目的和打算。”

曹毅思考片刻：“现在还谈不到动这些人的时候，让林雅楠时刻注意收集情报，多了解一些情况就是了。对了，高层知道了这些情况，有什么安排没有？”

“当然有，高层那里更看重王超和林雅楠了，他们都会升职的。你看。”周良拿出一份文件。

“就这些？”曹毅看着文件，“王超未必看得上眼。这算什么？”

周良耸耸肩：“那也没有办法。凡事总得一步一步来，动作大了，一定会引起风波，影响组织的秩序和管理。再说，咱们现在对王超了解得不算透彻，上面当然希望他能够通过考验。一上来就掌握实职，这不太现实。”

“也对，高层这样的打算自有他们的道理……”

王超、林雅楠、朱佳三人乘坐的车已经行驶在洪村的乡间小径上。林雅楠一边开车一边说："这个洪村是张威的老家，村里几乎人人都会练几手，主要是练习洪拳，也有练咏春、少林长拳的。其中也有些厉害的武师，但是都不曾出来比武格斗，也就没有什么名气。"

王超点点头："那倒是，民间的练家子多，敢出来打黑拳比武、闯荡江湖的却少得可怜，有本事高、功力深，却没有名气的拳师也在情理之中。"

"张威在江湖上闯荡多年，打出名头挣了些钱后便金盆洗手，后来做生意亏了本，就被亿科集团笼络了去，结果死在你手里。他家里也负债累累，听说老婆带着孩子把房子都卖了，回到了洪村的老家。"

王超看着车窗外的景色，叹了一口气道："唉！他家有困难，咱们就帮一把，毕竟张威也是个值得尊敬的对手。拳术练到他那个境界，实在是不太容易。"

"他虽然是自己跳海死的，但是你造成的。我也是练武的，知道很多武林故事，像你这样的情况，应该是过来斩草除根，而不是发善心帮忙吧？要是你以后老了，打不动了，他儿子练好武功，找你寻仇，你怎么办？"林雅楠通过反光镜，饶有兴趣地看着靠在王超身上睡得一塌糊涂的朱佳。这些天，朱佳老是跟着王超，几乎是形影不离。从青岛到广东，又开车入乡村，一路颠簸。她体质到底不如林雅楠、王超这样的人，现在有些疲惫，终于靠着王超睡过去了。正因如此，林雅楠才敢和王超说这样的话题。

"斩草除根？"王超笑了笑，看见林雅楠的脸上带着神秘的笑容，他挑了一下眉毛道，"我再怎么也是养得住气的拳师，斩草除根的事儿做不来。你想诱惑我不是？"

"什么诱惑？"朱佳睡眼蒙眬地爬了起来。

"到洪村了！"林雅楠一个急刹车，立刻打断谈话。

池塘波光粼粼，小溪蜿蜒流过，白色石桥的两边长着高矮错落的榕树，一栋栋民居依山傍水。树下三三两两的人或是打牌，或是摇着蒲扇纳凉。

王超三人发现一棵榕树下有四五个年轻人正在扎着稳稳的马步练功。他们手臂上穿着一些钢圈子，一拳一拳地发劲，虎虎生威。每一次发劲，手臂上的钢圈就互相撞击，发出叮当叮当的声音。王超一见，便知道他们是在练洪拳的桥手，洪拳用钢圈套在臂膀上来锻炼筋骨，又名铁线拳。几个年轻人旁边还站着两个中年人，都蓄着黑长胡须，太阳穴隆起，全身骨骼肌肉异常结实。其中一个的衣着一看便知是武师，另外一个道士打扮，穿着蜈蚣扣的黑色罩衣，头发用簪子绾了一个髻。

林雅楠和朱佳气质高雅，几个年轻人不由自主地分了神，武师立刻严厉地喝骂："好好练，眼要跟上手，不要乱瞧！专心点儿！"

"走，过去问问。"林雅楠先行一步，"请问这位师傅，张威师傅的老家是这里不？"

"你们找张威老家干什么？"武师的脸色骤然一变，眼神中闪烁出凌厉的精光，把林雅楠从上到下打量了一遍。

道士问道："你也是个练家子，找张威干什么？"林雅楠的武功是把明劲练到上乘，被那道士一眼就看了出来。王超的武功已经练到了内外相合、阴阳交融的境界，反而令道士无法看出来。几个年轻人早已停下手脚，冷冷地看着三个陌生人。

"我是张威师傅的朋友，听说他出了事儿，特地来看看他的家人，看有没有能帮得上的地方。"

"张威的朋友？张威的朋友我都认识，怎么没见过你们？"中年武师的语气很不善。

林雅楠皱了一下眉头："敢问你是……"

"我是他师兄，梁正文。"中年武师微微伸了一下手指，指关节啪啪作响，"你们到底是什么人？说清楚。"

王超脑袋一转："梁正文？我只看过资料，知道张威从小跟正宗咏春传人梁重学习拳法。那么这个梁正文，显然是梁重的儿子或后辈了？"

道士的长眉毛有些飘飘然："你们是来找他家人的吧？可惜白来了，他的老婆孩子都出国了。"

"出国了？"王超略微吃了一惊，随后就释然了。他和张威只是对手，这次前来，也是想帮助一下他的家人。既然他们出了国，那也就算了。他对林雅楠使了个眼色，"走吧！"

几个人欲离去的时候，梁正文突然喝了一声："等等。"

林雅楠转过身："梁师傅，有什么事儿吗？"

"你们到底是什么人？张威是我师弟，和我很熟，我并不知道他有你们这样的朋友。不是我疑心重，实在是我师弟打拳很多年，仇家多，我不得不问个清楚。"梁正文一脸正义凛然。

林雅楠说："我们是跟着张师傅学过功夫的……"

道士却不上当："胡说！你走路的时候，肘关节微微内曲外弹，练的分明是八极定肘缠肘的功夫，而且有了点儿火候。咏春洪拳、白鹤门、南拳一派不会练出这样的效果来！"

王超立即有些疑惑地看着这个道士，只见他的黑长胡须根根分明，额头平光，面皮白中带红，眼睛闪亮，双手没有老皮，显然武功已经练到暗劲，把死皮都化掉了。正如王超自从练通虎形、鹰形、马形、蛇形、龙形之后，身上狰狞似蜈蚣的疤痕也随之消失了。

林雅楠并没有理会那个道士，而是走近王超，压低声音道："看来这几个人是怕张威的仇家找上门来斩草除根，所以万分小心。既然张威的家人已经出国，你的心意和礼数已经尽到，咱们还是走吧，此地不宜久留。"说着，林雅楠拉着王超就要走。

道士眼睛一翻，突然向前踏出一步，伸手一搭，朝林雅楠的手腕钳去："不把话说清楚，不准走！"他一只手的食指和中指并拢，捏成剑意，另一手拇指和小指轻勾，动作轻盈敏捷，只晃了一下，就碰到了林雅楠的衣服。林雅楠一惊，已经躲闪不及，似乎怎么都难逃这一抓。

"你干什么？"王超全身筋骨齐鸣，就势一拳截去，拍上了道士的手。

道士的耳朵一动，听出了这是五雷正法，筋骨齐鸣。他立刻意识到王超这一拳自己根本不能抵挡，只要自己一碰，立刻就会筋断骨折。道士大惊失色，手腕飞快回缩，脚步后踏，身体一滑就退了出去。梁正文见王超的步法和八卦掌的步法相似，运用得非常精湛，也是大吃一惊，身体不由自主地后退一步。

石桥另一头的村民听见动静，纷纷围拢了上来。几个练拳的年轻人也把王超三人围了起来。王超皱起眉头，他没有想到自己的好心之举却弄出这样的事情来。

"你们都围着干什么？快散开！"道士见几个年轻人跃跃欲试，立刻破口怒骂。见后辈都放下架势退开，他对王超一拱手，语气缓和道："在下是武当九宫剑派的弟子，姓甘。请问师傅是哪里来的？为什么找张威？张威师傅赌拳失败，已经跳海身亡，他的家人真的已经去了国外。"

王超想了想，也编不出什么圆满的话来，索性实话实说："我就是和张威师傅比武的那个拳师，这次来找他的家人，是纯粹想来帮忙的。"

梁正文一听，满脸蔑视："原来如此！我就知道会有不怀好意的人来，所以提前做好了准备。张威师弟的妻子的确已经出国，你要斩草除根、暗箭伤人，那是休想了。你年纪轻轻，拳术神通，为什么心肠就这么狠毒？你已然逼得张威师弟跳海，为什么现在又找上门来要害他的家人？我也是练拳的，虽然不愿惹是生非，但事到临头，也不会退缩，任凭你武功再高，我这个做师兄的，也不能不出这个头。"

原来，梁正文自从听到张威的死讯后，就急忙安排张威的家人出国，躲避是非。王超一看这架势，就知道产生了误会，但此时已经多说无益。

他低声对林雅楠说："看来这一架是在所难免了。这里村民众多，极易拧成一团，不好乱来。一旦他们砸了车，我们就难以走出去，还是先打败这两个人立威，才好从容而退。"他又对两位中年人道："我的确不是来斩草除根的，只是来看看能不能帮上忙。既然你们不肯轻易让我们走，我们也随时奉陪。不过我希望能够按照练家子的规矩来，我们赢了的话，立刻就走，你们不得纠缠。"

"来吧！"梁正文自然不会退缩，对身后的道士说，"甘师傅，你给我压阵。"

"不用了，你们一起上吧。"王超眼睛微眯，他正想试一下自己的身手，眼前这两个人都是苦练多年的高手，值得一战。最重要的是，他对对方也不甚信任，担心自己和一个对战的时候，另外一个会威胁到林雅楠和朱佳的安全，因此干脆以一敌二。

梁正文和甘道士对望了一眼，甘道士松了一口气道："那好，这可是你说的。不过你已经练成雷音，五脏六腑都能够互相响应，我们两个打你一个，也说得过去。"

王超本来以为自己提出这样的要求，会让对方误会自己轻侮于他们而惹得他们发怒，哪里知道对方立刻打蛇随棍上。王超啼笑皆非："原来早就准备二打一了。也是，现在谁还依照什么以前的武林规矩，这又不是正规的比武，自然是人多打人少。"

"好，容我先喝口水！"甘道士伸手招了招，几个年轻人对望一眼，纷纷露出古怪的神情，有一个人立刻跑到路边小店，买了一大桶矿泉水。甘道士一把抓掉盖子，咕咚咕咚地灌了下去，竟然一滴不洒，顷刻间就喝了个干净。

"来吧！"梁正文立刻喝了一声，突然一旋身，一手如击陀螺般甩出，打向王超面门。这是洪拳中的"鞭捶"，是以腰腿旋转，两臂桥手硬抽猛磕，非常刚猛。梁正文这手咏春功夫精湛无比，功力之纯不在张威之下。与此同时，甘道士一张口，一道猛烈的水箭强劲地直喷而出，瞬间就飙射到王超面前。这水箭飙出，破空竟然微微带风。接着，甘道士脚下一踩，如踏九宫八卦，几步就到了王超的右侧，并指如剑，疾点王超腰下的一处薄弱穴道。这两人一出手，竟然配合得天衣无缝。

林雅楠惊呼一声，她明明看见甘道士把水喝进了肚子里，并没有含在嘴里，却还能反喷出来，足以显示出甘道士的内脏有着不可思议的吞吐能力。

水箭直射王超的眼睛，眼看王超的眼睛立刻就会受伤，说时迟那时快，王超一手遮眼，一手向前一劈，一击虎吼雷音炸气正和梁正文的“鞭捶”碰了个正着。啪的一声，梁正文被王超一记虎形劈劲打在拳头上，顿时感觉如遭雷击，半身麻木，于是立刻后退。

水箭也射到王超手上，竟然使王超感觉到几分疼痛。王超两手朝肋下一捉，直接捉住了甘道士的剑指。甘道士骇然，连忙手腕震荡，用了剑术中的崩字诀，一崩，一挑，一绞，用尽了全部力气，终于从王超的鹰抓之下逃了回来。甘道士后退，王超前蹿跟进，甘道士一连退出十几步，王超就跟进十几步，如影随形。甘道士一下失利，顿时有些慌乱。

“下去吧！”王超大吼一声，手穿过对方肋下，一记回身掌将对方挑起来，甩了出去，对方扑通一声跌落石桥，滚进溪水里面。接着，王超翻身一扑，眨眼间掠到了抢上石桥的梁正文面前，又是一拳劈去。梁正文被威势所慑，不敢硬接而后退。王超跟身而上，腿法如箭，无论梁正文怎么退，都被王超贴上身。梁正文乱了方寸，脚下不稳，同样被王超一记回身掌甩到了溪水中。

王超感叹一声，和朱佳、林雅楠离开。在场的村民，没有一个敢围上来。

林雅楠心有余悸，一边开车，一边道：“想不到，现在真的还有这么多不出名的高手。那个甘道士的武功虽然没有练到你这样的境界，但步法精奇，尤其是竟然一口吞下那么多水，又能喷出如箭，真是神奇。要是你武功稍微弱了一点儿，只怕今天就危险了。而且梁正文是张威的师兄，得了梁式咏春洪拳的真传，出手发劲的那一记‘鞭捶’，只怕我师傅也要费一番周折。这两个人就功夫而言，真的很精纯，虽说不出名，实战经验少一点儿，但也不至于就这样被你三两下就打败了吧？”

王超笑了笑：“他们虽然功夫精纯，但比武格斗，最重一个‘势’字，不经过生死搏杀，他们是永远不会明白的，所以他们一开始就输了势。而生势最重要的是先要将自身的生死置之度外，然后在生死之外求心意空明。只要上过战场一次，就算是懦夫也会变成勇士。比起张威来，梁正文虽然是师兄，但是真正搏斗起来，我敢说，张威在十个回合内，一定可以解决掉这位师兄。武术家和格斗家并不是一回事儿。”

林雅楠整理了一下自己散乱的头发：“其实我心中一直有个疑问，他们都是武龄比你的年龄还要大的人，按照常理，他们的功力更精深。但是你已经练到了筋骨齐鸣、雷音随手出的境界，比他们高出不止一筹，这是为什么？难道天才和普通人之间的差距真的那么大吗？”

“你是不是以为，练的时间越长功夫就会越厉害？”王超双手交叉，轻轻揉捏了一下，“人的潜力有限，其实只要练到位，三年五载就能开发出人的所有潜力。但是功夫练成了，并不代表它不会退步。得道难，养道更难。你看我现在虽然练成了雷音，但是要是在今后的日子里不求进步，那么只要稍微一松懈，不出半年，雷音就一定打不出来，功夫不进反退。”

“练功夫如逆水行舟，不进则退……”林雅楠点点头，回味着王超的话。

“是啊，一生都保持激情，功夫才会越练越精深。如果没有这个心境，就算是练个十年二十年，却天天只是运动一下，就只能勉强保持不退步罢了。我现在虽然已经练成雷音，但在今后的日子里，要每时每刻都毫不松懈，才能养住它。”王超停了停，“天行健，君子以自强不息。练武的人，一辈子都要小心翼翼、如履薄冰啊。”

林雅楠皱起眉头，幽幽地道：“现代社会的人们事务繁多，无时无刻不分散人的精力。要一辈子都振奋，并保持日日进步，只怕没有几个人能办得到。”

王超笑道：“这就在于练武的人是否能够持之以恒啊。”

“对了，那个道士喝水吐箭，凶悍无比，好像不是拳术里面的功夫。”

“那是道家的练气术。”

一直沉默的朱佳终于开口：“练气术？是能够提炼元神、金丹之类的吗？”

王超看了她一眼：“练气术是呼吸法。练拳是外练筋肉，内练骨髓，最后内外相应，一举把劲渗透到五脏六腑。练气则是用呼吸直接锻炼内脏——呼吸首先要牵动肺，然后以肺牵心。呼吸平稳均匀，心跳就慢；呼吸杂乱，心跳就快。练气到高深之处，就能牵动五脏六腑。一口气吞下，大肠蠕动如雷鸣，就等于是可以随意控制自己的脏腑了。这样的境界到了顶点就能达到和拳术异曲同工的效果。练气也是养生之道，脏腑强则人强。不过养生归养生，真正格斗起来，还是要以拳术来搏杀。长生的人，不一定能打啊。我见过陈艾阳的钓蟾劲，他已经练到了五脏雷鸣的地步，我现在只是筋骨雷鸣。不过练气术是直接练五脏，筋骨却没有我们直接练拳的人强。”

林雅楠听得入神：“两者谁难谁易？”

“当然是拳术艰难。能把拳术练到筋骨齐鸣的人，可谓凤毛麟角，练到五脏雷鸣的人却很多。不过现在懂得练气术的人不多了，拳术反而相对还多一些。一个是五脏出雷音，一个是筋骨出雷音，最后洗髓。练拳的人就算练不到雷音，也能杀人打人，而练气则纯粹是养生。你看有些印度的瑜伽大师能表演出许多不可思议的东西，但是如果论技击，随便一个练家子都能击败他们。”

“你会练气术？”林雅楠越来越惊讶，“你好像什么都懂。”

王超摇头道：“练气我不懂，也不会。但是一法通，万法通。我们练拳的人，对身体了解得比谁都深。养生的道理是相通的嘛，路子不同而已。那个道士就是靠五脏六腑在瞬间的互动力量，才能喷水如箭。中了他这一喷，不亚于挨一记大锤。我要是不用手挡，那一下眼睛可能被喷瞎。”

朱佳浮想联翩：“那练气术到最高境界，能不能吐气伤人？”

王超笑出声来：“怎么可能？人的力量终究有限，吐气伤人，那要多大的力量？人的内脏再强，也不可能达到这种程度。不过拳术中却有凌空打一寸的暗劲。”

林雅楠道：“凌空的暗劲？”

“我也不知道有没有这样的人。传说武功练到洞悉入微的至境，能勃发心意，开合全身毛孔，暗劲凌空出击一寸打人穴道。不过也就止于一寸的微小距离，说什么‘劈空几丈伤人于无形’，那肯定是骗子。传闻杨露蝉、董海川等人是有这个能力的，而且这一寸毕竟是凌空，不可能有开碑裂石的威力，只能打人穴道。”

“你是真正的拳术大师。”林雅楠心服口服，“以后，还请你多指点我的功夫。”

“呵呵，不过是帮你拨开迷雾罢了。功夫要提升，光说是没有用的，你还要在实践中揣摩这些道理。”

王超的眼神飘向窗外白云朵朵的天空，三人都没再说话。

三人来到机场，准备飞回青岛，王超的电话响了起来，是陈艾阳的妹妹陈彬。

“你能不能来新加坡一趟？”陈彬的气息不稳。

“发生什么事儿了？”王超知道，以陈氏兄妹的势力，居然还有事情来找自己，一定非同小可。

“我哥前几天比武输了，被人用暗劲打了一下胸膛，估计一时半会儿不能恢复。但就是这几天，华兴商会的人送来战书，要在七天后和我哥再来一场比武，一是报当年打死拳师张光明的仇，二是想重新夺回远洋运输的路线。如果这场比武我哥不接受，他们就会趁机在海上捣乱，虽然我们并不怕，但是做生意到底讲个相安无事，况且现在我们家族内斗得厉害……好了，在电话里面也说不清楚，拜托你来新加坡一次……”

“陈师傅败在了别人手里？还挨了一下暗劲？怎么可能？”王超大吃一惊。他和陈艾阳交流了二十几天的太极功夫，知道得比谁都清楚。就算他现在练到了筋骨齐鸣、脏腑相应的地步，也没有把握在这位太极大师的手里讨到好处。他虽然相信人外有人、天外有天，但令他吃惊的是，陈艾阳居然败而不死，还能复原，这显然是对手的武功比他高强很多，留有余地的结果。

“电话里面我说不清楚，反正你快点儿过来，一定要在七天内赶到新加坡，拜托拜托……你来了之后，我会把事情的经过向你说清楚。”

“好，我一定会来。”

“怎么回事儿？”林雅楠作为搭档，对王超和陈氏集团的瓜葛，也知道得一清二楚。

王超眉头紧锁：“事情很麻烦，我要去新加坡一趟，你看看能否安排一下？”

“好，我这就去安排一下，你等等。”林雅楠看了一眼朱佳，点点头，转身离开。

朱佳笑了笑：“我陪你去新加坡吧，弄签证我很拿手，身份证给我，一句话的事儿。”

就在这时，林雅楠走了过来，向王超使了一个眼色：“咱们先在这机场住一晚，然后安排吧。”

林雅楠趁朱佳不在，对王超道：“组织同意你去新加坡。陈氏集团是东南亚很重要的一个环节。不过我不和你一路。”

“那你怎么去新加坡？”王超好奇地问。

“东南亚的局势很复杂，为了保证你的安全，我要调拨大石头他们过来。”

“那么多人？只怕不好出国吧？”

“所以我要安排一下。刚刚得到消息，你我都已经升职。我要去海南一趟，和那边的同事联系一下。大石头他们将会同海南几个老手坐船过去，然后我们在新加坡秘密见面。不过，你要对朱佳说我回山东了。”

“海南？”王超吃惊地道，“有必要弄出这么大的阵势吗？”

林雅楠笑着说：“我们早就想了解陈氏集团和新加坡的一些情况，只是一直没有机会打入，这次是个绝好的机会，上面自然会大力配合你的行动。你还不知道，你现在已经是重要人物了。”

王超点点头：“好，你去安排吧，到了新加坡我们再联系。东南亚的局势的确很复杂，况且陈氏家族的内斗现在十分厉害，我一个人过去，也确实势单力薄。”

“你放心，一切我都会安排好的。”

朱佳办事效率很高，第二天就办好了签证。两人直飞香港，再转飞新加坡，出发前王超给陈彬打了一个电话。两人一下飞机，就看见陈彬早已等候在机场出口。

“这位是？”陈彬和王超打过招呼，就看着王超身边的朱佳。

王超正要介绍，朱佳却主动伸出手来：“朱佳，记者。陈小姐，幸会了。”

陈彬笑容闪现：“陈彬，陈氏集团远洋运输公司执行总裁。”

“你哥呢？没事儿吧？”王超最想知道陈艾阳的情况，连忙发问。

“上车吧。”三人上了汽车，陈彬才开口说话，“我哥现在正在医院里养伤，谁都不能见他。就连我这个妹妹要见他一面，都必须经过老爷子的同意！至于比武的情况，我当时在香港，也不怎么清楚。老爷子下了禁口令，不准任何人说起这件事儿，所以我也只知道我哥比武输了而已。”

“怎么会这样？你家老爷子这么做，不是变相把你哥软禁了？”王超大皱眉头，“就算是比武失败，也不至于这样吧？”

陈彬叹了一口气：“可能还有别的原因。我们家族有一个叫陈新的在前不久失踪了，老爷子以为是我哥干的，毕竟，陈新也有资格做继承人。老爷子软禁我哥，一半是为了这件事儿，一半是怕有人乘虚而入害他。还可能有些别的原因吧，但我不是很清楚。”

“那华兴商会下帖比武又是怎么回事儿？”王超问道。

陈彬一手托起额头：“华兴商会是香港、台湾两地一群通过海上运输发财的商人为了保护自己的利益，在上世纪六十七年代成立的一个商业团体。后来渐渐发展壮大，黑白两道通吃。华兴商会为了和陈氏集团争夺马六甲海峡到越南、泰国、缅甸、马来西亚一带的远洋运输业务，不知道火拼过多少次了。你也知道，我哥平生最得意的一次比武就是打死了华兴商会的拳术大师张光明。现在他的师弟被华兴商会从加拿大请了过来，为他师兄报仇，于是公开下了战书，向我哥哥挑战。”

“他师弟是什么人？”

“是加拿大的一个华人拳术大师，名叫程山鸣，至于武功如何，我也不清楚。北美那边的华人圈子我们不太熟悉。”

“加拿大的华人圈子……”王超沉吟着。廖俊华说过，在海外，每个国家都有很多华人圈子和社团，单单是美国纽约唐人街的华人社团就分成了好几派。他们有的走黑道，有的走白道，有的黑白通吃，一塌糊涂，谁也摸不清底细。

“你的意思是，要我代替你哥比武？”王超看着陈彬。

“不……不是这样。”陈彬低下了头。过了一会儿，她毅然抬起头，迎着王超的目光，“其实，我是打算自己出手的。我的太极功夫也有了我哥的四五成火候，未必就会输。只不过我从来没有正式上擂台搏杀过，心里没有底，现在又见不到我哥，只有让你来帮我传授一些经验。毕竟，你是试过我功夫的，我只是想让你指点我一下。”

王超叹了一口气：“恐怕程山鸣的武功不在张光明之下，才敢回来挑战报仇。你没有经验，真上了擂台，只怕九死一生。我和你们是朋友，况且我欠你哥和你的人情，这个场子，我会帮你接下来的。”

“谢谢你。”陈彬垂下头。

“你现在有没有办法让我去见你哥一面？我想了解一下你哥受伤的经过。另外，他和张光明比过一次武，这次来报仇的又是张光明的师弟，两人套路相同，我若是能见你哥一面，了解一下张光明的情况，这对我上擂台很有用处。”

陈彬忧心忡忡：“你们在酒店先住一晚，我去对老爷子说说，看看能不能把对我哥的软禁放松一点儿。唉，老爷子大病一场之后，好像没有以前那么睿智了。如果我哥要杀陈新，早就杀了，何必在这时候下手呢，分明是有人陷害。”

王超心下盘算，想要尽快联系到林雅楠，让她去查一查。只是，组织的信息情报部门毕竟不是万能的，王超对此并不抱太大的希望。他对陈彬说：“听说你家老爷子年轻的时候是个厉害角色。这偌大一个陈氏集团，就是他一手打拼出来的，这样风云的人物，我想他一定有自己的主张。”

车在一栋金碧辉煌的大酒店前停了下来，几个服务生上前来毕恭毕敬地向陈彬问好，分别拿起王超和朱佳的行李。陈彬看着二人道：“你们好好休息，我在酒店安排了房间……稍后我再打电话过来。”

王超安慰陈彬：“你也不要太烦恼，事情总会有转机的。”

“嗯……不过这次，真的很感谢你。”陈彬感激地看着王超，然后向朱佳点头致意，告辞离去。

朱佳看着陈彬离去的背影，脸色凝重：“王超，你好像卷进了陈氏家族的内斗中，可要小心。我看过不少家族的内斗，尤其是像陈家这样家大业大的家族，我劝你还是不要蹚这个浑水为好。”

王超皱起眉头：“可是陈艾阳是我的朋友，况且我已经答应了陈彬，恐怕不好反悔吧？”

“我只是提醒你一下。你这次虽然是来帮他们兄妹的，但是人家老爷子可能并不会领情。你想想，你一个外人，眼巴巴地跑来为陈氏集团出生入死，在别人看来，没有一点儿目的才怪呢。陈立波是个极其精明的人，必定怀疑你是来图谋陈家家业的。陈立波在年轻的时候就以心狠手辣闻名，我担心你这次……”朱佳靠上来，声音压得很低，“你有个心理准备才好，这里是新加坡，不是国内，出了事情什么都不好办。比武并没有什么，我对你有绝对的信心。但是，陈氏集团是陈立波一手打造起来的家族帝国，是绝对不会让外人染指的。临死的枭雄，会多疑到令人发指的地步，你一定要小心。”

王超愣了，他没有想到，朱佳竟然考虑得这样周全，分析得这样到位。他讷讷道：“我还真没想到这一层。”

朱佳一本正经：“今天你好好休息一下，我帮你想想办法。如果我猜得不错的话，明天陈立波肯定要见你，而且肯定会发生不愉快。你先回房洗个澡，好好休息，希望能想出好办法来。咱们明天早上见。”

“好的。”王超突然觉得，自己对人际关系的理解实在肤浅。朱佳的一席话，让他有种醍醐灌顶的感觉。

第二天一大早，朱佳就敲响了王超的房门：“我昨天晚上打电话到国内，叫人查了一下陈立波的资料。这个老头，的确是心狠手辣，疑心奇重，对外人最不放心，就算是对家族同门也不放权，只信任跟他出生入死过的一班老人。”

这时，陈彬的电话也打了过来。果然不出朱佳所料，陈立波想要面见王超，王超答应下来。

王超看了朱佳一眼，朱佳摇摇头：“我就不跟你去了，在这里等你，免得碍你的手脚。”

王超笑了笑：“那好，你好好休息。”随后乘电梯到达酒店大厅，陈彬已经等在那里。

“这次真是麻烦你了。”陈彬满脸歉意，“本来要你来帮忙，却给你添了那么多的麻烦。老爷子最近脾气不好，一会儿可能会让你有不舒服的地方。你要是不愿意见他，我现在就送你们走。”

“不用了。”王超早已经有了心理准备，“我倒是想见一见你家老爷子，顺便看能不能见到你哥。”

到了陈氏集团大厦，两人刚下车，就有一个头发花白的老者带着两个身材高大的保镖走了过来：“彬小姐，这就是老爷要见的人吗？”

陈彬点了点头：“是的，明叔。”

明叔打量了王超一眼，眼睛里闪过一丝不易察觉的嘲讽：“王超先生，请跟我来吧。彬小姐，还请你在这里等一等，老爷只见他一个人。”

王超心下冷笑，面无表情地点了一下头，跟随明叔上了电梯。两个保镖皮肤黝黑，身材健硕，但眼神毫无生气，显然是经过残酷训练的搏杀机器。王超可以肯定，这两个人是训练有素的高级雇佣兵，只要一遇到特殊情况，就会以迅雷不及掩耳之势射杀自己。

电梯很快就到了顶层，明叔来到一间豪华的房间门口，弯下腰去："老爷，您要见的人来了。"

"进来吧。"一个苍老却不失威严的声音传了出来。

"请进吧。"明叔似笑非笑，轻轻拉开了门，两个保镖守在门口。

房间非常大，装修是中世纪欧洲的古典风格，透过大大的落地窗可以直接远眺无边无际的大海。陈立波就坐在桌子后面的大椅上，虽然苍老，但是精神奕奕，目光凌厉。桌子两边各站着两个保镖。

"年轻人，坐吧！"陈立波说道，"年轻人，你是彬彬请来代替艾阳比武的，但是比武凶险，一般拳师若不是生活所迫，不会出来打拳。你的底细我都清楚，你在中国内地有很大的生意，无论如何，都没有理由使你冒险拼命。那么，你这次来究竟是什么目的？"陈立波冷笑一声，眼睛里流露出赤裸裸的杀意，"不要告诉我你和艾阳是朋友。哼！这个世界上，只有永远的利益，没有永远的朋友。何况，就算是朋友，也不值得你放弃亿万身家，来为他出生入死。年轻人，你嫩了一些。"陈立波靠在椅子上，仿佛一切尽在掌握，"说吧，你到底有什么目的？"

陈立波见王超不说话，也没有催促："你在中国内地S省有一家大型的网络公司，在前不久，你和广东有名的大拳师张威比武，赢了亿科集团一亿资金。就在那次比武上，你认识了艾阳他们兄妹。我说得没错吧？"

王超点点头："没错。不过现在看来，我好心来助拳，为朋友帮忙，却被你误会，以为我是另有所图，这也太荒唐了。如果你无法打消疑虑，我可以现在就走，好心当成驴肝肺的滋味不是什么人都能承受的。"

"嘿嘿，扯淡！"陈立波发出几声冷笑，用手指一下一下地敲击着桌面，"年轻人，你太小看我陈立波了。我刚才说的，只是你的一部分资料。你打死徐震徒弟的当天晚上，动用雇佣兵灭了兴大集团在郊区的修车厂，这个没错吧？"

陈立波好像审问犯人的警察："你今年才刚刚二十出头，也并不是什么豪门世家子弟。你在十八岁之前，还是个一文不名的人，但是短短两年，就发展成了资产过亿的富豪。这其中的猫腻不言自明。艾阳在前些天被欧洲来的一个高手打伤，而我昨天和亿科集团的吴颖达通过话，他告诉我，你很有可能是欧洲组织的间谍。你们针对我陈家的动作是一波连着一波啊。

可惜，我陈立波还没有死，这陈氏集团的偌大家业，外人谁都别想插一脚！”

王超虽然不动声色，却越听越迷糊：“吴颖达他们怎么调查的？这不是无中生有吗？”

但是陈立波只是冷笑，没再说话。王超想来想去，干脆单刀直入：“你说的这些话，我半点儿都听不懂。不过你今天摆出这个阵势来，到底想怎么样？”

“也没有别的意思，只是……”陈立波脸色凝重起来，“人不犯我，我不犯人。陈氏集团是我一手创造起来的，我绝不会让它在我死后，落到别人手里。年轻人，你最好坦白，你背后的势力到底有什么阴谋。如果不说，就别怪我老头子不客气！这里毕竟是新加坡的一亩三分地上，我想杀谁，只是一句话的事情。就算你有着不容小觑的背景，也是一样！”

王超觉得荒谬绝伦，眼睛微微闭起：“陈老爷子，我想我已经没有必要再同你解释什么。不过，你以为就凭这六个黑鬼，我就会俯首帖耳？”

陈立波欢快地笑了起来：“真是不知天高地厚。他们都是非洲黑曼巴雇佣兵集团里最优秀的战士，枪法、速度都是一流，任凭你功夫再好，只要我现在动一动手指头，那么一秒不到，就会有六颗子弹射中你的要害！”

王超笑了，他看了看门口的两个保镖，又带着轻蔑的眼光扫了一眼陈立波身旁的四个保镖，一副玩世不恭的样子道：“陈老爷子，你不是练家子，不懂我们功夫的厉害。你距离我只有八米远，而世界冠军百米的纪录是9秒多，也就是说冲刺十米的时间，连一秒钟都不到。我可以告诉你，我只要心意一动，三分之一秒的时间就可以把你杀掉两次。我保证，你连叫他们开枪的声音都发不出来。”

陈立波脸上的枯皮轻微地哆嗦了一下，目光和王超狠狠地对撞在一起。

“陈老爷子，你大概在想，桌子旁边的四个黑鬼会帮你拦截一下吧？”王超坐正身体，“可惜，他们人高马大，身体健硕，却连脊椎都没有锻炼到。在我眼里，他们的动作比蜗牛快不了多少。你不相信我说的，可以打电话问陈艾阳师傅。他是知道我的身手的，你可以求证，我有没有夸大其词。或者，你可以试着让他们开枪，看我能不能在你下令之前就把你扑杀。”

13

陈立波死死地盯着王超，发现王超的目光紧紧锁定自己的喉咙，顿觉窒息般难受。他想起了唐紫尘和陈艾阳比武时的情况，那不可思议的力量深深地印在他的脑海里，经王超这么一说，他猛然发现自己已经在气势上输掉了。

陈立波多病的身体突然觉得异常疲惫，他竭力调整了一下自己的呼吸：“哈哈，果然是英雄出少年，现在是年轻人的天下了。刚才只是开个玩笑，考验考验你。我就知道，彬彬不会看错人的。你们都退下吧！”

王超看着六个保镖面无表情地掩上门退了出去，不由得心里暗笑，也佩服陈氏集团的这个家主见风转舵的手腕。

“唉，人老了，难免疑神疑鬼。”陈立波从抽屉里面拿出一瓶药，倒出一粒，喝水吞服下去，休息了好一会儿，才恢复精神，“刚才只不过是误会，请你不要见怪。你要见艾阳，我让他过来就是了。”陈立波拨出电话，“我是陈立波，叫陈艾阳到总部来一趟。”

他放下电话，看着王超，思索了片刻，笑道：“年轻人，咱们做个交易怎么样？”

“什么交易？”王超漫不经心。

“我不会看错人，你沉得住气，身手又好，将来是个人物。只可惜，被背后的东西束缚住了手脚啊。”

陈立波叹了一口气：“我已经老了，行将就木。这份家业迟早要找个继承人，现在家族之中堪当大任的，就只有一个艾阳。其余子弟虽然能守住这份家业，但是要继续发展，那就艰难了。而且艾阳和他们是有嫌隙的，如果是艾阳当家，他势必要进行内部清算；如果是别的子弟当家，对艾阳也不会善罢甘休。艾阳这个孩子我是知道的，不但武功是我们陈家的一块招牌，心机也很重，并不是轻易就会被打压的。我只是不愿意陈氏集团发生内斗，让外人捡了便宜去。”

王超点点头道：“陈师傅我是知道的，的确担当得起整个陈氏集团，你把家业传给他，的确是明智之举。不过，我想这和我并没有关系，我不知道你到底要说什么，还请直截了当。”

陈立波笑了笑，“年轻人，不要急躁嘛。其实，比武也不是什么大不了的事情，这只不过是解决矛盾纠纷时，不是办法的办法。我这个集团的远洋运输业和华兴商会的冲突也不是一天两天了，以前为了抢生意，不知道在海上枪战过多少回，到最后，双方都拼不起了，才选择借由比武来解决问题。其实这次他们的挑战，我完全可以不接，多派点儿人手在海上拼就是了。”陈立波顿了顿，继续说道，“年轻人，你可明白我这一番话的意思？”

王超点点头："做生意嘛，当然还是要靠综合实力，不是能打就可以的。"

"你果然是个明白事理的年轻人。"陈立波喝了一口水，"明人不说暗话，我现在开出个条件来，不知道你答应不答应？"

"什么条件？"王超问道。

陈立波神情严肃："我知道你的靠山是欧洲的势力，但是与人为奴，总不如自己做山大王来得痛快。只要你脱离你背后的组织，我会把陈氏集团百分之三十的股份给你，让你和艾阳一同来当家做主，怎么样？"

王超笑了："你可真会开玩笑。"

"不是说笑。"陈立波道，"我已经老了，现在形势紧迫，我不能不赌一把。我给你百分之三十的股份后，你也要答应我一件事情，就是不能让艾阳迫害其他的陈氏子弟。这件事情，一年之内我会办好。不过，你也要做我们陈家的人。"

"什么意思？"

"我看彬彬对你很有好感，相信你也不会拒绝她。如果你们两人结婚，一两年后生了孩子，你自然就是陈家的人。到那时，我就会放权。怎么样？说实在的，你背后的欧洲势力，我是没有精力去应付了，你熟悉他们，能比我应付得更好！年轻人，还是一句话：与人为奴，不如自己做山大王。"陈立波发现王超面无表情，眉毛一竖，"怎么，你不相信？你不要觉得匪夷所思，人之将死其言也善，我也是迫不得已。我们可以现在就签一份合同，叫律师来公证怎么样？"

王超一言不发。

"年轻人，我知道你对彬彬也有意思，不然你也不会为她来到新加坡出生入死。这次你为彬彬来比武，肯定有一大部分原因是喜欢她，对不对？年轻人，有钱又有势，多情一点儿也是必然的，这个我能理解。我正是看中了你这一点，才敢下这么大的赌注。"

王超直视着陈立波，神情严肃："我和陈彬只是朋友，并没有你说的那个意思，而且我这次只是纯粹的帮忙，比完武就走，不想卷入你们家族的任何纷争。不管你相信不相信，我和西方势力什么的一点儿关系都没有。我的生意做大，实在是因为在国内有信得过的朋友。所以，至于你刚才说的这些事情，我就当做是一个玩笑。"

"年轻人，就算你不相信我老头子说的话，你也可以先考虑一下，又或者你可以把这件事儿跟你的幕后团队商量商量，说不定，他们会对这个提议感兴趣的。"

王超明白了，原来陈立波是想引蛇出洞，顺藤摸瓜。

“这样，我先给你点儿时间考虑，只要你同意，我的条件始终不变。只是，请千万不要说是我叫你告诉他们的。否则，他们一旦起了疑心，你的日子可就不好过了。人啊，总要给自己安排几条后路才好，不要吊死在一棵树上。老头子我这一辈子看过了很多事情，像你这样的年轻人也看过很多，一条路能走到黑的，很少很少。”

王超有自己的打算：这件事情不能告诉组织，万一他们为了利益，真的让我入赘，我岂不是得不偿失？不仅娶了一个我不爱的女人，还要整天提防这个老头儿的阴谋诡计，哪还有时间修行呢？只怕两年后，我连赵星龙都打不过了。

正沉吟间，外面响起了明叔的声音：“老爷，艾阳少爷过来了。”

“嗯，叫他进来。”

陈艾阳推门进来，一眼看见王超，十分惊讶：“王超，你怎么来了？”

“我是来替你比武的。”

“好了，你们两个年轻人聊吧，我老头子是插不上嘴了。”陈立波站起身来，意味深长地看了王超一眼。

“叔公，您小心慢走。”陈艾阳连忙扶着他走了出去。

明叔把陈立波扶上了轮椅，对陈艾阳道：“艾阳少爷，你还是不要冷落客人了。”

看着陈艾阳走开了，明叔问道：“老爷，您想去哪里？”

“阿明，你跟着我也有很多年了。现在我们陈氏集团看似平静，其实酝酿着危机，我实在担心，等我死后，集团会被人瓜分啊。”陈立波叹了一口气，“刚才我见的那个年轻人很不错啊，临危不乱，泰山崩于前而面不改色，这样的人才要是能为我所用，我还用担心后事吗？”

“那老爷打算怎么办？”

“我打算把彬彬嫁给他，还有陈氏集团百分之三十的股份，在两年之内逐渐转交给他。有他和艾阳联手，我就放心了。”

“老爷！”明叔一听，顿时大吃一惊，“老爷，您这是……引狼入室啊。那个年轻人明显是有阴谋的。”

“哼，引狼入室？我就是要引狼入室！狼在外面徘徊，虎视眈眈，始终是一块心病。不怕贼偷，就怕贼惦记啊。”陈立波叹了一口气，眼神又变得凌厉，“就是一头恶狼，我也会把他变成一条乖乖的看门狗！反正我要死了，在死之前，索性就以陈氏集团为赌注，玩一场惊天动地的赌局吧！”

王超早已发现陈艾阳有些气喘，脸色虽好，但脚步虚浮，便知道他的要害部位受伤了。倒是陈艾阳一看到王超，立刻眼露兴奋。陈艾阳吃惊地道："王超，你的功夫又有精进，而且进步神速，几乎已经要到神通入化的地步了。这是怎么回事儿？你能不能打下拳架子给我看看？"

王超站起身来，打了个马形。他的脚步一践踏，两拳如炮，连续出击，空气之中顿时雷音轰鸣，地面微微摇晃。

虎形劈劲讲究一个大势凌空扑击，气势威猛，但是一扑不中，难免衰弱，即使配合了鹰形，但两者承接转换，远远不如一招来得纯。马形配合炮拳却不同，马力持久，连绵不断；炮拳刚猛，发劲如炸，比劈拳威势还要大。炮拳连续攻击上路、中路，而马形脚板的弹力则是随时能撩起伤人下盘。以王超现在的功夫，打出这"马形炮劲"，一连冲撞疾打，只怕无人不慑于其锋芒。

"筋骨齐鸣，雷音迸发，随手而出，好一记'马形炮'。"陈艾阳连连赞叹。

王超笑道："你的钓蟾劲是道家的呼吸法，先练内脏，鼓动如雷鸣，锻炼骨髓，最后才修炼筋骨，路数不同嘛。我的功夫现在虽然已经渗透内脏，但还不是一样没有达到内脏雷鸣的境界？你的内脏能雷鸣，我的筋骨能雷鸣。一内一外，殊途同归而已。"

但是陈艾阳仍难掩惊异之色："我现在虽然将暗劲练到了全身每一个部位，却没有达到筋骨随意迸发雷音的地步。如果硬拼拳脚，只怕几招我就不敌。"

"你的劲已经练到全身每个地方？已经通神入化了？"王超一听，颇为惊讶。陈艾阳的练髓之法是道家的练气术，先练五脏六腑，以内脏的雷音锻炼骨髓。现在他已经练到了上乘境界，内脏力量之强大，定是无可匹敌。王超想：如果两人真正搏杀起来，倘若硬拼劲力，输赢难下结论。但是他内脏强大，只要小心应付，避我锋芒，借力打力，化解掉我的一轮攻势后，在我气力不济时再行反击，绝对可以一战而胜；即使两败俱伤，艾阳的复原能力也很强，绝对比我好得快。而且一旦我俩心脏中枪，只要解救及时，他还能有活命的机会，我一定没有。

"通神入化还不是败了，而且还败得很惨。"陈艾阳叹了一口气。

"打败你的到底是什么人？"

"是个女人，姓唐。"陈艾阳也不隐瞒。

王超心里陡然涌起一股莫名的情绪："她叫什么名字？"他脱口而出，声音颤抖。

“怎么了，你？”明显地感觉到王超心绪不宁，陈艾阳奇怪地看了他一眼。

“嗯……没什么。”王超顿了顿道，“她叫什么名字？”

陈艾阳摇了摇头：“比武之时，她只说她姓唐。事后，我也查不到这个女人的底细，真是令人懊恼。不过世界之大，还真是藏龙卧虎。”

“她有多大年纪？”

陈艾阳回忆道：“看样子只有二十五六，但是她的功夫已经到达至虚化境，从皮肤容貌上根本判断不出来，我估计她已经在三十以上了。”

“她长什么样子？”王超又问。此时，王超的脑海里已经浮现出唐紫尘的影子，那个改变了他命运的人。唐紫尘的武功已经到了化劲的巅峰，远在陈艾阳之上。从这些迹象看来，那女子就是唐紫尘无疑了。王超一时有些惴惴，不敢确定。

“我不好描述，不过我这里有那天和她比武的录像，你看就是了！她的武功已经练到了巅峰，也不知道她是怎么练的。那天是她留了手，不然，我可能已经被打死了。”陈艾阳心有余悸，连连摇头，似乎不相信自己的经历。

“你还有录像？怎么不早说？”王超气结。

陈艾阳打了个电话，片刻之后，就有人送来了一盘录像带。接着，那个令王超魂牵梦绕的紫衣女子的身影出现在电视画面上。如今，他再次看见了她，瞬间就忘却了一切。

“我们都只是凡人，无论拳术多高，技法多么精湛，还是要卷进这滚滚的红尘之中。也许，你只是想留一个传承，让武技流传下去。你曾经多次说过，我们不是一个世界的人，不要我涉足你那个世界，一生一世都平平安安地活下去。但是，我还是逐渐踏入了这个世界，也许我辜负了你的期望。”王超酸涩地想。

陈艾阳关了录像机：“这个世界上总是会有宗师出现的，当年的宗师杨露蝉、李洛能、孙禄堂都已经消失在历史的尘埃中，成为神话。时间已经过去了百年，在这百年里，拳术高手层出不穷，但是始终没有当年宗师的高度。百年一兴亡，我想拳术之中，也该出现至道化境的宗师了，那人也许是你，也许是我，也许是别人，有谁能说清楚呢？”

“你说的是，不过这是很遥远的事情了，咱们不去谈它。”王超收回心神，“我这次来，是听说你受了伤，又逢外人来挑战，所以来帮你接下这个场子。不知道你的伤怎么样？”

“我不要紧，只是胸部的经脉被点伤，调养一个月就会慢慢恢复。倒是你这次来帮我，让我过意不去。”陈艾阳神情忧郁。

“不要这么说，我们是朋友啊。说正事儿，这次挑战你的程山鸣的底细和套路，你知道吗？”

“他是张光明的师弟。在上世纪八十年代，张光明曾苦练八级大师霍庆云的八极拳精要，后到越南发展。那次和他比武，其实我也是侥幸得胜，论真实功夫，他并不在我之下。”陈艾阳回忆着，“那次比武是我有生以来最为惊心动魄的一次，同时也是让我声名鹊起的一次。张光明不但精擅八极拳，本身也是八卦掌高手。他的那个师弟，我只在朱洪智口中听说过一次，是程派八卦的传人。当年李书文把八极拳传给霍殿阁，霍殿阁又传给了霍庆云。霍殿阁在世时，曾经帮助过程派人员。所以两派互相扶持，霍庆云一脉的八极拳里面就有了八卦掌。”

王超点点头：“旧时武林互相扶持的情况很多。孙禄堂老先生曾替郝为真治病，最后得到了对方太极拳的一些秘诀。只是这个程山鸣，他本身的功夫怎么样？”

“他的功夫虽然没有入化，但也到了暗劲的巅峰。那还是三四年前，我偶然听朱洪智老爷子说起的，不知道如今他的武功进步如何。反正这一战，你我都没有把握。”陈艾阳顿了顿道，“华兴商会前天下战书，约我七天后比武，现在只剩下五天了。”

王超反而笑了起来：“能与这样的高手一战，也是我梦寐以求的事情。”

陈艾阳看着他，经过一番挣扎下定决心，突然道：“王超，你心境宽阔，有大师风范，能为我这个朋友舍生忘死，是我的荣幸。我有一事要告知你，你可知道，我虽然以太极拳闻名武术界，但是我最厉害的杀招并不是太极拳。”

“嗯？”王超看着陈艾阳。

“我的杀招是一式合击之术，名为‘飞马踏燕’。”

“飞马踏燕？”王超一愣。

“这是古代拳法，从汉代传了下来，后来经过秘传和无数代拳师摸索完善，才形成了这一式杀招。其基本也是形意拳中的马形和燕形的糅合。”

“其实拳术很大一部分都是从动物的动作演化来的，都有相通之处。”王超道。

“你说得没错。我刚才看你的马形炮劲已经到了生生不息的境界，只要再精通一下燕形，以你的拳术造诣，立刻就可以将这一式‘飞马踏燕’练到神形兼备的境界。如果在比武之中施展出来，你就有相当大的胜算！”

一只巨大的青铜雕塑展现在王超和陈艾阳面前。这是一匹体态健美、扬蹄奔腾的骏马，它三足踏空，一只后蹄踏在一只燕子的背上。小巧的燕子似乎在这一刹那，支撑起整匹马的重量。这件飞马踏燕的青铜雕塑虽是赝品，但是栩栩如生，巧妙地展现出力量的平衡，依然可谓巧夺天工。

“马用臀肌发劲，下连接腿部筋肉，上连腹、腰、胸、颈、头，所以马形沉稳，气力悠长，善于扬蹄。而燕形轻灵，擅长抄水，形意拳中的燕形也是腾空跳踢，连环进击。”

王超点点头道：“不错，燕形的打法是两脚都要腾空，双手借力，然后以腿连环踢击，一鼓作气踢杀敌人，正如燕子划过水面的那一刹那，能划出一条线来。燕形要画的那一条线，就是人的中线。”

一般拳术都不讲究起腿，因为脚踏实地才能借力而变化无穷。就算是起腿，也讲究高不过膝，廖俊华的“黄狗撒尿”正是腿法杀招的大成动作。“黄狗撒尿”集猴形的蹲身、缩身和暴涨开扬的劲道于一体，杀机暗藏，不动则已，一动就要见血，正如拳经中的口诀“展束二字一命亡”。但是燕形偏偏就是在打斗之中突然双腿腾空，连番踢杀。这一招凶险无比，出招就是杀招。因为人一腾空，无法借力，必须一气呵成击杀对手，否则自己就危险了。王超在比武中很少用燕形，他往往就是一个虎扑劈拳随后进手鹰抓，能躲过他这一招的人屈指可数。

陈艾阳指着雕塑道：“你看这匹马踏着燕子，双双腾空而起。在这一刹那，马是燕，燕也是马。马借燕子的势，能腾空飞起变化，马一飞，它就是龙！”他比画了两下，立刻觉得气息浮躁，连忙停了下来。

“艾阳，你休息一下吧。”他已经记下了刚才陈艾阳的动作。马形里面本来就蕴含有龙形，而龙形一式包含了数种动物的形意杀招在内。任何练拳的人到最后对龙形的领悟都是不同的，所以形成了不同的动作和拳意。

“不要紧，我只是呼吸受阻。”陈艾阳调整呼吸，“这一式最重要的就是把握自身重心的平衡，在一刹那以马形腾空，踢出燕形，马中藏燕，燕上托马。你看这个青铜雕塑，马在腾起的一刹那，所有的力量都随蹄扬起，只留最后一点。有了这一重心，马踏着燕子就能飞起来，没有这一点，它就使不上力气。”陈艾阳和王超并肩走出屋子。

陈艾阳住处是座小院，绿叶扶苏，生机盎然，有几株乔木的树冠形成了浓郁树荫。两个人在树荫下切磋起来，陈艾阳一面讲解，一面说出王超打法中的不足之处。

“比武虽然讲究速战速决，但凡事总有例外。旗鼓相当的高手，或者是熟悉招式打法的同门，短时间内就分不出胜负来。你的虎形鹰形不利久战，而猴形重身法的跳跃躲闪，一旦遇到同样灵活的高手，一些杀招不但达不到效果，反而让对方有机可乘。虽然你的蛇形能够寻隙而入，然后撕咬化龙，但毕竟气势不足，很容易被对方盖压过去。你说是不是？”

王超想起和张威比武时的情形，心里深以为然：“那天比武，如果张威气势再足一点儿，死死压着我打，那么我的蛇形很可能转化不了龙形，而且会一直被打压到死。的确，蛇形钻劲的阴狠巧致有余，但刚劲不足。”

陈艾阳随后又道：“不过你的马形炮拳一动起来，手脚并用，力量刚猛，气息绵长，能够打得人喘不过气来，已经是两者兼得了。但是它虽然有冲撞轰炸之力，却无法达到攻击的顶点。遇到高手能勉强抵挡，你能占上风，但是毙不了他的命。这样下去，难免夜长梦多。飞马踏燕就是在马形炮一路轰击到顶点的时候，刹那间转换劲力，调整重心，再度攀升气势，腾空连番踢杀，一击毙命。”陈艾阳说完，深呼吸两口，向前走了两步，学着王超的样子打起了马形炮。他每出一拳，脚下就踏出一步，翻蹄亮掌，一路晃动脊椎，似乎把全身的重量都加到了拳头上，真正打出了奔马的那股狂劲。炮拳连环不断，空气炸鸣不绝，令王超感觉到地面都在剧烈颤抖。陈艾阳虽然没有打出雷音来，但是这一连环的炮拳打得整个庭院劲风刮起，飞沙走石，吹得王超的衣衫猎猎作响。尤其是他脚下的劲，脚步腾挪之间，脚心似乎产生了一股吸力，吸卷着脚下的尘土飞扬，花花草草全部被吸卷上来，甚至根茎和泥土、砖石也被带飞起来。打着打着，他的身体便完全笼罩在劲风带起的尘土和花草断茎之中。

他拳头的指向是院子角落的一棵两人合抱的大树。在靠近大树的一刹那，他突然双手炮拳连出，击打在树干上，大树立刻剧烈摇晃起来，树叶被纷纷震落。只见陈艾阳整个人腾空跃起，一连踢出三脚。这三脚呈一条直线，一路蹬上，树干发出三声巨大的断裂声。紧接着，树皮如流弹一般四处飞射，有的打在院墙上，墙面立即呈现出几个凹坑；有的打在窗户上，玻璃立刻就炸得粉碎，而那大树在陈艾阳的最后一脚蹬出之后，从中间断裂开来。陈艾阳落地时，毛发根根直立，脸色涨得通红，似乎鲜血随时都会通过毛孔迸射出来。突然，他一口鲜血喷出喉咙，身体软软地瘫了下去。

王超一惊，霎时飞奔过去，扶起陈艾阳：“你本来就受了伤，气息不畅。其实你不用演示，我也能根据你的口述摸索出来，何必这样拼命呢？”

陈艾阳摇摇头，“这一击其中的奥妙，非亲自演示不可。我没事儿，只是用劲过猛，牵动了肺部，不过多修养十天半个月的。王超，你听我说，这一击，除了我刚才的演示，真正对敌的时候，还有另外的变化……”陈艾阳抓住王超的手，不时咳嗽着，“……和人对敌还要借势，炮拳最后一出，双臂要有兜裹翻缠的劲。你一路马形炮打出去，如果是高手，不愿意躲闪落了气势，必然要硬拼。你只要在他硬拼的一下，两臂兜裹翻缠，一黏一搭，用自己的劲，借他的臂力腾空起势，就能踢出比我刚才还要猛烈的劲力。还有，你搭臂借劲的时候，重心也要翻摇，不光是手臂，整个身体都要有鹞子翻身的劲力。只不过身体之摇只是意，而非实招。燕抄水、鹞钻天其实都是一形。你学会了飞马踏燕，就连带着鹞形也能打出神意来。鹞子翻身、鹞子钻天皆是意摇身不摇，一钻而上。原来的飞马踏燕并没有这个意，我是在薛连信那里串联来的，还加上了自己太极拳劲中的借力打力。薛连信的武功继承了天津国术馆薛颠的全部拳术神髓，什么时候你和他交流交流，就能领悟更多的东西。”

王超连忙道：“好，我知道了，你先不要说话了，好好休息。放心吧，这次的比武，我会小心应付的。”

陈艾阳又深呼吸了几次，脸上的血红渐渐退却，现出苍白来：“你的拳术已经接近通神入化的顶尖层次，一通而百通，况且原来就有太极功夫在身，我倒是很放心你能一下就领悟这一式。但是，这一式飞马踏燕凶险无比，一施展出来，不是你死就是我亡，绝对没有第二条路可走。你和程山鸣比武的时候，不到万不得已最好不用。程山鸣或许与程廷华老爷子的传人有关，程老爷子是我们学武人的楷模，我真不愿意你和他分出生死来。如果我当家，我还是宁愿把原来的生意让出来，化干戈为玉帛。”

王超叹了口气：“冤家宜解不宜结，毕竟都是华人，尽量化解吧。”

天上艳阳高照，庭院之中却劲风鼓荡，呜呜作响，落叶纷飞伴随着轰隆隆的雷鸣声音，好似暴风雨即将来临。陈艾阳坐在一张黄花梨木大椅上，看着王超和自己的助手林立强对练打拳。朱佳在屋子里倚窗而坐，托起腮帮，目光跟随着王超连续踏步前进的身影。她并没有注意到，林立强正是被自己枪杀的林立军的哥哥。

轰的一声，王超一记马形炮连番出击，打得林立强连连后退，不得不避其锋芒。林立强的洪拳桥手已经练出了一副钢筋铁骨，但是面对王超能够发出雷音的筋骨，即使王超未用全力，仍然抵挡不住。临到最后，林立强突然使了个脱袍让位，身体一翻，要逃出王超拳风笼罩的范围。这个招式正中王超的下怀，王超展开双臂，突然变换重心，搭上了林立强的小臂，一捋一按，仿佛钻天的鹞子、起水的燕子一般弹跳起来。接着，他就势腾空，连续三脚，直击丹田，上踏胸脯，最后锁定喉咙。林立强连忙用手格挡，纵使他有钢筋铁骨，面对王超的千钧劲力也无济于事。林立强的小腹、胸口先后出现了两个脚印，随后喉咙就觉出一阵干燥般的窒息。

“好！王超，你这一式飞马踏燕已经练到家了。与人对敌，能随时借劲，用太极拳意，搭上就黏，黏上就摇，接着就钻天而起。我有两句口诀：‘蛰龙起水风雷动，风吹大树百枝摇’。就是这个意境，你现在已经有了。立强也是道上的高手，对敌经验丰富，但是明明知道有这一杀招，还是躲不过去，可见你已经练到拳意迫人、叫人避无可避的地步了。”一连四天，王超在陈艾阳的指点下，已经将“飞马踏燕”练得炉火纯青。

陈艾阳曾向薛连信请教了很长时间，把太极、象形拳术融为一体，又掺杂师门秘传下来的古战场杀技，改进了这一招，用来对敌几乎无往而不利。如今，精通太极和形意的王超已经把马形练到声随手出的境界，所以学来比常人容易，而且很快领会了其中的精髓。比起陈艾阳来，招式甚至更加凶猛，气势也更加蓬勃。

“王超，你到墙上走一走，让我看看你腿脚上暗劲的刚柔变化到了什么程度。”

王超点点头，一跃就垂直定到了院墙上，就仿佛一根木棍牢固地插进墙壁内，居然没有滑落下来。接着他猛地在墙壁上疾走，一连踏了八大步，才落到地上。他原来的脚上功夫并不能和无坚不摧的鹰爪劲相比，但是经过这几天陈艾阳的指点，他已经把腿脚上的暗劲练得刚柔并济，力贯脚趾的每个关节，所以他横站墙壁时能在两腿翻踢间灵活地变换力量，从而使脚趾抓紧又松开，松开又抓紧，既可以抠住墙壁，又可以平展挪移，如手一样灵活。他知道，他的腿功已经大成，不由得高兴起来。

陈艾阳勉强站起身来，挥挥手：“明天就是和华兴商会约定比武的日子了。今天晚上有个酒会，是老爷子和华兴商会一起举办的，到时候程山鸣也会来，我们就去见见他吧，希望能化干戈为玉帛。”

狮城的夜晚，霓虹闪烁，车流不息。陈氏集团的高级酒店里，灯火通明，乐声轻扬，服务生穿梭其中，有序而忙碌着。

当王超和朱佳跟随陈艾阳走进大厅的时候，朱佳毫不掩饰地赞叹：“好气派！”

陈艾阳笑了笑：“这场宴会是老爷子授意的，有许多上层人物参加，本身并不是为了针对华兴商会。说起来，远洋运输只是我们陈氏集团生意的一个分支，所以华兴商会的事情，在老爷子眼里只是个小事儿。”

这时，陈彬款款而来。“老爷子呢？”陈艾阳低声问妹妹。

陈彬把手臂放进陈艾阳的臂弯，跟王超和朱佳打过招呼之后，低声道："老爷子在楼上的贵宾室里呢。"

"华兴商会的人来了没有？"

"还没有来。"陈彬摇了摇头，她看了看大厅门口，朝那里努了一下嘴，"有客人来了。"

几个人顺着陈彬的目光一看，王超顿时有些惊讶，心里有种不好的预感："赵均来干什么？"

来人正是亿科集团的赵均和徐震等人。赵均西装革履，风度翩翩，本来和身边的几个人相谈甚欢，走进大厅之后，一眼就看见了朱佳，惊喜的眼神却凝固在看到王超的那一刻。赵均阴狠的表情一闪而逝，接着，他一脸微笑地走向陈艾阳他们。而他身边的徐震却明显流露出杀意，激得王超浑身汗毛竖起。

赵均的目光从朱佳转移到陈彬的身上："嗨，彬彬，你今天真漂亮！"这句话倒是由衷的。

陈彬淡淡地笑道："多谢夸奖。"

朱佳看着赵均，脸上现出嘲讽的冷笑，一扭头，看向了王超。赵均的脸一下变得刷白。

徐震走到王超面前，老脸铁青，冷冰冰地道："王师傅这几年真是威名显赫啊，打死我徒弟和张威不说，还在长春打死叶玄，又将柳生晴子踢成重伤。看来咱们的恩怨，到了了结的时候了。"

"徐师傅，擂台之战出现这样的结果，我很遗憾，可我也是迫不得已，绝对没有使诈。你若要替你徒弟报仇，我无话可说，只要你下战书来，我随时奉陪。"王超叹了口气，心中想着如何才能化解徐震心中的仇恨。徐震是通背拳大师，一身功夫造诣非常深厚，令王超十分钦佩。毕竟擂台比武，拳脚无情，王超当然不想死，可他也不希望徐震在比武中重伤或死去，否则白猿通背拳术便少了精湛的一脉，这对现在已经凋零得不成样子的华人武术界是个重大的损失。

这时，徐震身边的一个四五十岁的人走了过来，用不甚流利的中文说："徐老弟，这位就是踢伤我女儿的王师傅了？"

王超一听，知道这就是日本赫赫有名的柳生水明了。王超看了他一眼，只见此人虽然身材矮小，但眼睛精光暴射，各关节发出一串微微的脆响，浑身上下散发着强烈的敌意，令王超感觉到自己似乎笼罩在寒霜下。

"正是。"徐震转头对柳生水明道，"柳生兄，这个高手可是值得你正面挑战的。”

“很好，很好！”后者的脸上现出似笑非笑的神色，敌意竟也消失了一般，“这两天的主角并不是我，我只是来邀请参加宴会的宾客。要切磋武功，以后多的是机会，何必急在一时呢？”

徐震和柳生水明都看了王超一眼，微笑着从王超几人的身边走了过去。虽然那天是廖俊华伤的柳生晴子，但是王超并不打算否认，当时如果换做是他，他也同样会出手。

赵均很恼火，却不好发作，只对王超道：“王师傅果然魄力非凡，想必有欧洲势力做靠山，发展得顺风顺水啊。你刚刚在山东和廖俊华合作，现在又来图谋陈家的产业，胃口还真不小。相比之下，我们三人都比不上你的雄才大略了。”说罢，赵均有意无意地看了陈艾阳和陈彬一眼。

陈艾阳微笑道：“赵总，我和王师傅只是武术界的朋友，至于生意，暂时还没有来往。”

“那就太好了。”赵均耸了耸肩，“陈兄，只希望你以后和王师傅做生意，不要出现麻烦就好。”说完，便带着一脸神秘径直走开了。

陈彬好几次欲言又止，终于忍不住了：“王超，能借一步说话吗？”

两人来到大厅角落。

“我家老爷子好像调查了你的资料，对你很不放心。刚才赵均说的可是真的？你真有欧洲的势力做靠山？”陈彬忧心忡忡。

“陈彬，你放心。我的确有背景，但是我的背景绝对不是什么欧洲势力。至于你家老爷子，他是怀疑我想图谋你们陈氏集团的产业。我可以保证，没有的事儿。希望你相信我。”

陈彬垂下眼皮，低声道：“我自然相信你。”

“那就好。”王超嘘了一口气。

“你们谈些什么？”朱佳走了过来。

“没什么。”王超转过头，“刚才赵均说的话令陈彬心里疑惑，找我问个清楚罢了。”

“哦！”朱佳把身子轻微地靠向王超，在王超耳边轻声道，“赵均那家伙是个笨蛋，我看他脑袋里面装的都是糨糊。”

“呵呵。”王超只是干笑，不知道该说什么。

“我知道你背后的势力。”朱佳的声音细如蚊蚋。

陈彬见两人在自己面前如此亲密，有点儿尴尬，找了一个借口走开了。

“曹毅的背景是什么，我们圈子里的人都知道。你这么优秀，曹毅没有理由不把你吸纳进去的。我认识你的时候，你就已经和曹毅关系匪浅。

其实根据你的情况，我早就猜到了你也同样加入这个组织了。你的那个助手林雅楠肯定也是组织里的人吧？”突然，朱佳的语气一变，“王超，我很担心你。曹毅背后的关系很复杂，而且加入了这样的秘密组织，一点儿都不能见光，见光就死，里面的水深得很。你是一个纯粹的武人，这样的道路根本不适合你。不过，我也理解，你肯定是迫不得已才被曹毅拉拢的。说到底，还是我的错，要不是那天拉你当挡箭牌，也不会使你和赵均结怨，闹出这么多事情来，把你卷了进去。”

“不是这样的，其实，我还要感谢你。如果不是加入了组织，我也不会有那么多生死磨炼的机会，更不会有今天的成就。祸福两相依，你不用为我担心。”

就在这时，大厅门口突然骚动起来，从外面走进来几个人。

王超第一眼看到的是为首两人中的彪形大汉，此人足有一米九，虎背熊腰，虬须怒张，双目炯炯，一身黑色衣服更显得他威猛无比，但是他双脚落地而无声，一身轻灵，胡须飘然，让人感觉好像是御风而行。

在王超眼里，这个大汉的功夫颇有“列子御风”的境界，心中暗暗吃惊：“好厉害的功夫，此人的腿功，已经到了不可思议的地步。”

陈艾阳在他身后说：“他可能就是程山鸣了。”

听了陈艾阳的话，王超立刻觉得自己没有必胜的把握。柳生水明和徐震等人也感觉到此人的功夫非凡，都聚精会神地盯着他。陈彬长长吐出一口气，朝走在最前面的华兴商会副会长申洪走去。

寒暄过后，申洪开门见山：“陈先生，我这次来的目的想必你也知道。你们陈氏集团和我们华兴商会在远洋运输业务上的冲突也不是一天两天了，上次你战胜了张光明师傅，我们华兴商会愿赌服输，但是十年河东十年河西，这次我特意请了程山鸣师傅过来。一来，再以比武定胜负，我们要夺回那条远洋运输的路线；二来，程师傅也想为他师兄报仇。怎么样？我可不希望在今天以和谈的方式解决问题，而且这已经不是和谈所能解决的了。”

陈彬未待可可说话，在旁边冷着一张脸说：“照理说，您提出这样的要求，我们应该立即给您答复，但是陈氏集团还是我家老爷子做主，我们还得禀报他，他点头同意才能进行。如果老爷子不同意，我哥也没有办法，只能等待申会长的人马在海上见了。”

“嘿嘿，嘿嘿！”申洪干笑了两下，小眼睛淫邪的光芒一闪而过，“听说最近你们陈氏集团很不妙，老爷子重病，其他人为了继承人的位置争得你死我活。只怕你们兄妹到时候就会被赶出家门，不过我们华兴商会的门，倒是可以向你们兄妹敞开的。”

“这个就不用申会长操心了。我只希望你们华兴商会不会重蹈覆辙，最后不仅输掉钱，还要解散华兴商会，你就要流落南洋了。”陈彬笑容迷人。

“哼！”程山鸣冷笑了一声，一步踏上前来。这一踏，震得整个地面都颤动了一下，大厅两侧码得很高的水晶杯一起滚下地来，摔得粉碎，红酒也溅了一地。这一下，这边就成了全场的焦点。

程山鸣盯着王超，一字一顿地说：“你就是李派太极、钓蟾劲的传人陈艾阳？”

一进来，程山鸣就感觉到王超的目光，王超身上的气度、劲力、精神无一不显现出拳术大师的层次。

“程师傅，那个才是陈艾阳。”申洪见程山鸣认错人，连忙纠正。

程山鸣眉头一皱，看向陈艾阳，道：“原来也是个高手，只是受伤不轻。那这个年轻人是你请来助拳的？我八卦程从不做暗事，也不伤及无辜。你打死了我师兄，我自然找你报仇，这是天经地义的事情。”他转过头看着王超道，“至于你，和此事毫无关联，我不希望你蹚这个浑水！”

王超摇了摇头，上前一步：“这次陈师傅请我来，就是因为他受伤不能运功，所以你想比武的话，就找我好了。我和他是很好的朋友。”

程山鸣猛地转身：“好！那我就先和你比武，等他伤好之后，再决斗一次！”

“艾阳，又来客人了？怎么回事儿？”陈立波不知何时已经下了楼。

“原来是陈老爷子来了。陈老爷子，你来得正好，我们的商业纠纷，总该解决了吧？”申洪见陈立波出现，立刻大声喝道。

陈立波身边是个温文尔雅的中年男子。他听来人如此说，便和陈立波耳语了几句，陈立波很是恭敬地应着。待他说完，陈立波笑了笑，向申洪道：“申会长，那这次咱们就按老规矩办，你说赌多少资金，擂台开在哪里？”

还没有等申洪说话，那个中年男子道：“我看择日不如撞日，反正大厅也被那位师傅弄乱，直接变为比武场地岂不是更好？况且今天这么多名流在场，让大家看一场精彩的较量，开开眼界，喜欢压注的就压一手。申会长，你觉得怎么样？我就来当个中间人，化解你们华兴商会和陈氏家族的矛盾。不过有言在先，无论是谁败下阵来，都要愿赌服输，保证双方从此安安稳稳做生意，不再觊觎对方的利益，这样才能保证海峡的太平嘛，你们觉得如何？”

“这……”申洪自然认识说话的人，万万不想得罪他，正想答应，程山鸣却大笑两声道：“好！这才痛快！”他浑身猛地一抖，衣袂啪啪作响，带起的劲风把周围人的头发都吹得飞扬起来。人们连连后退，大厅中央顿时空了出来。

“既然如此，恭敬不如从命。”申洪吩咐后面的人，“你快回去，把资金合同拿来。”

陈立波也对明叔道：“你去请几个律师来做一下公证，顺便安排一下在场诸位的赌注事宜。”

现场的气氛顿时热烈起来，人们纷纷走上楼准备观战，十分期待这场比武。

“陈师傅，请等一下！”柳生水明走过来，“本人也是武术界人士，久闻新加坡太极大师陈艾阳师傅的威名，在下心中十分佩服。只是当年陈艾阳师傅东渡日本，与我武术界大师船越一郎比武较量，导致船越师傅当场丧命。船越师傅与我是生死之交，所以想借此机会，和陈师傅较量一下功夫。”

“这个柳生水明怎么这么无耻？好像是知道你哥受伤才突然出来叫阵！”朱佳一听，顿时气愤地对陈彬道。

“不，这是日本武道中的兵法。兵者，诡道，为取胜不择手段。他们的武道和我们华人武道截然不同，一时也无法说清楚，你先上楼吧。”

其实，柳生水明来这里的本意只是想看看陈艾阳的武功，借此研究一下他的身手，也好想想破解陈艾阳太极拳的方法，却没有想到陈艾阳已然受了伤。他立刻觉得，这是一个千载难逢的好机会：陈氏集团封锁了陈艾阳受伤的消息，外界对此事一无所知，如果陈艾阳怕被武术界耻笑而接受了挑战，那就必败无疑，威名也会扫地。

陈艾阳轻轻咳嗽一声，走上前去。就算众人担心陈艾阳的伤势，也爱莫能助。

程山鸣明白了过来，突然咧开嘴巴，哈哈一笑：“你还想占便宜？接我一掌吧！”不待话说完，他背弯如弓，竖掌缩在胸口，猛地向前一个踏步，毛发炸起，四肢齐动，还没等众人反应过来，就以迅雷不及掩耳之势一掌击向柳生水明。

柳生水明顿时大惊，自知不敌，连忙后退。可惜，程山鸣的八卦腿功已经到了飞檐走壁的境界，要是硬拼还好，一退就弱了气势，立刻就被追上。程山鸣如影随形，伸缩的手掌在柳生水明的眼睛中急速扩大，他急忙双手向前猛推，只听见咔嚓一声，手臂已被程山鸣用八卦掌截法磕断，随后胸口如中雷击，身体飞了起来，撞到墙壁上。以他的眼力，竟然都没有看清楚自己是怎么中招的。

柳生水明的身体软软地滑落下来，就仿佛一张贴在墙壁上的画卷脱落飘了下来。他艰难地挣扎了两下，五官狰狞而扭曲地盯住程山鸣，一脸的难以置信，口里犹自喃喃："你……你……"

"柳生兄，柳生兄……"徐震大吃一惊，连忙跑过去搀扶柳生水明，为其把脉。徐震暗暗舒了一口气，知道程山鸣手下留情，否则柳生水明不会仅仅是双手骨折、胸骨断裂，却没有伤到内脏。但他知道，柳牛水明这把年纪遭此重创，即使痊愈，武功也难以恢复到原来的水平——程山鸣已经打断了柳生水明在武学上的前进之路。

"怎么着，还想来？"程山鸣双手交叉在胸前，不可一世的神情竟令徐震也不敢上前争执。他没想到前者的武功如此出神入化。

徐震心思转动，当即暗下决定："这八卦程的打人如挂画真是炉火纯青啊，看来接下来的龙争虎斗会更好看。一会儿叫人把柳生抬出去治疗就好，我得在这儿观摩这场打斗，没有必要为他强出头。"他转过头在自己人的耳边交代一番，然后看着柳生水明被搀扶出去之后，就坐到一旁的沙发上，一言不发。

自从王超战胜张威后，徐震就反复回想那天两人的战斗，一直觉得如果是自己和王超比武，谁胜谁负也很难说得清楚。他自己有公司，身价不菲，并不敢真为了杀徒之仇向王超挑战，因此事情一直耽搁下来。这次他见到王超，观察其神貌，立刻感觉到对方的功夫已经突飞猛进，越发顾忌起来。

程山鸣不出手则已，一出手便惊人。王超和陈艾阳都知道，这招"打人如挂画"真的把人打得贴在墙上，当画挂起，分明是劲力入化、明暗相交、刚柔并济、阴阳交融的境界。

一个人练出雷音之后，就会筋骨强健如牛马，扑杀如虎豹，骨骼、筋膜和四肢就可以随心所欲地刚柔并举，所以与人交手时，明劲的刚柔和暗劲的刚柔交相呼应，打人穴道时可深可浅、可轻可重，掌握对方的生死。现在，王超的暗劲柔功未能练成，所以还没有发展到"一羽不能加，蝇虫不能落"的地步。但是这程山鸣刚才突出的三掌，身未动而雷鸣如鼓，将"打人如挂画"一招运用自如，分明是把拳脚中的明刚明柔、暗刚暗柔四劲练到了炉火纯青的地步。王超由此判断出，此人的劲力纯度在自己之上。

"不愧是程派八卦的传人。程派八卦有这一脉，真的可以复兴了。看来国术的很多精髓，真的已经流落到海外开枝散叶。"

14

“请吧。”程山鸣收手之后，仿佛做了一件微不足道的事情，转过头来，眼神锁定了王超。

“程师傅，请指教！”王超凝神聚气，发劲一抖，如老熊抖虱、雄鸡抖羽，全身立刻筋骨齐鸣，从颈项开始，经过臂膀、指关节、脊椎，再到胯骨、大腿、膝关节，最后到踝关节、脚趾关节，连番迸发。一股无形的劲风顿时旋刮起来，这样的爆发力和威势令在场的人一一变色。

陈立波想起那天和王超见面时的情形，心中暗暗惊讶：“如果那天真的下了开枪的命令，我就凶多吉少了。”

徐震更是心悸：“雷动，他居然到了雷动的境界！幸亏我没有挑战，否则必死无疑。看来，要亲手报那杀徒之仇，只怕是不可能的事情了。”

内行看门道，外行看热闹。徐震旁边的赵均看到场上这等威势，一阵心惊肉跳：“这哪里是人？不知道要多少支枪才能打死他。”

程山鸣看到王超以“雄鸡抖羽”这一招开场，脸色骤然间变得凝重无比，拉开架势严阵以待。王超在一抖的刹那，雷音到达顶点，在人们的惊叹声中进步一踏，脚卷旋风，携带着无匹的气势，眨眼间就抢到距离程山鸣两步的地方，接着两手齐出，一式马形炮轰击而出。

如果说王超前面的“雄鸡抖羽”是滚滚沉闷的暗雷，那么这一招马形炮劲则是猛然炸开了一个惊天大霹雳，震荡得整个大厅回声不绝。程山鸣骤然感觉劲风扑面，刺激得他的皮肤都颤抖起来。在他的眼里，对方这一记马形炮劲并不是简单的一拳，厉害的也不是猛烈的刚劲，而是其中携带的气势。

原来，王超在出拳冲击的一刹那，巧妙地结合了大厅中人们的惊叹之声，使其汇聚为一股巨大的敌意，所以一拳打来，让程山鸣产生了大厅中所有人皆为敌人的错觉。这种拳意有一种天人合一的味道，也就意味着这拳不单单具有勇猛的刚劲，更是臻于巅峰的武道了。

王超学武以来最为得意的一拳一经打出，他心中就产生了一股天下无敌的豪气，气势陡然拔高并无限升腾。他相信只要对方真的退守，他就会一往无前地不断攻击，将对方压迫得喘不过来气，从而导致最后落败。

程山鸣在一瞬间产生了暂避锋芒的念头，但是他毕竟是享誉北美华人圈子的八卦门绝顶高手，身经百战，心智更是坚定得无懈可击，立刻就打消了后退的念头，然后身形一动，两掌骤然横切而出，以截法断向王超的手腕。

程山鸣的双掌和王超的拳碰了个正着，空气震荡声如炮弹炸裂。程山鸣双手一碰、一甩，似乎被王超的马形炮炸开，但是他整个人并不停留，时而后退拧腰，时而侧身顶肩，肩膀好似一条枪，肩头正像枪尖，刺向王超的锁骨！与此同时，他的双手飞快地从肋下钻出来，灵活柔韧得如同两条钢丝藤鞭，缠搅横磕。他凶猛疾进，抢中宫，踏中线，和王超对抢上风，丝毫不甘示弱。他的八卦掌融合了八极形意的拳意，竟然是面面都能兼顾。

王超面对对手的凌厉进攻，两拳骤然内夹，弯弓屈臂，左肘立起，直挑向锁骨前，和程山鸣打过来的一肩撞了个正着。同时，他的右拳依旧是一记马形炮轰向了对方的脸。

肩肘相交，程山鸣突然向下一沉，手臂带动肩关节生生向下挪移了一寸，恰恰颠掉了王超的刚猛一击。就在这时，王超的另一手炮拳劲风也如刀般刮到了程山鸣的脸上，吹得程山鸣整张脸隐隐作痛。

吧嗒一声，程山鸣的双掌诡异地从肋下如穿花插柳般插出来，挡住了王超无坚不摧的炮拳。但王超这一击炮劲是一路气势攀升、连续出招的结果，无论是力量还是气势，都到达了巅峰，一下又炸飞了程山鸣的双掌，打得程山鸣向后飞弹。

程山鸣暗暗吃惊，没想到自己倚仗精纯的功夫，用尽浑身解数居然也没有占到上风。他反步一踏，居然诡异地闪到了王超左侧，立手如刀，就势斜劈，带起了如金铁震荡般的一片掌风。王超所有的精神都集中在程山鸣身上，更何况他自己练过八卦步，对踩位抢身很是熟悉，因此当他看见程山鸣踏步，他跟着也踏出了一步，和程山鸣形成对峙的形势。接着，他又打出一记马形炮，迎上了程山鸣的劈掌。拳掌相交，程山鸣的掌劲突然向下猛烈一压，腹腔中发出了滚滚轰鸣，全身皮肤通红，整条手臂好像涨大了一倍，手刀跟着压势拖拉而下。这一系列动作宛如手提一口杀猪刀的屠夫，对一头肥猪开膛破肚。手刀拖拉之间，好像把空气都拉开了，发出呜呜刺耳的叫声。

程山鸣这一手功夫乃是八卦手刀中秘传的“拖刀劲”，也是程派八卦中最为凌厉的一式运劲法门，劈、压、拖、拉四重劲拧在一起，一气呵成，一重为一重蓄势，凌厉无比，常常能将对方血管拉破、血流如注。因其太过歹毒，程山鸣从不轻易使用，今天却被王超逼急，担心在对方猛烈地攻击之下性命难保，才不得不出此杀招。

这一拖拉之间，空气呼啸。王超立刻觉得凌厉如刀的风口划下来，袖子一下被剪成了两半。他的手臂顿时火辣辣地疼痛，好像被刀锋刷中。王超知道比武乃气势相较，此消彼长，在程山鸣这样腿功了得的人面前，退反而是死路。他炮拳一震，手臂内外一分，如陀螺转动，青筋根根炸起，就如一条条青色的大蚯蚓缠绕，十分吓人。只见他两臂内外翻裹，似两条长枪灵活钻弹，被拉破的袖子像旌旗在风中猎猎张扬，竟一下兜裹住了程山鸣的手刀。这是“龙蛇合击”中的一式“龙蛇翻浪”，运用时，仿佛大海波浪起伏，两条手臂如龙蛇般翻腾其间。这一击正是要配合袖子，如果是光着膀子，那就有龙蛇而无浪，翻不起来了。刚才程山鸣一下将王超的袖子剪断，反而帮助了王超，令龙归大海而能腾云驾雾。

程山鸣满以为一记拖刀劲能令自己占到上风，却万万没有想到，王超居然施展出如此古怪的一招，把他的手臂卷住并猛地一带，不但化解了他这招，还爆发出凌厉的杀气。说时迟，那时快，程山鸣手腕一抖，扯碎了王超的袖子，令他裸露出一条臂膀。但是，就在程山鸣发劲的一刹那，王超单臂青筋绽起，一伸一缩，诡异地扎出，带着巨大的崩戳之势击向程山鸣的胸口，而另一手却隐藏不发，轻微颤动，如毒龙潜伏。同时，他向前踩踏，翻蹄亮掌，朝着程山鸣的胫骨撩去。程山鸣一眯眼，双臂向后一甩，脚步如电般后撤。终于，王超以“龙蛇翻浪”一式逼得程山鸣第一次后退。王超气势陡增，脚步连连践踏，如大马狂奔，两臂跟着抡起，连翻滚炮，打得空气炸响。他一路逼迫而上，不管程山鸣如何后退，都无法躲过他的拳影笼罩。

程山鸣眨眼之间就退到了大厅墙壁内侧，眼看再也无路可退，他紧贴着墙壁，两手叉开，几下就纵上墙壁高处，躲过了王超连番的炮拳轰炸。

王超眼睛一亮，立刻停止了拳势，退后一步，随后全身又是一抖，筋骨再次雷鸣。

程山鸣后退，本来就弱了气势，再被王超一鼓作气打下来，已经无法提劲抵挡。现在他背贴墙壁，腾空而起，虽然奇妙，却是虚招，乃是靠着纵腾之势贴上墙壁，再运用背部肌肉，能贴着墙壁坚持几秒而不掉下来。但这只是一种表演的招数，必不能持久，又无从借力，落下来简直是死路一条，所以这一招无异于饮鸩止渴。

王超只等着程山鸣适时落下，给以雷霆一击。不料，程山鸣贴在墙壁高处的两手猛烈内抓，只听轰隆一声，坚硬的墙壁居然被他抠出了几个窟窿，程山鸣一下稳住了身体，竟然又多停留了一秒。王超本已计算好，程山鸣落下时，自己正好音势到达巅峰，出拳攻击最好不过，没想到对方的指力如此强悍，居然能生生在游墙的瞬间抓破墙壁，稳住了身体。这一失误，使得王超浑身气息、劲力都出现了小小的破绽。

程山鸣看准机会，突然贴着墙壁滑下，双脚贴地。但是王超手上的功力未弱，见程山鸣落下，他马上手脚齐出，劲风如箭，如饿虎扑羊般轰去。

程山鸣刚才一路躲闪，已经消耗了很多精力，面对王超的再一次轰炸，正面硬接无异于找死。他并不慌忙，趁着滑下的惯性，突然将身体缩成一团，双脚蹬着墙根猛地一蹬，一弹，身体朝旁边疾滚了过去。这一式快捷无比，先是猴子缩身，后是驴打滚，一下就躲开了王超的拳脚。

一见程山鸣缩身弹滚了出去，王超再次转身，双脚一点，一个虎扑，劈拳朝着程山鸣滚出的方向击下。程山鸣暗暗叫苦，他这几式变化几乎使尽了浑身解数，处于下风不说，始终难逃虎口。想不到，抢回上风竟然这般艰难！程山鸣被强烈地震撼了，惊讶于王超在拳术上的造诣。

在外行人看来，两人打得不可开交，难分上下，内行人看来却感觉非比寻常了。徐震已经紧张地站了起来，心里十分惊愕："怎么会这样？他的功夫竟然到了这样的境界，连程山鸣这等高手，都始终占不到便宜？"

陈艾阳目光如炬，心中感叹："那一式袖里翻浪，当真是拙中藏巧，巧中藏杀，蕴含着大旗席卷的意境，深得古战场厮杀的奥妙。如没有这一式，王超也许已经被程山鸣击败了。这一式杀招，到底是什么人才能创出来呢？程山鸣也当真了不起，居然能在久处下风的情况下屡屡化险为夷，要是换了我，肯定难逃这雷霆般的连番轰击。"

此时的王超已经以一记虎扑劈劲掠到了程山鸣滚落的地方。程山鸣一弹而起，突然一手起自胯下，沿着自己身体的中线从下向上，撩刷到王超的喉结。这一手，乃是八卦中的"接身掌"，在别的拳法中又叫"提手拳"，就是蹲身开扬一束一展的刹那，手自胯下中线向外上提猛刷，击向敌人的喉结、下巴或者脸颊。

两人的拳掌再一次相撞，王超突然十指关节爆响，两手都化为鹰爪，抓住了对方的手掌。而程山鸣也化掌为爪，两臂一推，一送，一留，和王超的手同时抓在一起。王超脚如马蹄，向前撩踏。程山鸣两脚拐起，抵挡了两脚。剧烈的劲风震荡撞击，使得两人的鞋子被踢得稀烂，向外飞起。王超借着这个势头，突然手一松，两臂一接，身体腾空而起，施展出了"飞马踏燕"的杀招。

程山鸣只见王超一动，就觉得不好，待看见对方腾空而起，便知道凶多吉少，连忙两臂内缩，挡在胸口和面门，同时身体疾退。哪里知道，王超这一招脚力凶猛，一脚就蹬开了他的手臂，另一脚踩在他的胸膛之上。程山鸣胸口受劲，突然自动一塌，硬生生地内陷了一寸，随后喷劲如针，一下狠狠刺在王超的脚上。这时，王超第三脚已踢到了他的喉咙。程山鸣手掌下滑，护住喉咙，同时一拳朝王超另外一脚砸去。这是两败俱伤的打法，程山鸣也知道对方的脚劲刚猛无比，手掌若守护不住，自己的喉骨肯定会被踢碎。自己的拳虽然也能打碎对方的另一条腿，但是以命换腿并不是个好买卖。

就在这千钧一发的一刻，王超突然脚尖一点，蹬在程山鸣的手上，借劲弹了出去，落向不远处。王超这一退十分危险，等于是主动放弃了上风，只要程山鸣抢身进攻，无论自己拥有多么强大的功夫，也要败亡。程山鸣见王超后退，正要欺身扑上，反应过来时知道是对方冒险手下留情，突然觉得不妥，硬生生拉住了自己的攻势。

王超见状，嘘了一口气，全身一阵瘫软，浑身软绵绵的提不起丝毫力气来。他虚点左脚尖，微微转动，以行气疏通血脉。原来他是受了程山鸣胸膛上一记反击的暗劲，刺坏了脚上的脉络神经。程山鸣的八卦功夫已经进入化劲，全身上下每一处都有暗劲密布，并且暗劲刚柔相济，遇到危险就能自然勃发，与“一羽不能加，蝇虫不能落”的境界也相差不远了。

两个人站在原地不动，都在静静地调整气息。王超的一只袖子被扯没了。程山鸣蹭在地上打滚，弄得全是酒渍，还沾着碎玻璃碴儿。一轮凶悍的搏斗暂时停了下来，整个大厅变得鸦雀无声。

突然，王超一抱拳，笑道：“程师傅，你的八卦掌功精纯无比，这次咱们不用比了吧？”

程山鸣狠狠地出了一口气，黑色的胡须一起一伏：“好个年轻人，真不简单。从一开始，我的气势就弱你一筹，你最后没有踢碎我的喉骨，已经是对我手下留情。我既然受阻于你，今天这场比试就此收手，不打了。你是陈艾阳的朋友，为他接下这个梁子倒也是义气，我们无冤无仇，不用分出生死来。倒是陈艾阳与我有杀兄之仇，不过现在他受伤，我不能乘人之危。等他伤好之后，我自然会找他决斗！”

一边的陈艾阳点头道：“程师傅，我随时恭候大驾。这次比武，就算不分上下如何？”

程山鸣哈哈笑了两声，看向王超：“你这个年轻人，再过三年，不知道会成长成什么样子。”说罢，转身就向门口走去。

“程先生，程先生！”申洪连忙上前拦住。本来他已经计划好，要利用程山鸣报仇的机会，和陈氏集团再赌一次，一举夺回海上运输的黄金路线，而且他原定在明天进行正式的比武，已经将油轮开往公海。到时候，就算比武不赢，也能施展另外的手段，设下埋伏。今天晚上他带程山鸣来，只是先让双方认识一下，却没有想到，半路上杀出两个程咬金来。首先就是那位背景显赫的李先生，不仅当即定下就地比武，还用比武结果定夺陈氏集团和华兴商会的争斗，让申洪根本无从反驳；再来就是王超，他没想到一个看似温和的年轻人，武功竟然如此高超，连闻名遐迩的程山鸣也不能将他击败。他看程山鸣去意已决，顿时六神无主。

“怎么？你莫非想要我再打一场，给你分出胜负来？”程山鸣看见申洪一脸的怨恨和慌张，眼睛一瞪，虬须张扬，吓得申洪立刻满头大汗，噔噔噔后退几步，让开了道路。

最高兴的莫属陈立波，他笑道：“既然今天不分胜负，那赌金也就无从算起了。不过诸位要是有兴趣，赌金可以暂存在我这里。等下个月，我们和华兴商会再赌一场，按照比银行高十倍的利息算。如果不愿意赌，也可以抽回去，我还有礼物要赠送。”接着他转身对申洪道，“申会长，咱们下个月再赌一场，就确定那条运输路线的永久性归属权怎么样？你如果不敢接下来，希望以后你们华兴商会不要再提这件事情了。我们当着在场诸位，就把这件事情确定下来，以免日后麻烦，你意下如何？”

申洪听了，心里五味杂陈。他今天气势汹汹地来，当着这么多人的面，又不好收场，自然不能示弱：“既然陈老爷子有兴趣，我华兴商会自然奉陪到底。”

陈立波哈哈大笑：“正好，咱们就叫双方的律师拟定一个合同出来。反正我也要退休了，临退之前，玩把刺激的也不枉此生了。除了永久性归属权，赌金嘛，在上次赌金的基础上再翻一倍吧，四十亿，申会长，你看怎么样？”

“这老头是疯了！不过看这陈艾阳有伤在身，下个月也不一定好，我叫律师谈合同的时候，多争取几天就是了。”申洪的念头转了好几转，他一挥手，“叫我们的律师来，和陈氏集团敲定正式合同。”

从大厅中一出来，申洪立刻吩咐手下：“程山鸣你们看好了没有？这些天要暗中监视他的行踪，一举一动，都要向我汇报！”

一个心腹上前道：“会长，程山鸣现在回酒店换衣服了。不过这次要签订的合同，您是不是要和其他的董事商量一下？我总觉得这个陈立波肯定会耍阴谋诡计。”

“今天我是骑虎难下，在场这么多名流，一旦示弱，明天就会闹得满城风雨，到时候我更难做，在商会里面的威信也会大跌。那个陈艾阳有伤在身，下个月不一定能痊愈，不足为虑。可虑的是今天和程山鸣动手的那个年轻人！陈氏集团从哪里请来这么厉害的拳师？不过我看他不是陈氏集团的人，调查清楚，如果没有什么来头，找个机会干掉他！”申洪目露凶光，“至于那个程山鸣，居然敢只身一人，漂洋过海找地头蛇寻仇。功夫是厉害，只是有勇无谋，这次不能让他回去，一定要把他收服，变成我的打手，哪怕是来硬的！”远在加拿大的程山鸣知道自己的师兄遭遇不测之后，远涉重洋，先找到华兴商会问明情况，立刻向陈艾阳挑战，华兴商会也乐得成全他。只是他不受华兴商会的约束，才让申洪起了另外的心思。

夜色深沉，陈氏集团的宴会已经接近尾声，王超没有兴趣再待下去了。和程山鸣比武没有分出个实质的胜负来，所以程山鸣一走，王超就觉得意兴索然，换了件衣服，和朱佳、陈艾阳、陈彬来到摩天大楼的顶层。

“程山鸣危险了。”陈艾阳突然道。王超沉吟了一会儿：“程山鸣武功高强，在加拿大肯定也有不小的势力，未必就会被华兴商会的那个申洪控制吧？我刚刚和他交手，看得出来他的实战经验非常丰富，绝对不是那种闭门造车的人。一个经历多次实战搏杀的人，要是没有势力和头脑，早被人打死了。”

陈彬摇摇头：“话是这样说，但是华兴商会原本就是黑道出身，里面的人个个心狠手辣，擅长阴谋算计，而且申洪手下有一批专门管火拼的打手，枪法很好，擅长暗杀和打黑枪。我不但担心程山鸣，我还担心他们会对你不利。”

陈艾阳点点头：“对我们陈氏集团的人，他自然不敢轻举妄动。但是你一个外人，又帮我接下比武，而且下个月的比武，赌金是上次的两倍。无论如何，华兴商会是输不起的。不过等到下个月，我的伤势也会好得差不多了。那个时候，无论华兴商会请来什么高手，我都有信心一战。你还是明天就回国，不要卷进这些是非里了。”

王超坚决地摇了摇头：“那不行，那天你为我演示飞马踏燕，牵动了内脏，一个月之内，只怕好不了。如果还是程山鸣和你对敌，你肯定会吃大亏。说实在的，程山鸣这个人，是我学武以来碰到的最厉害的对手之一，武功精纯，入化通神，居然能在我拳脚加身的瞬间，自然勃发暗劲反震。要不是我今天第一拳占了气势之优，肯定会输在他手里。今天我的绝招都在他面前使完了，下次再和他比武，就没有这么幸运了。况且我今天的第一拳是超水平发挥，现在要我再打出这么一拳来，恐怕就力不从心了。”

陈艾阳久久地看着王超道：“其实今天你这一拳能打出来，也是必然。我和你结交了这么久，对你也算有了解。你心意坚定而蓬勃，我相信，即使我身体痊愈，也不见得是你的对手。你这个人，恐怕天生就是为了比武而生的。”

王超微笑了道："哪有这么玄？"

陈艾阳看着窗外的月亮："程山鸣是个高手，我没有把握战胜他，对他也生不起杀心来。如果一个月后的比武还是他代替华兴商会出战的话，谁死谁伤，都不是我想要的结果。"

"这个我明白。"王超道，"他应该还在新加坡，我现在就去找他，不说化解你杀死张光明的恩怨，最起码，能让他不搅进你们和华兴商会的纷争就行了。即使在下半年，你们再决战一次也是可以的。"

"这个办法好！"陈彬眼睛一亮，"如果程山鸣下个月不打，我看华兴商会去哪里找和我哥抗衡的拳师来！拳帅和赌术大师一样，可不是想请就请得到的。"

"还有赌术大师？"王超十分疑惑。

陈彬一本正经："当然有。集团和集团火拼之后，如果两败俱伤还没有分出个结果来，但是双方都不愿意打下去了，就用两种办法解决纠纷，一是赌拳比武，二是赌博。就像有些赌神电影里表现的那样，只不过两方出手的都是千术大师罢了，我们陈氏集团就有好几位。"

"千术大师容易训练出来，拳术高手却不是那么容易就能请到的。如果程山鸣不打，我还真想不到这次华兴商会请谁出来。反正这次合同也签了，他们想反悔都不成了。"

王超感叹道："唉，现在练拳，除了强身健体，也就只有这么点儿作用了，居然和千术赌局并列为解决纠纷的手段，实在是令人笑话。好了，我现在就去找程山鸣说清楚，不然明天程山鸣可能离开新加坡，那就难以沟通了。"王超转身就要下楼。

"等等，我跟你一起去吧。"朱佳连忙跟上去。

"朱佳，你还是留在这里，陈彬、艾阳帮我照顾一下她。"

陈艾阳皱起眉头道："华兴商会在新加坡很有势力的，你一个人去恐怕有危险。要不，我派几个人跟着你吧？"

"哈哈，我不说过了吗？一个拳师要是没有势力，经过多次生死搏斗，不论输赢，都会活不成的——我也是有势力的。"王超露出一个神秘的微笑，陈艾阳随即释然，会意地一笑。

"程山鸣住在什么地方？"王超随后问道。

"稍等，我让他们调查一下。"陈艾阳打了一个电话，随后转身道，"海岸线过去六十多里，那里有一片山，山上建了很多别墅，其中有两栋是申洪的私产。不过狡兔三窟，我想他也会在狮城大酒店开了房间。你可以先到狮城大酒店去看看，如果程山鸣不在，就肯定在申洪的别墅。一会儿林立强会送来一份地图，到时我指给你看。”

王超熟悉路线之后，刚出大厦，就听见衣领内的细微声响。他笑了笑，来到海边，看见了林雅楠和大石头、斧头、榔头四人。

林雅楠笑着说：“你终于有空出来了。两天前，我们就到了新加坡，不过是坐船过来的，不然不好携带一些武器过来。你现在的情况怎么样？”

王超说：“我现在要去找程山鸣把事情说清楚。你们现在侦查一下，看看华兴商会有什么火力分布，摸清楚情况后，我悄悄地潜进去和程山鸣交涉。”

林雅楠一笑：“何必这么麻烦呢？我们直接把申洪的别墅轰掉，带程山鸣出来就是了。轰掉申洪，还可以嫁祸给陈氏集团，最好让这两个东南亚的黑道巨魁两败俱伤，我们也好渔翁得利。”

“直接轰掉申洪？嫁祸给陈氏集团？这恐怕……”王超惊讶地看着林雅楠，发现她神色严肃，并非开玩笑，不由倒抽了一口凉气，“这里是新加坡，我们这么做不会弄出国际纠纷来吗？恐怕不好吧？”

“我们来的时候已经把一切计划向上面请示过。有些东西，我们可能理解不了，只能按照组织的指示和精神把事情办好。”林雅楠转过身去，“大石头，通知我们的人迅速集合，向海岸线华兴商会的那片别墅靠拢，先侦查情况，解决外围，尽量不要动用大口径炮弹攻坚，否则惊动警方就不好办了。”

“明白！”大石头沉闷地嘀咕了一声，和榔头、斧头两人转身就走，不一会儿就消失在树林中。

“他们……”王超疑惑。

“我们在新加坡有秘密机构，所以对新加坡的情况很熟悉，不会出差错的。来吧，我们等一下直接到现场去就行了。最终还是由你和程山鸣沟通比较好。”

王超没有想到这样一件危险又复杂的事情在林雅楠的安排下，自己居然可以在这时还在海边闲庭信步。

“真的嫁祸给陈氏集团？”王超想起了陈艾阳和陈彬两兄妹，觉得这样有点儿对不住他们。

林雅楠看穿了他的心思：“你和陈艾阳的交情是私人关系，但是陈氏集团和他们兄妹是两码事儿。你知道陈氏集团每年通过各种渠道，要向中国沿海城市走私多少毒品吗？几千公斤！注意，不是几千克，是几千公斤！”

王超瞠目结舌了，他简直不敢想象。

林雅楠笑笑，无视他的惊讶，继续说：“你说，这样的数量，组织上能允许吗？陈氏集团不但走私毒品，还牵扯了大批的军火生意。商场如战场，你要把与陈艾阳的私人交情和大局分开来。”

王超叹了一口气：“这个自然，公是公，私是私。组织上决定的事情，我不干预，况且现在的陈氏集团并不是陈艾阳兄妹做主。”

一栋山间别墅里，程山鸣静静地坐着，回想着几个小时前的比武。“想不到，国内的武术界并没有凋零下去，还涌现出这么多年轻高手。今天和我对练的那个年轻人不简单啊，小小年纪就练到雷音震荡的上乘境界，虽然功力没有入化，但是打起拳来，有一股奔涌无惧、所向无敌的精神气势，连我都弱了他一头，从一开始就落入下风。”

“我没找你们算账，你们倒自己找上门来了。哼，真是……”他的耳朵抖了抖，轻蔑地一笑，眼睛露出寒光，“东南亚的形势果然复杂。师兄也真是的，当年和我一起闯荡北美该多好，非要去越南那个鬼地方，结果客死异乡。哼！当年要不是申洪这些人渣控制了我师兄，他怎么会贸然打擂致死？如今，他居然想故技重施。这次，我不让你们华兴商会倾家荡产、分崩离析，怎么能算帮我师兄报仇？”

程山鸣站了起来，理了理衣服，看了看自己的行李：“是一走了之的时候了，等我回到加拿大，再挑个日子下书和陈艾阳正式比武吧。我倒要看看，我这一走，华兴商会再请什么人来接下这场赌拳。这栋别墅里的五个暗哨倒是有些厉害，我看他们的手指关节老皮很厚，很明显是练枪的老手，得先把他们解决掉。不然今天脱不了身，明天到了华兴商会的地盘，再想脱身就难了。”他知道自己的几个徒弟早已安排好了船只，只要自己能够离开这里，立刻就可以秘密离开新加坡到马来西亚，然后直接回到北美。在回来的路上，他之所以没走，一是这些人看得紧，二是他不想惊动警方，导致自己万一失策，就会出了华兴商会的狼窝，又入了陈氏集团的虎口。

“我一定要弄得华兴商会和陈氏集团出大娄子不可。”程山鸣心念一动，提起大枪，挑起太师椅，呼啦一下撞破窗户，扔向院子中央。接着，他借杆子的力量一撑，穿窗而出，飞快地落向地面，猫身而起，猛地把大枪横着射出，一下就干掉了想要查看动静的小喽啰。他紧接着滚爬到尸首边上伸手一摸，一支手枪就到了手。他拿起手枪，看不都看，毫不迟疑地一连扣动了三下扳机。三枪分别射向另外三个角落，几声惨叫声尚未响毕，他一转身伏身下去，又是一枪，打死了在花园埋伏的枪手。

程派八卦的祖师死在枪下，他的后人代代都吸取教训，不仅要练功夫，还要练枪法。程山鸣本身武功了得，更重要的是他将八卦掌的身法和枪法结合，能够在如鬼魅般闪扑的同时，发枪击杀敌人。

程山鸣连毙五人之后，拔下那根大枪杆子。他正准备用大杆子的力量跃出高高的围墙，就听见门口传来了轻微的枪声。这枪声很细，以他对枪的了解，便知道这枪安装了很先进的消声器。他正疑惑，突然见五六个黑影从围墙外面翻了进来，随后，大门被人猛地推开，又闪进来七八个黑影，敏捷地滚到地上，抬起手中的枪指向各个可能藏人的地方。

“都解决掉了吗？”

“队长，这个院子里面本来有五个暗哨，现在都被别人解决了！”

“被别人解决了？怎么回事儿？程山鸣你们找到了没有？他身材很高大，络腮胡子很长，千万不要伤害到他。”

原来，刚才程山鸣听到的枪声是大石头他们枪杀另一栋别墅里的申洪时发出的声音。此时的申洪，已经被打穿了喉咙。

程山鸣敛声屏气，隐藏在一片树荫中，暗暗惊讶：“他们是什么人？都这么厉害，显然是经过特殊训练的。莫非是陈氏集团的人？不可能，陈氏集团不可能会在新加坡动用这么多的人手。那么他们到底是什么来头？看样子，他们有备而来，只怕我脱身不易。”

正当他一筹莫展的时候，一个纤细的身影从门口走了进来：“你们找到程山鸣了没有？”

“好机会，擒贼先擒王，这个女人显然是头目，控制住她就好办了。就算他们枪法再好，也不敢贸然对我开枪。”想到做到，程山鸣把地下的大杆子弯曲了一个弧度，将身体悬在上面，突然一弹，整个人就如离弦的箭，眨眼间就跃过水池和凉亭，旋风似的冲到了林雅楠面前，一掌抓去。一个身影突然从林雅楠后面转了出来，空气在雷音震荡下爆开，拳劲完全笼罩了程山鸣。

“哪里又来个高手？”程山鸣心中又一惊，反手一拍，使了缠丝劲，内裹外翻，才化解掉对方的劲力。

“程师傅，不要动手！”

程山鸣一见是王超，立刻停手道：“怎么是你？这些都是你的人？”见王超点头微笑，禁不住将手枪旋转着耍起来：“真是真人不露相啊，没想到你有这么大的来头。”

林雅楠一脸惊讶：“好家伙，原来程师傅还是个用枪的高手！”见手下都聚集在程山鸣的身后，林雅楠看看手表，脸色一变，突然道：“你们快点儿离开这里，免得被警方发现。都散了吧，到老地方集合！”

一声令下，那些黑影转眼间就不见了踪影。

“程师傅，我们没有恶意。一起走吧，等下和你解释清楚。”王超对程山鸣道。

“好快的一群兵。”程山鸣看了王超一眼，让枪滑落进袖子里面。转身拾起大杆子，在水池里洗掉了血迹。

走出大门，大石头已经驾驶着一辆毫不起眼的轿车等在外面。程山鸣横着大杆子上车后，冷静地问道：“能否把我送到海边的码头？”

“可以。”王超和林雅楠对望了一眼，继续说，“不过程师傅，我这次来找你，就是想和你谈谈，看你能否暂缓下个月和陈艾阳师傅的比武。”

“哈哈，我本来就不会在下个月比武。华兴商会迫使我师兄在擂台上进行生死搏杀，我怎么能够放过这群人？今天本来我就准备回加拿大了，你们冲进来之前，那五个暗哨就是我解决掉的。”

“程师傅，你的枪法真是不错。”林雅楠问道，“你专门练过枪法？”

程山鸣摸了摸漆黑的胡须，叹了一口气：“我们程派八卦的祖师就死在枪下，怎么能不让我们记住教训呢？我们练武之人，不能只凭匹夫之勇，不仅要练好功夫，也应该把枪法练好啊，这样才不会在大浪淘沙中被淘汰掉。尤其是在国外，练好枪法就更加重要了。”

“想不到，程师傅是这么开明的人。”林雅楠笑道。

“没办法，生存的压力逼得人不得不做出改变。人，要适应这个时代，不能让这个时代来适应你。”程山鸣似乎看向了遥远的未来，“我们八卦门除了练武，还要研究火器枪法。只有把枪法和身法结合，才能站得住脚跟。我在二十多岁的时候曾经专门练了三年的枪法，其实令我最得意的，还是枪法。”

王超皱了一下眉头：“程师傅，拳术一道，千变万化，就算是天才，终其一生，也未必能练到至虚至高的境界。要是不专心，还求走其他的路，要把武功练到最高境界，只怕没有希望吧？”

程山鸣盯着王超看了很久，然后摇摇头：“武功到至道的境界，本就是一个缥缈的希望。你看这三百年来，宗师级别的人物屈指可数。武功要到最高境界，除了人要有天赋，还要勤奋专心，更重要的是运气。天才不少，勤奋专心的人也不少，但既是天才，又勤奋专心，还有运气的人，却少之又少。可惜我不是那样的人，只有退而求其次了。况且武功终究不能长生不老，与其追求一个不可得的梦想，还不如注重现实的好。”

王超看着程山鸣，突然道：“程师傅，恕我直言，你的拳术、劲力都已经入化，却是多年积累下来的必然突破。敢问贵庚有四十岁了吧？”

“不错，我四十有二了。”程山鸣想听王超到底要说些什么。

“你的武功虽然比我高，但是真正搏杀起来，你的气势必定不如我。就算咱们再斗一场，你肯定也要落在下风。”一席话令林雅楠的心都提了起来。

王超继续说道：“你对拳术的信心已经动摇了，如此，又怎能谈得上气势呢？恕我直言，我觉得我们练武的人，心里总要有个理想，并为了理想执著地奋斗，才能打出一往无前的气势来。我倒是认为明知不可为而为之，才是练拳人不可或缺的精神。不过你说得不错，一个练武的人要有很大的运气才能达到那个境界。”

程山鸣沉默了，过了好久，才说出话来：“你们是什么人？”

王超道：“我是中国人。”

程山鸣眼睛一亮：“我明白了。”

车子在码头停了下来，几个人下了车。程山鸣看着汹涌的海浪，转身对王超道：“王老弟，我是走偏了路子，也没有运气。但是，我对拳术也参悟了不少东西，我不想把它留在北美。我想程派八卦门的精髓，还是要留在祖国。现在我把它赠给你，希望能帮你更进一步。”

王超见对方以平辈相交，并要相赠武功，顿时有些惊讶。武者自古以来就有很多传统，对门派的秘诀尤为珍惜，就是一个字、一个动作流传了出去，都要追杀到底。现代虽然没有这么多的禁忌，但是一个门派的拳术依然是不能轻易传授给别人的。陈艾阳把“飞马踏燕”传给王超，那是陈艾阳滴水之恩以涌泉相报。现在程山鸣和王超只有一面之缘，曾经还是对手，虽然两人现在有些惺惺相惜的感觉，但是并没有到可以把武功，甚至是心得经验白白相赠的地步。秘籍和武术可能有假，但是一个人的经验不会是假的，这是一笔不可估量的财富。

“我在加拿大有自己的产业，也有家庭，已经在那里扎下了根，注定要埋骨他乡。你一心求武，年纪轻轻就到达了筋骨齐鸣、雷音迸发的境界，而且触摸到武学至虚的道理，我这一点儿经验，只不过是微不足道的东西。我看得出来，你也练过八卦门的功夫，只希望你能采百家之长，最后融会贯通，成为一代宗师。这也是我能为华人武学作出的仅有的一点儿贡献了。况且，时代在发展，如果拳术再闭门造车，那就真的没落得无影无踪了。”

短短几个小时的接触，程山鸣对王超的人品有了一定的了解。把武功心得相赠也并非全冲着王超的情谊，还有一半的心思是想与他结缘，日后有机会回国，也有很大的用处。

林雅楠觉得这两个人十分有趣：“这一老一少，思想却是迥然不同。

程山鸣不惑之年，思想比年轻人还要开明；而王超年纪轻轻，言行却有些食古不化。这不是颠倒过来了吗？”

“你是练八极拳的吧？”程山鸣转过头来对林雅楠道，“只可惜，你的八极功夫似乎不是很纯正。”

林雅楠正了一下颜色：“程师傅是霍式八极、程派八卦的正宗传人，我学的八极只是旁支，自然比不上您的正宗了。”

此时，天还没有亮，远处城市的灯火将沙滩照得银白，海水深沉，海风鼓荡着衣服。程山鸣得意地大笑了两声，提起大杆子，走到了海边的沙滩上。站立之后，他骤然把枪一提！刷的一声，枪杆子震荡，发出了群蜂聚集般的声音。与此同时，他的全身也在不停地颤抖，也不知是枪杆子带动了人，还是人带动了枪杆子。

突然，“哼！”滚雷般的声音从程山鸣腹腔中迸发出来，他的衣袂也随之猎猎作响。紧接着，他的腹腔中又爆发出更大的一声“哈”音。只见他全身发劲，枪身一抖，一声炸响后，接连向虚空猛烈拍击。空气中顿时涌起一道道气浪向四面奔涌，迫得林雅楠一连退后了三四步。程山鸣向前踏出一步，沙滩立刻下陷，但是他的身形依然稳固。他一枪接着一枪地刺向前方，衣服朝外鼓胀。

王超目不转睛地看着程山鸣跳跃抖枪的身法，体会着每一枪蕴含的深奥拳意。他发现，程山鸣刺出的每五枪中的最后一枪，气势、劲力、精神都会达到巅峰，就在那一刹那，他的胸腔、腹腔里面就会迸发出“哼哈”二音。他全神贯注地看着程山鸣发劲，吐气，抖身，踏步，渐渐明白了“哼哈”二音的八极精髓诀窍。王超本来就练成了“虎豹雷音”，又和陈艾阳交流了“钓蟾劲”的法门，前者练筋骨，后者练气养内脏，一外一内，殊途同归。现在八极门中的“哼哈”练髓之法，也和这两种练髓之法道理相通，只是运劲和呼吸都有很多差别罢了。况且程山鸣有心传授，把每一步的运劲和呼吸都在一套枪法中充分展现了出来，简直就是一部经典的活教科书。

王超知道程山鸣这样一个动作一个动作地演练，不像师傅考验徒弟那样将招式和道理都讲得似通非通，需要自己去领悟。他想起当年唐紫尘教授自己武功时的情形，如果不是因为他有悟性，肯琢磨，能够接二连三地让她惊喜，他相信唐紫尘早就消失得无影无踪了。

东方的天空已经现出鱼肚白，随后红光升腾，太阳喷薄而出，沙滩一下子变得更加明亮，清幽的海水更加澄净透明。一趟枪法演练下来，程山鸣已经把所有的拳意、拳神、拳势展现了出来。

“我程派八卦门秘传的游神身法，起落翻钻能和游鱼媲美，是真正在水里面练出来的。入水之时，先吞一口气，鼓动内脏。”突然，程山鸣一下子把大枪直挺挺地插在沙滩上，双掌交换，然后喉结滚动，把一口气吞了下去。随后，王超就明显地听见他的肠胃因蠕动发出了巨大而规律的雷鸣般声响。

王超见状，就知道对方的功夫已经内外兼修，比陈艾阳更厉害：“此人的筋骨和内脏都非常强大，如果没有因为依赖火器而弱了气势，一心求武，就算是陈艾阳和十个我联合对他，恐怕也不是对手！”

程山鸣猛地扑出，转眼间就落进了海里。他好像千斤坠顶，一步步向深水走去，直到海水淹没了他的头顶。王超赶紧跟上去，走到海水齐腰时才停下来。只见程山鸣脚踏海底，双掌成圆，左右开弓，前冲后突，竟然就在海水深处演练开八卦掌法来。他步伐稳健，丝毫不受海水阻力的影响。原来他全凭先前吞下的一口气支撑，令王超深深佩服他的内脏之强大。他的双掌大开大合，脚始终擦着海底行走闪扑，进退有度，浑身鼓荡的劲力卷起水流，使他周围的海面出现了一个接一个的大旋涡，海水也变浑浊了。一套八卦掌还没有打完，王超已经完全看不见程山鸣在海底的身影，只看见一团浑浊的水不停地奔涌，旋涡疾转，仿佛一只巨大的海怪在里面作怪。突然，王超感到脚下一震，一条人影从海底一跃而起。这身法，像极了鲤鱼跳龙门。落定之后，程山鸣站在水面上，水只淹没到了他膝盖上两寸的部位。

王超深感佩服，心里想：在海底练掌，要想让身法、步法和呼吸丝毫不受海水的阻力，这得要多高的功夫？多强大的内脏？这等练法是最为辛苦、最为危险的方法，难怪程山鸣能练到化劲。

程山鸣走上沙滩时已经浑身湿透，他对王超说：“水底练功，要先练气两年，强化内脏后才能入水。初练之时，人要穿上铁衣，才能稳住自己的身形，不受水的浮力影响。不过以你现在的水平，已经不用穿铁衣了，等熟悉水的特性后，达到我这样的程度也不是难事儿。水流的变化能影响到身上每一个毛孔，久而久之，很容易让人体会整劲，这是演练化劲的一个法门。你现在的功夫渗透五脏六腑，已经和我不相上下，只是少些经验变化，不能刚柔并济。水流至柔，你在水中练功的时候，水流冲击全身每个部位，你自然就会领悟暗柔之道。”程山鸣抖了抖身体，水珠四溅。抖了几十下后，他身上的水痕居然渐渐消失，最后干爽起来。

“我徒弟已经给我安排好了船只，我现在就得走，免得夜长梦多。”程山鸣向王超和林雅楠一抱拳，“后会有期吧！”说完就转身一步一步走远了。

看着程山鸣乘坐的货船在汽笛声中渐渐远去，直到不见了踪影，王超才收回目光叹了一口气：“此人若不是学枪分了心，很有可能登临拳术的最高境界。”

“可惜，他说有一套专门的手段能将武功身法融合枪法，刚才却没有展现出来，这一套技术的实用性更大啊。这人要是能来咱们组织当教练就好了。”林雅楠心思转动。

“他的功夫虽然高，但已然失去了对拳术的信心，心中有了对火器的依赖。没有对道艺的坚持，又怎么能打得出惊天动地、天人合一的拳法来？但是话说回来，我对他的气度和拳术非常佩服。他刚刚为我演练了八极大枪术的奥妙和‘哼哈’二音的抖法，这都是宝贵得不能再宝贵的东西。即使我不练八极拳，他的经验和拳术的优势也有我可以借鉴的地方。”

人身上的暗劲要练得至刚至柔，自然勃发，有两处最难练，一是脸，二是下阴。这两处一上一下，是气力难以达到的地方。王超现在也就只剩这两处。以王超现在的修为，也要水滴石穿，慢慢积累，通过内外接引，功夫渗透五脏六腑后，劲力上下贯穿，才能一通百通。原来以陈艾阳最乐观的估计，王超的武功达到化劲要两三年。如果中间出了什么纰漏，或者王超被俗事缠身，那么时间将更长，甚至一辈子都停留在这个层次上。再者，王超加入了组织，虽然得到了较好的待遇，但同样责任加身，一旦交代下来任务，他就要全力以赴去完成，势必会耽误练功。现在程山鸣所演练的水底练拳，让王超心中一亮。他只希望能够早一点儿突破瓶颈，这样就可以有更多的时间来攀登武学的巅峰。唯有如此，他才好见唐紫尘，向她诉说自己的辛苦、经验和领悟的道理，和她一起分享其中的酸甜苦辣。虽说出道以来，他未尝一败，也算功成名就，但是一想到站在唐紫尘面前，他还是觉得自己学业未成，无法面见老师。

“这次我来到新加坡，最大的收获就是知道了尘姐的行踪。最起码，以后要找她会相对容易很多。真希望我的武功能够突飞猛进，到达至虚之境，然后到尘姐面前，和她分享我的快乐。当再次见她的时候，我已经是小有名气的人了，这是多么让人高兴的事情啊。”想到这，王超的心莫名兴奋起来，还带着淡淡的隐痛。他并没有仔细理会这种情感，只想早点儿回去。

“咱们回去吧。程山鸣已经离开新加坡，陈氏集团的事情也告一段落，我想陈艾阳兄妹终于可以安心下来。我不想卷进陈氏集团的内斗中。”王超对林雅楠说，之后想了想又道，“上面的指示是什么？”

“上面没有什么指示，就是要你和陈艾阳时常保持联系，密切关注陈氏集团的一切动静，可没有要你一口吃成个胖子，现在就图谋陈氏集团的家产。我们杀了申洪，也得赶快离开新加坡，以免节外生枝。所以你今天必须离开，我们也要坐船回海南。”林雅楠道，“这一个月，我们要躲在国内看戏，陈氏集团和华兴商会肯定会有一次大的火拼。等火拼过后，上面会看情况，交代给你具体的任务。”

王超想了想，自然明白继续处于这种复杂的局面之下可能面对的难题，于是归心更甚：“好，那我天亮就去跟陈艾阳告别，回山东休息。”

林雅楠看了王超一眼，随后摇了摇头：“你自己小心点儿，照顾好你身边的那个朱佳，不要让她出了什么状况。”

一个小时后，王超见到了陈艾阳兄妹，直言不讳地道：“我已经干掉了申洪，程山鸣一个小时之前乘船离开了新加坡。我现在也要走了，接下来的事情恐怕有些麻烦，我希望你们兄妹有个心理准备。”

“什么？你干掉了申洪？”陈艾阳的眼睛都瞪圆了。

陈彬也是大吃一惊，脸色发白：“你……你……怎么可以……你这样做……我们……”

“妹妹，不要说了。”陈艾阳挥挥手，看着王超，叹了一口气，“唉，我知道你也是身不由己。你能坦诚对我说，已经表明了你的心意。要是我们都没有束缚该多好。”

王超笑了笑：“我一直都把你们兄妹当朋友。”

“你既然干掉了申洪，那就快点儿走吧。妹妹，你快点儿秘密安排他们的航班。今天上午一定要离开新加坡，不然机场一旦被封锁，他就很难脱身了。还有，不能让老爷子知道这件事儿。”陈艾阳斩钉截铁地说。

“我有直飞越南的商务机，这是我秘密安排的，几个月前打通的航线，连老爷子都不知道。到了越南，就转道香港，这样更安全。”陈彬突然道。

“什么？妹妹，你还有这手准备？”陈艾阳似乎非常吃惊，随即用赞赏的目光看着妹妹。

“哥，现在集团内部情况复杂。我们在香港有产业，万一遇到什么情况，可以飞过去单干！”陈彬面色凝重。

中午时分，新加坡警察总署接到报案，几个国际刑警也在其中，他们正在了解案情。

“昨天晚上，距离海岸线六十里的山上别墅发生枪战，加上别墅的主人，一共十三个人，全部被枪杀。”

“这是怎么回事儿？怎么会发生这样的恶性事件？”一个大鹰钩鼻子、蓝眼睛的美国人目光阴冷地问话。

被注视的警官笑了笑：“这事儿和陈氏集团有关，死的是中国港台两地最大的一个黑道组织华兴商会的老大。陈氏集团和华兴商会有纠纷，这是众所周知的事情。我们已经做了相应的调查，相信事情很快就会有结果的。”随后他拿出几张照片，上面拍摄的是申洪别墅中的一些情况。

“该死！这都是没有用的资料！我要求你们新加坡警方立刻封锁机场和各个航海要道，同时抓捕这个该死的华人青年，交给我们来处理！”哗啦一下，美国人将那些资料推至一边，随手从口袋里面拿出一沓附有照片的资料。第一张上的照片就是王超。

另一位警官神态自若：“史密斯先生，请冷静些。这里是新加坡，我们是一个主权国家，并不是殖民地！你的身份也只是国际刑警，不是我们的上司，你无权命令我们警察总署做什么。”

“哦，上帝。”史密斯惊叫了一声，拍了拍自己的脑袋，“你们大概不知道这个年轻人的身份有多么恐怖。”说着，他抽出第二张来，上面的照片显示的是一个模糊的紫衣女子背影，“这是一个大型恐怖集团的首脑。你不知道她在非洲给我们带来了多大的麻烦！”

“这与我们新加坡有关系吗？”警官似笑非笑。

“当然有关系！根据我们的调查，她在上个星期来了新加坡。而我叫你们逮捕的这个年轻华人，是和这个恐怖集团的首脑有着密切关系的。四年前，我们的人潜进中国，被全部解决掉了，这个年轻华人那时候应该和她在一起！”史密斯急得跳起脚来。

“这个人来过新加坡？”一个警官看了看照片，又仔细地看了一下资料，“史密斯先生，这名女子的确在上个星期同欧洲的一位官员来过新加坡。不过他们有合法的程序，况且对方的身份很不一般。依照你们国际刑警的意思，该怎么办？”

“立刻着手调查陈氏集团，现在封锁机场道路，抓捕这个华人青年，然后交给我直接带走！”史密斯表面的身份是国际刑警组织的官员，监督东南亚的犯罪情况，但是他还有一个秘密的身份，那就是美国在新加坡的一名联络官。对此，新加坡警方心知肚明。

“史密斯先生，如果要调查陈氏集团，我们还要请示上级。至于封锁机场道路，我看也没有这个必要，严密监视就可以。不如你们国际刑警出人出力，我们协助你们到各个码头、路口、机场搜捕？”

史密斯听得眉头大皱，想要发火，又忍耐下来：“就这么办吧。”

走出警察总署，史密斯从口袋里面掏出一部卫星电话："总部吗？我要求增加人手……"

这一趟新加坡之行虽然只是短短的一个星期，但是王超觉得自己收获颇丰。陈艾阳的"飞马踏燕"精妙绝伦，刚柔相济，凌厉无比。王超本来就功底深厚，练成这招之后，腿上的暗劲终于练得可柔可刚，能在墙上一连踏出八步，有了几分"飞檐走壁"的味道。

燕子抄水、鹞子翻身两形都是身法和步法连在一起，两形本是一形，练通了这一招，王超也等于是练通了鹞形。十二形中，王超已将龙、虎、蛇、鹰、猴、马、燕、鹞这八大形练到了上层境界，每一拳都如霹雳落地，所向披靡。而其余的熊、鸡、鼍、骀四形，他已经非常熟练，只要细心领悟，掌握拳意神髓是迟早的事情。他的暗劲只剩脸和下阴两处还没有练到，他现在要做的，正是把这两处都练到，使全身暗劲交融，毛孔感知洞悉入微，一举通神入化，进入真正绝顶高手的层次。

暗劲如果到了脸上，绝对不是脸上的皮肉骨头能挨重拳击打那么简单，而是人的视力、听力、嗅觉都会更加强大。到那时候，敌人任何一个细微的动作，一点儿细微的声音和气味，都会被他明显地感知到，如此，任何攻击他都能够躲避过去，然后杀敌于无形中。

崂山风和日丽，海水蔚蓝宁静。王超站在齐腰深的海水中，手里托着一个比篮球还大的圆球，丝毫不见吃力，那正是他在天星湖小区里面练功用的那个铅汞大球。他要把它带进海水里，镇压住自己的身体，抵消浮力和暗流。

"水中练劲……还有这样的练功方法？我在水里面练拳，水面最高到胸口，否则呼吸都困难，你现在要钻到水底去练……这恐怕不好吧？你怎么呼吸？"赵星龙看着王超一步步走向水的深处，眼看就要把脑袋都没进去，心中很是惊讶。

王超哈哈大笑："你的筋骨没有练好，内脏更没有练到，当然不能学我。我去了新加坡一趟，学到了正宗八极拳术发劲练髓的法门。等我在水底参悟试验，没有纰漏了，再讲给你听。"他深吞了一口气，没入水中，顿时就感觉到海水灌进了自己的耳朵、鼻子，挤压着自己身体的每一个毛孔，感受到海水的力量冲击着敏感的皮肤。

水流的力量挤压着他的身体，他感觉到自己的肺部承受着巨大的压力，马上就要窒息一般。王超试着在水底踏了两步，双手成拳，转动了几下铅汞大球，用虎形鹰形刚发了两下劲，还没有打完，就觉得自己的肺已经到了极限。他心里想：水底发劲，果然比陆地上艰难百倍！身体每一个部位要承受的压力简直难以想象。他嘴巴一张，一连串气泡从嘴里吐了出来，知道难以支持，连忙放下铅汞大球，猛地钻出水面。

“真是舒服。”他深深地呼吸了一口气，顿时感觉到前所未有的轻松。这一口气几乎贯穿了五脏六腑，甚至穿透了筋肉，从毛孔里面渗透出来，原来被海水压迫的毛孔也似乎得到了解放。在钻出水面的一刹那，他觉得全身毛孔都好像会呼吸了一样，内脏和皮毛好像被贯穿到了一起。

“气行五脏，达于表皮。看来我的功夫的确是渗透进了五脏六腑。”王超随之深深吞了一口气，气贯肺部，胸腔之中发出了咕咕的震荡之声。紧接着，王超又沉了下去，双腿狠狠地踩进海底。他一踢，一勾，带起了铅汞大球，抓到手上，身体一个旋转，顺着水流的变化，连连闪动身法，以太极拳的法门来卸劲。片刻之后，屏息不住，王超又浮出水面，换了一口气。

这样，王超一连在水里玩儿了四五天铅汞大球。每次，王超都集中精神，细细体会着自己肺叶的每一次扩张，脑海中终于显现出自己肺叶的形象，就好像他能够看到自己身体内部一样。这就是武功练到内脏后的一种必然的现象——“内视”。至此，王超的武功真正化入了内脏。

附录

众人评读《龙蛇演义》

神机的书永远是来开山的，《佛本是道》是洪荒开山作，《阳神》是新修真开山作，《龙蛇演义》是国术开山作。

——网友 3173564

神机好功力，凡他的书统统追看。国术！在这个时代，有多少武术同好？又有几本这样的书？武！布衣之怒！近在咫尺，人尽敌国！要的就是书中这八字，没权没钱没背景，也不能没了血性。

——网友 V 型

《龙蛇演义》被誉为“一本用来扫盲的现代武学说明书”，是国术类型小说的巅峰之作。

——网友心弦裂

看《龙蛇演义》，就不要用金庸的武侠来束缚自己。顺着书中的情节，就会发现，滴水穿石，握铁成泥，吐气伤人等，是可以理解的。作者的这一设定很有新意，非常不错。没有飞来飞去，没有九阳神功等，完全是简单的动作，却被作者刻画得非常有气势。

——网友 wicy001

梦入神机的《龙蛇演义》是下了大工夫的，考证了不少的民国武史资料……其敬业精神相当难得……

——网友欲不死

现在描写中国国术的书凤毛麟角，现在社会了解国术的还有几个？梦入神机写这本书无论所选角度还是描写语言都不错，看得人热血沸腾，民族自豪感油然而生。

——网友 topshoter

此书的好，在于爽。是一种可以让你读了跟着比划的好书。作者对传统武术的探讨是非常值得肯定的。

——网友唐思成

相信每一个年轻人的心中都有一种冲动，我们梦想着成为会武功的高手，看过《龙蛇演义》，仿佛真正了解国术。作为一部别开生面的武侠小说，《龙蛇演义》为我们演绎了前所未有的一种模式，一个更加真实的模式。

——网友天殇oO灭

大家都是《龙蛇演义》的看官，梦入神机让大家知道了“国术”，其实神机的苦心谁又知道呢？虽然做为一名职业写手来说，赚钱是应该的，为了生计嘛！但神机给大家带的东西值得大家推敲和深思了，《龙蛇演义》中的国术是我们国家传承的一部分，大家该好好想想，《龙蛇演义》是个玄幻的书，但同时也是个警钟！不要悖经忘典！我们国家的传统文化博大而精深，如果能够把传统的东西了解一二，无论在何处何地，你都能立于不败之地！

很多朋友对国术有所误解的是传统武术要分战、杀、养！在不同的人群不同的位置练习的目的不一样，很多朋友只看到养，而没看到真实的战与杀！国术的弊端就在于不能像肯德基一样的“快餐”速成。一个基础性的东西一来就是三五几年，现在的人生活节奏如此之快，能够安心，练下来的少之又少！

没事多练练拳，站个桩，比你去健身房效果好得多，西方的东西都是讲吃与练！而我们国内讲究练和养！外练筋、骨、皮，内练一口气！先外而后内，外练的同时也是在刺激身体的发射区，就如同足底按摩一个道理。传统的武术从根本上解决了新陈代谢的问题，而其他方法呢？呵呵！身体不好，内脏功能不好，你吃仙丹都没用，如何吸收得了？如何代谢得了？现在人的问题大多在于代谢不好！导致了身体的病变！

——网友田间老道

之所以要写这样一个帖子，是因为自《龙蛇演义》开始在网上连载至今，不在少数的书友质疑过王超这个主角的侠义精神，认为他没有凭借高强的武功去做为国为民的善事。最经常被拿出来对比的，就是“襄阳大侠”郭靖同志了。其实在我看来，金老笔下为国为民的侠之大者郭靖，其实只能算是中华民族“侠” 文化中一个简短的缩影，如果把他作为衡量侠者的准绳，我相信包括金老自己的几部大作在内的武侠小说，比如《鹿鼎记》等，都很难值得一看了，毕竟，数千年来侠士出过很多，而郭靖只有一个。

何谓“武侠小说”？比较具有公信力的定义是这样的：武侠小说有广义和狭义之分，广义上是指传统武侠、浪子异侠、历史武侠、谐趣武侠、古典仙侠、奇幻修真、现代修真，但从武侠小说的狭义层次上来说就只指传统武侠、浪子异侠、历史武侠、谐趣武侠这四类。

《龙蛇演义》这本小说，分类在东方玄幻而非武侠仙侠中，原因很简单，这是现代世界中的武侠，是火器时代的武侠，无论你武艺高超到如何地步，火器一围，必然灰灰。这一点神机在书中也多次提到过了，这是常识，是不可逆转的。所以，神机所能做到的，只是尽量把火器合围的镜头排除在小说外，这很好理解，东方不败也不能躲过 AK47 扫射，扫地僧也不能在火箭炮的狂轰乱炸下幸存，更何况《龙蛇演义》中的武者？王超的实力强得逆天，大家都知道，但是跟速度犹如背着火箭喷射器的东方教主和能放出气墙的神秘老僧比起来，差距还是很可观的。

列位看官们，其实真的不用觉得王超的属性是不可接受的，你可以设想一下，就以他现在的属性，依旧不敢入火器合围之局，别人就更不用说了，当然，开全图外挂的尘姐是不能考虑在这个范围内的，一个只能老死的女人。

——网友天天心情都要好

心动灵犀一刹那，争议无尽散天涯

滚滚红尘中，我们在这浩瀚的互联网中相遇，所求的应该不仅仅是那阅读时的快感，还会有那哪怕一刹那的心动吧。

时光的书页，又翻到了 2008 年，我们以为神机会在《黑山》中沉寂。

但，我们又看到了一个木讷的中学生，在一个早晨，遇到了如姐如师如友，甚至如恋如歌的唐紫尘。一个人命运的轨迹就在那一刻发生了不可预知的变更。

这不是魔法与命运的游戏，这是心灵与红尘、生命与大道的博弈。神机的目的中，永远都不会只给我们一块毫无营养的汉堡，他必然会创造出一盒你不知道下一颗味道的巧克力，也会端上桌一盘醇厚而回味无穷的民间全席。

他为何没有选择用华丽的形容词和工整的排比句来抽象地描写打斗的过程，而是竭尽精力与时间，整理出一个个拳种、招数、典故与套路？我看到的是一个不逃避困难的肯用心肯吃苦的作者！也看到了一个有着非凡功力与天赋的、最重要的是一个把主要精力放在写书而不是炒作、挑衅上的作者！

在一个不能避免的局势发展中，陈艾阳把马踏飞燕的秘密，拼着再次加深内伤的代价传给了王超。这是中国国术从敝帚自珍、固步自封的怪圈中，打破门户之见百家融合的开始。这也是神机和我们所共同期待的国术精神。

在一个几乎必胜的趋势下，陈艾阳又和王超统一了对待敌手的原则。尊重传承，仁者不以杀为归宿，不以杀为荣耀，手中掌控别人的生死，却能善用这种力量。这既不是迂腐的没有原则的忍让，也不是阴暗的残忍的一味的嗜杀。这是风和日丽与暴雨狂风的自然，这是国术至大至微、至刚至柔的光辉。这是神机在描述故事之外，所力求传达的一种精神。

同样，我们有多少人在一天一天的浑噩中蹉跎了青春岁月？我们又有多少人在繁复的人世中渐渐感到生命的无力？我们不是那最幸运的天才，也不是豪门大富的子弟，但是周清可以成圣，王钟可以逆天，而王超，也可以登上国术的巅峰武道的至境。那，我们呢？周清那凶悍疯狂的冒险与思谋，王钟那坚不可摧从不屈从的本心，到王超一日当十日的苦练，日夜不停地领悟，如果我们反观自身，我们是否也能在一天当三天用的勤奋中，找回我们那逝去的青春，赶上那远远走在我们前面的同龄人呢？

书，看得爽快，看得透彻；人，悟得深邃，做得淋漓。

我们，可以成圣，可以逆天，可以登上我们生命的至境。

——网友微风抚面

求新求变的“梦入神机”

从小就喜欢看武侠小说，因此金、古、梁、温、黄的书自不必说，就是一些二流武侠小说当年也着实看了不少。不过，近几年的确很少看了，因为虽然有一些号称新武侠小说的接班人，但他们的作品大多沿袭金庸、古龙的套路，虽有创新，但实在难以达到前辈们的水平。至于黄易开创的玄幻系列，现在也已另成派系，早已和传统意义上的武侠分道扬镳。

武侠小说，可以休矣！有段时间我也时常这样感叹，直到看到梦入神机的新作——《龙蛇演义》，才不由得眼睛一亮。

坦率地说，起点中文网上大部分作品一般，其实这也可以理解，本来上网看书图的就是放松心情、打发时间，因此网络文学也必然以yy文、种马文、小白文为主。不过，起点中文网号称中国网络文学第一站，自然有它的过人之处，这其中就包括它拥有几个很有个性的作者，比如梦入神机。

梦入神机最大的特点就是求新求变，2006年的《佛本是道》将中国传统神话和封神、西游体系结合，开创了仙侠修真小说新的写作模式，至今跟风作品无数。2007年的《黑山老妖》更进一步试图将仙侠、修真的梦幻世界和现实历史相结合，可惜其中影射现实的成分太多，最终不得不仓促结束，让人扼腕叹息。2008年，就在大家都期待他下一部仙侠或修真小说的时候，他却拿出了《龙蛇演义》这样一部现代都市武侠（国术）小说，让众人惊呼不已。

《龙蛇演义》之所以和以往的武侠小说不同，不仅在于它以现代都市生活为背景，更重要的是它真正写出了武侠小说中的“武”。以往的武侠小说，要么就是将中华武术描写得神乎其神，哪怕PK超人或异形也稳占上风；要么就是走金庸的路子，突出“侠”，而武功则成为一种必要的点缀。唯有《龙蛇演义》对中华武术的描写另辟蹊径，巧妙地将近、现代国术源流和当代搏击理论完美结合，把主人公从平凡少年成长为一代宗师的过程写得既精彩又真实，让人不由得感叹：神机智多近妖，不负大神之名！

喜欢《龙蛇演义》还有一个很重要的原因，虽然这些年中国武侠电影火爆依旧，但在国际上却是拳击、跆拳道、柔道乃至泰拳大行其道，有着上千年历史的中华武术相较而言显得有些黯然失色。我想每个喜欢李小龙、成龙、李连杰乃至甄子丹的人都会在心里有这样的疑问：电影银幕上的武林高手真的存在吗？中华武术真的能实战吗？与拳击、跆拳道、柔道和泰拳相比孰优孰劣？在枪炮横行的现代社会武术还有存在的必要吗？《龙蛇演义》虽然只是一部小说，但也在一定程度上解答了这些问题。最起码，我也是看过它才知道，运动会上的套路武术和传统实战国术有着天壤之别，太极拳中的“四两拨千斤”不是没有，而是本人必须先有千斤之力。由此可见，在书中经常影射嘲讽现实社会的神机，骨子里其实充满了对中华文明的自豪，而读者往往会在被书中对中国武术精彩描写折服的同时，深切地体会到这种民族自豪感。在外国月亮特别圆的今天，这一点尤其难能可贵。

希望神机的书更加牛气冲天，也祝愿所有书友像唐紫尘一样睿智，王超一样强势，陈艾阳一样多金，廖俊华一样前途无量！

——网友天禧骄阳

《龙蛇演义》之四大看点

1. 成长

人生从不是一条直线。它曲折蜿蜒，漫漫而上。经历多少决定着你得到多少。很多同类小说里丝毫看不到主人公的成长，而《龙蛇演义》不一样。王超更多的是重新再现了以往武术大师的一生。他们少年时也是好勇斗狠，依仗武功快意恩仇，又遇挫折不得已潜心修行，才终成一代宗师。董海川如果不是杀了人而跑路到王府得以安心习武，可能早已经被打死在了擂台上，恐怕不至于终成一代宗师。王超也是如此，只是小说的形式决定了他成长得更快：从懦弱的中学生，到刚习武不久就想着自持勇力，再到长征路上的生死感动，最后到擂台上的宗师气度。

他的的确确是在成长。就好比我从怀有拯救世界梦想的优秀少年，到想娶个好老婆找个好工作的现实青年，再到现在普普通通的老男人一样。只是小说更加美好。

2. 武学

就题材而言，《龙蛇演义》是都市类，主要也是写武学。但它摆脱了同类小说的套路，它所写的武学更多而不是武侠。《龙蛇演义》这本书，至少神机是好好备课了。我始终认为，作者的态度决定着一本书的好坏。神机从一个丝毫不通武学的人，经过自己的努力，写出如此生动写实的武学，已经是很难得的事。

我们具体来看，《龙蛇演义》把武学分为打法和练法。就练法而言，也没有像其他小说一样一味地强调力量，而《龙蛇演义》里面的练法是多姿多彩的，观摩动物打斗，踩水缸边沿或者玩铅汞大球，甚至根据日月升沉来修行。就打法而言，《龙蛇演义》的临场感也更强，它更讲究变化，如王超和对手的对决，从对手的寸劲发动到王超的化龙吸气，生死一瞬之间。就此而言，神机更注重了传统的积累。

3. 立意

如此之多的网络作家里，神机是我最尊敬的，因为他的立意永远最高。当然，你可能否定我的观点，因为他没有过多地描写人与人之间的复杂感情、人心的险恶或者善良、世界的残酷或者温情。

神机在我心里始终是个传统的善良的作者。他不写异陆，不写科幻，不大善于言情，他注重土生土长的国术。他写的更多是传承，是中华五千年来的瑰丽文化。

在这个武术没落的时代里，他写王超写陈艾阳，但我更多看到的是近代以来武学宗师们的影子。他们气度如渊，淡看死生，待人接物真诚。虽然我们现在没有董海川，没有杨露蝉，没有霍元甲，但我们还有武学。传承，积累，文化。神机写出了这些，所以他立意是最好的。

4. 爱情

《龙蛇》的故事笔墨平实，却终于一丝一丝触到了红尘六道的精华，最深最重的爱，必须和时日一起成长。王超追求至道的过程，融汇了有朝一日能与唐紫尘并肩而立的梦想，这一回，书中的女子不再被少年主人公的光芒掩盖，而是让主角王超的每一步，都有了更真实动人的依据。

——网友万松上

超越自我挑战自我的梦入神机

起点的作者和作品浩若烟海，高手也层出不穷，说是藏龙卧虎毫不为过。

有人文笔娴熟，有人惊才绝艳，有人构思新颖，有人勤奋有加，但能气定神闲、不为外物所役，自始至终追求自己理念、有开宗立派气度的，不会超过十个指头，而梦入神机又是这一层次中的佼佼者，我坚定支持神机的理由很多，在此，仅列出几点大家有目共睹的，以供志同道合者交流：

天赋——开山第一本就扬名立万，其气度超卓，俨然大家风范。并开创了一种全新的思路，现在起点有很多作品都在向其开创的框架致敬。

理念——从《佛本是道》开始就没有被俗趣奴役，而是坚持自己的写作思路，力求给大家一种全新的体验。

挑战——每一本作品，都不跟风，也不专挑自己熟悉的，而是挑战自我，不仅挑战题材，也挑战作品的价值观。不流俗，也不偷懒。

用心——在每部作品中，都有自己对人生、世界以及宇宙的思索，而不是肤浅地直接引用前人的观点，或者古诗词撑场面，更不会大量拷贝互联网信息。

严谨——从《佛本是道》中完善的仙佛体系、修炼设定，到《黑山老妖》中历史人物以及正史野史的运用，都显示了神机在写作中花费了大量精力整理和再创造。而在《龙蛇演义》中对各种国术的描写，更是需要作者如履薄冰的考证和搜集，同时考验了作者再创造的功底。

心态度量——也许是下棋的原因吧，神机从来不会跳出来跟其他作者对骂或挑衅。对于读者的褒贬也保持了令人钦佩的修养。他把自己的精力专注在对作品的打磨上，而非争名夺利的虚耗上。这也是他能写出好作品的关键因素。

境界——从《佛本是道》到《黑山老妖》再到《龙蛇演义》，可以看出，神机对自然对世界的领悟，远非一些看了几本小说故作深沉成熟的小孩子可以相比的。

对于这样一个作者，我没有理由不尊重，没有理由不坚定地支持。

希望神机获得越来越多的支持。

——网友司空浩瀚